水属性の魔法使い

第一部
中央諸国編
Ⅶ

久宝

ックス

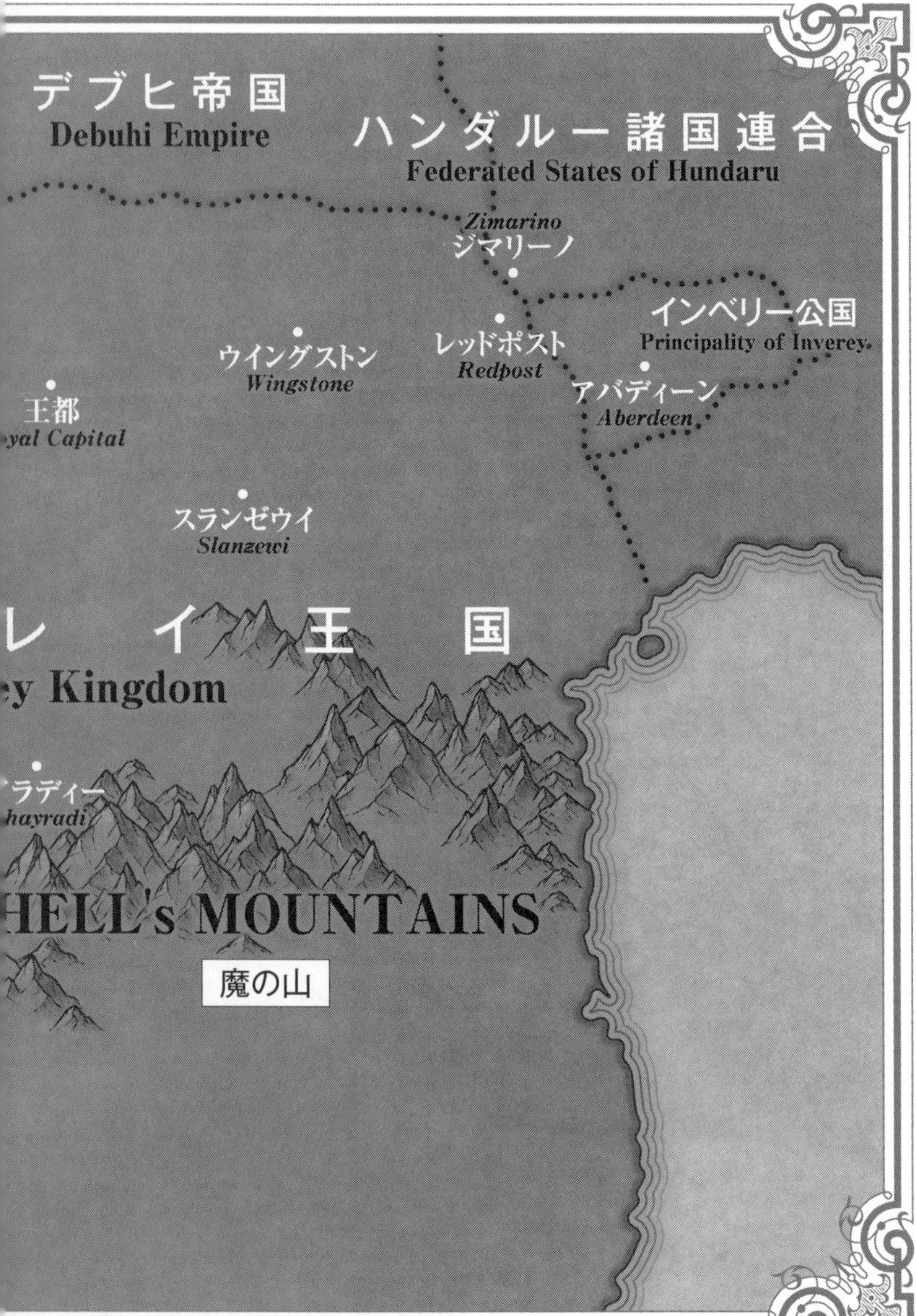
デブヒ帝国
Debuhi Empire
ハンダルー諸国連合
Federated States of Hundaru
Zimarino
ジマリーノ
インベリー公国
Principality of Inverey
ウイングストン
Wingstone
レッドポスト
Redpost
アバディーン
Aberdeen
王都
yal Capital
スランゼウイ
Slanzewi
レ イ 王 国
y Kingdom
ラディー
hayradi
HELL's MOUNTAINS
魔の山

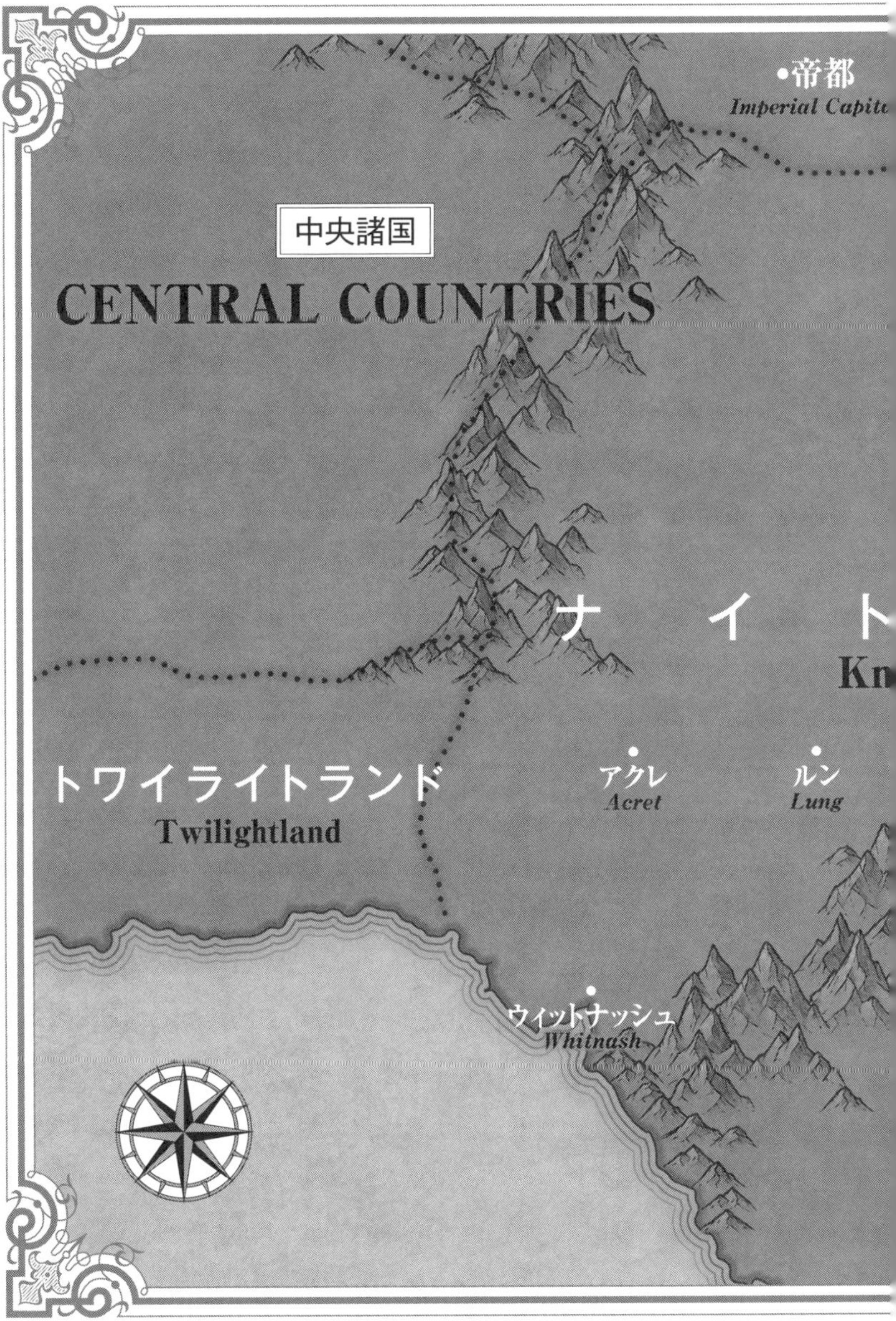
•帝都
Imperial Capit
中央諸国
CENTRAL COUNTRIES
ナ イ ト
Kn
トワイライトランド
Twilightland
アクレ
Acret
ルン
Lung
ウィットナッシュ
Whitnash

Characters/登場人物紹介

赤き剣

【アベル】

A級冒険者。剣士。
パーティー『赤き剣』のリーダー。26歳。
何か秘密があるようだが……？

【リン】

B級冒険者。風属性の魔法使い。
『赤き剣』メンバー。ちびっ子。

【リーヒャ】

B級冒険者。神官。『赤き剣』メンバー。
鈴を転がすような美声の持ち主。

【ウォーレン】

B級冒険者。盾使い。『赤き剣』メンバー。
無口で、2mを超える巨漢。

スイッチバック

【ラー】

C級冒険者。剣士。
パーティ『スイッチバック』リーダー。

・ナイトレイ王国・

【三《み》原《はら》涼《りょう》】

主人公。C級冒険者。水属性の魔法使い。
転生時に水属性魔法の才能と
不老の能力を与えられる。永遠の19歳。
好きなものはお笑いとコーヒー。

十号室

【ニルス】

E級冒険者。剣士。
ギルド宿舎の十号室メンバー。20歳。
やんちゃだが仲間思い。

【エト】

E級冒険者。神官。十号室メンバー。19歳。体
力のなさが弱点。

【アモン】

F級冒険者。剣士。十号室メンバー。16歳。十
号室の常識人枠。

・デブヒ帝国・

【オスカー】

火属性の魔法使い。
「爆炎の魔法使い」の二つ名で有名。
ミカエル曰く
涼の前に立ちはだかることに
なるらしいが……？
外伝「火属性の魔法使い」の主人公。

【フィオナ・ルビーン・ボルネミッサ】

デブヒ帝国第十一皇女。
皇帝魔法師団団長。
末子として現皇帝に溺愛されている。
オスカーとは
並々ならぬ絆があるようで……？

・ハンダルー諸国連合・

【オーブリー卿】

ハンダルー諸国連合執政。
王国東部やその周辺国を巡って
暗躍している。

所属不明

【レオノール】

悪魔。とてつもなく強い。
戦闘狂で、涼との戦闘がお気に召した様子。

【デュラハン】

水の妖精王。涼の剣の師匠。
涼がお気に入りで、剣とローブを贈っている。

【ミカエル】

地球における天使に近い存在。
涼の転生時の説明役。

冒険者ギルド

【ヒュー・マクグラス】

ルンの冒険者ギルドのマスター。
身長195cmで強面。

【ニーナ】

ルンの冒険者ギルドの受付嬢。
ルンの冒険者にとってのアイドル的存在。

風

【セーラ】

エルフのB級冒険者。
パーティ『風』唯一のメンバーで、
風の魔法使いかつ超絶技巧の剣士。
年齢は秘密。

・西方諸国・

【ローマン】

一つの時代に一人だけ現れるとされる勇者。
19歳。
素直で真面目で笑顔が素敵な超善人。

第一部　中央諸国編Ⅶ

イラスト——天野 英
デザイン——伊波光司+ベイブリッジ・スタジオ

第一部　中央諸国編Ⅶ

プロローグ

「クックック、また新たな必殺技が誕生してしまいましたよ！」

水属性の魔法使いが、怪しげな笑いと共に何やら宣言している。

それを胡乱気《うろんげ》な目で見る剣士がいるのは、もはやお約束だろうか。

「なんですかアベル、その目は！」

「いや、なんでもないぞ」

「嘘ですね！　言いたいことがあるならはっきり言ってください」

「いや……必殺技とかいうものは、そうぽんぽんぽんぽん、次から次に生み出せるものなのかと疑問に思っただけだ」

「これも、日頃の鍛錬の成果です」

堂々と胸を張って主張する水属性の魔法使い涼。

そもそも、なぜアベルがそんなことを言うのかというと……。

「ほんの五分前にも、新たな必殺技ができましたとか言ってなかったか？」

「ええ、言いましたよ？」

「だから、そんなにすぐに必殺技ができるのかと思ったんだが……」

「できたのだから仕方ありません。全ては、日頃の努力の成果です」

やはり堂々と胸を張って主張する涼。

ちなみにここは、涼の家の前の庭。とても広く、サッカー場が楽に三面とれるほどの広さがある。ここなら、必殺技の開発にふさわしいと思い、涼とアベルが特訓を行っているのだ。

そんな中、涼はいちおう、もっと詳しく説明した方がいいと感じたのだろう。言葉を続けた。

「五分前に完成したのは〈動的水蒸気機雷《ダイナミックスチームマイン》〉という技で、最近よく使っている〈ドリザリング〉の発展型です」

「あ、うん……」

「これは、機雷のように事前設置しておいて使うことを想定しています。〈ドリザリング〉は十秒ほどしかもちませんでしたが、〈動的水蒸気機雷〉は設置して一時間はもちます。先に敷設《ふせつ》しておけるというのは、戦いの幅を広げるに違いありません。対多数であっても使えそうですよね」

「そうか、凄いな」

正直、アベルは涼の説明を全て理解したわけではないのだが、何か凄そうであることは理解したのでそう言ったのだ。感想自体は嘘ではない。

「そして今、完成したのは……名付けて、〈らくりま・アベルー〉」

「らくり……俺?」

「翻訳すると、アベルの涙ですかね」

「俺の涙? 名前からして嫌な予感がするんだが、それはどんな必殺技なんだ?」

「やってみせましょうか?」

「いや、やめてくれ」

「え?」

「言葉で教えてほしい」

不穏な空気を感じ取ったのだろう。アベルは言葉での説明を求める。

「簡単に言えば、相手の脛《すね》にちょー硬い氷をぶつける技です」

「……は?」

「ほら、脛を硬いものにぶつけたりすると痛いじゃないですか?」

「ああ、痛いな」

「アベルですら泣いちゃうでしょう?」

「泣きはしないが……」

「アベルですら涙が出るに違いない技。それが命名理由です」

「うん、剣士の俺には全く理解できない世界だった」

涼は自信満々に説明し、アベルは小さく首を振る。

アベルは、〈動的水蒸気機雷〉とかいう技は素直に凄そうだと感じたが、このアベルの涙はそれほどとは思わなかった。だが涼が自信満々であることを見ると、ある意味、自分の認識が足りていないのかもしれないと思い返す。

魔法使いと剣士は、永遠に理解しあえない職業なのかもしれないと。


「そういえばアベルは、ちょっと前に新しい剣技を覚えていたじゃないですか？」

「うん？」

「ほら、僕の〈アイスウォール〉を貫いたやつです」

「ああ、剣技：刺突孤峰《しとつこほう》か」

「それです！　あんな感じで、まだ使えていない剣技とかあるんじゃないですか？　それが新必殺技になるじゃないですか」

「あるっちゃあるが……なあ……」

アベルは首を傾《かし》げている。

「刺突孤峰はカッコいいですよね、一撃で、一点を貫く……」

涼はそこまで言って、言葉を切り、何やら考え始めた。

「どうした？」

「いえ……アベルは、シェナさんと話したことはありますか？」

「シェナ？　フェルプスのところの副団長か？　いや、ないな」

シェナは、ルン所属のB級冒険者フェルプス・A・ハインライン率いる『白《しろ》の旅団《りょだん》』の女性副団長だ。二属性の魔法を操る凄腕で、以前アベルが言っていた話では、元暗殺者でフェルプスを殺すつもりだったのだが敗れて、逆にフェルプスに仕えるようになったらしい……。

ちなみに、涼も話したことはない。

「ちょっと、シェナさんに聞きたいことができました」

「シェナに聞きたい？　リョウもシェナとの絡みなんてないだろ？」

「ええ、ありません。アベルじゃなかったでしたっけ、シェナさんが針を使うって教えてくれたの」

「俺だったか……そうかもしれんが、まあ、シェナが針を使うというのはルンの冒険者の間では有名な話だ。もっとも、それを見たやつは誰もいないというのも有名な話だ」

「なんですかそれ……怖い話の類《たぐい》ですか？」

「いや、単純に針が見えないという話だ」

「なるほど」

確かに針というものは細くて小さいために、近付いてじっくり見ないと見えない。

「この前、僕らがトワイライトランドに行った時には、フェルプスさんはアクレにいました。ですのでその時は、彼女もアクレにいたんでしょうけど。今もあっちですかね？」

「そういえばその二人、今朝ギルドで見かけたぞ」

「なんですと！　もう、なんで早く言ってくれなかったんですか！」

「今尋ねられたばかりだからな」

「ほらアベル、ギルドに行きますよ！」

「俺もか？」

「さっき言ったでしょう、僕は面識ないですもん。いきなり知らない人に話しかけられたら、シェナさんだって嫌でしょう？　その点、アベルなら大丈夫。ルンの街の人気者ですから」

「俺もさっき言ったろう、話したことないって……」

涼とアベルは、連れだって冒険者ギルドに行くのであった。

◆

二人は冒険者ギルドを出て、さらに歩き続けた。ギルドにはすでに、目当ての人物はいなかったのだ。

「全てアベルのせいです」

「知っているかリョウ、そういうのを責任転嫁《せきにんてんか》と言うんだぞ」

「アベルがもっと早く言ってくれれば、ギルドで捕まえることができたのです。それなのに……」

「リョウが言い出すのが遅すぎたんだ」

歩きながら言い合っている魔法使いと剣士。言うまでもないが、ただじゃれ合っているだけだ。

「フェルプスさんたち……『白の旅団』でしたっけ。家を持ってるんですね」

「ああ。あいつら、四十人くらいいるからな。家を持ってた方がいいだろ」

「いや、家に四十人って……大変ですよ？」

四十人一家……どう考えても、家の中は人で溢れかえる。

涼の家なら、庭にテントを張ってもらって生活すればいけるだろうか。

「四十人分の食事は、交代制で作っているらしい」

「家の中が人で溢れかえるのを僕は想像しましたけど、アベルはご飯ですか。いかにアベルが食欲まみれの剣士なのかよく分かるエピソードです」

「いや、そう言われてもな」

アベルはそう言うと、顎をしゃくって言った。

「あれが、その家だからな」

「……はい？」

それは、間違いなく豪邸。

というより、貴族のお屋敷。

いや、大貴族のお屋敷。

二人が先ほど出てきた、王国でも有数の規模を誇る冒険者ギルドの建物よりも大きい。

ルンの街でこれよりも大きな建物があるとすれば、それは領主館くらいなものだろう。

それほどに巨大だ。

「あれ……ですか？」

「あれだ」

そう言いながら二人は屋敷の門の前にたどり着いた。

そこには二人の門番が立っている。当然のように、その門番は挨拶《あいさつ》をした。

「こんにちは、アベルさん」

「おう。フェルプスに用事があるんだが？」

「聞いてきますので、少々お待ちください」

そう言うと、門番の一人は屋敷に入っていった。

門で待たされる二人。

「今の人、冒険者ですよね？　凄くまともな感じの人ですよ」

「ここの門番はC級冒険者だ」

「門番とか、一番下っ端の人がやるのだと思っていました」

「『白の旅団』の一番下はD級だが、D級はひたすら訓練をしてダンジョンにもぐる。徹底的に実戦経験を積まされるんだ。門番で休むなんて贅沢《ぜいたく》はさせてもらえない」

「門番って贅沢なんだ……」

人を育てるという側面からの、考え方の違いなのだろう。

「門番ってのは、見方によっては、その屋敷の顔だろ。訪れた人物が、真っ先に対面する人間だ。当然そこには、どこに出しても恥ずかしくないきちんと訓練された人間を配置するべきだろう?」

「確かに」

アベルの説明と、それに納得する涼の声が聞こえたのだろう。残された門番は、少し顔が赤くなっている。ある意味褒められて、照れたようだ。

◆

しばらくして、二人は屋敷の中に通された。案内された部屋は、執務室のような部屋。部屋の奥にある大きな机では、フェルプスが書類に目を通していた。その脇で、シェナが書類をまとめている。

「やあ、アベル、リョウ。どうぞそちらに」

「こんにちは、フェルプスくん」

「お邪魔します」

フェルプスが椅子を勧め、アベルと涼が挨拶する。

ちなみにアベルは、フェルプスに挨拶する時は、必ずこの言い方だ。

「それで? 今日はどういう用件で来たの?」

「単刀直入に言いますと、シェナさんに『針』を教えてもらいたくて」

フェルプスの問いに、涼ははっきりと答えた。それを受けて、首を傾げるシェナ。

「実は、僕とアベルは帝国の侵略者たちに負けました」

「おい……」

涼のあまりにも飾らない言葉につっこむアベル。

「アベル、敗北から目を逸らしていては強くなれません」

「あ、はい、すいません……」

涼が厳然たる口調で言い、アベルが素直に受け入れた。それを聞きながら、笑うのをこらえているフェルプス。

「おい、フェルプス！」

「ああ、いや、ごめんごめん。で、強くなるためにシェナに教えを請《こ》いたい、しかも針をということだね」

「はい、ぜひ！」

　アベルが不平を言い、フェルプスは涼に確認する。

「そういうことなら、協力するのは構わないけど……」

「おぉ！」

「でもそれ、こちらの利点は何があるのかな？」

「利点？」

「門外不出のシェナの秘技をリョウに教える、それはいいだろう。王国の力の増強になるかもしれないからね。でも、それに見合う何かが欲しいよね」

「でしたらその間、うちのアベルを好きに使ってください」

「よし、交渉成立だ」

「おい……」

　涼とフェルプスの間で交渉が成立した。なぜか、当事者アベルの了解もなく。

「それではシェナさん、よろしくお願いします」

　涼は、丁寧に頭を下げた。それを受けて、シェナも無言のまま頷く。

「じゃあ、アベルはこっちへ」

　笑顔のフェルプスが声をかける。

「マジか……」

　顔をしかめたアベルがため息をつきながら、部屋を出ていくフェルプスに付いていった。

　部屋を出たフェルプスとアベルが着いたのは、屋敷の裏庭。裏庭と言っても、優雅な庭園があるわけではない。道に面した表側の庭同様、訓練ができるように整備されている。

「俺は、庭で何をするんだ？」

「私との模擬戦だ」

　笑顔のまま、だが凄みを増したフェルプスの様子から、ようやくアベルは気付いた。フェルプスが部屋を出る時に、槍を手にしていたことに。

「おい、それ……」

「うん、ゲイボルグ。我がハインライン家に伝わる魔槍の一本」

フェルプスはそう言うと、頭上で槍を回してみせる。

「いつもは、折り畳み式の携帯用の槍だろうが」

「そう、槍は持ち運びが大変だから。でも、ゲイボルグが一番しっくりくる」

フェルプスは槍士だ。

父である元王国騎士団長アレクシス・ハインライン侯爵も、王国屈指の槍の使い手として知られていたが、その息子に恥じない槍士。いや、実力はすでに、『鬼』と呼ばれた父を上回っている。普段は、そのあまりの強さから槍を使うこともなく剣を振るってばかり……たまに振るってもそれは折り畳み式の携帯槍。

実はアベルですら、フェルプスがゲイボルグで戦っているのを見た記憶は少ない。

最近でいうなら、ダンジョンから魔物が溢れ出てきた『大海嘯《だいかいしょう》』の時であろうか。あの時、最終局面において、アベル率いる『赤き剣』とフェルプス率いる『白の旅団』がゴブリンジェネラルとゴブリンキングに突っ込んだ。その時にフェルプスが振るっていたのは魔槍だった……多分、今持っているゲイボルグ。

アベルが周りを見ると、『白の旅団』の団員たちが集まってきている。模擬戦の見学者だろう。しかし、その中に目当ての人物はいない。

「なあフェルプス、神官のギデオンの姿が見えないんだが？」

「ああ、いないよ」

「え？」

「ギデオンたち四人は、ちょっと特別な依頼で街を離れているんだ」

「マジか……」

アベルが絶望を表すかのように右手で顔を覆う。

「だから、私を殺さないように戦ってくれ」

「それは俺のセリフだ……」

フェルプスが笑いながら注文するが、それはアベルが言いたかった言葉。

ハインライン家の魔槍ゲイボルグを相手に戦うのだ……刃を潰した剣や槍ではない。せめて、腕のいい神官くらいはいてほしいと願うのは当然だろう。

『白の旅団』のギデオンといえば、『赤き剣』のリーヒャと並んで、王国南部で最も腕のいい神官と目されているB級冒険者だ。彼がいれば、即死でない限りは助かる……そう言われるほどに。

だが、ここにはいないと言う。

「俺……ここで死ぬんじゃないか?」

アベルのそんな呟きはあまりにも小さすぎて、誰にも聞こえなかった……。

◆

「ふぅ……」

一つ呼吸を整えて剣を構えるアベル。

対峙するフェルプスは、すでに槍を構えている。左足を前に出した左前半身構え。アベルは王城にいた頃、剣だけでなく槍も一通り修めた。その中で、左前半身は最も基本だとも習った。

最も基本的な構えで、そこにいるだけなのだが……。

(固い……よなあ)

アベルは心の中でため息をつく。

対峙してみると分かる。超一流の槍士が、鉄壁であるということが。

剣士は、剣が届く距離にまで近付かなければならない。それが始まりであり、それが全て。そのためには、槍の攻撃をかいくぐる必要がある。

剣がとれる防御法は三つ。よける、受ける、流す。槍の間合いに侵入する際に使えるのは、よけると流すの二つ。フェルプスほどの相手ともなると、どちらも困難を極める……。

だが、やるしかない。

アベル対フェルプスの戦いが、剣士対槍士の模擬戦が始まった。


槍士対剣士の戦いは、常に間合いの取り合いとなる。中距離なら槍士、近距離なら剣士が有利……一般的には。

とはいえ、フェルプスは一般の範囲にはとても入らない。

アベルによる間合いの侵入速度は、はっきり言って異常だが、フェルプスはそれに対応する。槍をひっくり返して、石突を使って防……いだりはしない。

槍を腰にためた中段の構えから……。

突く、突く、突く！

アベルによる間合いへの侵入は、突きと、自分自身のバックステップによって対応する。

突きは、突き出す速度は重要だが、引く速度も重要である。なぜなら、突き出した瞬間が最も無防備になるから……だからその時間を、できる限り短くしなければならない。

そして、フェルプスの突きは、突きも引きも超速を極めていた。

（超一流の槍士との戦闘が、これほどやりにくいとは……）

フェルプスのスピードに、アベルは舌を巻く。

これまで、槍士との剣戟《けんげき》を難しいと思ったことはない。はっきり言って、間合いに侵入すればそれで終わりだから。ファランクスのように、密集した槍を持った集団を相手にすれば、かなりてこずるが、一対一で、剣対槍なら簡単なのだ。

だが、目の前の相手は違う。

突き……いや正確には、左手の中を槍が滑っているためにしごきなのだろうか。両手に手甲を着けているが、左手の手甲は特殊らしい。しごきやすい、槍士としての手甲のようだ。

腰から顔に向かって一直線に突かれると、遠近感の喪失から、アベルでも非常に危険となる。


（やはりアベルは凄い……）

フェルプスはアベルの動きに瞠目《どうもく》していた。

中段の構えからのしごきが、フェルプスが持つ技の中では最も速い。しかも、専用の手甲を着けている。これによって左手の中を導管にして、槍が螺旋《らせん》を描き突く速度が上がるのだ。

左手を固定し、右腕で槍をピストン運動のように動かす。それをかいくぐって接近するのは超一流の剣士であっても難しいだろう。

本来の槍の攻撃は、しごき以外にも両手で槍を持ったままの突きや、そのしなりを活かしての叩きなど、それなりに多彩なのだが……そんなことをさせてくれる相手ではない。叩きなどすれば、かわされ、槍先が地面に行った瞬間に足で踏まれて動きを止められ、一瞬で間合いへの侵入を許して勝負がついてしまう。

それほどに見事な体さばきのスピード。

（帝国の皇帝十二騎士に打ち倒されたと聞いていたけど、十分復活している。それどころか……『大海嘯』で一緒に戦った時よりも強くなっているんじゃ？）

そう心の中で苦笑した。

復活できた理由は分かっている。一緒にいる水属性の魔法使いのおかげだ。彼の、常に前向きな行動に引っ張られているのだろう。

本来、他の冒険者の秘技を教えてほしいなどと訪問したりはしない。それはある意味、冒険者の生命線ですらあるからだ。場合によっては、問答無用で攻撃される場合すらある……。

（でもリョウはやってきた。しかもアベルを連れて……。はたしてどこまでがリョウの計算だったのか）

もしかしたら、こうして二人が模擬戦を行うところまで、計算のうちだったのではないかとすらフェルプスは思うのだ。それによって、アベルに気合を入れようと。

（いいコンビだ）

フェルプスはうっすら笑って、心の中でそう呟くのであった。

（王城では、間合いに入って槍の柄を叩き切れって習ったけど、絶対無理だろ！）

フェルプスとの模擬戦の最中……アベルは心の中で叫んでいる。

（あの柄……持ち手のところ、木じゃないよな。金属なんだろうが、なんだ？　それでいてしなってるし……間合いに入っても、あのしなりで叩かれるだろ？　あれ、受けそこなうと打撃だけで骨が折れるぞ。腕の一本くらい覚悟して突っ込めってか？）

今、アベルの頭の中にあるのは、目の前の槍をどう攻略するかという思考、それだけ。

はっきり言って、それは新鮮な経験であった。

剣対剣の戦いは多い。だからある程度慣れている。

しかし、剣対槍の戦いは決して多くない。

これが戦場であれば違うのだろう。戦場においては、槍が使われる頻度が非常に高いから。

本来の第二王子という地位に戻れば、戦場に出ることは増える。特に、兄である王太子が体調に難を抱えている以上、この先数十年、王国軍の主力を率いるのはアベルになる可能性が高い。

しかし、指揮官として戦場に出た場合……逆に、最前線に身を投ずることは少なくなる。なぜなら、自分が敵に討たれれば、その瞬間に負けが確定してしまうから。だから、最も安全な場所を動くことはできず、結果的に自らの剣で戦うことは今以上に少なくなるはずだからだ。

当然、槍を持った相手と戦うことも多くはないだろう。ならば今のうちに……。

「何事も経験か」

アベルはそう呟くと、深く、だが素早く息を吐く。吸い込むと同時に、飛び込んだ。

鋭い突きが来る。一撃目を剣で流す。それは、二撃目の突きが来ても対応できるように、フェルプスに対して正面から突っ込むために。

しかし、フェルプスの動きはアベルの予想を裏切る。

突っ込むアベルに対して、なんとフェルプスも突っ込んできたのだ。

槍なのに！

広い間合いこそが有利なのに！

理由はすぐに分かった。フェルプスは突っ込んできながら、槍を縦に回転させたのだ。槍先は空中に上がり……柄の端、石突が地面すれすれ下方からアベルに向かって上がってくる。

ジュリッ。

下から襲ってきた柄を、剣で受け流す。

完全に剣の間合い。

だがフェルプスは直線の突っ込みから、まるで踊る如《ごと》くステップを円に切り替え、アベルの剣の間合いからずれた。

「まずい！」

剣の間合いからずれる……距離が離れれば、それは槍の間合いに戻るということ。

カキンッ。

体をひねり、さらに遠心力も利用した強烈な槍の叩きを、アベルは体の前に剣を入れてしのぐ。しのいだが……受けた体ごと吹き飛ばされた。

「く～、マジで痛え」

吹き飛ばされながら体をひねり、すぐに片膝立ちの体勢をとってからアベルはぼやく。

「さすがアベル、最後の一撃は腕を折るつもりだったんだけど。剣を入れてしのぐとはね」

構えを崩さないままではあるが、にっこり笑ってフェルプスが称賛する。

「槍は、間合いを侵略すれば楽勝なんて、絶対嘘だな」

「そりゃあ、剣士は全員それを狙ってくるからね。それに対処する方法だって、槍術の中にいくつもある。楽勝な武器なんてあるわけない」

「師匠には、槍の柄を叩き切れと習った……」

「剣聖ジュリアン様か。あれほどの腕があればそうだろうね。つまり、剣聖並みの腕を身に付けろということだよ」

「無理だろ……」

フェルプスは、アベルの出自を知っている。同時に、誰に師事していたかも知っている。その相手が、剣においてどれほどの化物であったかも……。

「けど、この前戦った帝国騎士に勝つにはそれくらい強くならないと……」

「ああ……皇帝十二騎士ってのは、あんなのがゴロゴロいるんかね」


二時間後。

「まだリョウたち、やってるのか？」

「針ってのは、そう簡単に身に付かないだろうからね」

そう言いながら、アベルとフェルプスは軽めの模擬戦を続けていた。


さらに三時間後。

「まだ続いているんだよな？」

「そう。時々、団員が部屋に呼ばれていってるみたい」

「呼ばれて？　なんでだ？」

「針を打たれるようだよ。実験台だね」

「……大丈夫なのか？」

「シェナの指導の下でやってるから大丈夫」

心配そうなアベルと、大丈夫だと頷くフェルプス。

「とは言っても、針の具体的な使い方は知らないんだけどね」

「……は？　シェナは針を使うって聞いたが？」

「そう、それは事実。見えないくらい細い針を刺すことによって、相手の動きを止めたり、痛みをとったり……目を見えなくしたりとかもできるらしい。でも、私はその原理は知らないし、この屋敷にいる他の誰も知らないよ」

「マジかよ……」

世の中には、一般には出回らない技術というものがたくさんあるのだ。

ちなみに二人は、さすがに模擬戦は切り上げて、部屋でチェスを指している。

中央諸国においては、王侯貴族の嗜《たしな》みとしてチェスはできなければならない。つまり、第二王子のアベルや次期侯爵のフェルプスにとっては、ある意味、身に付けておかねばならない教養の一部……。

「アベルはその戦術が好きだよね。キングズギャンビットだっけ。相手に正しい手順で指されると、不利になるよ？」

「いいんだよ、名前が好きなんだから」

「しかも……ギャンビットからキャスリングを展開するなら分かるけど、やらないし」

「いいんだよ、そういう気分なんだから」

フェルプスが肩をすくめて笑いながら指摘し、アベルも肩をすくめてやりたいようにやると宣言する。

キングズギャンビットは、王国中興の祖リチャード王が好んだ戦術とも言われ、あえてポーンを取らせるが、それと引き換えに中央部での展開を有利に運ぶ戦術だ。それに合わせて、キャスリングを宣言することによって、一手で、強力な攻め駒であるルークを盤中央に移動・キングを盤の隅に移動という、非常に効率のいい特殊な手が可能となる。

しかし、今日のアベルはキャスリングを行わなかった。

その理由は、フェルプスにはなんとなく分かる。

アベルは以前から、いずれ王国軍を率いる立場に立つであろうと言われていた。

兄であるカインディッシュ王太子が政治を、弟であるアベルが軍事を。それが、次代のナイトレイ王国の体制になるであろうと言われていたからだ。だから、チェスにおいても、アベルは自身を攻めの中心たるクイーンとルークに投影していた。そして守るべきキングは敬愛する兄カインディッシュ。だから以前の指し手は、キャスリングまで行って、キングは戦場から遠ざけていた。

しかし、状況は変わりつつある。フェルプスの元にも、カインディッシュ王太子の病状は届いている。おそらく、余命数カ月。アベルも知っているはずだが……心の中で、色々と揺れ動いているのだろう。

カインディッシュ王太子が亡くなれば、次期王位にはアベルが就くことになる。

だから、このチェスにはそんなアベルの気持ちが表れている。

起きてほしくないと思いつつも、敬愛する兄の命が尽きてしまい、自分が王になったら……。

盤の中央で、戦場の最前線で、戦い抜く。キャスリングで逃げたりはしないと。

フェルプスとしては、心の中でため息をついてしまう。

もちろん、先頭に立ち、危険を顧みずに国民を率いる王は多くの支持を受けるだろう。

だがそれは同時に、敵から狙われやすいということでもある。それは紛れもない事実であり、避けようのない真実。

いずれ、そんな状況に置かれるであろうアベルにとって、涼という存在は非常に有用なものであろうとフェルプスは思っている。涼が、自分や『赤き剣』の面々はなることができない、アベルと対等な関係になってくれないかと……そう考えているのであった。

その後、アベルは『白の旅団』の本拠地で夕飯を食べ、寝床も借りた。

涼が部屋から出てきたのは、翌早朝であった。

「あ、ありがとうございました……。また来ます……」

フラフラという様子がぴったりな涼。無尽蔵ともいえる持久力を誇る涼が疲れ切っている様を見るのは、アベルにしてもめったにないことだ。

「リョウ、大丈夫か？」

「大丈夫ですよ、アベル。素晴らしい知識と技術を得られました。習熟度を高めて、時々また教えてもらいに来る約束も取り付けましたし」

家に戻った涼が、忘れないうちにとアベルを実験台にして針の練習をしたのは、また別のお話。

二人を送り出した屋敷では、フェルプスがシェナに尋ねていた。

「リョウはどうだった？」

「凄かったです。才能があります」

「針使いの才能？」

「以前から、このような技術があることを知っていたのかもしれません。技術はありませんでしたが、考え方をスムーズに自分のものにしていましたから」

「なるほど」

シェナの説明にフェルプスは頷いて呟いた。

「リョウ……本当に興味深いね」

◆

そこには巨大な半円形のテーブルが置かれ、紫色の髪の、九人の男女が座っていた。いずれも、この組織における責任ある立場の者たちだ。

彼らは、呼び出された一人の女性に対していくつかの質問と確認を行う。呼び出された女性も、紫の髪に青い目だ。涼やアベルがこの場にいたら、「光り輝いた紫髪の女性！」と叫んだかもしれない。もちろん今は、髪も目も光ってはいないが。

九人の男女は、最後にこう告げた。

「中央諸国デブヒ帝国において、空中機動船団が完成しました。あれは、空に住む我々にとって非常に危険なものです。先ほどゾラ・パラスを司令官として、それらを排除する命令が出されました。あなたは、副司令官として彼女を手伝ってください」

それは、命令。

反論などあり得ない、命令。

そうなのだが……。

「私がですか？　副司令官にふさわしい方が他にもたくさんいらっしゃいますが？」

呼び出され、質問に答えていた女性が不満そうに言った。しかし同時に、そんな不満が通らないことも理解している。

「リウィア・アウレリウス、これは政務院による正式な命令です」

「……承りました」

政務院による命令と言われれば受け入れるしかない。

なぜなら政務院とは、この浮遊大陸における最高執行会議の一つなのだから。


政務院を出たリウィアは、自室に戻った。そこでは、補佐として彼女を支える一人の男性が優雅にお茶を飲んでいた。

「私が政務院からお小言を言われている間、ユリウスは優雅にお茶してたのよね」

「時間は有効に使わなければならないからな。文句を言うなら政務院の連中に対してだろう？」

「言えるわけないでしょ！　言えないからあんたに言ってるのよ！」

「理不尽だな」

ユリウスは小さく肩をすくめて、お茶を飲み続ける。リウィアの言葉には、全く動じていないようだ。

リウィアは、政務院で受けた命令をかいつまんでユリウスに説明した。

「だいたい排除命令って、戦争するってことでしょ？　そりゃあ、空中機動船団って言ってるんだから複数の船があるんでしょうよ。でも今までだったら、地上の人間たちに知られないように破壊工作で対応してきたじゃない。それが、なんで今回は排除命令なのよ」

「千年ぶりに目覚めた『元老』の方々が関係するんだ

ろ」

「そう……ユリウスもそう思うわよね、私もそう思う」

顔をしかめてリウィアは頷く。地上にいる者たちは支配の対象……『元老』らの中には、そう明言する者もいる。そんな『元老』の意向を受けての『排除』であるならば……。

「また地上との間に、新たな戦争が起きるのかもね」

「千年ぶりか」

リウィアだけでなく、普段は感情を表すことが少ないユリウスですら小さく首を振る。誰にとっても嬉しくない予想であった。


しばらくすると、リウィアの元に書類が届いた。

「作戦案？」

リウィアはそう呟くと、書類をめくり始めた。ちなみにユリウスは、三杯目のお茶を飲んでいる。

「展開するのはマルス級二十隻、ユピテル級二隻、旗艦にテラ級一隻？」

「テラ級は、全艦ドック入りしているだろう？」

「一番艦テラが整備終了次第、作戦を発動させるらしいわ」

「マルス十隻にユピテル一隻で打撃群だったか？ つまり二個打撃群にテラ級まで出すわけだ」

「今回のやつは、遠征打撃艦隊と呼称されるそうよ。艦隊……？ 本当に、地上と戦争する気？ それって、この浮遊大陸が千年の眠りから覚めるということ？ 確か千年前の地上との戦争って……」

「地上の人間たちが、暗黒大陸と呼んでいる地域が戦場だったな」

リウィアの問いにユリウスが答える。

リウィアは、もう一度作戦案に目をやった。

「そもそも、さっき副司令官にって言われたのに、すでにこんな作戦案があるって変じゃない？」

「戦争そのものは、だいぶ前から想定されていたということだろう」

「その時って、私じゃない別の人が副司令官に入るはずだったんじゃない？ そこに私が無理やりねじ込まれた……」

「アウレリウス家の人間は大変だな」

「好きで生まれたんじゃないわよ……」

盛大なため息と共に、目に見えない誰かの首を手で絞めるリウィアであった。

◆

「リウィア・アウレリウス、入ります」

入口でそう言うと、リウィアは部屋に入った。扉はいつも開いたまま。それが、今回の彼女の上官となるゾラ・パラスの仕事の進め方だ。

「来てくれてありがとう。すぐに終わるから、そこに座ってて」

ゾラはチラリとリウィアを見てそう言うと、再びいくつかの書類にサインをし始めた。

ゾラ・パラス……軍団を率いる資格を持つ『将軍』らの中でも、最も有名な一人。名門パラス家の長女として、首都サントゥアリオ社交界の中心の一人であり、次期政務院入りが確実視されている人物でもある。

もちろん優秀な人物ではあるが、今回の開戦の火蓋を切る司令官に任じられたのは、政務院入りの手土産を持たせようという者たちの思惑であろうと、リウィアは勝手に思っている。

そこになぜ自分が副司令官として入れられたのかは、全く分からないのだが……。

リウィアがしばらく待たされた後、ゾラはサインを終えて向かいのソファーに座った。そして話を切り出す。

「今回、あなたを幕僚に入れたいという意見は、私が出したの」

「パラス司令官が？」

「ゾラと呼んで」

「ゾラ……司令官が？」

「最近あの辺り、中央諸国でいろいろやっていたでしょう？」

「いろいろというか……全部、総務のお仕事です」

「各地で異常値の検出、島型輸送……信じられないけど、一人の人間から地脈を超える異常値を検出、その結果、輸送機が墜落」

「……全て報告書に書きました」

肩をすくめて言うゾラ司令官、顔をしかめて理由は述べてあると主張するリウィア。

「報告書は全て読んだわ。別に非難しているわけじゃないの、信じられないだけ」

「そう言われましても……」

「しかも最後、クインクアトリア形態になって打ちかかったのに防がれたんでしょ？　アウレリウス家のクインクアトリアでしょ？　ありえないわ」

「そう言われましても……」

ゾラ司令官の指摘に、そう言われましてもを繰り返すしかないリウィア。

いろいろ信じられないのは分かる。対峙した自分ですら信じたくないのだが、実際にそれは起こり、実際にその人物は存在したのだ。信じられないと言われても……それこそ『そう言われましても』としか答えられない。

「いいわ、終わったことだし。あなたを幕僚に入れたいと申し出たのはそういう理由よ」

「なぜ幕僚ではなく副司令官に……」

「それは知らないわ。上の方でいろいろあったんでしょ、政治的な何かが」

「……そうですか」

肩をすくめて知らないと答えるゾラ司令官、ぎりぎりでため息を呑み込んだリウィア。さすがに直接上司になったばかりの人物の前でため息をつくのは……今後の関係性に良い影響を与えるとは思えない。

「まあ、あなたにもいろいろ思うところはあるでしょうけど、戦功を重ねるいい機会と前向きにとらえてほしいわね」

「はい、承知しております」

今回の任命にリウィアが不満を持っているという話が、どこからかすでに伝わっているようだ。政務院であんな受け答えをすれば当然か。心の中だけで、何度目かのため息をつく。

「他の部下たちがいる前では私の命令に従ってもらう、反論は許さない。だから、何か質問があるのなら今のうちに聞いておいて。私の進め方は聞いたことがあるでしょう?」

「はい……」

そう、ゾラ司令官は他の者たちがいる前での反論はもちろん、疑問をぶつけることも許さない。権威への挑戦ととらえるのだ。だから、疑問があるなら他に誰もいないところで尋ねなければならない。

「今回、デブヒ帝国の空中機動船団への攻撃命令はなぜ発せられたのでしょうか?」

「うん?」

「今までだったら、誰にも知られないうちに破壊工作で空に上がれないようにしていたはずです」

「そうね。ああ、それこそ中央諸国のハンダルー諸国連合、あそこを構成する……アドラン公国だったかしら。あそこの小型飛行船を、先日落としていたでしょう、実験の失敗を装って」

ゾラ司令官は思い出しながら答えた。

もしこの話を、涼かアベルが聞いていれば思い出したかもしれない。商人ゲッコーの依頼でヴォルトゥリーノ大公国国境の街ジマリーノに潜入した際、小型飛空艇が墜落した件を。それが原因で、国境が封鎖されていたのだ。

「埒《らち》が明かないと判断したようね」

「埒が明かない?」

ゾラ司令官の答えに首を傾げるリウィア。

「今度は、同じ中央諸国のデブヒ帝国で艦隊規模の艦群が建造されたわ。一つ一つ潰しても間に合わない、無駄だと上は判断したのかも。だからいっそ表に出て、空に上がってくるなと言うつもりなのでしょう」

「そのために……ある種の見せしめのために、今回出撃すると?」

「そうだと思うわ。デブヒ帝国が空中戦艦とも言うべきものを研究していたのは、それなりに早い段階で掴んでいた。そもそもあそこには、空中戦艦ハルターがあったから」

「メフィス王女が持ち出した……」

「そう。完全な模倣《もほう》は不可能でしょうけど、全く何もないところから作り出すよりは楽でしょう? 実物があった方が」

ゾラ司令官は苦笑しながら答えている。空中戦艦ハルターを持っているデブヒ帝国が、いずれ空に上がってくるのはやむを得なかっただろうと考えているのだ。

だが、その後に続けた言葉は顔をしかめながらであった。

「目を覚ました『元老』たちの中には、『地上人を導くのが天上人の役割』とか『地上人は天上人の奴隷』みたいなことを言う方々もいる。我らロマネスクの民であることに誇りを持つのは分かるけど……。まあそんな『元老』たちの言動が、今回の件と関係ないとは言わないわ」

リウィアがユリウスと話していたことは当たっていたようだ。しかもこちらから尋ねてもいないのにわざわざ答えてくるというのは……。

「正直、私もそんな『元老』の考えは過激だと思う」

「ゾラ司令官……」

「ああ、これはただの独り言よ。あなたがどこかで証言しても『言った覚えはありません』と答えるから」

「告げ口なんてしません」

「まあ『元老』たちが目を覚ました段階で、賽は投げられたのよ」

「はい……」

力なくリウィアは同意する。そう、彼女たちにはどうにもならないこと。

「あなたには、私と共に旗艦テラに乗ってもらいます」

「え？　副司令官は普通、司令官とは別の艦に乗るのでは？」

「そう、普通はね。今回は、あなたの意見を聞きたいからよ。本来、幕僚として連れていきたかったわけだし。その理由は、あなたの意見を聞くためだったのだから。他の艦にいられたら、すぐに意見を聞けないわ」

「はい……承知いたしました」

◆

ナイトレイ王国北部、ゴーター伯爵領。その領都ゴーヤーの中央広場で、大規模なデモが起きている。

「食い物よこせ、か」

そんなデモを見ながら、一人の剣士と思《おぼ》しき冒険者が、宿屋の二階の窓から広場を眺めて呟いた。

「よかったな、俺ら、侯爵様のところに拾ってもらえて。ちゃんとお金を貰えるから、食い物にもありつける」

魔法使い風の男性が、椅子に座ったままそんなことを言う。隣に座った神官風の男も、その言葉に何度も頷いている。

「確かにな。紹介してくださったイラリオン様様だ。それにしても、オリアナとアイゼイヤはまだか」

剣士は、扉の方を見ながら、懐中時計を取り出して確認する。

「ヘクター、心配し過ぎだ。あの二人なら大丈夫だろ」

魔法使いがそう言った瞬間、扉が開かれて、二人が入ってきた。

「ヘクター、指示書あったよ」

斥候であるオリアナが、パーティーリーダーの剣士ヘクターに指示書を渡す。

「そうか！」

ヘクターは嬉しそうな表情になって、指示書を受け取った。そして、一読する。

ヘクターの言葉を待つ、四人のパーティーメンバー。

何度か黙読した後、ヘクターが指示書を読み上げた。

「王都に帰還せよ」

「よっしゃー」

四人は、喜びを爆発させた。

槍士のアイゼイヤは何度もガッツポーズを決め、魔法使いのケンジーと神官タローウは抱き合う。

彼らは、王都所属C級パーティー『明《あ》けの明星《みょうじょう》』である。

以前、王都騒乱前に、アベルを拉致《らち》しようとしたパーティーだ。その後の、証拠隠滅のための爆発に巻き込まれて行方不明になっていたのだが、実はイラリオン・バラハによって保護され、そこからハインライン侯爵家の王都駐留冒険者となっていた。

今はまだ、王城内の権力争いが落ち着いていないため、彼らの生存は伏せられている。そのため、今回の任務に関しても冒険者ギルドを通したものではなく、ギルドへの貢献度は増えない。だが、かなり上乗せされた報酬をハインライン侯爵家からは貰っており、五人共満足していた。

しかしそうは言っても、一カ月にわたるゴーター伯爵領での調査はあまり楽しいものでもなく、若者五人の『明けの明星』にとっては、王都の華々しさが懐かしくなっていたのもまた事実であった。


『明けの明星』には、王都への帰還命令が出たが、未だに王国北部に滞在し続けている冒険者もいる。

南部のルン所属『白の旅団』の一軍と言われる主力四人だ。フリットウィック公爵、すなわち王弟レイモンドの領地に潜入し、ここ数日はその都であるカーライルで情報を収集している。

そして今夜、決定的ともいえる情報を掴んでいた。

四人が見張るのは、王弟レイモンドの右腕とも言われるカークハウス伯爵パーカー・フレッチャーの屋敷。その屋敷で、主のパーカーと、ある人物たちが密会するという情報を手に入れ見張っていたのだ。

「間違いないな？」

「ええ、あれは間違いなく、帝国第八軍を率いるエーブナー将軍です。そしてもう一人は、帝国第七魔法団の指揮官オステルマン伯爵グーター」

双剣士ブレアの確認に、頷いて答える神官ギデオン。

「つまり王弟殿下は真っ黒ってことか」

ブレアは小さく首を振る。ぶっきらぼうで豪放磊落《ごうほうらいらく》を地で行くブレアではあるが、目の前で故国への裏切りを見せられればいい気持ちにはなれない。

情報は掴んだ、裏切りの証拠……正確には四人が証人として、あとはこれをフェルプスかハインライン侯爵に連絡すればいい。いいのだが……。

「ダメ、やっぱり繋がらない」

土属性魔法使いのワイアットが、手元にある十センチ四方ほどの大きさの箱に魔力を流しながら首を振って報告する。

「マジかよ。ワイアットがぶっ壊したのか？」

「そんなわけないでしょ！　起動はするんですよ、情報も発信しているみたいなんですけど、先方に繋がらないんです」

ブレアの軽口に反論するワイアット。

だが……。

「それは、こちらの錬金道具が妨害しているからだ」

離れた闇の奥からそんな声が聞こえた瞬間、こちら側の闇から、声が聞こえた闇に向かって投げナイフが放たれた。

カキンッ、カキンッ、カキンッ。

斥候ロレンツォが投じたナイフは、全て弾かれる。

「馬鹿な！　こんなに近付かれるまで気付かなかっただと」

双剣を抜き悪態をつくブレア。他の三人も戦闘態勢に移行する。

「それは、俺たちがお前たちよりも強いからだ。とはいえ、それなりのネズミがかかったようだな」

闇の中から現れた男は完全に髪を剃《そ》りあげ、眉も剃り、一目見たら忘れられない存在感を放っている。

「俺の記憶違いならスゲーいいんだが……髪も眉も全部剃ったA級冒険者の話を聞いた覚えがある」

「残念ながら記憶違いじゃないですよ。伝え聞くところの、王都所属A級パーティー『五竜《ごりゅう》』の剣士サン殿の風貌《ふうぼう》にそっくりです」

ブレアの言葉に、小さくため息を吐きながら答えるギデオン。

「当然、一人ってわけないよな」

「他に気配を三つ感じる」

「失踪したと言われていたA級パーティー『五竜』は、カーライルにいたわけだ。それに関しても報告したいですが……」

「ええ、繋がりません」

剣士ブレアが問い、斥候ロレンツォが答え、神官ギデオンの確認に、魔法使いワイアットが頷いた。

「つまり……」

「ここを突破して、この街から脱出して、なんとか情報を送らないといけないということです」

ブレアの確認に、ギデオンが頷きながら答えた。

『白の旅団』の四人が決心するのとほぼ同時に、事態が動いた。

「突破できるか～？」

ガキン。

サンが一気に距離を詰め、神官ギデオンに剣を振り下ろしたということに反応できたのは、双剣士ブレアだけであった。

「片手で、この力って化物かよ」

サンの右手一本での打ち下ろしを、ギデオンの前に体を入れて双剣で受けるブレア。だが、片手のサンにギリギリと押し切られそうになる。

「我は放つ穿《うが》ちの槍〈岩の刃〉」

カキ、カキン。

土属性魔法使いワイアットの攻撃魔法を、いつの間に取り出したのか左手に持った剣で打ち払うサン。

そんな、右手でブレアを攻め、左手で岩の刃を打ち払い、守りが無くなった状態のサンを斥候ロレンツォの投げナイフ三本が襲う。

だがサンは、足を蹴り上げて後方に一回転して空中に逃げてかわした。

「双剣士？」

「まるで軽業師……」

両手に剣を持つ姿に驚く双剣士ブレア、正統な剣術ではないかわし方で空中に逃げるのに驚いたワイアット。

サンはバックステップして四人と距離をとった。

「大きめのネズミだと思ったが、想像以上だったな。もしかしてB級冒険者か？」

笑いながら問うサン。その表情には圧倒的な余裕がある。

「三人がかりで傷一つ付けれねえとか、マジで化物じゃねえか」

ブレアが吐き捨てるように言う。

「当たり前だろうが。俺、A級だぞ？」

やはり笑いながら肩をすくめるサン。

その瞬間、『白の旅団』の四人の視線が交わされた。アイコンタクト。誰も頷いたりすらしない。

一気に踏み込んだのは双剣士ブレア。

「双剣技：連撃十閃」

いきなりの大技、高速の十閃がサンを襲う。

しかし、その全てが危なげなく弾かれる。

「偉大なるその光を灯したまえ　〈フラッシュ〉」

神官ギデオンによる強力な光での目潰し。

「うおっ」

思わず声を上げるサン。だが、目はしっかり閉じられ目潰しは成功していない。

そこに、斥候ロレンツォによる無音の投げナイフ。

カキンッ。

なぜ反応できるのか分からないが、サンは完璧に弾いた。

しかしそれも想定内、全ては囮《おとり》だ。

「我と彼とを別《わか》て　巌《いわお》の連なりを現せ　〈ロックウォール〉」

四人とサンの間に、岩の壁が生成される。

「我と彼とを別て　巌の連なりを現せ　〈ロックウォール〉」

超早口による連続生成。

「我と彼とを別て　巌の連なりを現せ　〈ロックウォール〉」

「我と彼とを別て　巌の連なりを現せ　〈ロックウォール〉」

さらに連続生成。その間にも、詠唱の声は遠くなっていく。唱えながら逃げているのだ。

最初の三枚まではサンも剣で切り裂いたが……。

「しゃーない」

そう言うと追撃を諦めた。

一つため息をつくと、後ろに向かって声をかける。

「おい、なんで手伝わねーんだよ！」

「A級剣士様が取り逃がすとは思わなかったので～」

「A級剣士様も大したことないのかな～」

サンの文句に対して、煽るように声が返ってきた。

その後、三人が姿を現す。

A級パーティー『五竜』のメンバー、槍士コナー、火属性魔法使いブルーノ、そしてずっと無言のままの斥候兼弓士カルヴィンである。

「けっこう強かったぞ？　あれ、絶対B級だな。カルヴィン、あいつらが誰か分かるか？」

サンはずっと無言のままのカルヴィンに尋ねる。それが一番確実だからだ。

「なんでいつもカルヴィンに尋ねるんだよ！」

「そうそう、俺らだって知ってるかもしれねえじゃん！」

「お前たちが知るわけないだろうが！」

コナーとブルーノが不満を口にするが、サンが言下に否定する。しかもその否定は、残念ながらいつも正しい。

「ルン所属B級パーティー『白の旅団』、双剣士ブレア、土属性魔法使いワイアット、斥候ロレンツォ、神官ギデオン」

必要最低限だが、持っている情報は確実に伝えるカルヴィン。

斥候兼弓士でありながらA級にまで上がるというのは、冒険者の国といわれるナイトレイ王国の歴史上でもそう多くない。目の前にいる『五竜』の他三人と比べても、頭脳において優秀であるからこそA級なのだ。

「マジで名前まで知ってたよ……」

「カルヴィンの頭の中ってどうなってんの？」

呆れるように称賛する槍士コナーと魔法使いブルーノ。

ただ一人、サンの反応だけは違った。

「ルンの『白の旅団』っていやあ、あれだろ？　侯爵の息子が率いている四十人くらいいるパーティーだろ？」

「そう。フェルプス・A・ハインライン。団長の彼と、副団長の魔法使いシェナに、さっきの四人が主力」

「つまり団長と副団長も、ここに来ている可能性がある？」

「否定はできない」

サンの問いに頷くカルヴィン。

「ここから街の外への錬金道具による通信は妨害されているんだよな？」

「帝国錬金協会から提供された道具によって妨害されている」

「つーことはだ。街から出さないようにしつつ、その団長や副団長と合流したところを一気に叩くのがいいってことだな」

「侯爵の息子に負けたりして」

「A級剣士様、さっき取り逃がしたからな」

サンの方針に茶々を入れるコナーとブルーノ。

「黙りやがれ！　お前らが手伝えば問題なかったんだ

ぞ！」

サンが何度目かの怒鳴り。もちろん、怒鳴られた二人はなんとも思っていない。基本、サンまで含めた三人は性格が破綻《はたん》している。

「まだ俺ら、しばらくはカーライル泊まりらしいからな。楽しい楽しい冒険者狩りでもしようぜ」

禍々《まがまが》しい笑みを浮かべるサン。

同様に笑うコナーとブルーノ。

ただ一人、表情も変えずに首を振ることもなく三人を見るカルヴィン。

その四人が、『五竜』の現メンバーであった。

◆

「ふぅ～」

気持ちよさげに満足の吐息を吐いているのは、水属性の魔法使いだ。それを胡乱気な目で、剣士がチラリと見た。

ここは、『白の旅団』の屋敷。屋敷の主である団長フェルプスとアベルが椅子に座って情報交換をしている横で、広めのソファーにうつぶせになった涼が、副団長シェナから針を打ってもらっている。

「本当にシェナさんの針は凄いです。僕も頑張ってそのレベルにまで辿り着きたいです」

「リョウは筋がいい。頑張れ」

涼が気持ちよさそうな表情でシェナの腕を称賛し、全く表情を変えないシェナではあるが臨時の弟子を褒める。

「本当にあれは修行なのか？」

「剣だって、師の技を受けるだろう？」

「そう言われればそうだが……」

フェルプスは笑いながら、アベルの疑問に答える。

「シェナが褒めるというのは滅多にないことだ。つまり、リョウが針に関して筋がいいというのは確かだよ」

フェルプスが保証し、アベルは何も言わないで涼とシェナを見ていた。

しばらく見た後で、何かを思い出したらしい。

「すまん、情報交換が途中だったな。まあ、交換というか、俺が一方的に情報を貰っているだけなんだが」

「構わないよ。うちは情報収集が得意だからね」

「さっきの『明けの明星』については理解した。彼らがゴーター伯爵領を出てすぐに、帝国から宣言が出されたとか?」

「そう、帝国外務省から、ゴーター伯爵領での騒乱に帝国民が巻き込まれて安全が保障されていないとして、『帝国は自国民の安全確保のためにあらゆる手段をとる』という発表がなされた」

「言いがかり、あるいは武力侵攻の取っ掛かりだな。自国民を保護するために、王国内に軍を派遣する……今までにもよくあったろう?」

「そう、いつものことではある」

自国民の保護、それは戦争のきっかけとして、古今東西よく使われる手法である。

そもそも帝国と王国は、数年に一度、数万人規模の紛争をここ数十年続けている。

いつもなら、それこそ『いつものこと』として、粛々として準備が進められるのであるが、王国は未だ、王都騒乱の混乱から立ち直っていない。王都騒乱によって、王国騎士団が一度壊滅し、現在再編成中だ。

それ以外にも、騒乱時に貴族街にいた衛兵は死亡し、王都とその周辺の戦力はかなり低い状態となっている。

さらに、その前から続く東部の治安悪化も収まる気配を見せず、王国全土で戦力不足が顕著となりつつあった。

「軍務卿は、北部領主たちの参戦を促すということだ」

「軍務卿……ウィストン侯爵エリオット・オースティン殿か。アレクシス殿が領地に戻るのを、最後まで止めた御仁だな。軍の指揮には自信があるが政治は苦手だと言って。それが、自分が軍事の政治面責任者たる軍務卿に就けられたのは……可哀そうだな」

「あの時は、うちの領地も大変だったからね。父上が戻ってくるしかなかった」

誰もが理想通りに動けたら……。過去を振り返ってなら、誰でもなんとでも言える。だが、現実は複雑に絡み合っていて、理想通りに動けないことがほとんどなのだ。

「ただ、正直言って北部領主たちの結束は……」

「なんだ?　北部から裏切る貴族が出るとでも言うの

か？」

「可能性は高い」

「おいおい……」

フェルプスの答えに顔をしかめるアベル。

もちろん、ハインライン侯爵家の諜報網が非常に優れており、フェルプス自身も適当なことをいう人間でないということは分かっている。だが、それでも、裏切りというのは……。

「何より王弟殿下の動きが、な」

「ああ……叔父上か」

フリットウィック公爵、王弟レイモンドは、第二王子であるアベルから見れば叔父だ。しかし、アベルが物心ついた時にはすでに王城を離れ、フリットウィック公爵として自らの領地経営に専念していた。そのため、親しく話したことはほとんどないのだが……王位継承に関して、父スタッフォード四世と争ったという話は聞いたことがあった。

「いかに王位が欲しかろうとも、帝国と手を結ぶような愚かな判断はされないだろう？」

「さて……我がハインライン家の諜報網も完璧ではないのでね。正直、北部の動きは完全には追えていないんだ」

「マジか……」

「今も、『白の旅団』の四人を公爵領のカーライルに派遣して、いろいろと探らせている」

「神官のギデオンがここにいないのはそれかよ」

「そういうことだ」

ようやく得心がいったアベルは頷き、フェルプスは苦笑した。

「北部領主たちの参戦を促すことに関して、財務卿がぼやいていたらしい」

「財務卿？　確かまだフーカだったよな？」

「そう。アベルは、さっきの『明けの明星』を通してそれなりの因縁があるんじゃないか？」

「因縁というか……。あれだけの問題が明るみになったのに、未だに財務卿の地位に留まり続けることができているのは凄いなと思う」

「国家財務に関しては優秀なのだろう。領主たちへの褒賞の捻出をいろいろ考えているそうだね。あとは……そう、今回出陣するのは北部領主たちを除くと、王国騎士団、宮廷魔法団と、王国第一軍。それと、徴兵した民兵が出るそうだ」

「数だけなら揃うか……」

「帝国軍は、全員職業軍人だからね。練度が違う以上、数だけでも上回らないと。いつものことではあるさ」

「そうだな、いつものことではある……」

だが、二人とも知っている。結果もいつも通りになるとは限らないと。

特にアベルと涼は、帝国軍の強さを身をもって体験した。もちろん戦った相手は、その中でも最精鋭と言っても過言ではない者たちだ。しかし、彼らが再び最前線に出てこない保証などない。

だからこそ特訓をし、再戦を期しているのだ！

「ああ～疲れが抜けていきます」

満足そうな表情でそんな言葉を吐いている涼も……シェナの指導の下、何時間も連続で針の特訓を受けた後での、体力回復を兼ねた経験中なだけだ。

決して、遊んでいるわけではない！

「疲労の回復は、疎《おろそ》かにしていいことではないからね」

「いや、うん、まあ、そうだな……」

笑いながらのフェルプスの言葉に、アベルも渋々ではありながら頷いた。

少なくともそこには、平和に満ち足りた空間が形成されていたのであった。

◆

ハインライン侯爵領アクレ。領主アレクシス・ハインライン侯爵の元に、ルンにいるフェルプスから報告が届いていた。

「北部ゴーター伯爵領に派遣していた『明けの明星』を、王都に戻すか。暴動一歩手前？　北部はどこでもあり得ると思っていたが、ゴーター伯爵領がきっかけになりそうだな。あとは……ハロルド・ロレンス伯爵の動き……」

ハロルド・ロレンス伯爵、現内務卿。大臣たちの中で最も若く、最も有能と周囲から評価される人物。だが、そんな優秀と言われる人物が裏切っていたとなると……。

(正直、この国はもう……)

アレクシスはそう思ったが、辛うじて口に出すのは止めた。

そして何度も首を振る。

連合を破り、ほんの十年前まで繁栄の絶頂にあったはずの故国……ナイトレイ王国。なぜ、こんな状態になってしまったのかと。

自分が騎士団長の職を辞し、領地に戻ったのがまずかったのか。アーサー・ベラシスを魔法団顧問ではなく、魔法団長に就けておくべきではなかったのか。

国が腐る時、その始まりは必ず政治中枢からだ。それが分かっていながら、領地に戻った……少なくとも、もっとまともな人材を王城に残していくべきではなかったか……。

考え始めたら止まらない。様々な過去の行動を思い出して悩んでしまう。

だが、今さら変わらない。

過去が変わらない以上、未来を変えるしかない。

息子フェルプスとその世代、さらに下の世代に、なんとしても良い国を残す。

そのためならなんでもやる！

それが、アレクシス・ハインライン侯爵の決意であった。

始まり

その日、涼とアベルは冒険者ギルドに呼ばれた。

「アベルが悪いことをしただけなのに、僕まで呼び出されるのが納得できません」

「うん、リョウが怒られるのに、俺まで来る羽目になったのは納得できないな」

「アベル、素直に謝ってくださいね」

「リョウ、ギルマスの剣の錆《さび》にならないようにしろよ」

二人とも、ギルドに呼び出された理由は聞かされていない。

ギルドに到着すると、すぐにギルドマスター、ヒュー・マクグラスの執務室に通された。

「二人に来てもらったのは外でもない。先日行ってもらったトワイライトランドに関する件だ」

ヒューが言ったのはそれだけである。

だが……。

「ぼ、僕はその時アルバ公爵邸にいて、王国の名前を背負って勝手に介入したのはアベルでして……」

「お、俺だってやりたくはなかったが、使節団の人間たちは捕らわれていると聞いたから仕方なく……」

「お前たちが言っている内容は、非公式のものだ」

「……はい？」

涼もアベルも異口同音に問い返し、首を傾げる。

「トワイライトランドでは、何も起きなかった。軍事衝突はもちろん、王国使節団が拘束されたりもしなかった……そういうことになっている」

「そうなんですか？」

「俺たちは、まあそれでいいが……文官たちはそれでいいのか？」

ヒューの説明に、涼もアベルもやっぱり首を傾げる。

高度な政治判断によるものであることは分かる。外交が絡むと、黒かったものが白だったと言われるようになるのもよくある話だ。外交とは、事実を明らかにする場ではなく、両国が落としどころを探り出して、そこに落とすための場だから。

「俺に聞くな。王城からそういう通達があったんだから、それ以外にはないんだ」

「はい……」

顔をしかめてヒューが言い、涼とアベルが再び異口同音に頷く。そういうものらしい。

「今回来てもらったのは、多分それも関係している。外務省の口利きで、二人に対して王城から勲章が授与された」

「はい？」

「勲章？」

ヒューはそう言うと、手元に置いてあった箱を開けた。涼もアベルも何度目かの首を傾げる。

箱の中には、銀色に輝くコインほどの大きさの勲章が入っている。

「まあ勲章とはいっても、第十等銀勲章という一番下の階級のやつではある」

「だから王城に出向いて貰うのではなく、ここでギルマスから貰うのか」

「そういうことだ」

こうして、涼とアベルに勲章が授与された。

授与式などなく、もちろん見学者などもなく。

「なんというか……寂しいです」

「そういうもんだ。これだって、トワイライトランドで起きたことは口外するなという意味で、渡されたんだろうしな」

涼は誰もいない授与を寂しがり、アベルは肩をすくめる。

「でもでも、アベルのA級昇級式だって、あんなに大々的に行われたのに」

「そりゃあ……A級なんて、滅多に出ないんだぞ？ああいうのを望んでいるのなら、リョウがA級冒険者になればいい。そしたらやってもらえる」

「……恥ずかしいので遠慮します」

涼がそう言った瞬間だった。

ノックも無く扉が開かれ、受付嬢のニーナが入ってきて報告した。

「お話し中、失礼します。マスター、帝国軍が国境を越えました」

「いよいよか」

ヒューは、予想していたのだろう。一つ大きく頷いて、呟いただけであった。

だが、涼の反応は違った。そうなるだろうという話は聞いていた。先日は、侵略してきた帝国軍とも実際に戦った。

それでも……。自分の国が侵略されるのを経験するのは、初めてのことである。

うろたえていた。

「負ければ、僕はデブヒ帝国民に……。デブヒ人……デブヒの民……デブヒな魔法使い……魔法使いデブヒ……デブヒりょうのモンモラシー……」

「リョウ、落ち着け」

隣に座っていたアベルが、涼の肩に手を置いて、ゆっくり、そして力強く言った。

たった一言。

だが、そのたった一言で涼は落ち着く。

結局、言葉の効果は、言った内容ではなく誰が言うかによるのだ。

「ありがとう、アベル」

この時、涼は心の底からアベルに感謝した。


「侵攻してきた帝国軍の規模は約七千。この規模の侵攻は、五年おきくらいによくある」

「そうなんですか。ああ、それなら対処も慣れていますね、よかった」

ヒューは報告書を受け取り一読した後、そう言った。

聞いた涼は、さらに落ち着くことができた。

「たとえ負けたとしても、一戦負けた程度で、デブヒ帝国民になるとかはないからな」

アベルは苦笑しながら言う。

だが、そう言った次の瞬間、アベルは膝から崩れ落ち胸を押さえた。

「アベル！」

涼が叫ぶ。

アベルは涼の方に右手を広げて突き出し、大丈夫だから待て、とでも言いたげである。

目をつぶり、何度も深い呼吸を繰り返す。

そうして、一分ほど経った頃だろうか、ようやくアベルは顔を起こした。

「大丈夫だ」

アベルは、誰とはなしにそう言った。

そして、ヒューの方をチラリと見た後、扉の側に立ったままのニーナを一瞥《いちべつ》する。ヒューはそれで察したらしい。

「ニーナ、報告ご苦労」

「あ、はい。失礼いたします」

そういうと、ニーナは部屋を出ていった。

アベルには、ニーナがいると話せない何かが起きたらしい。

アベルは一息ついた後、静かに口を開いた。

「今、兄上、王太子カインディッシュ殿下がみまかられた」

その言葉に、ヒュー・マクグラスは言葉を失った。

涼も、さすがに言葉が出てこない。おそらく、魔法的な繋がりか何かで、亡くなったのが分かったのであろうとは理解できるが。

アベルの兄、王太子カインディッシュ。もちろん、涼は一面識もない相手であり、この国の王太子という文字通り雲上人である。人となりも全く知らない相手ではあるのだが、それでも、彼の作成した問題を見た。

アベルが必死に解いていた問題だ。

問題というものは、受験者を試すものであり、受験者を評価するものである。だが、その本質は、問題作成者自身の質……クオリティーが明らかにされるものなのだ。

凄い問題を作れば、時代を超えてその問題は残る。

数十年前の有名な大学入試問題は、何度でも話題になったりするであろう？　数学の七大難問など、数百年の歴史を超えて数多《あまた》の数学者たちが挑む問題すら存在するであろう？

だから問題を見れば、作成者の思考、あるいは嗜好《しこう》、知的レベルなども想像がつくものなのだ。

アベルが必死に解いていた問題は、国の本質を問うものが多かった。

『なんのために国があるのか』

『王たるものは何をしなければならないのか。そして、何をしてはならないのか』

『民と国と王の関係は、どうあるべきなのか』

それぞれの本質に時事的な出来事を絡めて、アベルに思考させ本質に向き合わせるための問題だったと、涼は感じた。

おそらく、それぞれの問題に絶対の答えはないのだろう。よほど変な答えでない限り、この問題作成者は、ノーとは言わない。

答えを導き出すこと以上に、考えさせること、現実にその状況に立ち会う前に一度でも考えたことがある、そんな状況を経験させるための問題……そういうものが多かったように思うのだ。

そう考えただけでも、カインディッシュ王太子が、非常に賢く、それでいて本当にアベルのためを思って、同時に民と国にも思いをはせていたのだと、涼には思えた。

(ああいう人が、名君になったのでしょう)

大学で、史学科に所属していた涼は、そんなことを考えたのだった。

◆

王国北部デスボロー平原。

これまでの歴史上、王国軍と帝国軍が何度もしのぎを削ってきた場所で、両軍は対峙していた。今回もすでに、小競り合いは何度か行われているが、本格的な戦闘には至っていない。

帝国軍七千、対する王国軍二万。

基本的に、精鋭たる帝国軍に対抗するために、王国軍は人数五割増しの戦力で対抗するのであるが、今回は倍以上の戦力をかき集めることができた。これはひとえに、危機感を覚えた王国北部貴族たちが、自分の領軍を派遣したからに他ならない。

王国騎士団、宮廷魔法団、王国第一軍、徴兵した民兵、それと北部駐留部隊、総勢四千。これが王国軍本軍。それ以外の一万六千が、北部領主たちの軍である。

王国軍総指揮官は、軍務卿ウィストン侯爵エリオット・オースティン。齢《よわい》六十を超え、これまでも越境してきた帝国軍と何度も対峙してきた男だ。

だが今回、いつもとは勝手が違っていた。

「ベラシス殿、あいつら、やる気あるのか?」

軍務卿エリオットが『あいつら』と呼んだのは、対峙する帝国軍である。そもそも、越境してからの進軍も、いつもに比べて極めて遅い速度。さらに、デスボロー平原に布陣してからも、全く動かず。

「帝国軍と言えば、敵ながら、その迅速果敢な進軍速度に驚かされてきたものだが……今回の帝国軍は、動きが遅すぎる」

「おっしゃる通りですな。何かが、極めて変です。帝国軍、何かを待っているのでしょうが……一体、何を待っているのか」

答えたのは、宮廷魔法団顧問のアーサー・ベラシス。

若い頃から冒険者として名を馳《は》せ、七十歳を超えた現在でも、後進の育成に力を入れる魔法使い。王国の冒険者、軍人問わず、アーサー・ベラシスに一目置かない人間はいない。

それは、軍務卿として、王国の軍務を取り仕切るエリオットですら例外ではない。実際、宮廷魔法団が従軍しアーサーが顧問として参戦する場合は、相談相手として重宝していた。

「まあ、我が軍は万全には程遠い状態ですから。理想はこのまま、大きな被害が出ることなく帝国軍が去ってくれることかと」

アーサーはこのままでは済まないだろうと理解しているが……それでも、本当にそうなってほしいと思っていた。

「そうだな……。『大戦』時は、我が王国軍の主力を担い、二千人以上の騎士がいた王国騎士団が、わずか二百人しかおらぬ現状。ほんの十年前だというのに、隔世の感があるわ」

エリオットは、あごひげを撫でながら渋い表情で言う。

「それもこれも、あのバッカラーが……」

その呟きは極めて小さかったが、アーサーの耳にはわずかに届いてしまった。

軍務卿エリオットと前騎士団長バッカラーの確執は有名であり、王宮政治に疎いアーサーすらも聞いていた。

王国騎士団が瓦解《がかい》したのは、王都騒乱でとどめを刺されたからであるが、その前からすでに崩壊しつつあり、その責任者はバッカラー……。

「とはいえ、軍務全てを取り仕切るのが軍務卿たる我が役目。今日の衰退の責任は我にある」

「ここでそれを論じても致し方ございますまい。ハインライン侯爵が騎士団長を辞められた後、後任の方が就任する前日に死亡、転がった団長の座をバッカラーが手に入れたのが不幸の始まりだったのは、皆の知るところ」

本格戦闘の前に総指揮官が落ち込むのも問題と思っ

て、アーサーはそう言ったのだが……反応は別の方面に出てしまった。

「そうだ。ハインライン……アレクシスが全ていかんのだ！」

「ああ……そっちに行ってしまいましたか」

アーサーは苦笑し呟いた。

『鬼』と呼ばれた元王国騎士団長アレクシス・ハインライン侯爵。軍務卿エリオットは、アレクシス・ハインラインを非常に高く評価し、気に入っていた。

「アレクシスが、騎士団長の職をほっぽりだして領地に戻ったりしたのが全ての始まり！　もちろん、先代の急死は理解できるが……あいつの能力なら、領地経営と騎士団長の両立など問題なく……いや、それどころか、俺の軍務卿の職もあいつが引き継いでやってくれればこんな苦労をすることも無かった……」

ただの愚痴になっていた。

アレクシス・ハインライン侯爵と比べれば、バッカラーが小物に見えたのは仕方がなかったろう。アーサーは、心の中で苦笑するしかなかった。

◆

「なあスコッティー、俺ら、働き過ぎじゃないか？」

「うん、そんな気はする。ランドから戻ってきたら、今度はこれだもんね」

騎士ザック・クーラーが問いかけ、騎士スコッティー・コブックが同意する。王国騎士団所属、飲み会組織『次男坊連合』のメンバーでもある二人だ。

実際には、二人ともトワイライトランドから戻ってきた後、長期休暇を貰えたのだが……半年もしないうちに戦場に駆り出されたら、愚痴の一つも言いたくなるかもしれない。

「とはいえ、騎士は、高貴なる人と麗《うるわ》しき婦人のために戦うって言うからね。仕方ないでしょ」

整った顔立ちのスコッティーが言うと、けっこう様になる。

「麗しき婦人……そうだな、セーラ様の国を守るために、俺は戦うぞ！」

「お、おう……」

スコッティーは、あくまで一般論を述べただけだったのだが、ザックの中では変な結びつきがなされたようである。もちろん、言っていることに間違いはないのだが……。

◆

翻《ひるがえ》ってここは帝国軍本陣の一角、作戦天幕。

「メル、あいつらはなぜ動かない！」

その天幕の中で、主席副官クルーガー子爵リーヌス・ワーナーは苦虫を噛み潰したような顔で、そう叫んだ。

リーヌスの護衛隊長であるメルは、数瞬だけ考えると、ゆっくりと答える。

「様子見をしているのでしょう」

「様子見だと？」

「はい。本当に、寝返るに値するのかと」

隊長メルがそう言った瞬間、リーヌスの顔に一瞬だけ怒りが奔《はし》った。だが、それは本当に一瞬。メルほどの者でも見間違いかと思うほどの一瞬だけ。

「なるほど。いいだろう。寝返るに値することを示してやろうじゃないか」

◆

「オスカー・ルスカ、お召しにより参上いたしました」

爆炎の魔法使いの二つ名を持つ、帝国皇帝魔法師団副長オスカー・ルスカは、司令本部の置かれた中央天幕に来ていた。

彼の正面には、この遠征の総司令官ミューゼル侯爵が座っている。その傍《かたわ》らには、彼の息子であり本遠征の作戦を取り仕切っていると言われる、主席副官クルーガー子爵リーヌス・ワーナーが立っている。

「オスカー・ルスカ男爵、よく来てくれた。実は貴殿に頼みがあるのだ」

ミューゼル侯爵はそう言うと、傍らのリーヌスに頷いた。それを受けて、リーヌスが説明を始める。

「オスカー殿もご存じの通り、敵軍に策を仕込んでおります。皇帝陛下と帝国諜報部が数年かけて仕込んだ策ですが……残念ながら、いまだ発動しておりません。

それを、副長殿の魔法で起こしていただきたいのです」

リーヌスが薄ら笑いと共に説明する。

オスカーは、はっきり言ってリーヌスのことが嫌いである。しかしだからといって、それを表情に出したりはしない。ましてや、言動にその感情が上ることも当然ない。

「かしこまりました。具体的にどうすれば？」

「簡単なことです。策たちは、どうも様子見をしているようなので、彼らの目を覚まさせるような派手な魔法をぶち込んでやってください」

「なるほど……」

オスカーは、従軍前に仕込まれた策を含めた多くの件に関して、皇帝から直接説明を受けたため、リーヌスが言わんとしていることは理解できている。

そもそもこの遠征軍は、七千人のうちのほとんどがミューゼル侯爵領軍だけで構成されている。もちろん皇帝ルパート六世の命を受けているため、帝国軍を名乗ってはいるのだが……明確に皇帝直下の帝国軍から加わっているのは、オスカーが副長を務める皇帝魔法師団九十人のみだ。

オスカーならびにその副官ユルゲン・バルテルが、皇帝魔法師団の半数を率いて従軍しているのにはもちろん理由がある。その中には、監視ならびに皇帝への報告もあるのだが、同時に、いくつもの密命も帯びていた。

それらに反しない限りは、ミューゼル侯爵に協力しても構わないともルパートからは言われている……。

「魔法の件、承知いたしました。策の目を覚まさせましょう」

◆

デスボロー平原に両軍が布陣して、何度目かの小競り合いが終わり、両軍が繰り出した部隊をそれぞれ自陣に戻した。

そこに、帝国軍からただ一人、男が出てくる。

王国軍からもその光景は見えており、何事かと訝《いぶか》しむ者もいたが、そのほとんどはなんの関心も示していなかった。

一方の帝国軍は、完全に静まり返っている。

七千人の帝国軍の誰一人として声を出す者はおらず、咳払い一つも聞こえない……戦場においてはほとんどあり得ない、完全な静寂。

それは、帝国軍全員が、出てきた者が誰なのかを知っていたから。

爆炎の魔法使い。

生きながらにして伝説。

生者にして死神。

そして……最強至高の魔法使い。

そんな爆炎の魔法使いが、呟くように何事か唱える。

次の瞬間、空が割れ、炎を纏《まと》った無数の岩が落ち、地を叩いた。

落ちた地面が裂け、仰ぎ見る高さにまで噴き上がる火柱。衝撃で舞い上がる草木、飛び散る大地。何十、何百と降り注ぐ炎の岩……その光景は、とてもこの世のものとは思えない。

正確に、大地に地獄が生まれた。

それを見た両軍の兵士全てが、嫌でも思い知らされる。魔法とは、かくも恐ろしいものであり、魔法使いとは、かくも怖れるべきものであると。

オスカー得意の〈真・天地崩落〉による無数の炎岩であるが、落下地点は完璧に計算されている。帝国軍はもちろん、王国軍にも、ただの一人の犠牲者も出ていない。

だが、王国軍両翼に配された、王国北部貴族たちの軍からよく見える場所に炎岩が落とされたのは、明確な意図をもってのことであった。

曰く、「さっさと寝返れ」と。


震えあがったのは、北部貴族の軍を率いていた者たち。

自領の軍を自ら率いて参陣した貴族もいれば、フリットウィック公爵軍のように部下が率いている場合もあった。どちらにしても、この瞬間、彼らに選択の余地も、時間的な猶予も全くなくなったのだ。

そして、こう命令するほかなかった。

「全軍進撃。目標は、王国軍本軍」

王国軍本軍は、左右から北部貴族軍に攻撃された。

「くそ、裏切りか？　一体どの貴族が裏切った」

「閣下、全員です。北部貴族全てが……」

「バカな……」

さすがに、そこまでは想定していなかった。

エリオットも決して無能ではない。帝国軍が、王国北部の貴族たちにちょっかいを出して自陣営に引き込もうとしていたのは知っていた。この戦闘に、北部貴族を参戦させざるを得ない状況となった時に、戦闘時の裏切りもあり得ると考えてもいた。

だが、さすがに北部全貴族の裏切りなど想定できるものではない。

実際、隣で聞いていたアーサーも、驚愕《きょうがく》に目を見開いたまましばらく動けなかったのだから。それは、この戦闘における趨勢《すうせい》が決したなどというそんな小さな話ではなく、北部全貴族の裏切りが、王国の命運そのものに与える影響に瞬時に思い至ったからである。

だが……。

「とりあえず、この地を脱出するのが先決」

「ですな」

エリオットもアーサーも、今、必要なことにフォーカスして考えることにした。

「魔法団、土属性は全員、泥濘《でいねい》系を使え。火属性はファイヤーウォール、風属性は風圧。とにかく遅滞戦闘につとめよ！　敵の足を止めよ！」

アーサーは、ありったけの大声で叫ぶ。

「急げ、敵は貴族だけじゃないぞ！　前方の帝国軍も突っ込んでくる！」

自分も、侯爵という高位貴族である軍務卿エリオットも叫ぶのであった……。

王国軍本軍が対応を決めて動き始めていた頃、皇帝魔法師団内でも明確な対応が決められていた。

「副長、我らは突撃を敢行しなくともよいのですか？」

副官ユルゲンが問う。

「必要ない。それは騎士団たちがやる。我らはゆっくりと前進する」

オスカーの指示に迷いはなかった。

敵は潰走を始めたが、完全に戦列が崩壊したわけではない。

遠目に見ても、遅滞戦闘を展開している集団が確認できる。あれに巻き込まれて貴重な部下を失ったりしたら、この場にいないフィオナに顔向けできないだろう。

「いいな、絶対に出すぎるな。我らは魔法使い。近接戦は他の奴らに任せておけ」

こういう時は、魔法使いという身分を使うに限る。

無論、この師団は近接戦も問題なくこなすことができる集団だが、それでも魔法使いであるのは事実だ。

皇帝魔法師団は、ゆっくりと進軍を開始した。


王国騎士団のザックとスコッティーは混乱しつつも、迫りくる貴族軍と戦っていた。

「殿《しんがり》ってのは、一番死ぬ確率が高いらしいぜ」

「そんなこと言っても、この状況だと騎士団が殿をするしかないだろう」

実際、遅滞戦闘の主戦たる宮廷魔法団と、近接戦で最も強い王国騎士団が殿を務めている。


「おい、ザック、あの子」

スコッティーが、かなり背の低い魔法使いを指さす。

身長よりも大きな杖を用い、地面を凍らせて敵を滑らせている。

遅滞戦闘という観点から見ると、かなり高い効果を上げているようだ。しかしそれでも、なんとかして近寄ってくる貴族軍兵士もおり、近付いてくるたびに氷の槍を飛ばして倒しながらまた氷を張る、ということを繰り返していた。

「よし、スコッティー、あの魔法使いのサポートにつくぞ」

ザックがそういうと、スコッティーも頷いて二人は走った。

ほどなくして、その水属性魔法使いの横に並ぶ。

「近付いてきた敵は任せろ」

「君は氷を張ることに集中して」

ザックとスコッティーがそう言うと、魔法使いは前を向いたまま頷いた。

二人は知らないが、この魔法使いの名はナタリー・

シュワルツコフ。王国における水属性魔法の大家、シュワルツコフ家の娘であり、イラリオンとアベルの間の伝信役をしていた娘である。

ルンの街から戻ってきて最初の任務が、この戦闘への参戦であった。いろいろとついていない……。


三人が遅滞戦闘に努めてしばらくして。

「だいぶ、味方は撤退できたな」

「本当に最後尾の殿だな。あとは、あのペアか」

三人は、自分たち同様に殿を務めている、魔法使いと騎士のペアを見る。

「あれはアーサー・ベラシス様と……もしかして、我らが隊長ドンタン殿か？」

「だな。さすがは中隊長」

ザックとスコッティーは、傍らで戦い続ける魔法使いの少女と、アーサーに感心していた。ナタリーは、その血が持つ潜在力ゆえに、アーサーはその経験ゆえに、未だ魔力が空にならずに遅滞戦闘を行っている魔法使いは、この二人だけだったからだ。


次の瞬間、五人の視線が交わった。

ナタリーとアーサーは頷くと、同時に、大きめの魔法を放つ。

「〈氷床〉」

「あまねく大地をその炎で焦がせ〈泥濘地帯〉」

今まで以上の範囲で地面が凍り……隣は燃える大地となり、広範囲で貴族軍の足を止める。

それを確認すると、騎士三人と魔法使い二人は駆けだした。

五人は、まさに脱兎《だっと》のごとく、戦場を後にしたのであった。

◆

デスボロー平原から半日以上離れた場所で。王国軍本軍の残党は、ようやく本格的な休憩をとることができた。

「よう、さっきはお疲れさん」

騎士ザックが、騎士スコッティーと一緒に声をかけたのは、座って水を飲んでいる魔法使いの女の子であった。

「あ、どうも」

女の子は、それだけ言い、ちょこんと頭を下げた。

「俺は王国騎士団のザック・クーラー、こっちはスコッティー・コブック」

「私は、魔法団のナタリー・シュワルツコフです」

お互いに挨拶をした。

ナタリーの自己紹介を聞いて反応したのは、スコッティーだ。

「シュワルツコフって言うと、王都の有名な水属性魔法使い一族だよね」

「はい、それです」

スコッティーの問いに、ナタリーは頷いて答える。

「どうりで、あれだけ長時間、魔法を行使し続けることができたわけだ」

スコッティーは何度も頷いた。

ナタリーは少し照れて、頬を紅くしている。

「ナタリー、大丈夫か？　むくつけき男どもに囲まれて怖くなってはおらんか？」

「あ、ベラシス様」

そんな風に三人の会話に加わったのは、宮廷魔法団顧問アーサー・ベラシスである。

「いや、むくつけきって……」

ザックがつっこむ。

「なんじゃ、まさかお主、ナタリーに気があるのではあるまいな？　ナタリーも気を付けるんじゃぞ。こういう騎士が、突然野獣になったりするからの」

「なるほど」

アーサーの注意に反応したのは、なぜか騎士スコッティーであった。

「おいスコッティー、裏切るな！　お前も、その騎士だろうが」

当然、キレたのはザックである。

「いやあ、ザックさんは手当たり次第なんで……」

「まじふざけんな。俺はセーラさんひとすじ……」

スコッティーのふざけに、なぜかカミングアウトするザック。

それを聞いて驚いたのはナタリーであった。

「セーラさんって、もしかしてルンの街の？」

「ん？　ナタリー、セーラさんを知ってるの？」

ザックは驚いて何も言えず、ナタリーに問うたのはスコッティーである。

「あ、はい。けっこう長い間、ルンの街に行っていたので……」

「ナタリーは、アベルとイラリオンの連絡役じゃったな」

「アベル！」

ザックとスコッティーは、異口同音に叫んだ。

世界は狭いらしい。


「そういえばナタリーは、詠唱無しで魔法を行使しておったな。一段階上に行ったのぉ」

嬉しそうに、アーサー・ベラシスが褒める。

「ありがとうございます」

ナタリーは、今までで一番顔を赤くして答えた。

「ベラシス殿、詠唱無しの魔法というのは、やはり難しいのですか？」

スコッティーが興味本位で問う。

「難しい、というより、ほぼ不可能じゃ」

「え……」

ザックもスコッティーも絶句する。

「わしはもちろん、イラリオンもできん。わしらの世代は、早口で詠唱してなんとかする……それが限界じゃ」

そういうと、アーサーは笑った。

「イラリオン様にもできないことを、ナタリーは……」

二人は畏怖に満ちた目で、ナタリーを見る。

「い、いえ、私は、水魔法を実際に無詠唱でやっているのを見せてもらったから……」

「リョウか」

アーサーはそう言って頷いた。

「はい」

そして、ナタリーも頷く。

「あの水属性の魔法使いが……」

「ライバルは、相当に高い壁だな、ザック」

ザックとスコッティーも、それぞれの記憶から、涼の姿を頭の中に思い浮かべるのだった。

◆

デスボロー平原での敗北と北部貴族の裏切りは、その日のうちに王城に知らされる。

極めて強い箝口令《かんこうれい》が敷かれたため、王都の民に知らされることはなかった。パニックを抑制するための情報遮断といえば聞こえはいいが、この時の王国政府要人たちがどう考えていたのか、それは分からない。

しかし、この時すでに亡くなっていた王太子によって、事前にいくつかの手が打たれており、それが先の趨勢に大きな影響を与えることになることは、まだ誰も知らなかった。


「まさか、北部貴族全員が反乱とは……」

財務卿執務室で、この部屋の主フーカが呻《うめ》いた。

「中心にいるのは、フリットウィック公爵でしょう」

直属の部下であり、フーカの弟ルーカの救出に関わったマシューが冷静に答える。

「王弟殿下か……。国を割ってでも王位につきたいか。帝国を招き入れれば、国を割るどころか、滅《ほろ》ぶぞ……なぜそれが分からぬ」

冷静なマシューに比べ、フーカは怒っていた。

うろたえる他の大臣、官僚たちとは違って、怒っている辺りが、彼らしいと言えるかもしれない。

多少の問題を抱え、手法にも賛否両論あるとはいえ、フーカなりに国のためを思って税の徴収、予算の配分を行ってきた。だが、それらを全て無にするかのような今回の暴挙……怒るのは当然と言えるだろう。

「敵軍は南下し、王都を目指しているようです。北部のほぼ全てが寝返ったため、障害となるものはほとんどありませんが、到着は……七日後？　膨れ上がって速度が落ちているようですね」

報告書に目を通しながら、マシューが告げた。

「それまでに、周辺の街から、できる限り王都に兵を集めようとしておる。軍務省が手を打っておるらしいが、はたして間に合うか……」

フーカは、一度深いため息をついて言葉を続ける。

「まあ、この高い王都の城壁があれば、しばらくはもつであろう。城壁で敵を退けつつ、各地からの援軍を待つという戦略になるらしい」

「確か、以前にもそういうことがあったとか？」

「ああ。とは言っても、数百年も前のことだぞ。王都の前に敵軍が迫る光景は、民に与えるショックも大きいであろう」

フーカは何度目かの深いため息をつき、さらに何度も首を振るのであった。

◆

「副長、進軍速度、信じられないほどゆっくりですね」

副官ユルゲンが、馬の背にゆったり揺られながら言う。

「今回は、ゆっくり進む必要があるのだ」

作戦の全容を皇帝ルパート六世から聞かされているオスカーは、そう答えた。

「ですがゆっくり進めば、その間に、王都の防備はもちろん、王都に辿り着く間にも邪魔が入るのでは？」

「まず、北部貴族がこちらについた以上、王都までの邪魔は各地の守備隊程度だ。問題にならん」

ユルゲンの問いに、あまり気乗りしなさそうにオスカーは答える。

「なるほど。では、王都の防備は？」

「それこそ、平原で戦った我々が、王都も陥落させる必要はないであろう？　平地戦と攻城戦、同じ部隊がやらねばならぬ法などない」

オスカーのその言葉に、ユルゲンの脳裏に閃く何かがあった。

「まさか、攻城部隊はすでに先行して……」

「王国が北部に展開していた守備隊をデスボロー平原に集めさせ、さらに北部貴族を裏切らせたのは、我らとは違う部隊を、我らとは違うルートから王都に侵攻させるため」

「王都の連中が我々の動きに注目している間に、その部隊が……」

「まあ、そういうことだ」

その夜、王都の闇に蠢《うごめ》く影があった。

その影たちは、不思議なことに、内務省の王都衛兵隊の装備を着けている。

王都衛兵隊が、夜間、王都内の見回りをするのは不思議なことではない、というより毎日行われていることだ。歓楽街を中心に、冒険者をはじめ、夜中になっても騒いでいる者たちは数多くおり、目に余る者たちは衛兵隊が朝まで牢《ろう》に入れることもある。

そんな者たちは、多くの衛兵隊の顔を知っているのだが……この夜の衛兵隊として動いている者の中には、知った顔は一つもなかった。

王都には、大小数十の門がある。巨大な東西南北の各門はもちろん、全ての門は、王都衛兵隊と予備役たる王国第二軍で警護されていた。

そんな中、東西南北の四つの巨大な門が、同時に開いた。敵軍が迫る現状において、そんなことはあり得ないことなのだが……。

各門には、多くの死体が転がり、ここに来れば何があったのか嫌でも理解できたかもしれない。そして、開け放たれた各門を通って、一斉に騎馬の兵士たちが侵入した。

その数、総勢三千騎。

なぜか、王都内各所の詰め所にいるはずの王都衛兵隊、そして王国第二軍の者たちは迎撃に出てこなかった。詰め所で出された食事に、遅効性の強力な眠り薬が混入しており、それが理由であることが分かるのは、だいぶ後の話である。

こうして、ほとんど抵抗なく、王都クリスタルパレスは陥落した。

◆

王都冒険者ギルド本部から、ルンの冒険者ギルドに直通通信が入った。

これは錬金道具で、本部と各支部を一対一で繋いでいる。極めて寿命が短く、材料も高価なため、本当に重要な連絡でしか使用されない。さらに、盗聴の可能性も完全には排除できないため、使用される場合もかなり限定される。

だが、この夜は使用された。

「こちらヒュー・マクグラス」

「フィンレー・フォーサイスだ。ヒュー、落ち着いて聞け、質問は最後に。王都が陥落する」

「！」

ヒューは、あまりの内容に、声をあげそうになったが、「質問は最後に」とわざわざ言われていたこともあり、無言のまま先を待った。

「いつの間にか城門が開け放たれ、数千を超える帝国軍が侵攻。王城はすでに落ちた。耳の早い冒険者や商人たちは、王都を脱出している。エルシーも逃がした。運のいいことに、先ほどまで一緒にいたのでな。神のご加護であろうよ」

ヒューは、フィンレーの信仰心が極めて薄いことを知っている。だが、何も言わない……さすがにつっこむタイミングではないだろう。

フィンレーの娘であるエルシーは、無事に王都を出た。フィンレーが伝えたい一番のことは、それのはずだ。

「エルシーには、ギルド馬車でノンストップでルンに行くように指示してある。最初で最後の公私混同だ」

「最初で……最後？」

さすがに、ヒューも黙っていられなかった。

最後？　まさか……。

「質問は最後にと言うたであろうが。さすがに、王都のグランドマスターが逃げ出すわけにはいくまい。だから、私はここに残る。『システム』は切断してある。冒険者たちが預けておる余剰金の管理は、各ギルド毎に行え」

「はい……」

ヒューには、もはや返事をすることしかできなかった。

「ヒュー・マクグラス、エルシーのこと、頼んだぞ」

その言葉と共に、通信は切れた。

後には、何も言えず、立ち尽くすだけのヒューが残された。

そこから、ヒューが立ち直るのに、二分を要した。

まずは、同じ南部の最大都市、アクレの冒険者ギルドへの通信。

アクレのマスター、ランデンビアは、まだ王都陥落を知らなかった。やはりフィンレーは真っ先に、そして唯一、ヒューにだけ連絡してきたようだ。

実際に王都が蹂躙《じゅうりん》されているのだ。いつ、冒険者ギルド本部にも帝国軍が来るか分からない。その状況で、悠長に各所に連絡というわけにもいかないであろう。

そう考えると、王都外で『王都陥落』の情報を持っているのは、現状ヒューだけかもしれない。

ならば、その前提で動かねば。

そのため、最初の連絡はアクレのランデンビアに対して行った。南部最大の都市であるとともに、グランドマスターを除けば、ヒューの知る限り最も有能なギルドマスターだ。そして、最も信頼できる男でもある。

アクレはハインライン侯爵領の領都。もしかしたら、信じられない情報網を持つハインライン侯爵であれば、王都陥落を知っているかもしれないが、それならそれでいい。

とりあえず、ランデンビアから侯爵に知らせてもらう。そして、善後策を検討してもらえばいい。

ヒューは……今、ヒューにしかできないことをする。

アクレへの連絡後、ヒューが向かった先は、『黄金の波亭』であった。

入り口を入り、食堂の方を見る。そこには、夕食を終え本を読んでいる剣士がいた。

慕っていた兄の死から、ようやく回復したアベルに、このような事実を告げなければならない己の運の悪さを呪いつつ、ヒューはアベルの正面に座る。

「ん？　ギルマス、どうした？」

「アベル、落ちついて聞いてくれ。今、王都陥落の連絡がグランドマスターから入った」

その言葉に、アベルは大きく目を見開いた。

そして左手を、ゆっくりと口の辺りに持っていく。

まるで、思わず口から嗚咽《おえつ》が漏れるのを止めようとしているかのような。

そして目を閉じ、何度も深い呼吸を繰り返した。

しばらくしてから、ようやくアベルはヒューに問いかけることができた。

「父上は？」

「不明だ。だが、王城はすでに落ちたそうだ」

父であり、このナイトレイ王国の国王であるスタッフォード四世の安否は、アベルにとって非常に重要な情報だ。しかしヒューは、その情報を持っていないことを正直に告げた。

「その情報は、今、どこまで広がっている？」

「まだ、ルンの街では俺だけだ。アクレのランデンビアには伝えた。そこから、ハインライン侯爵に伝えてもらう。俺はこれから領主館に上がって、辺境伯に伝える」

お前はどうする？

ヒューは視線と表情で、そう問うていた。

「分かった。俺も一緒に行く」


ルン辺境伯の領主館に出向いた二人は、すぐに領主寝室に通された。

ヒューは慣れたものだが、アベルがここに入るのは数年ぶりである。

ベッドの上には、以前見たままの老人が座っていた。

長い白髪、白い髭《ひげ》、袖の先から覗く手も細く、ほとんど立ち上がることができないという噂《うわさ》は、本当であろう。だがその表情は、しっかりとした意思を持ち、あらゆる決断を下し、どんな困難も乗り越えることができる……見る者にそう思わせるに十分なものであった。

さらに特筆すべきはその目。

力強さとはこういうものだ……ただ眼光だけで、そう思わせる目。

王国でも屈指の領主と言われるのを、誰でも理解できるそんな目。

そして、時折浮かぶ怜悧《れいり》な光。

この男の前では嘘をつけない……誰しもがそう思うのだ。

「ヒュー、珍しい人物を連れているな。アベル殿、お久しぶりじゃな」

「カルメーロ卿、ご無沙汰しております」

「ほっほっほ、そう呼んでくれる者は最近おらんでな、懐かしいですぞ」

アベルはルン辺境伯をカルメーロ卿と呼び、辺境伯はそう呼ばれたことを喜んだ。

「してヒュー、その珍しい組み合わせはどのような意味を持つ？」

「はい、報告いたします。先ほど王都のグランドマスターより通信が入り、間もなく王都が陥落するということでした」

その報告に、辺境伯はわずかに眉をひそめた。

だが、それだけである。

「分かった。追加の情報があろう」

「王城はその時点ですでに落ちたとのこと。国王陛下ならびに王族の安否は不明です。以前ご報告した通り、アベルによりますと、すでに王太子殿下は亡くなられております」

国王ら王族の安否不明の情報には、辺境伯はわずかに視線を下にずらしただけであった。王都陥落の報告の時点で、予測していたのかもしれない。

「理解した。それで、アベル殿が付いてきたということは……」

辺境伯はそう言うと、アベルの方を向いた。

「陛下の安否次第ではあるが、国王として立ち、王都を奪還する」

アベルの宣言に、辺境伯は一度大きく頷く。そして言葉を続けた。

「もちろん、辺境伯領の全てを挙げて支援いたしますぞ。ですが、その前に伝えておかねばならぬ者が一人おりますれば……呼んでもよろしいでしょうか？」

「ん？　もちろん構わんが」

辺境伯は、卓上ベルを鳴らして執事を呼ぶと、こう告げた。

「セーラを呼んできてくれ。今の時間なら、夕食を……ああ、今日は珍しく、この館でリョウと一緒に食べていたはずだからリョウも一緒に」

「セーラとリョウ？」

辺境伯の言葉に、少しだけ首を傾げて疑問を持ったアベル。

「今夜は、うちの料理長の試作を二人で食べたそうでな。午後は、いつも通り二人とも模擬戦をしておったし……これが騎士たちからすこぶる評判がよく、騎士団全体の士気が非常に向上しておる。わしも、足がこんなでなければ、一度見ておきたかったのだが……」

最後は、首を振りながら少し悔しそうに辺境伯は言った。


涼が辺境伯に会うのは初めてであった。

芯のしっかりした、そして充実した生を重ねてきた老人。いつかこうなりたいと思える人が、そこにはいた。

「セーラ、お召しにより参上いたしました」

「うむ、ご苦労。セーラに伝えねばならぬことが起こったでな、夕食後にゆっくりしているとは分かっていたが来てもらった。それと、そちらがリョウじゃな。お初にお目にかかる。ルン辺境伯カルメーロ・スピナゾーラじゃ」

「初めまして。C級冒険者の涼・三原です」

涼の自己紹介に、アベルとヒューが少し驚いているのが見えた。「苗字持ち?」と口が動いたのが見て取れた。

そういえば、三原の姓をアベルに言ったことはなかったかも……。


「これから話すことは、未だ公表されておらぬ。この部屋からは出さぬように」

辺境伯はそう念を押し、セーラと涼は頷いた。

「先ほど、王都が陥落した」

辺境伯は、王都陥落を確定情報として伝えた。

その情報は、セーラにも涼にも大きな衝撃を与え、二人とも大きく目を見開き、表情も固まる。

「セーラ、約定に従い、行動するがよい」

辺境伯は、その瞳に悲しみをたたえ、それでもわずかに微笑んでそう告げた。

「はい……」

セーラの返事は、本当に小さく、涼の耳にも聞き取れないほどだ。

セーラは涼の方を向いて告げる。

「リョウ、すまない。私は行かねばならぬ」

「セーラ?」

セーラの瞳からは、こらえきれなかった涙がこぼれた。その後の言葉が繋げられないのであろう。セーラは涼の胸に顔をうずめ、ただ静かに泣く。

代わりに説明を始めたのは辺境伯であった。

「リョウよ、セーラたちエルフは、王国と約定を結んでおる。『王国は、西の森に危険が迫りし時は、全ての契約を破棄し、エルフが森に戻ることを支援せねばならない。全てのエルフは、西の森を救う行動をとらねばならない』。帝国は、王国にとって強力な戦力でもある西の森のエルフを、最優先で狙う」

ルン辺境伯は過去の歴史から、そのことを確定的に告げた。

「すでに先日来、帝国第二十軍が王国西部で破壊活動を行っている」

辺境伯の説明に、涼も頷いた。涼とアベルも、帝国第二十軍の将軍を捕らえたことがある。

「すまない、リョウ……」

セーラの声は、本当に弱々しかった。

だが、涼はセーラを強く抱きしめる。

そして、言った。

「行っておいで、セーラ」

その言葉に、セーラは思わず顔を上げた。


涼は微笑んで、そんなセーラを見る。

「帝国は、亜人としてエルフを奴隷にするんだよね。それも防がなきゃいけないでしょ。セーラが森を救えばいい。セーラなら大丈夫、やれるよ」

「リョウ……」

「セーラが森を守っている間に、僕が帝国軍を滅ぼしておくから。全部終わったら、また会おう」

涼は笑顔でそう言った。

そこまで聞いて、ようやくセーラの顔にも笑顔が浮かぶ。泣き笑い。

「うん。また、会おう」

セーラはそう言うと、目をつぶった。

涼も、目をつぶった。

二人の唇は、重なった。

なぜか顔を真っ赤にしているアベルとヒュー。二人ともいい歳のはずなのだが、女性経験が乏しいのかもしれない。

ただ一人、ルン辺境伯だけが、笑顔を浮かべ、何度も頷いている。

二人の唇が離れ、お互いに微笑みを浮かべた。

「おほん」

わざとらしく、辺境伯が咳払いし、二人はそそくさと手を離す。

「セーラ、館の馬、絶佳《ぜっか》と春麗《しゅんらい》を持っていくといい。二頭いれば休みなしに乗り継いで、三日もあれば森に着けるであろう」

「はい、領主様、ありがとうございます。では、行ってまいります」

セーラはそう言うと、最後にもう一度だけ涼と口付けを交わし、部屋を出ていった。

◆

「どういうことだ！　国王と王太子は、生きたまま確保せよと厳命したであろうが！」

ナイトレイ王国王城謁見の間。そこに、遠征軍主席副官リーヌスの怒声が響き渡った。

「申し訳ございません。ですが、我々が王城を確保した時には、すでに王太子は死亡しておりました。数日前に死亡していたとのことです」

「数日前に？」

「はい。病死だったとか」

別動隊として、夜陰に紛れて王都に突入した帝国軍を率いたアリスバール将軍は、リーヌスの怒声に微動だにすることなく、冷静に報告する。

「王太子は、幼少より病弱であったとの報告がございました」

リーヌスの護衛隊長メルが補足する。

「ああ、そうであったな」

それによって、リーヌスは少しだけ落ち着いた。そして、さらに将軍に問う。

「国王は確保したのであろうな」

「はい。見張りをつけて、執務室に閉じ込めてございます」

「よし。では、宝物庫に連れてこい。それからメル、オスカー・ルスカ男爵とハッシュフォード最高顧問を呼んでこい」

宝物庫前。

オスカーが護衛隊長メルに付いていくと、遠征軍総司令官ミューゼル侯爵、主席副官リーヌス、帝国錬金協会最高顧問ハッシュフォード伯爵が揃っていた。

「オスカー殿、いよいよですぞ」

総司令官のミューゼル侯爵が、ようやく満願成就、といった表情でオスカーに告げる。

「なるほど。その瞬間に立ち会わせていただけるのは光栄の至り」

そういうと、オスカーは軽く頭を下げ、それを見たミューゼル侯爵は、うんうんと何度も頷いた。

こうして見ても、侯爵自身は決して悪い人間ではない……オスカーはそう思う。

だが、息子は……。

オスカーは、チラリと侯爵の息子である主席副官リーヌスを見る。彼は、宝物庫のさらに奥の扉を、恍惚《こうこつ》の表情で見つめている。その奥にあるものに思いを馳せているのか、あるいはそれを帝国にもたらした際の功績に思いを馳せているのか……。

全ての策は皇帝ルパート六世によって準備されたとはいえ、実行者としての功績が大きなものになることは推測できる。

これから起きること、それは、帝国数百年の悲願と言ってもいいのだから。

アリスバール将軍と兵たちによって、国王スタッフォード四世が連れられてきた。後ろ手に紐で縛られている。

本来、敵国とはいえ王族に、ましてや国王に対して行うにはあまりに非礼ではあるのだが、これから先の作業のためには下手に抵抗されると困るため仕方のない措置であった。

「では、ハッシュフォード伯爵、お願いします」

「こころえた」

ミューゼル侯爵が言うと、錬金協会最高顧問ハッシュフォード伯爵が一つ頷き、宝物庫の最奥の扉の前に移動し、扉の前に手をかざして何事か唱えた。

その扉こそ、『英雄の間』の入口である。

英雄の間……ナイトレイ王国中興の祖、リチャード王によって造られた、王城の真の宝物庫とも言うべき場所。中には、世界のバランスを壊すとすら言われる、いくつもの宝物が収められており、リチャード王の遺言によって、この中の宝物を下賜《かし》することは許されない。

それほど、この中にある宝物たちは異常なのだ。

帝国の遠征軍は、それを開けようとしていた。これこそが、この遠征軍に与えられた最優先目標であり、そのために、『鍵』を持つ国王と王太子の確保が厳命されていたのだ。

「では、スタッフォード陛下をこちらへ」

ハッシュフォード伯爵が、英雄の間の扉の前にスタッフォードを連れてくるようにアリスバール将軍に言う。

スタッフォードは、すでに観念しているのか、あるいは抵抗できないのか、アリスバールに連れられて扉の前に来た。すると、扉から緑の光が発し、スタッフォードの顔に照射される。

……だが、扉は開かない。

「ふむ」

ハッシュフォード伯爵は、小さい声で何かを唱え、扉をいじり、また何事か唱える。

そして、言った。

「では、もう一度」

今度は、スタッフォードを扉の前に置いた状態で、最初に唱えた言葉を発した。先ほどと同じように、扉から緑色の光が発し、スタッフォードの顔に照射された。

やはり、先ほどと同じように……何も起きなかった。

ハッシュフォード伯爵の中で結論が下されたのだろう。大きく一つ頷き、ミューゼル侯爵の方を向いて告げた。

「ミューゼル侯爵、残念ながら、こちらの方は『鍵』を持っていないようです」

「なんですと?」

ハッシュフォード伯爵は冷静に告げたが、聞き返したミューゼル侯爵の声は裏返っていた。

「こちらの方が本物のスタッフォード陛下ではないか、あるいは、本物ではあってもなんらかの理由によって、すでに『英雄の間』の鍵を消失しているかのどちらかですな」

「馬鹿な……」

ハッシュフォード伯爵は冷静に説明した。

それに対し、主席副官リーヌスが思わずつぶやいたのだ。

「そんなことがあり得るか……」

「リーヌス殿、そうおっしゃっても事実は事実。この方の中に、『鍵』が無いのは間違いありません」

その瞬間、両膝をつき下を向いたままのスタッフォード四世の口角が上がり笑ったのを見たのは、オスカーだけであった。

笑ったのは、本当に一瞬だけであり、人によっては見間違いかと思うほどの刹那《せつな》である。

だが、オスカーは、連れてこられてからずっと、スタッフォードの表情をつぶさに観察していたため、その笑いに気付いた。

（皇帝陛下が仰るには、この二年間スタッフォード四世は薬漬けにしてあり、様々な判断力の低下、意欲減退などの状態になっているはずということであったが。もしかしたら、時々は、元の状態に戻ることもあったのかもしれぬ）

オスカーは、先ほどの一瞬の笑いを見て、そう考えていた。

どちらにしろ、遠征軍の最優先目標の奪取は潰《つい》えたのであった。


うろたえるミューゼル侯爵と、怒りをその目にたたえた主席副官リーヌスを尻目に、オスカーは宝物庫を出た。

宝物庫を出て、廊下を少し歩いた先で、オスカーはポケットから小さな箱を取り出す。そして、何事か唱えると、箱が光る。それを確認すると、言葉を念じた。

二分ほど言葉を念じた後、箱の光が消えた。

「帝都へのご報告ですかな」

その声にオスカーが振り返ると、錬金協会最高顧問ハッシュフォード伯爵が近寄ってきているところであった。

「いや、失礼。昔、私が改良した錬金道具が見えたものですから」

「なるほど」

ハッシュフォード伯爵は小さく笑いながら言い、オスカーもハッシュフォードが理解した理由を受け入れた。

「それにしても残念です。わたくしも、かのリチャード王によって造られた英雄の間、開いてその機構をつぶさに研究してみたかったのですが」

ハッシュフォード伯爵は笑顔のままそう言った。

「中の宝物よりも、箱自体ですか」

「当然です。私は、これでも錬金術師ですから」

百八十センチを超える堂々たる体躯《たいく》に、白髪を伸ばし、帝国錬金協会のマントをなびかせて歩く姿は、七十歳を超えた錬金術師とはとても思えない。かつて戦場を闊歩《かっぽ》した将軍、といった方がしっくりくるであろう。

「なるほど。そんな伯爵にお尋ねしたいことがあるのですが……」

「ん？　爆炎の魔法使いに尋ねられるとは、これは興味深いですな。なんなりとどうぞ」

「英雄の間の鍵は、国王と王太子の二人だけが持つと聞きました。ですが、王太子は死に、国王は鍵を持っていない。となると……英雄の間は、この先、二度と開かないのでしょうか」

オスカーのその問いに、ハッシュフォード伯爵は、小さく何度も頷いた。おそらく、自分の中でも、その問いを既にしていたのであろう。

「もちろん、あの英雄の間を詳細に分析したわけではないので、これから述べるのは推測ですが。これまでにも長い歴史の中、その二人が同時に亡くなるというようなことはあったのではないかと思うのです。そして、そうなる可能性は、かのリチャード王であれば想定内だろうと思うわけです」

ここで一度、ハッシュフォードは言葉を切る。

そして、一息ついた後、言葉を続けた。

「もし、本当に、鍵を持った者が誰もいなくなったのであるならば、なんらかの緊急避難的な機構が組み込まれていると、私は思いますな」

「緊急避難的な機構……」

「そう、例えば、三番目に登録された者に鍵が移るとか……あるいは、鍵によらずして開けることができる方法があるとか……。しかし、正直に言いまして、一番可能性があるのは、もう一人、鍵を持っている人物がいるでしょうな」

ハッシュフォード伯爵はうっすら笑いながらそう言った。頭の中には、そのもう一人の人物が誰なのか、浮かんでいるのかもしれない。

「なるほど」

あえて、オスカーはその先は問わなかった。

別れ際、ハッシュフォード伯爵は言った。

「爆炎の魔法使い殿に忠告しておきたいことがあります」

「なんでしょうか」

「決して、あの英雄の間を、ご自身の魔法で破壊して中に入ろうなどとは考えないことです」

そう言われた時、ほんの少しだけ、オスカーの眉が動いた。

常人であれば気付かないほどであるが、ハッシュフォード伯爵は気付いたのであろう、微笑んで言葉を続けた。

「あの英雄の間を造ったのは、希代の錬金術師と言ってもいいリチャード王です。超一流の錬金術師というのは、同時に超一流の魔法使いでもあります。おそらく、英雄の間には、強力な魔法的防御機構が組み込まれているはずです。例えば……そう、この前の〈真・天地崩落〉を撃ち込んだら、そっくりそのままオスカー殿に〈真・天地崩落〉が返ってくるような」

その言葉には、さすがにオスカーも無表情を保つことはできなかった。

「それは……恐ろしいですね」

「ええ、恐ろしいです」

オスカーの言葉に、ハッシュフォードも素直に頷いた。

「リチャード王は、それほどの錬金術師であったと」

「はい」

「帝国最高の、伯爵よりも凄いと?」

オスカーのその問いに、ハッシュフォード伯爵は大きく笑った。そして答えた。

「オスカー殿は、私を買いかぶりすぎです。私など足元にも及びませんよ。そう、例えば、中央諸国には今代を代表する二人の錬金術師がおりますな。ケネス・ヘイワード男爵とフランク・デ・ヴェルデ伯爵。二人を合したとしても、リチャード王とは比較できますまい」

「それほどですか、リチャード王は……」

その説明にオスカーは、素直に驚いた。

「何事であれ、深奥《しんおう》を極めた者には、常人が辿り着けるものではありませぬ」

西の森防衛戦

「副長、優先目標の中での確保失敗は、この二つが突出しています」

オスカーが皇帝魔法師団用に割り当てられた宿舎に戻ると、副官ユルゲンが報告してきた。

「王立錬金工房とエルフ自治庁か……。突入時、すでにもぬけの殻？」

「はい。三日前に、すでに退去命令が出されていたそうです」

「錬金工房の責任者ケネス・ヘイワード男爵は、先日、ルンで見た」

オスカーはそこまで言って、自らの体温が上がるのを自覚した。それは、自分を邪魔した水属性の魔法使いの姿を思い出したからだ。

「所属する他の錬金術師はもちろん、重要資料の類も全て持ち出し、または処分済みだった？　王太子の命令……。病死した第一王子だな。王都陥落を予想して命令を出していたか」

オスカーは、報告書を読みながら、ため息をついた。

この二つは、優先目標の中では最も重要な確保対象として、皇帝ルパート六世が指定した場所だったはずだ。

最優先目標は、王城ただ一つ。『英雄の間』の中身を手に入れるため。

優先目標であるこの二つは、王都内で王城の次に優先的に確保することを指示された場所だったのだが、中身が誰もいなければ、それは確保したことにはならないであろう。

「王太子……相当な切れ者だったそうだが。死してなお王国を救うか。亡くなって良かったのかもしれん、その王国が滅びるさまを見ずに済んだのだから」

後半の呟きはあまりにも小さく、副官ユルゲンの耳にすら届かなかった。

「錬金工房の錬金術師たちと研究成果の確保を失敗したのは想定外だが……それ以上に自治庁はまずいな」

「例の森ですか」

「ああ。『西の森』の攻略に影響が出るかもしれん……」

◆

王都から西に二百キロ余。

王国西部の更に西の端は、広大な森に覆われている。

その一帯は『西の森』と呼ばれ、王国内でありながらエルフの自治領として認められた土地。その自治の歴史は、王国中興の祖と言われるリチャード王の治世より始まる。

以来数百年、西の森はエルフの森として、平和と平穏の象徴であった。


だが、その平穏は、二日前に破られている。

「南東の物見櫓《ものみやぐら》、焼け落ちました！」

部下の報告を、苦々しい顔で受けているのは、一人の女性大長老。

通称、おババ様。

王都騒乱時、王都の自治庁でセーラと共に防衛の指揮を執ったエルフであり、先日は、西部の大貴族ホープ侯爵邸で帝国第二十軍と刃を交えた。

そのため、西の森もこれまで以上に厳重な警備を命じていたのだが……。

「エルフが森の中で負けるとは……帝国第二十軍は化物か」

おババ様は額《ひたい》を押さえて嘆いた。

そこに、さらなる悲報が追い打ちをかける。

「大長老ゴリン様、討ち死に！」

「なっ……」

最前線で指揮を執っていた大長老の一人、ゴリン戦死の報は、さすがのおババ様にもかなりの衝撃を与えた。

「言わんこっちゃない……ゴリンの馬鹿者が！　慎重

であるべき大長老が、突撃を敢行するからそうなるのじゃ」

口では憎まれ口を叩いているが、その表情はこれまでになく沈んでいる。

周りのエルフたちも、おババ様の悲しみを理解していたため、沈痛な面持ちで誰も口を開かない。

おババ様と、長い間に亘ってこの西の森を発展させてきた大長老……おババ様を含め三人の大長老のうち、グン大長老は戦闘初期に戦死。さらに今、ゴリン大長老も戦死。

二人とも、他のエルフをかばっての討ち死にだ。全体の戦死者数は二十人程度であるが、元々の人数が少なく、人口増加率も極めて低いエルフ族にとっては、かなり深刻なダメージとなっている。

おババ様は決断を下す。

「やむを得ぬ。森の東部地域を放棄。中央砦まで防衛線を引き下げる。全員呼び戻せ」

ただ一人残った大長老としての苦渋の決断に、しかめた顔は元に戻らなかった。


西の森、東外縁。

そこには、森を襲撃した帝国第二十軍の拠点がある。

「やはり、エルフは化物か」

呟いたのは、襲撃軍を率いるランシャス将軍。

「被害数が桁違いです……」

そう言ったのは、ランシャスの副官アンバース。

「奇襲に近い形で攻撃を開始したのに、死者数が二百を超えるなど……ありえるか！　我らは『影』ぞ？」

ランシャス将軍は叫んだ。

彼が率いるのは、帝国第二十軍。通称影軍。開けた平地での戦闘ではなく、市街地、建物内、山岳地帯、あるいは森林など、障害物の多い地形での戦闘に特化した、近接戦のスペシャリスト集団である。

他の帝国軍に比べて、圧倒的な実戦数をこなしており、他国からも怖れられる部隊。だが、その実態が表に出ることはめったにない。それだけに、帝国の貴族の中には影軍の存在はただの噂と思っている者すらいる。

しかし、その強さは圧倒的。

帝国の表の切札が、フィオナとオスカー率いる皇帝魔法師団であるなら、裏の切札が、ランシャス率いるこの第二十軍。

だが、その第二十軍が、これまでに経験したことのない損害を計上していた。

「皇帝陛下が、エルフたちを最優先で排除しようとされるのがよく分かる。あんな化物たちが数百人もいるなど……悪夢でしかないわ」

ランシャスはそう吐き捨てる。

「例の密偵の手引きで、西部の貴族に気付かれることなく西の森に先制攻撃を加えることに成功しました」

「ああ、例の……『ナンシー』とかいう連合の密偵だな。連合の密偵でありながら我が帝国に通じ、さらにはフリットウィック公爵とも関係がある？　密偵のくせに手を広げ過ぎだな。自ら首を絞めることになるだろうさ」

面白くなさそうに言うランシャス将軍。『影軍』を率いる将軍であるし、暗殺、破壊工作も数限りなくこなしてきたが、それでも裏切りとは無縁の人生であった。その忠誠の全ては、皇帝と帝国に捧げてきた。そんな人物からすれば、ナンシーのような密偵はどうしても好きにはなれないのだ。必要であり、有用であることも理解しているが……。

この間にも、副官アンバースはいくつかの書類に目を通している。ランシャス将軍の能力が戦場で十全に発揮できるのは、アンバースが優秀な副官として動いてくれているからだ。

その点からも、先日の王国入りの際、アンバースを帝国での後方支援に回したのは失敗であったと感じていた。確かにそれによって、王国西部だけでなく全土で工作に当たっていた第二十軍全体の動きは非常にスムーズであった。しかし、肝心のランシャス将軍自身が敵の手に……。

そんなことを考えている時に、アンバースが尋ねた。

「閣下は、西の森の大長老とも対峙したことがありますよね」

「ああ、ホープ侯爵邸でな。まさに化物だったぞ。あれがおったおかげでてこずり、最後はハインライン侯爵の嫡子に邪魔されたわ……」

そこまで言って、ランシャス将軍はさらに思い出したようで、今まで以上に顔をしかめた。

「あの嫡子も冒険者だったが……俺を捕まえた先日の二人も冒険者だったか。さすが昔から冒険者の国と言われるナイトレイ王国。エルフもそうだが、冒険者も油断ならん。余計な横やりが入ってくる前に森を制圧せねばな」

そこへ、前線からの報告が届く。

「報告。エルフ族、東の砦を放棄し、森の奥、中央砦へ撤退を開始しました」

「ご苦労。閣下、作戦を第二段階に移行します」

報告に対して、副官アンバースが第二段階への移行を進言する。

「うむ。第二段階への移行を許可する。中央砦の情報も、先ほどのナンシーから回ってきていたな?」

「はい。他とは打って変わって砦の周りに木々がないそうです」

「近付く際に身をさらさねばならないわけか。よし、軍を二手に分ける。第一部隊は正面から、第二部隊は側面から攻撃。私は第二部隊を率いて、砦を急襲する。一気にエルフどもを根絶やしにしてくれるぞ!」

手塩にかけて育てた部下二百人を失ったランシャス将軍は、その目に憎悪の光を宿して森の奥を睨《にら》みつけた。

まるでそこに、部下を殺した憎き相手が立っているかのように。

◆

「カーソン長官、やはり帝国軍の侵攻が始まっています」

自治庁長官カーソンの命によって偵察に入ったロクスリー率いる先行隊が、情報を持ち帰ってきた。

「くっ……王都よりも先に、西の森の壊滅を優先したのか……皇帝め!」

カーソンが苦々し気に呟く。

王都に置かれていたエルフ自治庁。そこは、ナイトレイ王国王太子の命により、いち早く撤収していた。

撤収した一行が、カーソン長官率いる、このエルフたちだ。魔法大学に在学していたエルフたちも含め、王都内の全エルフ五十人。

おかげで、王都陥落に巻き込まれることはなかったが、逃げてきた西の森にも、すでに帝国の魔の手が伸びていた。

「ホープ侯爵からの情報通りでした」

「確かにな。侯爵は、おババ様に助けられたからと言っておられたが……。捕まえたあの女が、自分から情報を喋ったのだろう？　密偵名ナンシーだったか」

「王都でも指名手配され、王太子殿下が探っていて、ようやくホープ侯爵領で捕らえたとか。そこで女は観念したそうです」

「我々の撤収といい、さすが王太子殿下。王国は惜しい方を亡くされた……」

ロクスリーの報告に、大きく頷くカーソン長官。

二人ともエルフであり、正確には王国の民ではない。だが王国内で自治を認められた西の森の者たちであり、数百年にわたって西部のホープ侯爵家はもちろん王家とも良い関係を保っている。その王家の王太子であり有能を謳《うた》われた人物が亡くなったのは、やはりショックであった。

「悲しんでも仕方ない。今、我らがやれることをやるだけだ」

「はい」

「西の森は先手を取られて窮地にある。だが我らが到着したことを帝国軍は知らないはず。なんとか上手くやらねばな」

カーソン長官はそう言うと考え始めた。

ロクスリーは、黙ったまま指示を待つ。かつてセーラに手を折られたロクスリーであるが、今では先行隊の隊長を務めるなど、カーソン長官の右腕ともいえる存在に成長していた。


三十秒後。

「中央砦前、木々のない『晒《さら》し場』に敵を引きずり出して一網打尽にするのがおババ様の策」

カーソンは呟きながら、何度か頷く。

ロクスリーには全く分からないが、この辺りの展開を読む力は、王国エルフの中でも、おババ様とカーソンは特に秀《ひい》でていると言われている。

ただし、ロクスリーにとって畏怖すべき相手『セーラ様』は、その中には含まれない。あの方は別格……ロクスリーの中では、そういう扱いとなっていた。

「例のナンシーは、中央砦の情報も帝国第二十軍に流したということだったよな」

「はい、ホープ侯爵からの報告書にはそう書いてありました」

「『晒し場』の情報を得ていれば、攻め手側は正面からの突破だけでは難しいと判断するだろう。ということは、一隊を正面から攻めさせてそちらに砦の注意を引き付けている間に、別動隊で裏から砦を急襲する。策を弄して砦から引きずり出そうとするかもしれんが、相手がおババ様ではそれは上手くいくまい。やはり現実的なのは軍を分けることだ。これなら、相手の出方に関係なく主導権を握れるからな。私が指揮官ならそうする」

カーソンの中で方向性が決まったらしい。

「我らは五十人しかいないため、正面から襲撃するであろう敵は砦に任せる。別動隊を見つけ、やつらが森の中にいる間に襲うぞ」

「はっ！」

◆

「あの砦か」

帝国『影軍』前衛を率いるニュス隊長は、傍らの部下に確認する。

「はい。エルフたちの主力と思われる者どもは、あの砦に籠っております」

「確かに、あの砦の周りだけ森が割れ、木々に紛れての接近はできないな」

ニュス隊長は頷きながらそう言った。

もちろん侮《あなど》ってなどいない。『影』が二百人以上の死者を出すなど、異常なことだ。今戦っている相手は、そんな異常なことができる相手なのである。侮るなどあり得ない。

そうは言っても、戦闘員の数で圧倒的に上回っているのもまた事実。エルフはせいぜい三百人。しかし第二十軍は、現在森に展開しているだけでも千八百人。

ざっと六倍。

「森が切れた砦までの平野、仕掛けはないが何らかの策はあるはず。だが、そうと分かっていても正面から突っ込むぞ。その間に、将軍が別動隊を率いて砦に横撃を加えることになっている」

ニュス隊長の言葉に、部下たちは頷いた。

ニュス隊長は、東の砦で指揮を執るランシャス将軍の許可をとって、攻撃を開始した。砦に対しての、正面からの攻撃。前衛に展開する第二十軍千人を動員しての、全力攻撃である。

そうは言っても、彼らは『影』。突撃する際も、無駄に叫んだりはしない。

夜陰に紛れ、無音で近付く。

先鋒が、森と砦の中間地点に差し掛かった時、砦から無数の火矢が飛んだ。

もちろん、そんな矢にあたるような者は第二十軍にはいない。いくら音に聞こえたエルフの矢であっても、簡単に認識できる火矢では、避けてくださいと言っているようなものだ。

しかしそれは、帝国軍を射殺するための火矢ではなかった。

正確に、等間隔に地面に突き刺さる火矢。

ニュス隊長はその光景を訝しむが、地面に油などの罠が仕掛けられていないことは事前に調査済みだ。

確かに、地面に刺さっても燃え続ける火矢によって、地を走る『影』たちは、視界に捉えられるようになった。

だが、それがなんだというのか。

彼らの機動力と戦闘力をもってすれば、エルフの矢ですら当たらない。

そう、通常であれば、当たらない。

変化は突然起きた。

まるで、巨大な重力がかかったかのように、『影』たちは動けなくなったのだ。

「な……んだ……これは……」

ニュス隊長を含めて前衛千人、全員が陥る行動阻害。

「風……？」

そう、それは上方からの強烈な風、ダウンバースト。

しかも、砦前全域という、あり得ない広範囲で起きていた。

上方からの強烈な暴風によって、足が止まる。止まった彼らに向かって、砦から無数の矢が飛んだ。

なぜか、これほどの強風にもかかわらず消えないで地面に突き刺さったままの火矢によって、辺りは照らされている。

矢の狙いをつけるのは容易。

しかも射手はエルフ。風すら計算に入れた矢が、動けない『影』たちを襲う。

だが、狙われた者たちも尋常の者ではなかった。

移動は阻害されても、腕は動く。多少不自由ではあっても、移動するよりはましだと、自分に向かってきた矢を両手に嵌《は》めた手甲によって弾いていた。

さすがにその光景は、砦から見るおババ様をも驚かせる。

「なんという……。やはり尋常の者どもではない。足じゃ、手の届かぬ膝から下を狙え」

おババ様が下した指示も、なかなかにえげつないもの。

立ったままの状態であれば、手が届く範囲、つまり手甲で防げる範囲は、どうやっても膝までである。膝から下は防げない。

しかも、『影』たちは無音行動を行うために、足には足甲のようなものはつけていないことを、おババ様は見抜いていた。

もちろん、膝を曲げて座った状態になれば手甲で全身を守れる……だがそれは、移動することを完全に放棄するということであり、ここで射殺されることと同義であった。

向かってくる矢は、一本ではないのだ。

射手はエルフ。一射で二本、三本を放つのは当たり前。

しかも、速射。速い射手は、十秒で三十本の矢を放つ……一射三本、一秒ごと。

当然、全て標的から外れない。

帝国第二十軍前衛千人は、文字通り足止めされた。

東の砦から指揮するランシャス将軍の元に、前衛部隊の陥った状況はすぐに届いていた。

「風による行動阻害とは」

なんらかの策でもって、砦前で出血を強いるであろうことは当然想定していた。

それが、ダウンバーストでの足止めというのは予想できなかったが、何であろうが構わない。

押し潰す。

そのための、数である。

「よし、予定通り正面を迂回して、中央砦の連中に横撃を加える。行くぞ」

「はっ」

残りの八百人全てが砦を出た。別動隊として中央砦を攻撃するのだ。

前衛千人が足止めされている中央砦前の開けた地を避けて、その北を回り、時計と反対方向に半円を描いて中央砦を北側から急襲する。中央砦の注意は、正面で釘付けになっているニュス隊長率いる前衛千人に向いているはずだ。その間隙を縫えば、砦にとりつくことはできるであろう。


六倍の戦力。正しくぶつければまず負けることはない。

砦に籠るエルフたちは、北側から中央砦に近付くランシャス率いる別動隊に気付いた。

これは、おババ様をはじめ、砦に籠ったエルフたちにとっては厄介な状況であった。近付く部隊は、八百人を数える。これだけで、砦に籠るエルフたちの数を超える……。

「射手、第一班から第三班まではそのまま正面敵への攻撃を継続。第四、第五班は、新たな敵を砦に取りつかせるな」

おババ様は鋭く指示を飛ばす。だが、その心の中は苦渋に満ちていた。

ダウンバーストで押さえつけているが、魔力は有限。エルフが、その能力を十全に発揮できる西の森という環境であったとしても、それぞれの魔力残量は限界に近付いている。であるなら、一刻も早く、足止めしている正面の敵を倒すべきなのだが……。

戦力を分けたその判断……正直、正しいのかどうか自信はない。

だが、おババ様は迷いを見せない。

指揮官の迷いは、一気に戦況を傾けてしまうから。

ここは、『私は正しい。皆は迷わず付いてこい』という姿勢を貫くのが正しいのだ。

おババ様の苦悩は深かった……。


しかし、ランシャス率いる別動隊にも想定外の事態が起きていた。

「後方より敵！」

「敵の別動隊？」

「おそらくは、王都のエルフどもかと……」

副官アンバースのその言葉に、ランシャスは小さく、だが苦々しく悪態をついた。

「リーヌスの無能めが！」

このタイミングで、王都のエルフたちが西の森に現れたということは、王都攻略組が自治庁の制圧に失敗したということである。であるなら、作戦の中心を担う主席副官リーヌスの責任だ……ランシャス将軍はそう結論付けた。

もちろん全てを知っている者がいれば、それは誤解だと言ったであろう。王都陥落後に王都を抜けだしたのであれば、ここへの到着は早すぎるとも。

全ては、今は亡き王太子カインディッシュの凄まじい読みによるものであったのだが……さすがにそれを教えてくれる者は、ここにはいない。

リーヌスは不憫《ふびん》であった。

「閣下、いかがいたしますか」

「砦への攻撃を中止。部隊全員で、後方から迫る自治庁の連中を叩く。しかる後に、砦への攻撃を再開する。敵は、いきなり近接戦でくるぞ。備えろ！」

帝国第二十軍には、逆転の手札がもう一枚だけあるのだが、いつ使えるようになるかはランシャス将軍にも分からない。分からない以上、この切羽詰まった状況で頼ることはできない。

こうして、中央砦北側において、ランシャス将軍率いる帝国第二十軍別動隊八百人と、自治庁長官カーソン率いるエルフ五十人の戦闘が開始されることになった。

◆

「さすがに、おババ様が東を放棄して中央砦に退いただけはある。この帝国軍は、本当に人間か！」

カーソン長官は、思わずそう呟く。

エルフとはすなわち森の民。

森こそ最大のホーム。

その森での戦闘で苦戦するなど、初めての経験である。

「相手を人間と思うな！　エルフ並みの戦闘技術を持っていると思って挑め。囲んで倒すのを基本にせよ」

これだけの近接戦であり、双方ともにかなりの高速戦闘だ。

エルフが最も得意とする弓は使えない。風の魔法も使いどころが難しい。

つまり、剣を交えての近接戦……必ずしも、エルフが有利というわけではなかった。

もちろん、帝国第二十軍が圧倒的に有利というわけでもなかった。

「くそっ、森に籠っていた奴らよりも強いんじゃないか？」

ランシャス将軍自身も、剣を交えての戦闘の最中にあった。

将軍という立場ではあるが、剣での近接戦では、未だに第二十軍の中において最も強い。

そんなランシャスの目から見ても、敵の増援は厄介な相手であった。しかも、なぜか対人戦に関して、やたら鍛えられている感じがする。

これまでの森の者たちは、確かに厄介でさすがは森の民エルフ、強い相手だと思わされたが、決して近接戦での対人戦闘に慣れた者たちではなかった。だが、この王都からの新手は、かなり対人戦闘に慣れている印象を受けたのだ。間違いなく、対人戦に特化した訓練をこなしてきたのであろう。

トップクラスの騎士団員と打ち合っている印象すら受ける。

（王都で、騎士団の指南役か何かに鍛えられたのか？）

正解である。

ランシャス将軍は、状況の推移が想定以上に厳しいと考えていたが、戦場ではそれを上回る状況の破壊が起きていた。

場所は、中央砦。

「おババ様！」

部下の叫びに、おババ様は振り向いた。

そこには、倒れ行くエルフたちが……。

「魔力切れか……」

ついに、怖れていたことが起こり始めた。

完全に、限界まで振り絞ったのであろう……ダウンバーストで押さえつけていた、魔力量に秀でたエルフたちが次々と倒れ、射手だった者たちが、代わりに魔法を引き継ぎ始めている。

だが、それは状況の完全破綻を誤魔化しているに過ぎない。

魔法専従の者たちに比べれば、魔力量が少ない上に、何より射手がいなくなる。敵の動きを止めてもとどめを刺す者が減れば、相手の数を減らせない。

さらに追い打ちをかけるように、東の空に、発光魔法が上がった。

「黄三、緑一です」

「来たか！」

部下の報告に、ランシャス将軍の表情は、ようやく晴れた。

待ちに待った援軍。

帝国第二十軍の最後衛、その数、一千。

王都攻略の手伝いなどに回されていた、本当に最後の最後の、『影』の残り。

待ちに待った……。

「エルフども、これで終わりだ」

そう言うと、ランシャスは、禍々しく笑った。

帝国軍の発光は、当然、エルフたちにも見えた。

細かな意味は分からないが、敵に援軍が来たことは理解できる。

それは、絶望と同義……。

「まだだ、まだ終わってはおらぬぞ！」

俯《うつむ》き、戦意を失いそうになる部下たちに、おババ様の叱咤《しった》が飛ぶ。

「北では、王都から戻った自治庁の者たちが戦っておる！　我らが耐え抜けば、彼らが敵を倒し、目の前の奴らにとどめを刺してくれる！　戦え！」

指揮官は、自分が信じていないことでも声高に言わねばならぬ時がある。

おババ様にとっては、今がその時であった。

自治庁の者たちも、そう簡単に倒せはしないであろう。先ほどの発光魔法を見た敵は、『援軍が来るまで倒されなければいい』……そういう戦いに移行するに違いない。

簡単に決着はつくまい。

間違いなく、自治庁の者たちが来るよりも、自分たちの限界が先に来る。

分かってはいても、言うしかなかったのだ。

だが、おババ様の叱咤によって、折れかけたエルフたちの心が、なんとか繋ぎ止められたのも事実である。


まだ負けていない！

ダウンバーストで敵の動きを封じる者たち、その敵を射貫く者たち……今まで以上に、必死に、全員が死力を尽くし始めていた。


発光魔法が上がって二十分。

中央砦北側では、ランシャス将軍率いる別動隊八百人と、自治庁長官カーソン率いる王都帰還者五十人の戦いが続いていた。

「どれくらいやられた」

「ユーリ殿以下、五人……」

「くそっ」

エルフの中にも、回復系魔法を得意とする者たちがいる。

中央諸国の魔法体系とは根本的に違い、精霊の力を借りて回復速度を速めて怪我を治すのだ。そのため、高位神官たちのような部位欠損の修復などはできない。

それでも、エルフの中では貴重な人材であり、戦闘集団には必ず、数人が入る。

今回死亡したユーリは、自治庁の中でも回復に秀でたエルフであり、戦闘集団としてみた場合、人数以上のダメージを負ったことになる。カーソン長官は、指揮官としてそのダメージの深刻さを理解していた。

強さは拮抗している。

森の中の戦闘で、エルフと拮抗しているというのは、本来あり得ないことであるが……現実に目の前で起きている。

人数が減っていけば、損害が加速度的に増える……。

カーソン長官の思考は、かなり追い詰められていく。

この相手を倒すだけではダメで、倒した後に、中央砦が抑えている敵千人にも攻撃を加えなければならないのだ……勝つためには。

だが……。

「この相手と互角に戦うだけで精一杯なのか……」

悔しさが、その身を打ち震えさせた。

◆

「どれくらいやられた」

「四十ほどかと」

「なんたる……」

一方のランシャス将軍も、自軍の損害の多さに顔をしかめた。

発光魔法が上がったため、『援軍が到着するまで無理をするな』という指示を出しているのに、これである。正面から叩きあったら、この王都帰りの連中には勝てないかもしれない……率直に、そう感じていた。

「気負うな。増援が来るまで遅滞戦を展開すればいい」

ランシャスが、近くの部下に、そう声をかけた瞬間であった。

「見つけたぞ！」

真後ろからの斬撃。

だが、ランシャスは難なくその斬撃をかわす。

「貴様が指揮官だな」

斬撃をかわされたにもかかわらず、その相手は落ち着いていた。

「だとしたらどうする？」

「死んでもらう」

ランシャス将軍は問いかけ、相手……カーソン長官は断言した。

「できるかな?」

「ぬかせ!」

挑発するランシャス、打ち込むカーソン。

部下には、遅滞戦をやれと言いながら、自分は正面からの剣戟を繰り広げるあたり、ランシャス将軍は生粋の戦士なのかもしれない。その剣は、時間稼ぎをする気など一ミリもなく、正面の敵を倒すことに全力を傾けた剣だ。

だが、カーソン長官も一筋縄でいくエルフではない。自ら進んで、年下であるセーラの特別講習を受け、個人技を磨いた。セーラがルンに戻ってからも、鍛錬を休んだことなど一度もない。

剣は、努力を裏切らない。

そんな二人の剣戟は、激しいまま果てしなく続いていった。

そして、ついに帝国の増援が砦正面に現れた。


増援が、森から出てきた瞬間、さすがのおババ様も膝をつきそうになった。どう考えても負けが確定したから……。

だが、それでも、精神力を振り絞って、立ち続ける。

しかし、多くの者たちは、がっくりとうなだれた。

ダウンバーストを放っている者たちだけが、そのまま魔法を続けている……もはや、周囲の状況も理解できないほどに、魔力が尽きかけているのだ。

そんなおババ様の耳に、言葉が聞こえてきた。

「たすけて……」

「やめてく……」

「降伏す……」

「もう、いやだ……」

帝国の増援部隊から聞こえてくるそれらの声は、だが、森から出るとすぐに消える。発した者たちが、次々と倒れていくから。

やがて……声は全く聞こえなくなった。

次の瞬間、ダウンバーストで満足に動けない帝国第二十軍前衛の間を、一条の、白金の光が奔った。

光は止まることなく動き続ける。

光が通り過ぎると、血煙が舞った。

斬られた帝国兵から噴き上がる血。地面に刺さった火矢。そして走り抜ける白金の光。

それはある種、幻想的な光景であった。

帝国軍千人を糧とした、一夜の夢……。

「間に合うたか……」

おババ様はそう呟き、精も根も尽き果てた上で安心し膝をつく。

次の瞬間、一夜の夢は終わった。

そこにいたのは、戦闘能力は奪われたが辛うじて命だけは残されている千人の帝国兵と、ただ一人立つ、プラチナブロンドの髪をたなびかせたエルフ。

「セーラ、すまぬが、北の方も助けてやっておくれ」

おババ様の声は決して大きくはなかった。

だが、セーラは一つ頷くと、消えた。

そこにいた者たちが、移動したのだと理解できたのは、数秒後であった。

「とんでもないエルフになってしまいおって」


おババ様は、そう言って苦笑するのであった。

◆

ランシャス将軍とカーソン長官の剣戟は、続いている。

双方ともに、まさに全力を傾けての剣戟。そうしなければ、即座に負けてしまう……それほどに、二人の間には差がない。

そのため、周囲の変化に気付くのが遅れた。

何度目か、距離をとって息を整える二人。しかし、ほぼ同時に異変に気付く。

「音が……」

「静かすぎないか」

ランシャスとカーソンが呟いた。

その瞬間、ランシャスの前に白金の光が流れ込んだ。

「馬鹿……な……」

ランシャスは腹部への一撃を食らい、意識を手放した。

手放す直前に、剣戟相手の声が聞こえた気がした。

「セーラ……」

ランシャスが目を覚ました時には、すでに朝であった。

「ようやく目を覚ましたか」

ランシャスが横を見ると、そこには一人のエルフがいた。

「昨晩の男か」

ランシャスが呟くように言う。そこにいたのは、ランシャスが剣戟を繰り広げた相手。

「自治庁長官カーソンだ。帝国第二十軍、ランシャス将軍とお見受けする」

「まさか、俺のことを知っているとはな」

ランシャスは、自嘲気味に笑う。

第二十軍、通称『影軍』のことは、帝国貴族であっても知らない者が多い。それを、エルフが正確に知っていたのは、想定外であった。

「そういう情報を集めるのも、自治庁の仕事だったのでな」

カーソンはそういうと、ランシャスの目の前に水筒を差し出した。

「将軍閣下の手足を縛るのが大変失礼であるのは分かっているのだが、あんたはヤバすぎる。すまんが、拘束は解けん。水を飲むのなら今しかないぞ。どうする」

「ああ、飲む」

ランシャスがそういうと、カーソンは手ずから水筒をランシャスの口元に持っていき、水を飲ませた。

「ありがとう」

「おう。いちおう言っておくが、逃げようなんて思うなよ。昨晩、あんたを一撃で倒した子が、ずっとあんたを見張っているからな」

「……セーラ」

ランシャスの呟きが、今度はカーソンを驚かせた。

「どこでそれを……って俺が言っちまったのか」

そう言うと、カーソンは頭を掻いて言葉をつづける。

「そうだ、セーラだ。さすがのあんたでも、セーラには勝てない……というか、俺ら全員が束になってかかっても一時間もたずに全滅だな」

そう言うと、カーソン長官は苦笑した。

「どんな修行をすればあれほどになるのか……まあ、悪いことは考えるなよ」

そういうと、カーソンはランシャスの元を去った。

次にランシャスの前に来たのは、三十代半ばに見える女性と、プラチナブロンドの髪の絶世の美女であった。前者は覚えている。

「ホープ侯爵邸にいた大長老か」

「あの時は死ぬかと思うたぞ、ランシャス将軍。貴殿は我らに捕らわれた。他に、部下が五人。これらは牢に入れておる」

「五人……だけか？」

「うむ。他は、ほとんど動けぬ。いちおう死なぬように魔法をかけてやってはおるが、完全に回復されて反乱を起こされてはかなわぬ」

「前衛だけでも千人はいたはずだが……援軍も合わせれば二千を超える数が。全員が戦闘不能だと？」

おババ様の説明に、ランシャスは小さな声で確認した。

「全員大量の血を流して戦闘不能に追い込んだらしくてな。ある程度回復させても、失った血はまだ戻らぬから寝たままじゃ。もうしばらくすれば、ホープ侯爵領から兵が来るから、そうしたら捕虜としてきちんと扱うと約束しよう」

「二千人以上が戦闘不能……。ありえるか……そんなことが……」

「お前の部下を戦闘不能に追い込み、お前を気絶させたのは私だ」

ランシャスの呟きに答えたのは、プラチナブロンドの美女、セーラであった。

「なんだと？　どういうことだ」

「どういうことと言われても……。全て、私が倒した」

いっそ清々しく、涼やかに、あるいは冷ややかにセーラはそう告げた。

そこには、なんの表情もない。

エルフを害しに来た者たちを排除した。ただそれだけ。

「本当なら、全員殺してもよかったのだ。だが、捕虜にしておけば、いずれは行われるであろう帝国との交渉材料に使えるだろう？　まあ、殺すのも戦闘不能にするのも、たいして手間は変わらなかったしな」

そして、言葉を切って、何事かを思い出したように言葉を続けた。

「それでも、倒し切るのにだいぶ時間がかかってしまったな。もう少し早くやれそうだったが……。おババ様、遅くなり申し訳ありませんでした」

「いや、十分早かったと思うのじゃが……」

　セーラは謝り、おババ様はどう答えていいか迷って、常識的な言葉を言った。

「あれだけの数の『影』が……二十分程度で壊滅……だと。あり得るか！」

「二十分もかかったか？　やはりかかりすぎだな。私の知っている魔法使いなら、三十秒もあれば全滅させるぞ。それも全員の首を刎《は》ねてな」

「なにを……」

　セーラが思い浮かべたのは、王都騒乱時、涼が〈ウォータージェット〉で、デビルたちの首を瞬時に刎ねていった光景だ。

「その魔法使いが言っていた。『セーラが森を守っている間に、僕が帝国軍を滅ぼす』と。私すら止めることができない帝国軍では、滅びるしかないであろうな」

　ランシャスが見たセーラの目には、絶対の確信が浮かんでいた。

　心の底から、そうなるであろうことを疑っていない。すでにセーラの中では、確定事項となっているのだ。

「この化物どもめ」

　ランシャスは思わず呟いた。

　その呟きを聞いて、初めてセーラは笑った。

「化物か！　ようやく私も、そう呼ばれるくらいになれたか！　存外、嬉しいものだな」

「なぜ嬉しがるのか……」

　セーラが笑顔を浮かべて喜び、それを見ておババ様は首を振りながら呟く。

「さて、ランシャス将軍」

　気を取り直して、おババ様は呼びかけた。

「我々はお主を、王都を占領している帝国軍への使者にするつもりじゃ」

「なんだと？」

　ランシャスには意味が分からなかった。

　見せしめ、あるいは恨みのはけ口に処刑するわけではなく、交渉の材料にするわけでもなく、使者にする？

「無傷で解放するということか？」

「まあ、そういうことになる。文書は持っていってもらうがの。その後は好きにするがいい」

ランシャスは、少しだけ考えてから、口を開いた。

「ここで起きたことを俺に伝えさせて、抑止力にしようと」

帝国第二十軍を完全に壊滅させるだけの力が、西の森にはある……その証明を、ランシャスを送ることによって顕かにする。手を出せば、また同じような目にあわすぞと。

「配下の部隊を失って……どの面さげて……」

「そうは言うても、報告はせねばなるまい？」

ランシャスの悔しそうな言葉に、おババ様は常識的な言葉をかけた。

「分かっている！　分かっているが……」

おそらく、自分は皇帝陛下には許されまい。しかし、自分が敵前逃亡すれば、帝国に残った家族の安全が脅かされる。自分の命を差し出せば、その罪は家族にまでは及ばないだろう。

皇帝ルパート六世はそういう人物だ。

親の汚名を、子供たちがより多大な功績をあげることですすげ……そういう方向に持っていき、より成長を促し帝国の発展に寄与させる。

そんな人の使い方をする。

そもそも、ランシャスに、別の選択肢は無いわけで。

「分かった。使者の件、受けよう」

こうして、帝国第二十軍による西の森襲撃は、完全な失敗でもって終わりを迎えたのだった。

友人として

セーラが西の森に向かった後、涼は抜け殻となっていた。

一所にぼーっと座って日がな一日何もしない……などというわけではない。

だが……これまでであれば……。

朝日が昇ると共に起床。三十分間、みっちりとストレッチ。そして、ルンの城壁の外を、両手両足、そして両肩に氷で極小の東京タワーを生成しながら、走る。戻ってきたら朝食を摂り、昼まで錬金術に勤しむ。その間に、セーラが来てリビングで本を読んでいることもある。お昼は、一緒に、飽食亭を中心とした東門付近のお店で食べることが多い。その後は、たいてい、領主館で模擬戦。

こんな風に一日が流れていたのだが、セーラがいなくなったことによって……。

『その間に、セーラが来てリビングで本を読んでいることもある』

『お昼は、一緒に、飽食亭を中心とした東門付近のお店で食べることが多い』

『その後は、たいてい、領主館で模擬戦』

これが全てなくなってしまった。単純に、何をすればいいか分からなくなってしまったのだ。

何をすればいいか分からない人、やりたいことが見つかっていない人というのは、周りにちょっかいを出す迷惑な存在になってしまう……。

「ねむい……」

「なぜそれを、わざわざ俺の部屋に来て言うんだ？」

ここはルンの領主館にある、前領主執務室。

現在は、領主執務室と隣にあった領主寝室が離れに移り、ここは次期国王予定者の執務室と寝室になっていた。ここで言う次期国王予定者とは、当然アベルである。

この部屋がアベルの部屋となったのは、もちろんアベルが強引に接収したわけではなく、ルン辺境伯の提案による。

そんな次期国王執務室で、アベルはせっせと書き仕事をこなしていた。各地の領主や、周辺国への根回しのための文章などである。国王として立つ前にやっておいた方がいいことは、けっこうあるのだ。もちろん、国王となった後も似たような文章を出すことになるのだが……。

そんな、見るからに忙しそうな次期国王の執務室で、水属性の魔法使いはグダっていた。部屋の中央にあるソファーにぬべ～っと寝転がっている。

「心の充電をしているだけです、次期国王様は気にしないでください」

「ジュウデンというのがよく分からんが……ぐだぐだしているのは分かる。なぜこの部屋でやっているのかはやはり分からんが……」

「だって他の部屋の人たちは、もの凄く真面目に仕事をしているんですもん……邪魔しちゃ悪いでしょ」

わざわざ言わないと、そんなことも分からないのか、やれやれ……といった感じで、肩をすくめる涼。

アベルがイラッとしたのは言うまでもない。

「俺も、もの凄く真面目に仕事をしているんだが？」

「アベルには、周囲の妨害にも負けない強い国王になってほしいと思い、泣く泣く邪魔をしているんです」

「邪魔って言ってるじゃないか……」

こうして、アベルは強い国王になれるよう、日々鍛錬をこなすことになったのであった。

もちろん、望まずして……。

「やっぱり……さっさと王都に行って、帝国軍を全員凍らせるのが一番手っ取り早いと思うんですよ」

涼が、提案を装ってそんな独り言を言っている。

「おいリョウ、何度も言うが、絶対にそれはするなよ！」

必死に止める次期国王様。いつも大変そうである。

「敵国軍を皆殺しにすれば終わるという段階は、とうに過ぎているんだ。北部貴族全てが裏切ったということは、間違いなくフリットウィック公爵……叔父上が裏にいるということ。いずれ王都で、国王への即位を宣言するだろう。彼の勢力から王国を取り戻しつつ、帝国とその影響力を排除しなければ国の復興にはならんのだからな」

「まったく……国が負けるというのは、本当に大変ですね。我々、王国民にとってはいい迷惑です」

涼はそう言いながら、小さく何度も首を振る。

「あ、ああ……なんか、すまん」

アベルには、全く責任はないのだが、なんとなく謝るべき雰囲気を、涼は醸《かも》し出《だ》していた。

その時、扉がノックされた。

「どうぞ」

アベルが言うと、扉が開き一人の青年が入ってきた。

「アベル様、失礼します」

「これはアルフォンソ殿、どうしました？」

「実は、領主様がリョウ殿と話をしたいとおっしゃっておりまして……。もし可能なら、離れの方に来ていただけないかと」

後半は、涼の方を向いて言った。

「あ、はい、暇です。伺います」

涼はそう言うと、アルフォンソ殿と連れ立って、離れに向かって歩きだした。

◆

「リョウ殿には一度もご挨拶していなかったかと思います。アルフォンソ・スピナゾーラです」

「あ、涼です。スピナゾーラ、と言うと……」

「はい、現領主の孫です」

「ああ、セーラに肩を……」

そこまで言って、涼は慌てて口をつぐむ。さすがに失礼なことを言った自覚があるのだ。


アルフォンソは、顔を真っ赤にして、恥ずかしい過去を知られたいたたまれない若者となってしまった。

「はい、お恥ずかしい話です」

しばらく無言で歩いていたが、アルフォンソの方から口を開いた。

「リョウ殿とセーラ先生の模擬戦はよく見ていました。凄いの一言でした」

「あ、いえいえ……」

面と向かって褒められることに、涼は慣れていない。

「それで……時々でもいいので、私と騎士団に、稽古《けいこ》をつけていただけないでしょうか」

「はい？」

「私に稽古をつけてくださり、剣術指南役の一人でもあったセーラ先生が西の森に行かれ……さらに、午後の恒例になっていたお二方の模擬戦も無くなってしまい、騎士団の士気が下がっているようなのです。この件は、騎士団長のネヴィル・ブラックとも相談し、リョウ殿がいいなら、という許可を貰っています。いかがでしょうか？」

まさかの、セーラの後釜である。

「しかし……僕は正式に剣を習ったわけでもありませんし……」

「基本的な剣術は、もう一人の指南役、マックス・ドイルがつけてくれます。王都のヒューム流剣術です。ルン騎士団は、ドイルが基礎と応用を身につけさせ、セーラ先生が叩きのめす、という関係性で鍛えられてきました」

「叩きのめす……」

アルフォンソの説明に、涼は呟く。驚きを込めて。

「もちろんセーラ先生は、大きな怪我をしない程度に、かなりの手加減をされていたみたいですが。騎士団員にとっては、全力を出してもまだまだ届かない人、そんな人が目の前にいて自分たちを鍛え上げてくれているということが、高い士気にも繋がっていたのです。どうでしょうか、リョウ殿、引き受けてはいただけませんか」

そういうと、アルフォンソは立ち止まって、頭を下げた。

こうしてみると、かなりまともな青年である。

劣情に負けてセーラを押し倒そうとしたというのは信じられないが……その時の激烈な反撃で性根を叩きなおされたというのも、またありそうなことでもあった。

「分かりました。時々でいいのなら……」

「ありがとうございます!」

涼は引き受け、アルフォンソは嬉しそうに、再び頭を下げた。

涼に、一つ、やるべきことが見つかった瞬間であった。


離れに移った領主寝室。

アルフォンソと涼が入っていくと、以前、見た時と同じように、ベッドに座った状態のルン辺境伯が、何か書き物をしていた。

「ああ、リョウ、わざわざすまぬな」

「いえ。お呼びとか」

「うむ。いくつかリョウに頼みたいことがあってな」

そういうと、辺境伯は顎に手を当てた。どういう順番で切り出そうか考えているかのようである。

「領主様、横から失礼します」

アルフォンソが呼びかける。お爺様でもおじいちゃんでもなく、領主様と呼びかけねばならないようだ。

領主の家系もいろいろと大変そうである。

「うむ？」

「先ほどリョウ殿に、私と騎士団への稽古の件をお願いしたところ、引き受けていただけました」

「そうか！　それはよかった」

アルフォンソの報告に、辺境伯は嬉しそうな声を出した。それも、『頼みたいこと』の一つに入っていたようだ。

辺境伯は、うんうんと小さく何度か頷いた後、切り出した。

「実はリョウに、アベル様の護衛を依頼したいのじゃ」

「アベルの護衛？」

A級冒険者であり、超一流の剣士でもあるアベル。護衛することはあっても、護衛される必要はないと思うのだが……。

「うむ。アベル様は次期国王陛下。王太子カインディッシュ様が亡くなられた以上、そうなるのは確実……。だが、それを良く思わない者もおる」

「ああ……フリッタ……アベルの叔父上」

涼は、フリットウィック公爵という単語に、未だ耳が慣れていないらしい。

「そう。まず間違いなく、アベル様の命を奪うために、様々な手段を弄してくる」

「それを防げと。しかし、僕でいいのでしょうか……そういうのって、いわゆる近衛兵とかがやる……」

「王城に上がればそうなるであろう。だが正直、国王という地位に慣れるまでは、冒険者が周りにいた方がいい気がするのじゃ、アベル様の精神の安定的に」

辺境伯はそう言うと、微笑んだ。想像以上に、柔軟な思考を持った人物らしい。

「ある種、理想的だとは思わんか？　市井《しせい》の民からも、冒険者からも、もちろん騎士たちからも好かれる国王。畏怖だけでなく、好意をも寄せられる国王。冒険者としてA級にまで上がり、ルンの街の者からの人気も高い『冒険者アベル』だからこそじゃ。わしは、そういう国王陛下を見てみたいのじゃよ」

そう言った辺境伯の笑顔は、輝いていた。

こんな歳のとり方をしたい、涼にそう思わせるような。

「もちろん、『赤き剣』の三人も、コナから戻ってくればアベル様の周辺に侍《はべ》ることになる。そもそも、あの三人はそういう立場として、パーティーメンバーになった者たちじゃからな」

「ああ、やっぱり……」

涼も、薄々感じてはいたのだ。

かつて聖女とすら呼ばれた神官リーヒャ、王国一と言われる盾使いウォーレン、王国でも屈指の風属性の魔法使いリン。

自然に集まったにしては、有能すぎる集団。アベルのカリスマ性が異常に高いのだとしても、様々な力が働いて集《つど》った一流の人材、そう考えた方がしっくりくるというものだ。

「でもそうなると、いよいよ僕が護衛する必要性は無い気が……」

涼は首を傾げる。

「そうじゃのぅ……なんというか……リョウには、アベル様にとって、対等の友人でいてほしいのじゃ」

「対等の友人？」

王とは孤独なものである。

いつの時代、どんな国においても……それはおそらく、地球であろうが、この『ファイ』であろうが変わらない。

それくらいは、涼でも知っている。

対等という関係は、精神的にいくら頑張っても、ずっと続くわけではない。

どうしても、そこには、力関係というものが介在してくるからだ。

暴力という名の物理的な力、札束という名の金の力、そして権力という名の無形の力などなど……。

それらが同じくらいの者同士が、ようやく対等という立場に立てる。

しかして国王は、国においてそれらの力を最も多く持っている者である。少なくともナイトレイ王国における王は、そういうものだ。であるなら、対等のしかも友人というのは、王である以上、望むべくもないのは自明の理であろう。

賢明なるルン辺境伯が、その辺りのことを理解していないとは思えないのだが……。

「まず、一対一でアベルに勝てる者は多くない。だが、リョウはそれに該当する」

辺境伯は、一つ一つ具体的に述べていく。

まずは『暴力』である。

「次に……金は、国王は多くの財産を持っていると思われているが、現実には、自由になる金はそう多くない。その多くは国の財産であり、予算によって使い道は決まってしまうからじゃ」

次は『札束』であった。

私有財産の少ない国王……ちょっと可哀そうだ。

「三つめは権力じゃ……。わしが、リョウを支援しよう。なんなら、どこかの小国を奪ってきてもよいぞ」

「いやいや、それはまずいでしょ」

「じゃが、以前、村を氷漬けにしたと聞いたが……」

なぜか、暗殺者の村を氷漬けにした話は、かなり広がっているようである。しかも、涼がやったという確定情報付きで。

「それは仕方なく……」

「その調子で、国を一つとってきてもよいが……」

「と、とりあえず、『権力』は置いておきましょう。まあ……対等になれるかは分かりませんが、友人ではありたいと思っています」

涼がそう言うと、辺境伯は嬉しそうに何度も頷いた。

もちろん辺境伯の心内には、強力な戦力である涼が、王国との間ではなく、アベル個人との間に関係を持ってほしいというのがある。

それが、『友人』という意味であった。


領主寝室から、アベルの執務室に戻ってきた涼。

完璧なタイミングで、涼のコーヒーが運ばれてくる。

領主館の執事、メイドのレベルの高さがうかがえるというものだ。

「で、辺境伯はなんだって？」

アベルが顔を上げないで、紙に何か書きながら、戻ってきた涼に尋ねた。

「小国をひとつ奪ってこいと」

「……は？」

さすがに、意味の分からないことを言われたら、人は顔を上げるらしい。

「国を奪って、アベルと対等の権力を持てと」

「い、意味が分からんのだが……」

「それを、辺境伯は全力で支援してくださると」

「お前たちは、一体何を話し合ってきた……」

ほんの少し、文を削っただけで、これほどに内容が異なるものになる。言葉というものの取り扱いは、本当に気を付けなければいけない……。

（そういえば以前、悪魔レオノールが、国を奪ってきてやるぞと言っていました……ああ、でもあれは、王国をあげるという話でしたか。うん、やはりそれは却下ですね）

危険な過去を思い出した涼。

「まあ、既存の国を奪ったらいろいろ大変そうなので……そうですね、ロンドの森を領有とかすればいいのですかね」

我ながら名案、という得意そうな顔をしながら、涼は偉そうに腕を組んで何度も頷いている。

「いや……リョウは貴族じゃないから、領有とかできないぞ……」

「え……」

涼は絶望の表情になってアベルを見返す。そして両手両膝を床につく。絶望のポーズ。

格差社会の現実を、思い知らされたのであった。


「とぅっ」

ひとしきり絶望に浸った後、涼は変な掛け声とともに立ち上がった。それは、立ち直ったと同義である。

「実は、アベルの護衛を依頼されました」

涼は、正直に、全てを話すことにした。

対等の友人であれと言われたのだ。全てを明らかにするのが一番楽である。

「俺の護衛？　俺が、護衛をするんじゃなくて、俺を、護衛する？」

「アベルは、いちおう次期国王みたいなわけですから、今さら誰かの護衛をすることは、もうないと思いますよ。貴重な体験をする機会を、永遠に失うのですね。不憫です」

「なんか、凄く嫌な言い方をされた気がするんだが……」

アベルは、顔をしかめて言う。

「まあいい。で、リョウが俺を護衛するのか？　確かに、この先、命を狙われる機会は増えるだろうが……。リョウに、できるのか？」

「大丈夫です！　僕がやるからには、他の人にアベルを殺させたりはしません」

涼は、決意も新たに、そう宣言した。

「お、おう……」

「そこでアベル、アベルを他の人に殺させない、絶対確実な方法があるのですが」

「なに？　そんな凄い方法があるのか？」

この提案には、さすがにアベルも驚いた。そんな画期的な方法があるのならば、ぜひ聞くべきであろう。

「僕がアベルを殺してしまえば大丈夫……」

「そんなことだろうと思ったわ！」

「いえ、それだとあんまりですからね。当然違いますよ？」

「そうか？　てっきりそういうことだと思ったんだが」

「ふふふ、アベルもまだまだですね。そう、言葉を変えましょう。アベルを絶対に死なせない方法があります」

涼は自信満々に言い放つ。

「おお、それならよさそうだな。で、どうする？」

「アベルを氷漬けにすれば完璧です！」

「……」

「誰も割ることのできない氷の中なら、死ぬことはありません！　透明な氷なので、みんな、アベルの尊顔を拝することもできます。二つ名は、そのまま『氷の王』でどうですかね」

涼は、いかにも完璧な提案ができたコンサルタントのように、自信満々な表情で言い切ったのだが……。

「却下」

「なぜ……」

再び、涼は絶望の淵《ふち》に沈む。

「それだと、書類にサインできないだろ」

「な、なるほど……」

アベルの完璧な反論に、涼は納得した。

「ならば、腕の部分を可動できる氷にしましょう。そして、ペンを固定すれば問題解決です！」

「却下」

完璧な再提案ができて満足していたコンサルタントが、客の一言で打ち砕かれるように、涼はアベルの言葉に再び打ちのめされた。

「なぜ……」

その目に、うっすらと涙すら浮かべ……てはいないが、涼はアベルを見て尋ねる。

「かっこ悪そうだから」

「うっ……」

涼にとって、かっこいいというのは、最優先されるべきものである。

それは、アベルも嫌というほど経験していたため、かっこ悪いという言葉の持つ破壊力を知っていた。


「氷の中がダメなら、氷を纏うようにしましょう。水属性魔法に、ちょうどいい魔法があります。〈アイスアーマー〉というやつです。これで体全体を覆えばどうでしょう」

「氷を纏うか……」

「透明の、薄い氷です。遠目には、纏っていることすら分からないかもしれません」

「薄いと、割れたりは……」

アベルの懸念に、涼はふふん、という顔をして言葉を続けた。

「僕の氷ですよ？　普通の攻撃程度では、割れたりしませんよ」

「なるほど」

アベルも、涼の氷が異常に硬いことは知っている。

これなら問題なさそうな気がしていた。

「ちょっとやってみてくれ」

「では、いきます。〈アイスアーマー〉」

◆

執務室の扉がノックされた。

「どうぞ」

アベルがそう言うと、扉が開いて、『赤き剣』の三人が入ってきた。

「アベル、戻ったわよ。大変なことになったそう……」

「ただいま～。コナ村は大変だったよ。リョウも来てるって聞いた……」

「……」

リーヒャとリンも、いつも通り無言のウォーレンも、部屋に入ってきて遠目にアベルを見てから首を傾げる。

「アベル……」

「なんか光ってるよね……？」

リーヒャもリンも、理由は分からないのであるが、アベルの表面が煌《きら》めいて見えた。窓から入る光が、アベルの表面に張られた氷の鎧《よろい》に反射して煌めいたのだ。

「ん？　二人ともよく分かったな。リョウが、俺を守るために、氷の鎧を表面に纏わせてくれてな」

「これなら、どんな不意打ちを受けても大丈夫です！」

アベルが説明し、涼は太鼓判を捺した。


「ああ、リョウの氷なら確かに硬いだろうし、まあ動くのも問題なさそうだけど……」

「でも、却下」

リンが一つ頷いて理解は示したが、リーヒャがダメ出しした。

「なぜ！」

アベルと涼が異口同音に叫ぶ。

「アベルと握手した人たちが、アベルの手に感動しなくなるから」

「……は？」

これまた、二人は異口同音に発した。

アベルの手に感動？　なんだろうそれは。

「アベルの手って、握手した人たちが凄く感動するのよ。何度も潰れては重なった剣ダコがあってね。努力して掴み取った冒険者の名声の証、みたいなのね。でも、その氷の鎧を纏ってたら握手した時に感動しないでしょ？　だから却下」

リーヒャのその言葉に、涼は文字通り膝から崩れ落ちた。

「なんか、すまん……リョウ」

アベルが、申し訳なさそうに言う。

「いえ……まさか剣ダコに負けるとは思いませんでしたが……。ですが、それなら仕方がありません。剣ダコは、剣に生きる者の勲章です」

涼は、いっそ清々しい表情になって言った。

「リョウも……あるよな、剣ダコ」

アベルは、涼の握りしめた手を見ながら言う。

小学生の頃から竹刀を振るってきて、『ファイ』でも剣を毎日……だいたい毎日、振るっている涼だ、当然ある。

「ありますよ。僕の場合は、左手の方が分厚くなっていますけどね」

昔、剣ダコは未熟の証と言われたことがある。出稽古に行った先で、その道場の指導者に言われたのだ。

だが今では、涼はそれは間違い……とまでは言わないが、少なくとも涼には当てはまらないということを知っている。

毎日三千本から五千本の素振りを続ければ、常に剣ダコはあり続ける。全日本選手権で優勝する剣士も、その練習量を続けていれば剣ダコは消えない。

剣ダコが消えるのは、練習量が減った人……もちろん、それが一概に悪いわけではないし、四十歳を超えれば、誰しも練習量は減るであろう？

練習が全てではないし、休むも練習。それもまた事実である。経験を重ねれば、少ない練習量でも、高い効果を生めるようになるかもしれないから。

だが、どちらにしろ……。

剣ダコは、決して未熟な証ではない。

剣ダコは、剣を振るう者の勲章なのである。

涼は、アベルを見て、そして自分の手を見て改めてそう思った。


その日、ルンの街でも再会が行われていた。

冒険者ギルド前にギルド馬車が到着し、中から一人の女性が降りてきた。それを迎えたのはギルドマスター、ヒュー・マクグラス。

「ヒュー！」

降りてきた女性は、そのままヒューに抱きついた。

「エルシー……」

ヒューは受け止めると、口にできたのはその女性の名前だけであった。

「お父様が……」

「ああ、分かっている」

女性の名はエルシー・フォーサイス。王都グランドマスター、フィンレー・フォーサイス伯爵の一人娘である。フィンレーが、最初で最後の公私混同によって王都から逃がした娘。もちろんそれは、娘の安全を第一に考えて逃がしたわけではあるが……それだけではない。彼女は、有名な人物でもある。

「ヒュー、私を辺境伯様のところへ連れていって」

「あれを手伝うのか？」

「ええ、もちろん。王都にいた時から、王太子殿下やヘイワード男爵から聞いているわ。お父様のためにも、ぜひ協力させて」

「分かった」

エルシーは、宮廷魔法団に所属しながら魔法大学に出向し、トワイライトランドにも人脈を持つ才媛として知られている。特に風属性魔法の研究において有名な人物なのだ。

そんな人物の協力は、最終段階に入った『艤装《ぎそう》』で役に立つであろうことは、ヒューにも分かる。

「よし、行くか」

その日、ルン辺境伯の開発工房に、エルシーという新たな人材が加わった。

◆

王都が陥落して五日。

さすがにこの頃になると、王国内のほとんどの街で、北部貴族の反乱と帝国軍による王都の陥落がささやかれるようになっていた。もちろん、王都ならびに王家、王国政府からの発表は何もないのだが……。

陥落以後、王都の各門は閉められている。

これは、外からの攻撃を防ぐという意味もあるが、同時にあるいはそれ以上に、王都内から外に逃がさないためでもあった。

何を逃がさないのか？

要人、王都民、そして破壊工作者。


「そっちに行ったぞー！」

「殺すな、捕まえろ！」

「いや、無理だろ。手練《てだ》れだぞ」

「そういう命令だ！」

燃やされたのは、かつての王国騎士団詰め所。現在は、帝国軍の物資集積所である。

そこから走り去る影は五つ。

「よし、成功だ！」

「まだだ！　ちゃんと逃げ切れて、はじめて成功だ」

魔法使いが嬉しそうに言い、剣士のパーティーリーダーがたしなめる。

実際この周辺は、帝国軍や北部貴族の軍隊が点在している。

「これで敵が集まってくれれば、彼らの侵入が容易になるらしいが……」

「でも、集まってきた敵に、うちらが捕まったら意味ないからね」

神官が作戦の意義を再度確認し、女性斥候が懸念を表明した。もう一人、槍士は携帯槍を持ち、無言のまま走っている。

十分ほど走り続けた五人は、ようやく一息ついた。

「なんとか逃げ切ったか？」

剣士ヘクターが、声を潜めて誰とはなしに問う。

「多分ね」

斥候オリアナが、周囲の気配を探りながら頷く。

魔法使いのケンジーと、神官のタロウは呼吸を整えるために、しゃべることができない。

破壊活動を行った五人は、王都のC級パーティー『明けの明星』であった。かつてアベルを誘拐しようとし、その後、紆余曲折《うよきょくせつ》を経て、ハインライン侯爵に雇われて、最近まで北部ゴーター伯爵領に潜入していた冒険者たちだ。

「誰だ！」

五人目、槍士のアイゼイヤはいつも無言なのだが……。

珍しく、アイゼイヤが鋭く誰何《すいか》する。

同時に、折りたたんでいた携帯槍を伸ばし、構えた。

「だ、誰もいないでしょ?」

槍士アイゼイヤと同じほどに周囲の気配を探るのが得意な斥候オリアナが、アイゼイヤとその先の暗い通路とを見比べながら囁《ささや》く。

だが……。

「『反乱者』か……」

そう呟きながら、通路の陰から男が出てきた。

褐色の肌、精悍《せいかん》な顔は若いのだが、髪は見事なまでの白髪。外見の年齢とは不釣り合いなほどに落ち着いている。

「うそ……」

呟いたのは、斥候オリアナである。彼女は、白髪の男の気配を、全く拾えなかったのだ。

急いで、短剣を出して構える。

その時には、リーダーの剣士ヘクターも前衛に移動し、槍士アイゼイヤと並んでいた。

だが、後衛の動きは鈍い。

神官ターロウは、単純に走り続けた疲労が抜けきっていないからであったが、土属性の魔法使いケンジーの様子が明らかにおかしい。

「ケンジー?」

その、普段とあまりに違う様子のケンジーに、隣のターロウが問いかける。

「だ、ダメだ……」

ケンジーの呟きは、隣のターロウの耳に、辛うじて聞こえるほど小さかった。

「ケンジー?」

ターロウが再びケンジーに呼びかける。

その瞬間、剣士ヘクターが動いた。

「ダメだ!」

ケンジーは叫んだが、もう遅い。

剣士ヘクターは一気に接近すると、剣を直上から打ち込んだ。

しかし、その剣は、白髪男には届かない。

いつ鞘《さや》から抜いたのか……いつの間にか白髪男の手には剣が握られており、剣士ヘクターの渾身の打ち込みを、易々《やすやす》と受け止めている。

打ち込みに失敗したヘクターは、バックステップして元の場所に戻った。

「ダメだヘクター……逃げよう……」

弱々しいが、ケンジーの声はパーティー全員の耳に届いた。

「どうした、ケンジー。何がダメなんだ」

ヘクターが、白髪男を見ながら鋭く問いかける。

ヘクターも、打ち込みを完璧に、しかもかなりの余裕をもって受け止められたことから、白髪男がかなり剣を使えるというのは理解した。

そのため、目を離すことはできなかったのだ。

「その人には勝てない……」

「なんだと？」

ケンジーは弱々しい声でそう言った。ヘクターは問いかけつつ、チラリと後ろを見る。そこには、顔面蒼白で足をガクガクさせながらなんとか立ち続けているケンジーと、同じくらい血の気の無くなった顔の神官ターロウが見えた。

「ふんっ」

数秒後、白髪男はそう呟くと、剣を納め歩き出した。

白髪男は、一歩ずつ五人に近付いてくる。

その状態に至って、ようやく剣士ヘクターも理解し始めていた。ケンジーとターロウが、顔面蒼白になった理由を。

理屈ではない。

頭では理解できない。

毛穴という毛穴が開き、汗がとめどなく流れる。

体の全てが理解していた……戦ってはいけない相手だと。

それは、ヘクターだけでなく、隣の槍士アイゼイヤも。斥候オリアナに至っては、耐えられず座り込んでしまっている。

白髪男が横を抜けていく間、五人は生きた心地がしなかった。

五人が動けるようになったのは、男が去って、たっぷり二分以上経ってからであった。

「みんな、大丈夫か？」

ヘクターが、囁くような声で問いかける。

四人共、声を出さずに頷いた。

声を出せば、さっきの男に聞こえて、戻ってくるのではないか……そんな気がしたから。

「とりあえず移動しよう」

五人は、なんとか歩き出した。

「さっきの白髪男は、いったいなんだ……」

ヘクターが誰とはなしに問う。

「おそらく、爆炎の魔法使い」

そう答えたのは、魔法使いのケンジー。

「あれが……」

斥候オリアナが呟き、その後は、誰も言葉を続けることができなかった。

◆

「副長、見逃してよかったのですか」

オスカーに問うたのは、副官ユルゲン。オスカーが『明けの明星』を見逃したのを、少し離れた場所から見ていたのだ。

「治安維持は、俺たちの仕事じゃない」

オスカーはそう言うと、そのまま歩き続ける。

「まあ、確かに……」

ユルゲンとしては、そう言うしかなかった。

彼らは、皇帝直属魔法師団である。

これは皇帝直属という意味であり、厳密には、今回の遠征軍に加わってはいるが総司令官のミューゼル侯爵も彼らへの命令権は持っていない。とはいえ、オスカーにしても、今回の遠征を積極的に失敗させようとは思っていないため、基本的には遠征軍の方針に従っている。

だが、治安維持はその職務外であると、勝手に認識しているのだ。ここが帝国本土ならともかく、ただの敵国の本拠地なのだから専門の人間に任せればいい。

「ユルゲン、明日には王都を出るぞ。本来の勅命を遂行する」

「かしこまりました」

オスカーの言葉にユルゲンも頷く。どちらも、何をすべきかは理解している。今回、皇帝魔法師団に下された命令は、遠征軍に従軍し王城の『英雄の間』が開くのを見届けること。それが終了したら、王国東部に進出することである。

「もはや王都には、象徴的な意味しかない」

オスカーの言葉にユルゲンも無言のまま同意した。

今見た通り、すでに、力で抵抗する者たちが出始めている。そして明日には、更なる厄介の種が到着する。

「陥落後、わずか五日で集積所が焼かれるか……。早すぎだな。さて、一体誰が指示を出しているのか」

オスカーの呟きはあまりにも小さすぎ、ユルゲンの耳にも届かなかった。

翌日。

王都を発ったオスカー率いる皇帝魔法師団と入れ違いに、豪奢《ごうしゃ》な一団が北門に到着した。王弟フリットウィック公爵レイモンドと、その近衛騎士団である。

その日、王都陥落から六日目にして、ようやく北門が開かれた。ただし、王都内は戒厳令が敷かれており不要不急の外出が禁じられている関係か、通りには見回りの兵士以外、誰もいない。

「帝国のやつら、我が物顔で歩き回りおって」

レイモンドは、兵士以外見えない王都を見ながら、馬車の中でそう呟いた。

「まことに……」

王弟レイモンドの言葉に同意し、大きく頷いたのは、彼の右腕としてフリットウィック公爵領を取り仕切っているカークハウス伯爵パーカー・フレッチャー。

「しかし、帝国軍が強力なのもまた事実。帝国が協力したのも、有利な通商権益だけが目的ではありますまい。ご油断めさりますな」

「分かっておる。パーカーも心配しすぎだ」

レイモンドは神経質そうに顔をしかめながらも、激したりはしない。

王宮にいた頃の王弟レイモンドを知っている者からすれば、それは驚くべき変化であったろう。決して無能ではなかったレイモンドが貴族の支持を集められなかった理由は、その激しやすさだったからだ。

陰で癇癪《かんしゃく》王子という不名誉な二つ名すらついてい

たレイモンドである……その激しやすさは推して知るべし。

だが、臣籍降下してフリットウィック公爵家を開いた後、レイモンドも様々な経験を積んできた。その多くは、右腕たるパーカーの差配によるところであった。レイモンドは、王族ではなくなったことによりいくつかの特権を失ったが、精神的な安定と成長の機会を得ることができたのだ。

◆

「王弟殿下、お待ちしておりました」

「ミューゼル侯爵、此度の作戦成功を祝福いたします」

お互いの腹の中ではどう思っていたかは誰にも分からないが、表面上は笑顔を浮かべ二人は握手をかわした。

そこは、国王執務室。

会話するは、侯爵と公爵。

数多くの社交辞令が二人の間を飛び交う。

二人を除けば、その場にいるのは、ミューゼル侯爵の長子で主席副官クルーガー子爵リーヌス・ワーナーと、王弟レイモンドの右腕カークハウス伯爵パーカー・フレッチャーだけ。

「公爵、侯爵、伯爵、子爵……あと男爵がいれば五爵揃いますね！」とか、涼がいたら言いそうな光景である。

社交辞令的な会話を打ち切り、実務を切り出したのは王弟レイモンドからであった。

「時にミューゼル侯爵、私は、できるだけ早く即位したいと考えているところです」

そう切り出された時のミューゼル侯爵の反応は、当惑であった。

ちらりと、後ろに控える主席副官リーヌスを見る。

それを受けて、リーヌスが口を開いた。

「その件ですが、未だ王都内は治安が安定いたしません。昨晩も『反乱者』どもが焼き討ちを行いました。今しばらく、王都民の心情が落ち着くまで待たれてはいかがでしょうか」

「クルーガー子爵、だからこそだ。王都民だけではない、王国民全員が、一体どうなっているのかと不安になっているのだ。だからこそ私が即位し、今後の王国が進むべき道を示す必要がある。兄上は国王としての職務を遂行できなくなったが、代わりに私が立つ、だから安心しろと呼びかける必要があるのだ」

王弟レイモンドの、余裕すら感じられる反論に、リーヌスも驚いた。

（帝国諜報部は、与《くみ》しやすしとみてこの王弟を即位させることにしたのだろうが……本当にいいのか？　報告では、激しやすく国王スタッフォードよりも操りやすいということだったが……果たして……）

「いかがいたしした、クルーガー子爵？」

「いえ、失礼いたしました。王弟殿下の御心、しかと承りました。できるだけ早く、即位の儀が行われますよう、準備させていただきますゆえ、今しばらくお待ちください」

「よろしく頼む」

リーヌスは、王弟レイセンドに、なんとか明確な言《げん》質《ち》をとらせないのが精一杯であった……。

王弟レイモンドに国王執務室を渡し、部屋を出たミューゼル侯爵とリーヌス。

「できる限り即位を遅らせねば……。その間に、いろいろとやらねばならぬことがあるというのに」

「王弟も、気付いている部分があるのでしょう」

昨日の味方は明日の敵……。

「なんとか時間を引き延ばします」

リーヌスは顔をしかめながら、策を練ることを約束した。

だが、動きは、帝国遠征軍の想定していないところからやってくる。

翌日、王城に急報が届いた。

「連合が王国内に侵攻」と。

◆

「さすがはオーブリー卿、帝国遠征軍と違って動きが早いわ」

苦々しい内容を、表情一つ変えずに王弟レイモンドは口に出した。

「侵攻する地域は……」

「おそらくランス地域……先の大戦で、王国が連合から奪った地域だろうな」

レイモンドの右腕カークハウス伯爵パーカー・フレッチャーの言葉に、レイモンドは即答し、さらに続けて言った。

「連合も、ランスの統治権が浮いていることに気付いたのであろう。帝国軍が王都を占領し、国王は行方不明。王国政府は機能していない状態。つまり、今なら誰も反撃してこない。帝国軍も、わざわざ王国のためにランスを奪い返してやったりはしないであろうからな。まったく……だから、早く即位したかったのだ……」

そこまで言うと、レイモンドは目の前に置かれたコーヒーを啜《すす》った。

「ランス地域はもう……」

「ああ、仕方がない。割り切ろう」

パーカーもレイモンドも、ランス地域を連合が奪い返すのはやむを得ないという結論に達していた。

「なあパーカー。国王に即位するのに必要な手続きというのは、中央神殿の大神官の前で、王冠を被り即位を宣言すればよい、であったな」

「はい。その際に、王冠、王笏《おうしゃく》、玉璽《ぎょくじ》が揃っていなければなりませんが、それが揃っていれば、大神官は拒否できません」

「ふむ……」

パーカーの説明に、王弟レイモンドは左のこめかみを中指で押しながら、何事か考え始めた。

しばらく考えた後、レイモンドはパーカーに問うた。

「即位を強行した場合、ミューゼル侯爵らはどう出るかな」

「やはり、それをお考えでしたか」

パーカーは、レイモンドを見ながら言い、小さく首を振る。

「これが残念ながら、表立っては何も言えないと思われます」

「で、あるな……」

「ただ、裏では何をするか、正直分かりません」

「ふむ……」

再び、レイモンドは思考の海に沈んだ。

◆

「閣下、西部ヴォルトゥリーノ大公国からのレッドポスト包囲、ならびに第三独立部隊による王国ランス地域への侵攻を開始したとのことです」

「そうか、ご苦労」

補佐官ランバーの報告に、連合執政オーブリー卿は、一つ頷いてねぎらった。

「帝国軍は出てこないでしょうが……王国軍は、いずれは出てきますでしょうか」

「さて……。俺が国王なら、国内を完全に固めるまで放置するが、どうだろうな」

オーブリー卿はそう言うと、目の前に置かれたコーヒーカップを手に取った。

インベリー併合以降、殺人的な量の仕事、それも書類仕事をこなし、寝る時間も満足にとれなかったオーブリー卿がゆっくりとコーヒーを飲んでいる姿は、ランバーの目には非常に新鮮に映った。

それこそ、数分前に、ようやく一息つける段階にまでなれたのだ。

その時、ランバーが思わず拍手をしそうになったのは内緒である。主たるオーブリー卿が忙しかったということは、彼の右腕たるランバーも当然のように忙しかったわけで……。

「しかし、帝国による王国への侵攻は確定事項であったが、北部の全貴族が裏切ったのには驚いたな」

「王弟レイモンド殿下を支持したことですか？」

「いや、そこではない。レイモンド殿下は元々無能ではないし、フリットウィック公爵領に入ってからは、だいぶ成熟したという報告が上がっていた。だから、従う者たちがそれなりにいるのは分かっていたが……」

オーブリー卿は、もう一口コーヒーを飲んでから続けた。

「それでも、北部全貴族の支持を受けられるほどではない」

「ですが、現実には北部全貴族がついています」

「そこだよ、ランバー。彼らのうち、どれほどがレイモンド殿下についたのかな」

「どれほどが？　ついていないけど裏切った貴族たちがいると？　では、その者たちはいったい何についたのでしょうか」

「普通に考えれば……帝国についた、だよな」

　オーブリー卿の言葉を聞いて、ランバーは思いっきり顔をしかめた。

「売国ですか……他国のことであっても、あまりいい気分ではありませんね」

「まあ、国境近くの貴族なんて、不安定なものさ」

　そこで、オーブリー卿はふと考え込み、だがすぐに顔を上げた。

「これは相当にまずいのか。ランバー、やはり皇帝の政治力は侮れん。進駐するランス地域、急いで常駐戦力を整えねばならん」

「閣下？」

「帝国は、王国東部を自分のものにする気だ」

◆

　王国南部、ルン辺境伯の領主館、次期国王執務室。

　そこではアベルが、いつもの書き仕事をしている。

　そこにノックもなしに入ってきた人物がいた。そんなことをする人物は一人しかいないため、アベルは顔も上げない。

「アベル、東部で大変なことが起きました」

「リョウは、辺境伯の部屋に入る時にはちゃんとノックをするのに、なぜこの部屋に入る時にはノックをしないんだ？」

「あれ？　なんで、僕が領主様の部屋に入る時にノックをすることを知っているんですか？」

「というか、リョウは基本的にノックをするよな？　なぜここに入る時だけしないんだ」

「決まっています。アベルの部屋だからです」

　なぜか偉そうに胸を張って答える涼。

　もちろんアベルには、なぜ決まっているのかは分からない。

「僕だって本当は、アベルに敬意を払ってノックしたいのですよ？　でも、ほら、僕ってアベルの護衛でもあるわけじゃないですか？　だから、いつもいつもこの部屋に入るのにノックをするのは違うかなと思っているのです」

「違わないと思うぞ……」

護衛の人間だって、主の部屋に入る時にはノックをする……多分、その方が多数派に違いないのだが。

「そんなことより、東部で大変なことが起きました！」

「連合が侵攻してきたんだろう？」

「なんで知っているんですか？」

「そりゃあ……真っ先にそういう情報を知らされる立場だからな」

「これが情報格差……」

うなだれる涼。

だがすぐに復活する。

「そんなことより、東部です。レッドポストが包囲されたそうです」

「まあ……連合の狙いはランス地域だろう。レッドポストの包囲は陽動みたいなものだ」

「陽動？　ああ、そっちに耳目《じもく》を集めておいて、本当の狙いは、そのランス地域とかいう所なんですね。なんですか、ランス地域って」

「ランス地域は、『大戦』で連合から王国に割譲された地域だ」

「なるほど。この機に奪われた地域を取り戻そうというのですか。さすがにオーブリー卿は動きが早いです」

アベルの説明に頷き、その動きの早さを称賛する涼。

『大戦』とは、十年前に起きた王国と連合の全面戦争のことである。最終的には王国が大勝し、連合からいくつかの地域を割譲された。さらに、今は再征服されたが、インベリー公国のような小国家が連合から独立する契機となった戦争でもある。

そういう経緯から、元々連合の地域であったなら、再征服しても民衆に酷《ひど》いことはしないだろうと涼は思った。というか、オーブリー卿なら領土は奪っても民衆を迫害などはしなさそうな気はするのだ。仮想敵国のトップではあるが、愚かだとは思っていない。

「元々ランス地域は、今回のように外部からの援軍が望めない場合には、兵は撤収して降伏するということになっていたはずだ」

「無防備都市宣言……」

アベルの説明に、涼が現代用語を呟く。

「まあ現実問題として、誰も助けることはできんからな」

アベルは平静を装ってはいるが悔しさは言葉の端ににじんでいる。

「一つ一つやれることをやっていきましょう」

「ああ」

涼の言葉に、悔しさを隠しながらアベルは頷いた。

◆

連合による王国侵攻の報告が届いた三日後、王城謁見の間。

「王弟殿下、お呼びとか?」

「ミューゼル侯爵、来ていただき感謝いたします」

遠征軍総司令官ミューゼル侯爵は主席副官リーヌスを伴い、謁見の間に足を踏み入れた。そこには、王弟レイモンド以外に、数十人の貴族がいた。全て、王国北部に領地を持つ貴族たちである。


「これは、いったい……」

「ミューゼル侯爵、急ではありますが、これより国王即位式を執り行います。どうぞ、そちらの来賓席へ」

答えたのは、レイモンドの右腕パーカー。

「なん……だと……」

リーヌス主席副官の口から、思わず驚きが漏れる。

もちろん、王弟レイモンドによる即位強行を考えなかったわけではない。

だが、未だ王国南部、西部が動かず、第二街道沿いの街を皇帝魔法師団が攻略しているこの状況の中で、帝国の威光に明確に逆らう行動に出るのは、あまりにも無謀だと思える。北部貴族が従い、彼らが一万を超える兵を王都に置いた状況であってもだ。

だから、即位を強行はすまいと判断していたのだが……。

「王弟殿下、お待ち……」

「控えられよ、クルーガー子爵。すでに即位式は始まっております」

パーカーがリーヌスを鋭く、再び叱責した。

実際に北部貴族たちは並び、王弟レイモンドも玉座正面に立ち、その脇には、王冠、王笏、玉璽という国王の権威を示す品々が並んでいる。

すでにリーヌスはもちろん、ミューゼル侯爵にも、どうしようもない状態。

そして、最後の一ピースである人物が、正面の扉から入ってきた。

「中央神殿大神官、ガブリエル殿、ご入来《にゅうらい》」

その声が響くと、大神官ガブリエルが入ってきて、レイモンドの正面に立った。

大神官ガブリエルは、式次第に従い、王冠、王笏、玉璽を確認する。

確認すると、一言だけ言った。

「揃っております」

入ってきてからずっと、ガブリエルの表情に動きはない。与えられた仕事を、私情を挟まずにやる……そんな表情だ。

表情を動かさないまま、ガブリエルは即位式を進めていった。

「レイモンド、中央神殿は、あなたを国王として認めます」

その瞬間、ほんのわずかに、ガブリエルの表情が揺らいだ。しかしそれは、間近で見ていれば気付いたかもしれない程度の揺らぎであり、遠目に見ていた者は誰一人気付かない。

また、目の前の王弟レイモンドは、俯いていたために彼も気付かない。

ガブリエルの気持ちなど関係なく、ここに、レイモンドの国王即位が成ったのだ。

「うぉー!」

謁見の間に並んだ、北部貴族たちの間から歓声が上がる。

彼らにしてみれば、新国王の側近となった瞬間でもあるわけで、喜ばしいことであるのは事実であろう。注意深く見れば、心から喜んでいる者と、嬉しそうではある者と、それを装っている者とがいることに気付いたかもしれない。

玉座に座った国王レイモンドは、来賓席に座るミューゼル侯爵に声をかけた。

「さて、ミューゼル侯爵。見ての通り、余は即位した」

「陛下、おめでとうございます」

ミューゼル侯爵は立ち上がると、祝辞を述べた。

他国とはいえ、そして自分たちが征服した都とはいえ、一国の王が相手であれば礼を尽くさねばならない。

「これにて、王都の混乱は収束するであろう。しかしながら、国の都に、他国の軍勢がいるようでは収まるものも収まるまい」

「へ、陛下、何を……」

ミューゼル侯爵は、言葉に詰まる。

「帝国軍には感謝する。よくやってくれた。しかしながら、その役目を終えたと余は考えておる。即刻とは難しかろうゆえ、一週間、時間をやろう。一週間のうちに、兵を引き上げていただこう」

「馬鹿な！」

思わず叫んで立ちあがったのは、リーヌス主席副官だ。

ミューゼル侯爵は、あまりの展開に何も言えない。

「クルーガー子爵、言葉に気を付けられよ」

またもパーカーに言われるリーヌス。

だが、今回は黙っていなかった。

「ふざけるな！　そんなことが許されると思っているのか！」

「やめよ」

叫んだリーヌスを制止したのは、隣のミューゼル侯爵であった。

「周りを見よ」

その言葉は決して大きくなかったが、リーヌスを冷静にした。周りにいる王国北部貴族たちは、二人を冷たい目で見る者たちばかり……。

「くっ……」

「陛下、大変失礼いたしました。このクルーガー子爵も、連日の激務で疲れておるようです。どうか、ご寛《かん》恕《じょ》いただきたく」

「許そう」

ミューゼル侯爵の許しを求める言葉に、新国王レイモンドは頷いて言った。

その日、国王レイモンドの即位が王国内の各街に布告された。

◆

「本日正午、レイモンドが即位したことを布告いたしました」

ルンの執務室でアベルにそう報告したのは、ハインライン侯爵である。

アレクシス・ハインライン侯爵。かつて王国騎士団長を務め、その苛烈さから『鬼』と異名をとった男。だが政治面における手腕はよく知られ、諜報にも秀でており、王国全土で見ても屈指の領主と名高い。

ハインライン侯爵領の領都アクレは南部第一の規模を誇り、名実ともに南部を代表する大貴族の一人といえる。

また息子であるフェルプス・A・ハインラインは、ルンの街に拠点を置くB級冒険者でもある。

「分かった。では、予定通り、二日後に即位しよう」

アベルはそう答えた。

即日ではなく、あえて二日の時間をとる。その間に、レイモンドが即位した情報が各街に行き届くのを計算してある。

その上で、かぶせるようにしてアベルも即位する。

アベルの即位は、即日国中の街に届くように手配済みだ。

涼はそのトップ会談を、いつものソファーではなく、部屋の隅のイスに座ってお行儀よく見ていた。

そんな涼の方を、アレクシスが見て微笑みながら言う。

「それにしても、噂の水属性魔法使いのリョウが、アベル様の護衛というのは心強いですな」

「い、いえ、それほどでも……」

侯爵であり、また有名な元騎士団長に、面と向かって褒められて涼が照れる。

「普段は何もしていないけどな」

アベルがそんなことを言う。

「やはり、普段からお守りした方がいいですよね！　分かりました、アベルの全身を氷漬けにしてお守りしましょう。あれなら、どんな攻撃を受けてもびくともしませんから」

「おい、ばか、やめろ」

涼が大きく頷きながらそんなことを言うと、アベルがすぐに拒否する。

「アベル、遠慮せずに」

「リョウ、絶対にするなよ！」

そんな二人を見て、アレクシスは大笑いして言った。

「その氷漬けというのが、フィオナ皇女を氷漬けにしてやると爆炎の魔法使いに啖呵《たんか》きったやつなのですな」

「よく知っているな」

アベルは、さすがのハインラインの情報網に感心し、涼は口をパクパクさせるだけで何も言えなかった。

そこに、リンとウォーレンが入ってきた。

「アベル、戻った……ハインライン侯爵？　ご無沙汰しております」

リンが驚いてそう挨拶し、ウォーレンはしっかり頭を下げて挨拶した。

「おう。シュークのとこの娘さんだな。ウォーレンは……まあ、久しぶりだな」

ウォーレンは、珍しいことに微笑んだ。

だが、この日の嵐は、その後にやってきた。

ばたんと扉が開く。

「アベル、ここにリョウがいると聞いて……」

白い髭と白い髪が伸び放題になった魔法使いが、ノックもせずに入ってきたのだ。

「爺さん、ノックぐらいしろ」

「まあ、イラリオン様らしいと言えばらしい」

アベルが呆れ、アレクシス・ハインライン侯爵も苦笑する。

「なんじゃ、鬼も来ておったか。いや、それより……」

「リョウ、逃げてー」

リンの言葉もむなしく、涼はイラリオンの視界に入ってしまった。

「お主がリョウであるな」

「はい、そうです。イラリオン様」

イラリオンは確認し、涼は頷きイラリオンが近付いてくるのを待った。逃げずに。なぜなら、涼もイラリオンと話したいことがたくさんあったからだ。

「リョウ、ちと話したいことがあるのじゃ。よいかの」

「僕もイラリオン様に、魔法のことでお尋ねしたいこととと確認したいことがあります」

「なに？」

涼の返答にイラリオンは少し驚いた。

そして、嬉しそうに笑う。

イラリオンとは魔法の探究者である。であるなら、魔法に関して話すことに否やはない。

「無論じゃ、大いに話そうぞ。そこのソファーに座るか。アベルよ、わしらに飲み物を頼む」

「アベル、僕はコーヒーがいいです」

イラリオンが要求し、涼も乗っかった。

「俺、いちおう、次期国王……」

「これは、長くなりそうですな」

アベルのボヤキ、アレクシスの苦笑い。

それを見守るリンは、少し震えながら、ウォーレンの後ろに隠れている。


「リョウが、お師匠様の犠牲に……」

そんな言葉を呟きながら。

「リョウ、質問と確認したいことがあると言うたか？」

「はい。イラリオン様は、魔人の魔法を調査に……あっ」

そこまで言って、このことは秘密であることを思い出したのだ。ギルドで、ヒューに固く申し付けられた……のだが、この場にいる人間を見て、今さらかと思う。

次期国王アベル、国中の情報を収集するハインライン侯爵、調査に同行したリンとウォーレン……。

「うむ、隠す必要のない面々じゃな」

イラリオンも理解したのであろう、笑って言った。

「ですね。それで、魔人の魔法なのですが、彼女は空に浮きました」

「らしいな。残留魔力検知機を使って調べたぞ」

以前起きた『大海嘯』の調査で使われた錬金道具だ。

「使用された魔力の属性は、風属性ではなかった」

「そうじゃ、風属性ではなかった」

「無属性ですね？」

涼のその確認に、イラリオンは驚いた。

同行者の誰も、そのことを言い当てなかった上に、そもそもそこに着目した者もイラリオン以外にはいなかったからだ。

「その通り、無属性であった。リョウ、何か思い当たる節があるのじゃな？」

イラリオンの真剣な眼差しは、魔法に関して隠すことを許さない視線。涼も隠すつもりはないのだが……とはいえ、説明が難しい。

涼は、魔人が浮かんだのを見て『反重力』という言葉を思い浮かべた。無論、二十一世紀の地球においてさえ確立していない概念であり技術。

それは実は、重力とは何なのかということを、厳密な意味で物理学が解き明かせていないからに他ならない。

『重力とは何か……問われなければ容易《たやす》い問いであるが、説明せねばならないとなると余にはできぬ』

まるで、時に関して説明を諦めた聖アウグスティヌスのごとき難問。

まず普通に考えて、『重力』の概念などというものには、大抵の人間は思い至らない。目の前でリンゴが落ちたからといって、『重力というものがある』なんて考えないのだ。

「説明が難しいのですが……そうですね、この世界全てに働く力……それに関する魔法」

「この世界全てに働く力……じゃと？」

重力は、この惑星上のもの全てに働く力……間違ってはいない。

涼は、氷のボールを作り、それを落としてみせる。

「この世界のものは、全て、下に落ちます」

「うむ」

「それは、下に落とす力があるからです。それも、全てのものに作用する、力が」

「下に落とす力……」

イラリオンはそう言うと、しばらく沈黙している。

横で聞いているアベルとアレクシスは、首を傾げながら止まっている。二人ほど優秀な頭脳を持っていても、全く理解できていないようだ。

「なるほど……」

しばらくして、小さくイラリオンが呟いた。

「なるほど、下に落とす力か。確かに、全てのものが落ちるな。魔法で生成していないもの、全てな」

「魔法で生成していないもの……？」

イラリオンが何かを掴んで呟いた言葉によって、今度は、涼の頭の中を何かがよぎった。

それは、かつてこの『ファイ』に来てすぐ、生成しては落ちていた氷の槍であり……だが現在は思い通りに飛んでいく氷の槍であり……あるいは、空中に生成され乱数軌道で動く〈ウォータージェット〉であり、空高く生成したあと自由落下する〈アイスウォール〉であり……。

「あ、あれ？」

涼の思考の中に現れる、重力という存在。

重力は質量を持つもの全てに影響する……物理学でそうなっている。だから全てのものは地面に落ちる。

そう、落ちる。魔法で生成していないものは落ちる。

魔法で生成したものは……落ちない？

ならば、魔法で生成したものと重力とはどんな関係にあるのか？

魔法で生成したものにも質量はある。空中で生成した〈アイスウォール〉を落として、ゴーレムを潰したことがある。間違いなく質量で押し潰した。

落ちたり落ちなかったりする？

「う～ん……？」

涼とイラリオンは、それぞれの思考の淵に沈んでいった。


その後、いくつかのことが棚上げにされ、いくつものことを話し合い、いつまでも情報を交換していたら、深夜になっていたのは仕方のないことだったろう。

リンはすでにウォーレンの腕の中で眠っており、ハインライン侯爵はだいぶ前に辞去している。そして、アベルはいつも通り書類仕事をしていた。

未だソファーに座る涼がアベルに声をかける。

「アベル、即位式ですけど、南の広場でやるって本当ですか」

「ああ。どうせ、即位に必要な三種の神器はないからな、レイモンド叔父上が確保している。であるなら、わざわざ室内に籠る必要はない。どうせだから、街の者にも見てもらおうと思う」

「なるほど。イラリオン様、風属性魔法で、遠くまで人の声を届かせるようなものってないですか？」

「うむ？　あるぞ。戦場のようなごちゃごちゃした所で使うには訓練が必要じゃが……ふむ、そうじゃな、広場の声を街の隅々に届かせるのには使えるな」

イラリオンは、涼が何を望んでいるかを理解したようで、ニヤリと笑って答えた。

そしてアベルも笑いながら言う。

「なるほど、それはいいな。みんなが広場に集まって来られるわけではないしな」

「あとは、アベルの顔ですね。その顔を空に映して……いや、アベル、いっそのこと空に浮かびますか？　アベルの乗った台を空に浮かべて、遠くの人たちにも手を振ってあげるとか」

「風属性の魔法使いでもないのに、そんなことが可能なのか？」

さすがにイラリオンも驚いて問う。

「魔人は浮いていましたが、それに比べれば……人が浮くのに比べれば、驚くほど簡単です」

即位式

即位式当日。

予定通り、ルンの街の広場で即位式が行われようとしていた。

神官として取り仕切るのは、聖女の正装に身を包んだリーヒャ。その楚々《そそ》とした美しさには、広場の民衆も思わず声にならない声をあげてしまうほどだ。

前方近くにいた、某三人組のD級冒険者たちもその姿に見惚れていた。特にエトという名の神官は、何度も「美しい美しい女神様」と繰り返していたという証言が得られている。

即位式も佳境に入り、聖女リーヒャによって宣言がなされる。

「アルバート王子、聖女の名の下に、あなたを国王アベル一世として認めます」

その瞬間、広場中の民衆から歓声が湧き上がった。

その怒号ともいうべき歓声は、一つの言葉に収斂《しゅうれん》していく。

「アベル！　アベル！　アベル！　アベル！」

ルンの街において、アベルという名は、誰からも好かれる、男も女も憧れる冒険者の名である。

その人気者が、実は国王の第二王子であり、しかも国王位を簒奪《さんだつ》した王弟に対抗して国王に即位するという。そして、簒奪した王弟と侵略してきた帝国に立ち向かうのだと。

これで燃えないルンの民などいない！

アベルは、沸き立つ民衆を台の上から見つめる。

歓声が収まるのを静かに待った。

やがて、民衆も、アベルのその姿に気付き、歓声が少なくなり……ついに静かになった。

アベルが両手を拡げて、民衆に呼びかける。

「ルンの民よ、少しだけ聞いてほしい」

アベルはそう言うと、一度右から左まで、見渡して、言葉を続けた。

「今、王国は危機に瀕している。その災禍は、このルンの街にも近付いてくるであろう。だが、約束しよう。ルンの街を、災禍に巻き込ませないと。そうさせないために、私は王になった。皆の力を結集するために、私は王になった。騎士たちよ、冒険者たちよ、そして、全ての民たちよ、私に力を貸してほしい。いずれ、全てを懸けた戦いが始まる。その時に、皆の全ての力を貸してほしい。奪われた全てを取り戻すために、奪われた平穏を取り戻すために、私に力を貸してくれ！」

一瞬の間。

「うぉー!!」

先ほどを超える怒号とも言える歓声が上がった。

それは、広場だけではない。

街の隅々からも。

イラリオンの〈伝声〉という風属性魔法によって、ルンの街の隅々にまで届けられたアベルの言葉に呼応して。

アベルが歓声にこたえるために手を挙げる。その時、アベルが立つ台が浮き上がった。

地上から五メートルほどの高さを、ゆっくりと横に移動する。

その姿を見た民衆が、更なる歓声をあげる。それに合わせて、アベルの台は、さらに上昇する。

その姿は、多くの絵画の題材とされ、後世に残ることになった。

『アベル王の演説』として。

◆

ナイトレイ王国西部、ホープ侯爵領。

領都ジュエルにある領主館では、休暇中の交渉官が熱弁をふるっていた。

「父上、兄上、今すぐに、アベル王を支持するという声明を出すべきです！」

王国外務省の交渉官イグニスは、父ホープ侯爵と、兄である次期侯爵を相手に説得を試みている。

「イグニスの言うことも確かに分かるのだが……」

それだけ言うと、ホープ侯爵マーカス・ハグリットは顔をしかめて頭を掻く。

そして言葉を続ける。

「アベルを、いやアベル王の人となりを私は知らん。旗幟《きし》を鮮明にした挙句に、その相手が酷い人物であったりしたら侯爵領としては大変困る」

「ですから！　アベルの、いやアベル王のことは、わたくしがよく知っています！　確かに冒険者としてですが、人格的にも非常に優れた人物でした。歴代の国王陛下方と比べても、非常に素晴らしい王となられること疑いありません！」

イグニスは、ほんの数カ月前、トワイライトランドへの使節団で当時のA級冒険者アベルと長い時間を共に過ごした。その経験を語って聞かせ、父と兄の支持を取り付けようとしている。

「父上、イグニスの話が本当なら、アベル王は確かに支持するに値する方だと思われます。少なくともフリットウィック公爵よりは、はるかに……」

「うむぅ……確かにそうかもしれんが……」

アベル王の即位宣言は、今日の正午に出された。

現在、十二時半。

王国内の多くの貴族が迷っている今、支持すると宣言すればホープ侯爵領を大きくアピールできる。来たるべきアベル王の治世において、今まで以上に侯爵家の名声は高まるであろう。

もちろん、現状でも、ホープ侯爵家は西部最大の貴族である。

現ホープ侯爵マーカスは、中央政治への関心はほとんどない。とはいえ、子孫が領地とホープの名を引き継いでいくことを考えれば、ある程度の強さは持っていた方がいい……中央から侮られない程度の力はあるべきだ。

「よかろう。我がホープ侯爵家は、アベル王を支持する」

「おぉ！」

父のその宣言を聞いて、兄と弟は異口同音に、そう声をあげた。


三十分後、西部の大貴族ホープ侯爵は、アベル王を支持する宣言を出した。

それとほぼ同じタイミングで、南部のハインライン侯爵、ルン辺境伯からも、アベル王を支持すると発表された。

また、エルフたち『西の森』も、アベル王を支持する声明を発表する。

ここに、北部と中央を押さえたレイモンド王と、南部と西部の支持を取り付けたアベル王との対立構造が鮮明となる。

混乱の極にあり、領主たちの交代が相次いでいる東部を除く王国が、二分されたのであった。

◆

王国東部最大の街ウイングストン。その西に広がる平原で、軍が対峙していた。

王国側は、ウイングストン守備隊五百、王国東部駐留軍千、その他徴兵された者たち五千五百……合計七千人。

対する帝国軍は、皇帝魔法師団九十人……のみ。

「一昨日のストーンレイクは、抵抗なく降伏してくれたのですが。さすがに東部最大の街ともなると、簡単にはいかないのですかね」

副官ユルゲンは、傍らの主にそう問いかけた。

「仕方あるまい。ウイングストンと言えば、シュールズベリー公爵領の都。王家に連なる名門中の名門である以上、簡単には帝国の軍門には下れぬのであろうさ」

「ですがシュールズベリー公爵家といえば、この東部動乱で、公爵となった方が立て続けに亡くなられたとか……」

副官ユルゲンが、少し上を見て何かを思い出しながら尋ねる。

「ああ。現在は、十歳にもならぬ子が跡継ぎらしいが……。後見人についている者がいろいろ判断しているのだろうな。公爵家というのも大変なもんだな」

全然大変だとは思っていない雰囲気ありありで、副長オスカーは言った。


一方の王国側。

「閣下、本当に、戦うのですか？」

そう問うたのは、東部駐留軍司令ナリゾンである。

そして、問うた相手は……、

「事ここに至ってもまだ迷っておるのか！　いい加減、腹をくくれナリゾン！」

そう怒鳴ったのは、アドファ伯爵ガスパー・ヘイズ。現シュールズベリー公爵の母方の祖父であり、後見人である。

打ち続く動乱に、東部の多くが混乱していた。

東部の大貴族であり、王家にも連なるシュールズベリー公爵。

そもそも、東部動乱の引き金となったのが、当時のシュールズベリー公爵コンラッドの死であった。当時は、騎馬による事故死とみられていたが、現在では何者かによる謀殺であることが分かっている。

シュールズベリー公爵家は、王国でも五指に入る権勢を誇った貴族であるが、東部の動乱に巻き込まれ、その後、公爵家を継いだ者たちが次々と命を落としていった。

齢九歳にして公位を継いだアーウィンは、直系に残った最後の人物である。男も女も、もう他には誰もいないのだ。ここで帝国の軍門に下り、命をとられればシュールズベリー公爵家は断絶する。

もちろん、傍系はある。

だが、傍系の者がシュールズベリー公爵に据えられたからといって、どこの貴族が公爵家を支えてくれるだろうか、盛り立ててくれるだろうか。

貴族の世界は、そんなに優しくない。

「アーウィンのためにも、ここは退けぬ！」

ガスパーの表情は苦渋に満ちていた。

ガスパーとて、相手が誰なのかは知っている。

一昨日、ストーンレイクが戦わずして降伏したことも知っている。

ストーンレイクの判断を非難するつもりはない。ガスパーとて、アーウィンの命が、シュールズベリー公爵家の断絶がかかっていないのであれば戦わずして降伏したであろう。


爆炎の魔法使い。

その名は、それほどまでに大きく重い。


両軍が対峙して三十分後、帝国軍、すなわち皇帝魔法師団から『声』が流れてきた。

「降伏せよ。降伏すればシュールズベリー公爵ならびに、領民の命は保証する」

「う、受け入れられるか！　戦わずして降伏した公爵家など、誰からも支持されぬわ」

頬を震わせながら、ガスパーはそう吐き捨てた。

ナリゾン司令も、ガスパーの苦悩は理解できる。理解できるのだが……、

（絶対勝てない相手に向かって、突撃命令を出すのは……）

とはいえ、心の奥底に少しだけ、噂の皇帝魔法師団と爆炎の魔法使いがどんな戦い方をするのかを見てみたい、という気持ちがあるのは事実である。だが、それは観客として観るのであって、自分たちの命を懸けてまで見たいとは全く思わない。

ナリゾンがそんなことを考えている時、自軍の一部がざわりと声をあげた。

「どうした?」

ナリゾンが誰とはなしに問いかける。

「司令、敵に動きが!」

そう言われてナリゾンが帝国軍を見ると、ただ一人、男が歩いてくるのが見えた。

「なんだ、いったい……」

男は、両軍の中間地点に達しても止まらずに近付いてくる。

「それ以上近付けば攻撃する!」

ウイングストン守備隊の人間が大声で叫ぶ。だが、その男は止まらない。

男の外見が認識できる距離にまで近付いてきた。

短い白髪に褐色の肌、指揮官であろうか、マントを翻しながら歩いてくる。

「まさか……」

ナリゾンも噂は聞いたことがある。外見で最も特徴的な部分も……。


「皇帝魔法師団の、白髪の指揮官って……副長の、爆炎の魔法使い……」

ナリゾンが戸惑っている間に、ガスパーの声が響き渡った。

「攻撃せよ!」

その号令のもとに、数十を超える矢が、ただ一人の男に向かって飛ぶ。

だが……。

その全ては、男の前の透明の壁に弾き返された。

「馬鹿な……」

そう言ったのは誰であったか……。

「ま、魔法で攻撃せよ」

その号令に応じて、数多の魔法が男に向かって飛ぶ。

しかし……。

やはりその全てが、男の前の透明な壁に弾き返された。

「〈物理障壁〉と〈魔法障壁〉……」

そう呟いたのは、東部駐留軍の魔法部隊長。

「あんなに硬い〈障壁〉なんて、ありえない……」

その呟きは、魔法部隊副長。

ついに、男は王国軍の目の前にまで迫った。

そこまで来ても、誰も動けない……いや、ただ一人動いた。

アドファ伯爵ガスパー・ヘイズ。

「シャー!」

気合と共に一気に距離を詰め、手に持った槍を突き出す。

槍士として、かつては東部一と言われたその突きは、ほとんどの者に見えないほど見事な突きであった。

だが……。

カキンッ。

やはり見えない壁に弾かれる。

「なんなのだ、それは……」

ガスパーの顔を、絶望が覆う。

文字通り、あらゆる攻撃が通じない。矢、魔法、そして槍も……。

そんな相手、倒せるはずがない。

「その紋章、シュールズベリー公爵の後見人、アドファ伯爵とお見受けする」

白髪男はそう言うと、手を胸に添え、軽く頭を下げて自己紹介した。

「皇帝陛下より、皇帝魔法師団副長の任を賜っております、オスカー・ルスカ男爵です。謹んで、降伏を受け入れてくださいますよう、勧告に参りました」

その日、双方にただの一人の犠牲者もなく、東部最大の街ウイングストンが帝国の軍門に下った。

◆

ウイングストン陥落の報が届き、今まで以上に騒がしくなるルンの領主館。

その敷地内に、広大な面積を誇る開発工房があることは、一般の人にはあまり知られていない。

ルンの街中に錬金工房があるが、ここ数年閉まったままである。その理由は、錬金工房で働く者たち全員が、この領主館の開発工房に入り浸っているからなのだ……。

その開発工房がある建物の周りを、コソコソと歩くローブを纏った一人の魔法使い風の男がいた。男は、窓から覗いたり、扉を開けようとしたり、見るからに怪しい行動をとっている。

けっこう前からこの地に上司とやってきて、いまではかなり慣れてきた王立錬金工房のラデンが、そんな怪しい男を誰何したのは当然であったろう。

「そこの男！　何をしている！」

誰何された男は、ビクリとして、そっとラデンの方を振り向いた。

「あ、あれ？　リョウさん？」

「やあ、ラデン……」

それは、いたずらが見つかってしまって、どうごまかそうか考えている水属性の魔法使いであった。

「リョウさん、何をやっているんですか？」

「中で何を作っているのか気になって……」

涼は、正直に答えることにした。元々、ごまかすのは苦手である。

「ああ……リョウさん、入館許可証、持ってないんですね？　いくらリョウさんでも、入れないですよ。王都の頃とは、また違うので」

「……」

王都が陥落する前から、主任のケネス・ヘイワード男爵や副主任のラデンは王太子の命令でルンの街に来ていた。それは、数十年にわたってこの開発工房で開発され続けている、ある『錬金道具』の最後の仕上げに協力するためだ。

それは今回の戦いの趨勢にも影響を与えるものであり、入館規制は今まで以上に厳しくなっていた。

「お前ら何をしているんだ？」

涼が、入館を拒否されて悲しみに打ち震えていると、遠くから近寄ってきた背の低い人物がそう声をかけた。背の低さと声の低さから、明らかにドワーフである。

「ああ、ドラン親方、ご無沙汰しています」

涼は、その見覚えのあるドワーフに挨拶した。街中に店を構える鍛冶師《かじし》、ドラン親方だ。以前、セーラに連れていってもらったことがある。

「ん？　確かリョウだったよな。セーラ嬢ちゃんと来た」

ドラン親方も涼のことを覚えていた。

「そう、あのナイフを持っていた……」

ドラン親方のその言葉はとても小さかったため、悲しみに沈んだ涼には聞こえなかったらしい。

ドラン親方は、それとなく涼のベルトの辺りを見るが、ローブが涼全体をすっぽり覆っているために、外からはうかがい知れない。

「そういえばセーラが言っていました。親方は開発工房の一員でもある、腕のいい鍛冶師だと」

「よせやい」

涼がそう言うと、ドラン親方は顔を真っ赤にして照れた。

「リョウと……そっちは、男爵様のとこの錬金術師か。なんだ、二人は知り合いか」

ドラン親方は、ラデンを見るとそう言った。

「はい。王都では、リョウさんにいろいろと助けていただきました」

ラデンはそう説明した。


「で、その二人がこんなところで、何をしてるんだ？」

「いえ、ちょっと中で作っているものが気になって……」

ドラン親方の問いに、涼は再び正直に答えた。

「ああ……」

ドラン親方はなんとも言えない表情になる。

「見せてやりたいが、これぱかりはなんともならんよな……」

「はい、なんともなりません……」

ドラン親方とラデンは、申し訳なさそうな表情になって拒絶する。

「ですよね……」

涼は再びうなだれた。だが、それだけではどうしようもない。先に進むために必要なものを知らねば！

「どうすれば、中を見られるのでしょうか」

ダメもとで聞く。

「そりゃあ、許可を貰うしかないんだろうが……こいつは、領主様の直轄事業だから、領主様から直接許可してもらうしかないんだよな。だが、それはさすがに難しいよな……」

ドラン親方はそんな風に言った。

領主館で働いている者であっても、まず領主である辺境伯に面会することは簡単ではない。なぜなら、辺境伯は忙しいから。その上、入館許可を貰うのは……。

しかし、そこにいるのは不屈の水属性の魔法使い。

「分かりました。辺境伯にお会いしてきます！」

方法が分かれば、あとはやってみるだけだ。

涼は沈んだ表情をかなぐりすて、顔を上げて、二人を見てそう言った。そして、辺境伯がいる離れの方へと走っていった。

「行っちゃいました……」

「行ったな……」

ラデンもドラン親方も、なんとも言えない表情になって、そう呟いた。

その後、二人がそのまま立ち話をしている間に、涼は戻ってきた。

そして、何やら一枚の紙を二人の前に突き出す。

「入館許可、貰ってきました！」

涼が突き出した紙には、

『リョウの開発工房への入館を許可する』と書いてある。

そして最後に、サインも。

だがラデンは、さすがに申し訳ないと思いながらも、偽造であろうと思った。そんなに簡単には辺境伯に会えないと聞いているし、そのうえこの入館許可は……。

「リョウさん、入館許可証は、こういうのですよ」

そういうと、ラデンは自分のいわばカードサイズの小さな入館許可証を見せる。そこには、名前と何やら錬金術で押された印などがあり、偽造できないようにしてあるようだ。

「そ、それの発行は時間がかかるって言われたので、紙に書いてもらったのです！」

涼はそう言うと、口をへの字に曲げながら手書きの入館許可書を再度見せる。

ドラン親方はそれを受け取ると、じっくりと見た。

しばらく見た後で、唸《うな》る。

「う～ん……」

「親方さん？」

ラデンが、親方に問いかける。

「確かに、これは領主様の字なんだよなぁ」

「えっ」

ドラン親方はそう呟き、それを聞いたラデンは驚きの声をあげる。

そして、涼は「えへん」という感じで胸を反らしている。

三人がそんなことをしていると、領主館の方から一人の男性が歩いてきた。

「リョウ？　それに親方とラデンじゃないか。扉の前で何をやっているんだ？」

声をかけたのは次期国王、いや即位したばかりのアベル王。

「こ、国王陛下！」

まずラデンが慌てて片膝をつく。

「おう、アベル王」

ドラン親方は、昔からの知り合いの冒険者ということもあって、ラデンほど慌ててはいないが、それでも国王になった人物に対して片膝をつく。

「なんでアベルがこんなところに？」

涼は、礼も何もなかった。

「この中で作られているものは、今回の戦いはもちろん、その後の王国の発展にも寄与するものだからな。俺も気にかけている。だから、時々見に来るんだが……」

「そんなことしてないで、真面目に働いてください」

「リョウに言われたくないわ！」

涼が小言を言い、アベルが怒って反論する。

「リョウは俺の護衛のはずなのに、いつもフラフラと……」

「護衛だから、領主館の中を隅々まで知っておかないといけないのです！」

「どう見ても、ただの好奇心だろうが」

「うっ……」

アベルの的確な指摘に、言葉に詰まる涼。

「と、とにかく……あ、そうだ、アベル、これを見てください」

涼はそう言うと、アベルに入館許可書を見せた。

「うん？　辺境伯直筆の書面？　これがどうした」

「これを示せば、この建物に入ってもいいですよね？」

「いいんじゃないか？　どうせリョウが無理を言って、辺境伯がわざわざ書いてくれたんだろう？」

「そ、そんなことはいいのです。これで、僕が入ってもいいということが証明されました」

アベルが状況を適切に指摘したので、涼は焦りつつもごまかすことにしたのだ。

同時に、建物に入る許可も出た！

「まあ、その入館許可書が本物というのなら、問題ないだろう」

「ですね」

ドラン親方もラデンも頷いた。

こうして、晴れて、涼も開発工房に入ることが許されたのだった。

入口に、ルン辺境伯の雌鹿の大きな紋章のある建物内には、広大な空間が広がっていた。


ルンの南図書館に初めて入った時も驚いたのだが、それ以上の広さ……。つまり、地球におけるドーム球場以上の広さの空間がそこにはあったのだ。

外をコソコソ歩き回っている時から、かなり広いと涼も感じていたのだが、中に入っての感想は想像以上……。

「広いだろう。しかも、この広さの空間が、地下にもあるんだからな」

「なんと……」

アベルの説明に、言葉を続けられない涼。

柱無しで広大な空間を創出するのはけっこう難しいのだ。もちろん、地震などのリスクを考えなければそれほどでもないのだが、おそらくここはそうではない。考えられる限りのリスクが考慮されているであろう……。

そんな広大な空間の中央に、一つの巨大な物体が鎮座していた。

何人かの人物たちが、その物体に取りつくようにして作業しているのが見える。それを見ながらいろいろ指示を出している人物が三人。

一人目は、ケネス・ヘイワード男爵。

二人目は、アブラアム・ルイ。

だが三人目……それは遠目にもかなりの美人であることが分かるのだが、涼の知らない人だ。

涼が首を傾げているのを見て、アベルは察したのだろう。

「あの美女が、例のグランドマスターの娘さんだ。王都から逃れてきた」

「え……ヒューさんの、元婚約者……？」

エルシー・フォーサイス。宮廷魔法団に所属しながら、優秀ゆえに魔法大学にも所属していた俊英。父であるグランドマスター、フィンレー・フォーサイスの力によって、王都陥落時に逃がされヒューを頼ってルンの街に来た女性だ。

一通り、そんなことを考えた後で、涼の視線は、ようやく三人がとりついている巨大な物体全体に目がいった。

「船？　いや、まさか……飛行機……」

涼が思わず呟く。

かなり縦長の三胴船……トリマランに見えたのだが、よく見ると船ではない。まさに、空を飛びそうなという形容詞がぴったりな船だが……。

世の中にはそんな船がいくつも存在する。この『ファイ』においても、かつてウィットナッシュでみたあのトリマランは、優美だった。

あれ？　あれもトリマラン？　これもトリマラン？

優美なトリマランは、人の心を虜《とりこ》にするのかもしれない。

「あれは……空を飛ぶのですね」

涼は、ある種の確信をもって、そう口にした。

その言葉を聞いて驚いたのは、ドラン親方とラデン。

アベルは全く驚かなかった。なんとなく、涼なら見た瞬間に理解するだろうと思っていたからだ。

「なるほど。あれに『ヴェイドラ』を積むのは理想的ですね。ヴェイドラは無反動……反動がなければ空中での姿勢制御も難しくないですからね」

この言葉に、さらに驚くドラン親方とラデン。

そして、これにはアベルも驚いた。

「『ヴェイドラ』を積むことまでお見通しか……さすがだな、リョウ」

アベルは、素直に称賛する。

「風の魔石で飛ばし、風の魔石で『ヴェイドラ』を撃つ……相性も良さそうです」

涼は腕を組んで、そう言いながら、何度も頷く。

「ぜひ、戦争が終わったら欲し……」

「ダメだぞ」

「なぜ！『欲しがりません 勝つまでは』の精神で、勝つまでは我慢すると言っているのに……」

アベルが間髪を容れずに拒否し、絶望に満ちた表情で涼が何事か説明している。

「そんな精神は知らん。そもそも、あの船はルン辺境伯の船だ。『ヴェイドラ』は王国の資産だから、王国に帰属するが……。あの船は、辺境伯から王国が借りるという形で今回の戦争で投入される」

「くっ……縦割り行政の弊害……」

涼はそう呟くと、一人悔しがるのであった。

その光景を見ていたドラン親方とラデンが、我関せずという顔で、無表情だったのは内緒である。

◆

「南部と西部はアベル陛下。北部と中央部はレイモンド。ここまでは予想された通りでしたが、東部が……」

「爆炎の魔法使いが東部に進出するとはな……」

アレクシス・ハインライン侯爵とアベル王が、王国の地図を前にそんな会話を交わしていた。

いつものソファーを会議で占領されているため、涼は部屋の隅の椅子に座って、図書室から持ってきた錬金術関連の本を読んでいる。

「ストーンレイクだけでなく、ウイングストンまでこの短期間で落とすとは」

アベルがそう言うと、涼は本から顔を上げて、二人の方を見た。

別に何かを閃いたわけではなく、知っている地名が出たから、ちょっと興味が湧いただけである。

そして立ち上がると、椅子に本を置いて、二人の近くにやってきて地図を覗き込んだ。

東部国境の街レッドポストから、バーシャム、ウィングストン、ストーンレイクそして王都。これらの街を繋ぐ第二街道。

それは、涼がジュー王国のウィリー殿下を護衛した街であり道である。途中、暗殺教団の村を凍らせたり、『ハサン』との出会いと別れがあったりと、なかなかの冒険譚を経験した懐かしい道。

涼は地図を見ながら、そんな思い出に浸っていた。

ただそれだけであって、国政の重大な問題を考え込んだりしていたわけでは、決してない。

「リョウ、どうした?」

アベルがそう声をかけたのは、別に何かを期待したわけではない。どうせ、涼のことだから、知った街の名前が聞こえて、地図を見にきただけだろう……そう思って声をかけただけなのだ。

完全なる正解。

「何か思いついたことがありますか?」

ハインライン侯爵がそう言ったのは、涼に対する誤解で、なぜか涼のことを高く評価しているからだ。

誤解とは恐ろしいものである。

とはいえ、涼にだって頭はある。なんとなく閃く日もある。

「帝国は、第二街道よりも南の、スランゼウイまでは進出しておきたいでしょうね」

「なっ……」

アベルとハインライン侯爵は、言葉に詰まった。

スランゼウイは、第二街道よりも南にあり、東部と南部を繋ぐ東街道沿いの街である。

「リョウ、なぜそう思うんだ?」

「ん? 東部ってことは、狙いは火薬……えっと、『黒い粉』って言いましたっけ。あれが狙いでしょう? 実用化されれば、戦争が一変する……かどうか、魔法があるからよく分かりませんけど。まあそうだとして、確か、東部のあれの集積地はスランゼウイって、ゲッコーさんが以前言ってました。あ、これは機密らしいですよ」

「なんでその機密を、他国の商人やリョウが知っているんだよ」

アベルがボヤく。アベル自身は、以前、王都騒乱前にイラリオンから話を聞いたことがあったために『黒い粉』について知っているが、涼やゲッコーが知っているのは……。

「可能性は考えていましたが、『黒い粉』が狙いですか」

ハインライン侯爵は、その可能性も考えていたようである。

「アベルは知っているでしょう？　ほら、例のシャーフィーが最初に襲撃したのが、そのスランゼウイなんですよ」

「暗殺教団か……。帝国の依頼を受けて動いていたやつらもいたよな。ということは、初めから帝国の狙いは王国東部と『黒い粉』か？　王国全土は、手に入ればそれはそれでかまわないという程度とか？」

「東部だけ確保しても意味はないですな。そこに繋がる場所、つまり北部の一部は、レイモンドではなく最終的に帝国につく……」

ハインライン侯爵のその呟きに、アベルはギョッとして言った。

「それはまずい」

王国北部は、帝国と接している。もしそんな動きがあるのなら、早いうちに手を打たねばならないが、まず情報すら手元にない……。

「私の……ではなく、正確にはフェルプスの手の者が向こうにいます。パーティーメンバーの最精鋭を送り込んでいるそうなので、逐次連絡が届きます」

ハインライン侯爵はそう言うと、小さく頷いた。

（さすが……）

涼は、素直に感心した。ハインライン侯爵も息子のフェルプスも。いったい何手先まで読んで手を打っているのか……尊敬のまなざしで見る。

「そういえばアクレの方に、魔法団顧問のアーサー・ベラシス殿が合流され、あちらの魔法団を鍛えていただいています」

「そうか。それは心強い！　そういえば、フェルプスは今どこに？」

「私がルンに来ているので、ハインライン侯爵領全体の政《まつりごと》をフェルプスに任せています。アクレとルンを行き来しながらこなしているかと」

侯爵は、事もなげにそう言った。

領地を任せても大丈夫なほどに、フェルプスは鍛えられてきているのだ。B級冒険者であり、しかも侯爵の後継者としても十分。

感心する涼の耳に、アベルの、本当に小さな呟きが聞こえた。

「すげぇ」

◆

「おい、やばいぞ、このままじゃ死ぬだろ」

双剣士ブレアの言葉に、いつもなら土属性魔法使いワイアットが言い返すのだが、土壁を構築して、敵の攻撃を防いでいるため何も言わない。

まさに、降り注ぐ魔法と矢の雨……その中でワイアットの土壁が最後の砦だ。

フリットウィック公爵領の都カーライル。その街中の一角で、四人は追い詰められていた。

追い詰めた敵は分かっている。以前三人がかりで、敵のただ一人に傷一つつけることができなかった。それからしばらくは遭遇することもなかったのだが……。

「あいつら、いきなり襲ってきたぞ」

「潜伏場所を知っていて、今まではなんらかの理由で泳がされていたのかもしれません」

ブレアの言葉に、神官ギデオンが答える。

「つまり、もう泳がせる必要がなくなったからけりをつけに来たと」

ブレアはそう言うと、右腰に差した剣の柄を見た。今は鞘に入っているが、刃の途中から先はない。先ほどの戦闘で、敵の剣士に折られたのだ。

「あの剣士……サンだったたか。なんだありゃ……双剣士みたいに二本の剣を操っていたが、あんな武器破壊の双剣技、聞いたことないぞ」

悔しそうに言う。

もちろんブレアの言葉に答えることができる者はいない。見たことも聞いたこともない技だったのは確かだから。

「他の三人もとんでもなかったがな」

「全員がA級というのはとんでもないですね」

ブレアが顔をしかめたまま言葉を続け、神官ギデオンが小さく首を振りながら言う。

斥候ロレンツォがずっと無言なのはいつものことだが、魔法使いワイアットが作業に集中して無言なのは珍しい。もちろん、ブレアも茶々を入れたりはしない。さすがにそんな状況でないことは理解している。

「とはいえ……」

このままではまずい。

四人は追い詰められ、三方を囲む壁の向こうでは衛兵隊が手ぐすね引いて待っているのは分かっている。

逃れるには、前方の『五竜』を倒すか、空を飛ぶか、あるいは……。

「よし、通じたぞ」

右手で土壁を維持しながら、左手を地面に当てて何かやっていたワイアットが小さく告げる。

「みんな、落下の衝撃に備えて」

「え……」

言うが早いか、地面が抜けた。落下する四人……通り過ぎた地面は、すぐに埋まっていく。

四人は、地中に落ちていった。

◆

「いっくぜ～～～」

そう言うと、サンは土壁に突っ込み、一気に切り裂いた。

なんらかの反撃があるかと思ったのだが、何もない。それどころか、壁の向こうにも、誰もいない。

「あら？」

地面を見ると、固まっていく最中であった。

サンに続いて、槍士コナーと魔法使いのブルーノが突っ込んでくる。そして、誰もいない空間を確認した。

「また逃げられた」

槍士コナーが眉をひそめてそう呟く。

「さすがにこれは、厄介な場所に逃げられたねえ」

火属性魔法使いのブルーノが地面を見て言う。その下がどうなっているか知っているからだ。

「下は下水道」

最後に歩きながらやってきた斥候兼弓士のカルヴィンが、ぼそりと一言だけ呟いた。

「そりゃあ……さすがにまずいな」

まずい場所に逃がしたことをサンも理解したのだ。

そして、少しだけ口調を変えて振り向いてから大声を出す。

「衛兵隊長、敵は地下の下水道に逃げた。あとは任せた」

「はっ！」

言われた衛兵隊長は、急いで隊を分け、下水道の地上出口を押さえに移動し始めた。

「さっき王都から連絡がきた」

衛兵たちが動き出したのを確認してから、カルヴィンが、一枚の紙をサンに渡す。

「なになに……おお、ようやく、王都に戻れるぞ」

サンは嬉しそうに言う。

その一言に、槍士コナーも魔法使いブルーノも笑顔になった。

元々、王都所属の冒険者である。いくつかの理由から、王都を離れて北部に潜伏していたが、やはり王都が一番！　表情が、それを物語っていた。


カーライル下水道内。

「臭い……臭いけど、逃げられてよかった。今回ばかりはワイアットに感謝する」

「珍しいですね」

双剣士ブレアの珍しい感謝に、訝し気な顔をする魔法使いワイアット。

「ここから、さらに横穴をたくさん掘ってもらって、城壁の外に出ないといけないからな。頼んだぞ、土属性の魔法使い、ワイアット！」

「……は？」

この後、衛兵隊が街の隅々まで捜したが、四人の行方はようとして知れなかった……。

◆

「『五竜』がカーライルにいただと……」

ルン冒険者ギルド執務室で、ギルドマスターであるヒュー・マクグラスはうめいた。アベルを補佐しているハインライン侯爵から回ってきた情報だ。

『五竜』は、フリットウィック公爵領の都カーライルにおり、おそらくは敵方についていると。

その敵が、レイモンド王なのか帝国なのかは、まだ確定していない。

「どちらにしても、敵に回すと厄介な戦力だ……」

ヒューは文字通り頭を抱えた。

A級冒険者の戦闘力は、非常に高い。戦場に出てくれば、雑兵たちを殺しまくるであろう。抑えるには、同ランクの冒険者を用意するか、B級冒険者での飽和攻撃でもするしかない……非常に厄介なのだ。

しかし、最も厄介なのは、暗殺任務として送り込まれてきた場合だ。

レイモンド王にしろアベル王にしろ、今はまだ、王個人の存在によって組織が成り立っている段階。代替わりがシステム化されている強力な官僚機構があるわけではなく、周りに、死んでもすぐに代わりとして擁立できる人物が準備されているわけでもない。

王が死ねば終わり。

そんな、ボードゲームのような危うい状況。そこに、強力な手駒が、命を狙って突入してきたら……。

将棋の龍や、チェスのクイーンが陣内に入り込んでくるのと同じである。王の命は風前の灯火……守り抜けたとしても、守った者たちの被害は甚大となる。バラバラと討ち取られ、以降の戦線維持に支障をきたす。

強力な手駒をどう使うか。

それは戦略と戦術、両方の視点が必要となる部分なのだ。

だが報告書をよく読んで、ヒューは不思議な部分に気付いた。

「剣士、槍士、火属性魔法使い、斥候の四人を確認と。四人？　『五竜』だから五人だろ？　あと一人は……神官へニングか。なんでいないんだ？」

「神官へニング以外の四人か……」

ヒュー・マクグラスに回されたものと同じ書類を、アベルも確認していた。

「全員A級というのは凄いですねぇ」

アベルの呟きを聞きながら、いつものソファーに今日はきちんと座って、涼は感想を述べた。座っている理由は、コーヒーを飲むためである。

「ああ。実績、実力ともに王国の頂点にいる冒険者たちだからな」

「アベルがA級に上がるまでは、王国唯一のA級パーティーだった人たちですよね。それが敵になるとは……」

アベルが説明し、涼は小さく首を振りながら嘆く。

「何かの間違いであってはしいのだが……」

アベルも小さく首を振りながら、そんな言葉を吐いた。

「アベルならその五人、いや四人？　を相手にして、倒せますかね」

「いや、無理だろ。はっきり言って、剣士のサン殿一人でも、俺一人だとどれだけもつか……」

「そんなに強いのかぁ」

アベルがまた首を振りながら否定し、涼は困った顔をしながらぼやく。

「彼らが、この館に突撃してきたらどうするつもりですか？　アベルが死んじゃったら、困る……困る顔をする人はそれなりにいると思うんですよ」

「ああ……困る顔をするだけな」

「そんなことでいじけないでください。困る人がいなかった場合を考えて、あえて言い直してみただけです。そうそう、アベルは、そんなになってもちゃんと毎日剣を振るっていますよね。素晴らしいことなので、これからも続けてくださいね」

「お、おう……」

涼が話題を急転換して称賛し、付いていけずに照れるアベル。アベルは王子様だったのに褒められ慣れていないのだ。

「たまに騎士団に稽古をつけるんですけど、アベルが剣を振るっているのを見て、彼らの士気も上がっているみたいです。王としてしっかりと仕事をしていますね」

「そ、そうか？」

「ここでも一つ、アベル王の名声を高めるいい方法を提案します！」

「いや、なんか聞かなくても想像がつくから……」

「僕にご飯を奢ったりすれば……」

「そういうことだろうと思ったよ！」

もちろん、領主館にいる限り、涼の三食昼寝付……昼寝はないが、三食＋夜の睡眠は確保されている。わざわざ、アベルがご飯を奢る必要は、全くない。

「なあ、リョウ……」

「なんですか？　また……」

「お金じゃないぞ！」

「先回りされた……」

先手を打たれて、涼はうなだれる。

「あの、部屋の隅に、さっきから、氷の塔が現れたり消えたりしているんだ……」

「よく気付きましたね！」

アベルは、部屋の隅を見ながらそう言い、涼は復活して一つ頷いて答えた。

部屋の隅には、確かに氷で作られた人の身長くらいの東京タワーが、現れたり消えたりしている。

「あれ、時々、リョウが掌《てのひら》とか肩とか、頭の上とかに作ってるやつのちょっと大きい版だよな。トーキョータワーとか言ってたやつ」

「ええ、それです」

以前は、涼は誰にも見られないところで、魔法制御の練習として極小の東京タワーを氷で生成していたのだが、アベルの護衛を引き受けて以降は、この部屋でそんな訓練を行っていた。

もちろん、アベルだけがいる時にである。アベルには隠すのを諦めた、という言い方もできるだろう。

「いや、リョウってそういう部分は真面目だなと感心してな」

「真面目というか……強い相手がいっぱいですからね。自分の命のためにも、手は抜けませんよ？」

「ま、まあ、確かにな」

涼が首を傾げながら当然のことですよ、という顔で言うと、アベルは頭を掻きながら答える。

アベルからすれば、涼ほど強くなっても努力し続けることに感心したのであるが、涼からすれば、悪魔レオノールなどを相手に戦うことを考えると、どれだけ努力しても全然足りない気がするのだ。

「魔法制御……と勝手に言っていますけど、魔法を精密に操る力とか、瞬時に生み出す力とか、そういうのって、使えば使うほど上達するんですよ。剣の扱いとかと同じで。ですので、寸暇を惜しんで練習しているのです！」

「その割には、ソファーの上でぐたーっとして……」

「アベル、部屋の隅じゃなくて、百メートルくらい先の見えないところで、タワーを作って練習している可能性もありますよ？」

「ああ、可能性はある。可能性はあるが、リョウはやらない」

「え……」

「そんなところで作っても、頑張っているアピールにならないからな！」

「うっ……」

涼は痛いところを衝かれ、膝から崩れ落ちた。

◆

王城パレス国王執務室。

「なぜ、やつらは未だに居座っているのだ！」

決して、怒鳴ったわけではない。小さく、だが鋭く、忌々《いまいま》しさに満ちた声が発せられた。

発したのは、レイモンド王である。

「理由はなんとも……」

答えたのは、レイモンド王の右腕、カークハウス伯爵パーカー・フレッチャー。

「しかも、爆炎の魔法使いは、東部の街を次々と落としている！」

「はい……」

忌々しいままに、さらに言葉を重ねるレイモンド王、そしてただ頷くしかないパーカー。

オスカーら皇帝魔法師団の進軍速度は、想定をはるかに超えるものだ。

だいたい、百名たらずの魔法部隊が、二日に一つずつ街を落としていくなど、どこの誰が想像できるというのか。

しかも自軍の損害は、ほぼゼロ！

「ありえるか！」レイモンド王は、心の中で何度そう叫んだことか。

だが、最大の問題はそこではない。

「なぜ、やつらは東部の街を落としている？　帝国との協定には、『領土、街の割譲は行わない』と明記してあるぞ。奴らが落とした街は、我々のものになるというのに……なぜやつらは街を落とす？」

そう、戦前に帝国と結ばれた秘密協定には、戦争を通じて帝国が落とした街や領土は、レイモンド王に譲渡されると明記されている。

王都は、戦略上必要であったために、帝国軍は犠牲を払ってでも陥落させる必要があった。そして陥落させた。後から、他にも王都を陥落させたい理由があったらしいが、結局そちらは上手くいかなかったようだという報告がされている。

とにかく、王都は分かる。

だが、他の街は……苦労して帝国軍が落としても、結局レイモンド王に譲渡されるのだ。落とす理由がない。

「やつらはどこまで進むつもりだ……」

王都周辺はレイモンドに従っていたため、皇帝魔法師団はそのまま素通りしたが、第二街道沿いのストーンレイク、ウイングストンを陥落させた。

どちらも、東部における重要な街であり、ウイングストンに至っては、東部最大の街である。

東部の大貴族であり、王家にも連なる血筋シュールズベリー公爵アーウィンを降伏させたという報告も上がっている。

そんな大貴族を降伏させてまで、いったいどこまで進むのか。

レイモンド王もパーカーも、爆炎の魔法使いの意図は全く読めなかった。

二人が、オスカーらの意図を読めないでいる間に、新たな報告が入った。

「報告いたします。帝国皇帝魔法師団が、王国東部スランゼウイの街を陥落させたとのことです」

「スランゼウイだと？」

その報告に、レイモンド王は顔をしかめる。

これまでは、第二街道沿いに東に向かっていた。ストーンレイク、ウイングストンと。それが、急に南下してスランゼウイである。確かに、スランゼウイはウイングストンに次ぐ、東部第二の規模の街だ。

　またロー大橋があった頃は、このスランゼウイ、ロー大橋、ルンを繋ぐ東街道は、王国全体で見ても、かなりの交易量を誇った街道でもあった。

　だが、ロー大橋が崩落し、東部の治安が悪化した現在、スランゼウイの地位はかなり下がっている。

　帝国軍が、そんなスランゼウイを落とす理由が、二人には分からない。

　二人は、『黒い粉』の存在は知っていても、それが東部でのみ産出され、その貯蔵がスランゼウイで行われていることを知らなかったのだ。

　無知は罪。

　責任ある立場の人間にとっては、全くその通りであった。

　レイモンドの執務室を退室したパーカーの元に、部下が走り寄ってきた。

「閣下、今しがた、騎士団詰め所が襲撃されました」

「反乱者か！　以前にも襲われたが……。今あそこは、帝国軍の本陣が置かれているだろう？　本陣を襲うほどの戦力が反乱者共にあるのか」

　騎士団詰め所は、かつて王国騎士団の詰め所があった場所で、王都騒乱時に当時の騎士団長バッカラーが戦死した場所である。帝国が占領後、物資集積所としていたが、現在では帝国軍の騎士団詰め所となり、帝国軍本陣が置かれていた。

　レイモンド王の即位によって王城にいづらくなったミューゼル侯爵は、騎士団詰め所にいることが多い。つまり、帝国軍の強力な戦力が集まっている場所。そこが襲撃されたというのは驚くべきことだ。

「昨晩、数カ所で起きた帝国騎士殺害事件の捜査のため、多くの帝国兵が出払っていたらしく……」

「手薄になった隙に襲撃されたと？　そんなものにのった帝国軍も馬鹿だが、反乱者共も狡猾《こうかつ》な！」

（だが、あまりにも鮮やかすぎる……誰か頭の切れる奴が反乱者共の中にいるのだろうが、一体誰だ？　かつてなら、王太子殿下が一番疑われただろう……。あるいは、南部のハインライン侯爵が。だが、南部からでは、ここまできめ細かな作戦を動かすことはできまい。どうしても現地で、即断即決で人を動かす必要が生じる……誰にせよ、そいつは、王都の中にいる）
思考の井戸に沈みかけたパーカーであったが、まだそれができる状況にはないことを思い出した。
「すぐに騎士団詰め所に行く。馬を用意せい」

王城から騎士団詰め所は、それほど離れていない。

パーカーが着いた時には、まだ完全に混乱から立ち直ってはいなかった。

「国王陛下の執政、カークハウス伯爵である。ミューゼル侯爵はご無事か」

詰め所外は、多くの騎士や従士が行き交っておりまだ混乱していたが、詰め所内は比較的落ち着いていた。

その入口にほど近い衛兵に、パーカーは問いかけたのだ。

「はっ。四階執務室におられます」

その返事を貰うと、パーカーは階段を上がった。

四階執務室……かつて、騎士団長バッカラーが戦死した部屋である。もちろん、現在ではその跡を見つけることなどできないが。

執務室に入ると、ソファーの上でミューゼル侯爵は神官による治療を受けている最中であった。つい先ほどまで、最前線で指揮を執っていたらしい。

「カークハウス伯爵、してやられましたわ」

そういうと、ミューゼル侯爵は苦笑した。

レイモンド王らと帝国軍は、完全な味方同士とはいえないが、かといって明確な敵というわけではない。

少なくとも、今はまだ。

特に、総司令官ミューゼル侯爵は、人として忌避したい人物というわけではないため、その苦笑にパーカーも思わず苦笑いで答えた。

「敵は、冒険者と王国騎士団の残党でした」

一通りの治療を終え、ミューゼル侯爵は説明を始めた。

冒険者と騎士団、それは予想通りの敵でもあった。

帝国軍による王都陥落以降、王都の各ギルド、特に冒険者ギルドは活動を停止している。また、陥落時に王国騎士団は激しく抵抗したが、壊滅させられている。だが、全滅はしていない。

未確認情報ではあるが、デスボロー平原に出征していた騎士団員たちも、何らかの方法で王都に潜入したという話もある。

涼が聞けば「レジスタンス！」と声をあげたであろう……。そんな抵抗勢力が、間違いなく王都にはいた。

そして、彼らの標的は、レイモンド王やそれに従う貴族たちではなく、帝国軍。明確に、帝国軍とその周辺にだけ、襲撃を繰り返していた。

帝国軍の物資焼き討ち、駐留各所への襲撃、あるいは夜陰に紛れての帝国兵の暗殺。

王都に詳しい者たちによる襲撃であるため、外様である帝国軍は、常に後手に回るしかなかった。

「カークハウス伯爵には先に伝えておこうと思うのだが、我々は、来週中には王都を出る予定です」

「そ、それは……」

「レイモンド王も気を揉んでおいでだったでしょう？」

そういうと、ミューゼル侯爵は大きく笑った。

「ただ、日々激しくなる襲撃を考えると、来週と言わず、できる限り早く出て行きたくなりますな」

（それが奴らの狙いなのだろう）

パーカーはそう思った。

反乱者たちが狙うのは、徹底して、帝国軍だけ。パーカーが知る限り、レイモンドの手勢や北部貴族の関係が襲撃されたことはない。

その理由は、帝国軍にできる限り早く出ていってもらうため。

この襲撃を計画している人間は、帝国軍が王都にとどまる必要が無いことを正確に理解しているのだ。そこまで読んでいる人間なら……帝国軍が出て行ったあとはどうするか？

（次の標的は我々になるだろう）

パーカーは心の中で苦虫を噛み潰す。

レイモンド王が、民を含め、冒険者や騎士から支持されていないのは理解している。

裏切り者、あるいは簒奪者。

そんな言葉が、終生レイモンド王にはついてまわるだろう。ひいては、彼の補佐役である自分にも。

だが、レイモンドにはレイモンドなりの理由があった。

それは、国王スタッフォード四世の異常。

このままでは、スタッフォード四世と共に、王国全てが他国のものになる可能性すらある。だからこそ、彼を廃してレイモンドが王となる。

もちろん、レイモンドの中に、王位への執着が無かったとは言わない。

正直、かなりあったであろう。

だが、レイモンドの動機はこの際問題ではなく、スタッフォードの統治能力の喪失が問題だったのだ。それと、王太子の病弱さ。

どちらも問題であり、そして危惧は的中した。

王太子が亡くなり、帝国の侵攻に王国は有効な手を打てなかった。レイモンドが立ったのは、王国の存続のためには正しいことだったとすら、強弁できる状況だったのである。

全ての事情を知っている者に対しては。


だが、民はスタッフォード四世の異常を知らなかった。冒険者も騎士も、それどころか王城にいる者たちも、気付いていなかった者がいるくらいだ。

そのうえ、どこかの騎士団で修行していると思われていたアルバート王子が、対抗して王への即位を宣言した。

しかも、A級冒険者だと?

民からの受けは最高だろう。

冒険者はこぞって支持するだろう。

騎士も強い者を頂点に戴きたいであろう。

なんたることか!

かつて、スタッフォードが多くの支持を受けながら即位し、レイモンドが失意のうちに北部に去ったあの時の状況を、パーカーは思い出していた。

似ているのだ。

誰からも好かれ、多くの者から支持を受け、しかもそれらの期待に応える……かつてのスタッフォードがそうであったように、今のアルバート王子もその特性を受け継いでいるようだ。

民を味方につけられない為政者《いせいしゃ》は、破滅する。

どんな王であっても、しばらくは民も我慢しよう。抑えつける力を持っていれば反逆することもなかろう。

だが、結局は成功しない。

パーカーはそのことを知っていた。

だからこそ、フリットウィック公爵として領民を治めることになったレイモンドに、為政者として必要な知識と共に、民との接し方を学ばせてきた。そして、水準以上に優秀であったレイモンドは、それを身につけた。

しかし、レイモンドが努力で身につけたものを、軽く超えていこうとしているアルバート王子。

いや、アベル王。

それは才能なのか、それとも周囲の誰かに鍛えられたものなのか……どちらにしろ、本来は簡単に手に入るものではないのだ。

パーカーはそのことを知っている。

だからこそ、正直、アベル王を羨ましいと思った。


パーカーは小さく首を振ると、挨拶して部屋を退出した。そして、決然とした表情になって歩き出す。

どちらにしろ、もう自分たちは引き返せない。レイモンドを押し立ててやり抜くしかない。そのためには、どんな手段でもとる。

すでに裏切り者の汚名を覚悟して帝国と結んだ。今更、何を躊躇《ちゅうちょ》するのか。そんな時期はとうに過ぎた！

この時、パーカーは完全に腹をくくったのであった。

◆

騎士団詰め所が襲撃された三日後、王都の民は空を見上げ、恐れおののいた。

王都の空に、十隻を超える船が浮かんでいたから。

「なんだあれは」

そんな言葉が、何千、何万と発せられたに違いない。

それは一般の王都民だけでなく、ある意味、非常に活発に活動している者たちの口からも発せられていた。

「なんだあれは、スコッティー」

「俺に聞くなよ、ザック」

かつて王国騎士団に所属していた騎士二人、現在は『反乱者』として抵抗運動に身を投じているザック・クーラーとスコッティー・コブックも、王都の一角から空を見上げてそんな言葉を発していた。

「空に浮く船……だよな」

「見たままを言葉にするとそうなる」

「それ以外になんて言うんだ？」

「船が空に浮かんでいる」

「同じ意味だろ！」

スコッティーもザックも、言っている内容は同じこと。

「つまり、船が空に浮かんでいるだけのことだ。たいしたことじゃない」

「ザック、頬が引きつっているぞ」

ザックもスコッティーも騎士だ。戦うのが仕事と言ってもいい。当然、空に浮かぶ船を、軍事的観点から見ることになる。

何千年も変わらない軍事的真理がある。それは……高所の方が有利ということ。弓で射ようが槍で突こうが、高い場所から低い場所に対しての攻撃の方が有利である。

つまり、空に浮かぶこれらの船は、『空にある』というだけで圧倒的に有利な立場から、戦いを進めることができるということだ。

それを理解しているために、ザックの頬は引きつった……。

「帝国の空飛ぶ船っていやあ、なんかあったよな。昔からあるやつ」

「噂話の類ではあったが……それを基に造ったのかもな」

「これはちょっと計画の練り直しが必要になるんじゃないか？」

「とりあえず隠れ家に戻ろう。今日、会議があるだろ？」

「ああ、『南の隠れ家』だ」

二人は『反乱者』が使っている隠れ家に向かって走った。

ザックとスコッティーが『南の隠れ家』に着いた時

には、何組かの実行部隊が集まっていた。その中には、冒険者のまとめ役もいる。

「ショーケン殿」

「ああ、ザックさん、スコッティーさん。その様子だと、あれは見ましたね?」

「そりゃあ、王都のどこからでも見えるでしょう?」

「嫌でも目に入ります。それが狙いなんでしょうけど」

王都の空に浮かぶ十隻もの船……嫌でも目に入るというものだ。

冒険者を取りまとめている王都の元C級冒険者ショーケンの確認に、ザックもスコッティーも頷いて答えた。

二人は、トワイライトランドへの使節団で一緒に仕事をしたために、よく知っている。

トワイライトランドから戻ってきたタイミングで、ショーケンが所属していたパーティーは解散し、ショーケン自身は王都の冒険者ギルドで新人育成を担当する半職員のような仕事をしていた。

そこにきてこの王都陥落だ。教え子である若い冒険者たちの多くが『反乱者』となったため、彼も同じように身を投じた。そして『反乱者』をまとめる人物の一人となっていた。

三人がそんな会話をしていると、部屋の端の方から走ってきた冒険者が、ショーケンに手紙を渡した。それを一読してショーケンが声を上げる。

「『計画者』からの『提案書』が届いたぞ」

『計画者』からの『提案書』……それが、彼ら『反乱者』の指針となっていた。

ショーケン自身、優秀な冒険者であるが、それでも『計画者』から届く『提案書』ほどのものは立案できないと自覚している。

王都陥落からわずか数日で各所の情報経路を組織し、王都外の情報も適時もたらし、レイモンド陣営と帝国陣営双方の動きの予想まで書かれてある『提案書』。

驚くほど優秀な頭脳が関わっているのは簡単に想像できた。

もちろん、『計画者』が誰なのかは興味があるし、完全に信頼していいのかも分からない。だが、現在の状況を考えると、使えるものは使うべきだと思っていた。

しかもそれが、とびっきり優秀な『提案書』であるのならなおさらだ。

「今、王都の空にいる船は、帝国クルコヴァ侯爵領で開発された船だそうだ」

『提案書』を読み上げるショーケンの声が聞こえてくる。

「いつもながら、どっからそんな情報を掴んでくるんだよ」

ザックが首を振りながら言い、スコッティーが肩をすくめる。これまでも『計画者』から伝わってきた情報は、信じられないほど核心的な情報が多かった。しかも、その全てが正しかった。

「ここ数日のうちに、帝国軍は王都を去るであろう」

「おぉ！」

「やったな！」

「ついにか！」

ショーケンが読み上げた『提案書』の帝国軍が去るという情報は、そこにいる『反乱者』たちの士気を上げた。


まず第一段階として、帝国軍だけを襲撃する。いずれ帝国軍は王都を出ていくであろうが、それをできるだけ早める。そんな、第一段階が達成されそうだからだ。

もちろん、本当に大変な戦いになるのはその後なのだが……。

さらに、王都を出た帝国軍がどこへ向かうのか……向かった先もまた王都同様に大変なことになるのは分かるし、それは心苦しいが……。

「とにかく、第二段階に向けて準備しないとな」

「そうだな」

ザックとスコッティーは頷いた。

◆

王都内、帝国軍の騎士団詰め所。現在、帝国軍本陣が置かれている。本陣が置かれているということは、そこに総司令官がいるということである。

遠征軍総司令官ミューゼル侯爵は、本陣から出て出迎えた。空中戦艦が来ることは知らされていなかったため、誰が乗っているかも分からなかったからだ。もし中に、皇帝ルパート六世などが乗っていたら大変なことになるわけで。

旗艦マルクドルフから、降りてきた男性はルパートではなかった。

「ミューゼル閣下、私は帝国第一空中艦隊提督アンゼルムです。皇帝陛下より命令書を預かっております」

アンゼルム提督はそう言うと、封蠟《ふうろう》された命令書をミューゼル侯爵に渡す。

ミューゼル侯爵は恭《うやうや》しく受け取ると中を確認した。

「第一空中艦隊ならびに第二空中艦隊を委ねる……王国南部に侵攻せよ……」

呟くように読み上げる。正直、意味が理解できていないのだ。

オスカー率いる皇帝魔法師団が王国東部に進出している。命令が来るなら、それを追って東部に進出することになるのではないかと考えていたから。

だが届いた命令は南部への侵攻。しかも最新鋭であり機密解除されたばかりの空中艦隊を率いて？

傍らに控える息子リーヌスを見る。だがリーヌスも意味が分からないのだろう、顔をしかめたまま小さく首を振った。

とはいえ、皇帝の命令だ。受けないという選択肢はない。

「確かに、拝命いたしました」

ミューゼル侯爵はそう言って命令を受諾した。

◆

二日後、ついに帝国軍が王都を去る日がやってきた。

「ようやくだな。まあ、確かに、『計画者』の言う通り、帝国軍は去ってくれそうだ……ようやく第一段階終了か……」

「問題は第二段階か」

ザックとスコッティーは、小さくため息をついた。

第二段階の相手は、レイモンド一派と北部貴族……それと最近合流しつつある、王都周辺を領する貴族たちになる。

相手も、王都を確保するために必死になるのは間違いない。帝国軍のように追い出すのは難しいだろう。

『反乱者』たちにとって、正念場となるに違いない。

「第二段階は終わりが見えないからな。アベル王が勝つまで、やり続ける……」

二人の元にやってきてそう言ったのは、C級パーティー『明けの明星』の剣士ヘクターだ。

ヘクターの心の中は、なかなかに複雑であった。

かつて、知らなかったとはいえ、アベルを拉致しようとしたことがあった。もちろん今では、その時かかわりを持った『B級冒険者アベル』が、アベル王となったことは知っている。そして、自分たちの雇い主でもあるハインライン侯爵が、アベル王を支持していることも。

ヘクターとしても、レイモンド王とその一派が王国を支配するよりは、アベル王が支配した方がいいと思っている。

ただ、ちょっと、過去のいきさつから複雑な気分になるだけだ。

「いろいろ不思議よね」

斥候オリアナも、同じようなことを考えたのだろうか、苦笑しながらそう言った。

レイモンド王の下で新たに編成された王都護衛隊と、北部および中央部の貴族たちの軍が総出で帝国軍を見送る。

それらを隠れて見守る『明けの明星』のヘクターとオリアナ。ザックとスコッティーらは、すでに『南の隠れ家』に移動している。

「で、あの帝国軍は、この後どこに行くんだ？」

「王城からの情報だと、南部らしいよ」

ヘクターの問いに、オリアナが答える。

「結局、王国からは出て行かないのか……」

「まあ、それなりの軍を送ってきて、それなりに犠牲を出したわけだし……レイモンドから欲しいもの貰わないと出ていかないでしょうね」

「帝国にくれてやるのが王都以外全部とかだったら、笑えないな」

ヘクターは顔をしかめながら言い、オリアナも大きく頷く。

帝国軍を送り出した護衛隊と貴族軍は、王都の門を閉めた。

最近は、物資の搬入時にしか、王都の門は開かないと言われている。実際、現状の王都に外から商売に来る者などいないわけで、王都民の生活も悪化の一途を辿っていた。

だが、今日の護衛隊と貴族軍の動きは、いつもと違うようにみえる。

「ん？　護衛隊と貴族軍の奴ら、どこに向かっているんだ？　王城と野営地に向かっていない……よな？」

「そうね。何か変ね」

ヘクターが疑問を呈し、オリアナも同意する。

護衛隊は王都の南に向かい、貴族軍は東門と西門の方に向かっているようだ。

ちなみに、二人がいる場所は、『反乱者』の協力者が提供してくれている、ある望楼の先端である。そこからだと、王都のかなりの場所を見渡すことができる。

二人がしばらく様子を見ていると、下から急いで上がってくる足音が聞こえてきた。足音から、それが、パーティーメンバーの魔法使いケンジーと神官タ－ロウであることが分かる。

「ヘクター、オリアナ、やばいぞ！　護衛隊が『南の隠れ家』に向かっている」

「なに!?」

『南の隠れ家』は、王都内に点在する反乱者たちの隠れ家の一つであり、その規模は王都最大である。規模が最大ということは、潜んでいる人数も最大である。

「南門を警備していた護衛隊も向かっているそうだ」

神官タ－ロウが情報を補足する。

「帝国軍がいなくなったら、早速かよ！」

ついに、『反乱者』狩りが開始された。

「くそっ、人数が多いな。急いで三番抜け穴から逃げろ！」

「三番だ！　一番と二番は、脱出口がばれているぞ！」

騎士ザックとスコッティーは、『南の隠れ家』で防衛陣を構築しつつ、味方を抜け穴から逃がすための時間稼ぎをしていた。

「それにしても、この護衛隊ってのは手際がいいな」

「以前、王都を守っていた衛兵隊がけっこう入っているらしいぞ。まあ、彼らにしても生活していかにゃならんからな。『裏切り王』に仕えるのも仕方ないのかもしれん」

二人は、そんな会話を交わしながらも、次々にやってくる護衛隊と切り結びながら、隠れ家の入口通路を死守していた。

こういった襲撃に備えて、防衛しやすいように、長くて細い通路が入口部分には造られているのだ。

とはいえ入口は一つではない。隠れ家ということもあり、直接の入口は北と南の二つだけにしてあるが、同時に護衛隊に攻められ……特に南側入口はかなりの苦戦を強いられていた。

この時、南側入口防衛の指揮を執っていたのは元C級冒険者ショーケンだ。ショーケン指揮の下、元D級、E級冒険者たちが守っている。決して、精鋭と呼べる者たちではないが、それでも荒事に向いていない反乱者メンバーたちを逃がすために、体を張っていた。

「くそ、強さはそれほどでもないけど、数が多い」

「倒す必要はない。みんなが逃げる時間を稼げ！」

「王都内に散っている連中が戻ってきてくれれば、なんとか……」

そんな声を掛け合いながら、必死に入口を守る『反乱者』たち。

だが……まさに多勢に無勢。強さに大きな差がなければ、どうしても数の多い方が有利である。

「いかん……突破される」

ここまでなんとか粘ってきたが、南側入口の破綻は、もう目の前であった。

そして案の定、突破を確定するために護衛隊が突撃を敢行する。

「くそっ」

ショーケンを中心とした『反乱者』たちが、突破と死を覚悟した、その時。

突撃してきた護衛隊たちを、〈ファイヤーアロー〉が横から貫いた。一本で発せられた炎の矢が五つに分裂して相手に襲い掛かる範囲攻撃であり、上手くやればば、一本で何人も貫くことができる。

そして、目の前で展開された〈ファイヤーアロー〉は、熟練の技か、十人以上の護衛隊を戦闘不能に陥れた。

そのタイミングで飛び込んでくる三人の女性。

槍士が一気に薙《な》ぎ払《はら》い、斥候が投げナイフを相手の首に突き立て、剣士が確実に護衛隊を倒していく。

まさに、戦場を駆ける乙女たち……あるいは、死を運ぶ女戦士……。

「『ワルキューレ』が来たか！」

ショーケンは、使節団でも轡《くつわ》を並べて戦った間柄である、間違えようがない。

剣士イモージェンをリーダーとする、珍しい女性五人のC級パーティー『ワルキューレ』。

この場において、なんと心強い味方の登場か！

「よし！　押し返すぞ！」

ショーケンの号令と共に、『反乱者』たちも立ち上がる。

一気に流れを掴んだ『反乱者』たちは、南側に押し寄せた護衛隊を押し返すことに成功した。

こうして、隠れ家南側入口は、なんとか立て直すことができたのであった。


その間に、ザックとスコッティーらが守る北側入口にも、護衛隊の圧力が増していた。

「なあ、あの奥にチラチラ見える指揮官……」

「ああ。あれが、噂のあの人なんだろうな」

「宰相閣下になったのに、最前線で反乱者狩りとは……内務卿のままだった方が良かったんじゃないか」

ザックは、少しだけ同情を込めた視線を向ける。

その視線の先にいるのは、スタッフォード四世の治世中、内務卿として王都の治安に責任を持っていた、ハロルド・ロレンス伯爵その人である。

王国騎士団に所属していた一人は、ハロルド・ロレンスという男が、大臣の中では極めて優秀な男であるという噂は聞いたことがあった。

スタッフォード四世は宰相を置かない国王であったが、いずれはハロルド・ロレンスが宰相に任ぜられるのではないかとすら言われていた。その将来は、輝いて見えたのだ……騎士団員から見ても。

だが……。

「王国を裏切り、レイモンドと通じ、しかも王都陥落の日、帝国軍を招き入れたのがあの人なんだろ？」

「ああ、そうらしいな。それによって宰相の地位を手にしたそうだが……レイモンドは宰相としての権限は何も与えず。そして人望は地に墜ちた。ああなると、惨めなものだ。いったい、どこで何を間違ったのかな」

ザックは怒りより憐れみを含んだ視線を向けながら静かに糾弾し、スコッティーは憐れみを通り越して一周回っての同情を込めた視線を向けながら答えた。

◆

「くそっ、なぜ私がこんなところにいなければならんのだ！」

小さな、だが鋭い呟きが、ハロルド・ロレンス伯爵の口から漏れた。

彼は、レイモンド王の下、間違いなく宰相の地位にある。

宰相というのは行政のトップ、大臣たちをまとめる、まさに位人臣《くらいじんしん》を極めた地位。国の状況によっては、国王すら凌《しの》ぐ権勢を持っている場合もある……それほどの地位なのだ。

それなのに、ハロルド・ロレンスがやっているのは、反乱者狩りの指揮……。

無論、レイモンド王からの直接の命令であるため、それに背くという選択肢はない。だが、それにしても……宰相がやるべき仕事ではないであろう！

「さっさと壊滅させろ！」

思わず、そんな指示を出してしまうのも、仕方のないこと。完全に、余裕を失っていた。

かつて、彼が纏っていた雰囲気……大物、有能、怜悧といった言葉は、もう完全に当てはまらなくなっていた。

現場の護衛隊の者たちからの視線も、嘲《あざけ》りが含まれているようにすら感じていた。

そんなハロルド・ロレンスに率いられた護衛隊が、

何度目かの突撃を敢行した直後、彼のすぐそばを、後ろから、土の槍が通り抜けた。ハロルド・ロレンスが振り向いた瞬間、最後衛の隊員が数人まとめて倒れる。

「何事か！」

そう叫ぶが、誰もそれに答えない。

後背から襲撃されたのだ。

答える余裕のある者などいないし、襲撃されたのは言わなくても分かるだろう！　そんな雰囲気だ。

しかし、決して現場経験の多くないハロルド・ロレンスは、理解できていなかった。

すぐそばに、死が迫っている感覚を。

そして、敵が指揮官たる自分を狙っているということを。

気付いた時には、目の前に剣士ヘクターが迫り……。

この日、かつて内務卿として俊英を謳われたハロルド・ロレンス伯爵が死んだ。倒したのは、『明けの明星』という冒険者パーティーであった。

「C級冒険者で、あれほどの腕を持っているというのは凄いな」

「ああ。実戦で鍛えられてきた剣だよな。騎士の剣術とは、また違う」

スコッティーとザックは、ヘクターが一刀両断し、ハロルド・ロレンスが倒れる瞬間を見ていた。それに合わせて、隠れ家側からも押し出し、一気に北側入口前にいた護衛隊を突き崩したのである。

千人規模で反乱者の隠れ家を包囲した護衛隊は、指揮官の死亡、数百人を超える死傷者を出して撤退した。

「よし、三番通路から逃げるぞ」

護衛隊を退けはしたものの、襲撃された隠れ家はもう使えない。

最後まで隠れ家に残り、襲撃を退けた者たちは、隠れ家内を焼き、通路を抜けざま崩落させ、全ての証拠を隠滅してから撤収した。

三番通路を抜けて撤収した先は、東門近くの大きな工房跡。工房主が亡くなり、弟子たちがそれぞれ独立したために使われなくなった工房の地下室に、三番通路は繋がっていた。

もちろん、ここに長居をすることはない。

一息つけるのは、隣の建物に移ってからだ。その建物とは……ある外国の大使館であった。

「ああ、どうぞ、こちらへ。食べ物と飲み物を準備しておりますす。しばらく休まれるといいでしょう」

「ロドリゴ殿、感謝いたします」

ザックは、迎えてくれた執事にそう言うと、奥の部屋に行き、ようやく一息ついた。

ここは、反乱者を陰ながら助けてくれる『協力者』の一つ、ジュー王国大使館の地下室である。

無論、このことがレイモンド王に露見すれば大変なことになる。しかし、逆にアベル王が王国全土を掌握すれば、この『協力者』としての行為が恩を売ることになる。その二つを秤《はかり》にかけた結果、ジュー王国第八王子ウィリー殿下は、『協力者』になる方を選んだ。

奥の部屋には、先に『南の隠れ家』から逃げた者たちがいた。

ただ一人だけ、そうではない者が。

「ウィリー殿下……」

「御自ら……」

ザックとスコッティーが慌てて膝をつく。

この辺りは、さすが元王国騎士団員であろうか。他の冒険者たちとは違う。

「ああ、いや、お二人とも、ここは避難所です。身分とか関係なしでお願いします」

ウィリー殿下は苦笑いしながら言った。

「食べ物も飲み物もありますので、まずはお腹を満たしてください」

ウィリー殿下はそう言うと、二人を招き、さらにその後ろから入ってきた者たちにも声をかける。

「『明けの明星』と『ワルキューレ』の方々ですね。さあ、みなさんもどうぞ」

一息つくことができた『反乱者』たちは、食べながら情報交換を行っていた。

「ハロルド・ロレンスを倒したって、ほんと？」

「ああ、『明けの明星』のヘクターが一刀両断した」

『ワルキューレ』の剣士イモージェンが聞き、ザック
が目の前で見たことを言う。
「なるほど、それで護衛隊は撤退したのね。ヘクター、
凄いじゃない」
「いや、それほどでも……」
王都冒険者ギルドでも美人剣士として知られるイモ
ージェンに称賛され、ヘクターの顔はにやける。
それをジト目で見る斥候オリアナ。
その視線に気付くと、ヘクターは慌てて表情を引き
締める……いろいろ遅いだろうが。
「大丈夫よ、オリアナ。ヘクターに手を出す人は、う
ちにはいないから」
そんなオリアナを見て、『ワルキューレ』の斥候ア
ビゲイルがニヤリと笑って言う。
「わ、私は別に……」
慌てて顔の前で手を振るオリアナ。
それを見てアビゲイルは言葉を続けた。
「イモージェンの本命は、アベル陛下だから」
「えっ」

そこにいた、多くの反乱者が驚きの声をあげた。

その中には、まだ未成年のため、ブドウジュースを
飲んでいたウィリー殿下も含まれていた。

「イモージェンさんは、アベル陛下の奥様の座を？」

ウィリー殿下のその言葉は、本人が考えている以上
の深い意味を持って辺りを巡った。

「つまり王妃に？　イモージェン……野心家」

「いや、ちょっと！　違うから！」

元Ｃ級冒険者ショーケンの呟きにも焦ったのだろう、
慌てて否定するイモージェン。

だが、パーティーメンバーの絆は、どんな時にも強
いものだ。

「イモージェンは子爵家令嬢だから、第一王妃は難し
いかもだけど、第二王妃なら狙えると思うよ」

そう言ったのは、父がウエストウイング侯爵である、

『ワルキューレ』の魔法使いミューだ。

「なるほど！」

「なるほどじゃない！」

異口同音に『ワルキューレ』の面々が納得し、それ

をまた否定するイモージェン。

「アベル、凄い人気だな……」

「次男坊連合の出世頭だよ」

そんな華やかな話を横に聞きながら、ザックとスコッティーはアベルの出世に乾杯した。

「お二人は、アベル陛下とお知り合いなんですよね」

乾杯していた二人に、そう話しかけてきたのはウィリー殿下であった。

「はい。まだ若かりし頃より、親しくお付き合いを……」

「特にザックと一緒に悪さをしていたみたいです」

ザックが真面目に答え、スコッティーがまぜっかえす。

「ああ、ご学友でしたか」

ウィリー殿下が、なるほどと何度も小さく頷いて言った。

「ウィリー殿下は確か、魔法大学に飛び級で入られたとか」

「優秀なのですね……」

スコッティーが思い出しながら言い、ザックが目を見開いて驚いている。

魔法大学は、その名の通り魔法に関する研究機関の一つであり、魔法使いの多くが憧れる高等教育機関でもある。だが入学は決して簡単ではない。そこに飛び級で入っているとなれば、かなり優秀であるということだ。

「元々は王立高等学院に入学予定だったのですが、その日に王都で騒乱が起きまして……」

「ああ……」

「それで再開の目処が立たない高等学院ではなく、王都普通学院に入ったのですが……いろいろありまして。結局、魔法大学のクリストファー教授にお誘いいただいて、今は魔法大学の方で研究させていただいております」

「それは大変でしたね」

苦笑しながら説明するウィリー殿下、話を聞いて何度も頷くザックとスコッティー。

そう王都では、少し前には騒乱が起き、今回はレイモンド王と帝国軍に占領され……いろいろ落ち着かない場所なのだ。

「魔法大学にもようやく慣れてきたのに、この戦争で王都が陥落したので。クリストファー教授をはじめ、みんながどうしているかは心配ですね」

ウィリー殿下は、小国とはいえジュー王国の王子であり、治外法権である大使館内にいるため、表向きレイモンド王とその一派も何もしてこない。しかし、学友たちとその実家がどうなっているかは心配な部分でもあった。

「できるだけ早く、アベル陛下に王国全土を統治してほしいものです」

ウィリー殿下はそう呟く。

ザックとスコッティーも、同じ気持ちなので大きく頷いた。

「そういえば……殿下は、シュワルツコフ家の者たちがどうなったかご存じありませんか？」

スコッティーがそう聞いたのは、一族の者たち全体がというよりも、デスボロー平原で共に戦った、ナタリー・シュワルツコフのことが気になったからであった。彼女は、ザック、スコッティーと共に王都に潜入し、自らの一族と接触したはずだ。

「ええ、聞いています。当主レイス殿が王都陥落の際に亡くなられ、ご令嬢のナタリー殿が当主の座を継がれました。そして、一族を率いて、西部に逃れたそうです」

「ナタリー、そんなことになっていたのか……」

ザックが呟く。

「確かその際に、軟禁されていたフーカ一族……財務卿の一族ですね、あそこと協力して脱出されたとか」

「フーカ家もシュワルツコフ家も、どちらも西部に領地を持つ貴族ですから」

「二家みたいに、領主が王都に軟禁された貴族とか、けっこう多そうだな」

ウィリー殿下が財務卿フーカのことも説明し、スコッティーが補足し、ザックが推測を述べる。

「領主が王都に捕まったままでは、さすがにアベル王支持を表明できませんからね」

ウィリー殿下も頷きながら同意する。

「こうやって解放されていく領主が増えると、アベルの支持者が増えるだろうな。当然レイモンド王はなんらかの手を打つだろう……」

スコッティーの言葉に、ウィリー殿下もザックも頷く。

まだ、戦いは始まったばかりであった。

◆

「帝国軍が王都を去ったらしい……」

アベルは報告書を読んで呟いた。

「東部に行くんですかね～」

涼はいつものソファーにぬべ～っと寝転んで、本を読みながら適当に返事をしている。

だが、突然本を閉じて立ち上がった。

「ど、どうした？」

珍しい涼の行動に、アベルですら驚いた。

「アベル、提案があります」

「東部へのリョウの派遣なら却下だ」

「なぜ分かった……」

突然立ち上がった時には驚いたが、すぐに平常心を取り戻したアベル。涼の提案など、だいたいお見通しである。

「どうせ、爆炎の魔法使いにちょっかいを出したいとかそういうのだろう」

「ちょっかいとは失敬な。奴の息の根を止め……」

「却下だ」

「くっ……アベル王の横暴、ここに極まれり！」

「適当なことを言うな……」

涼が権力者の横暴に屈し、アベルは疲れたようにうな垂れる。

涼も理解はしているのだ。先の、涼単独での王都潜入、帝国軍氷漬け作戦を却下された時と同様の理由だと。

国民全員とまでいかずとも、「自分たちの手で国を取り戻した」と多くの国民に認識させたうえで、国を解放せねばならないのだと。

これが敵国に侵略して征服する、というのであれば、涼のように強力な戦力を派遣して敵軍全体を氷漬けにして、その後侵攻して勝利というのはある意味理想であろう。戦力の損耗も少なくてすむし、城壁や王城などの防御機構も無傷のまま手に入れることが可能だからだ。

　だが、解放戦争、あるいは独立戦争はそれではダメなのだ。

　解放戦争そのものが、象徴的な意味合いを持っているのが、その理由である。

　どういうことか？

　正確に言うならば、戦争行為そのもののためではなく、戦後、国を回復あるいは独立した際に国民をスムーズに糾合するために、国民たちに「自分たちも参加して国を取り戻した」と認識させる必要があるということである。

　そう認識させることによって、解放戦争後の国民統合、ならびに国家統治がスムーズにいく。

　戦術でも戦略でもなく、さらに大きな政略での話。

　部隊長なら、戦術レベルの問題を解決すればいい。

　将軍なら、戦略レベルの問題を解決すればいい。

　だが政略となると……優秀な政治家でなければ解決できない話となる。

　アベルは、すでに王として、国を統べる政治家としての考え方ができている……そういうことであった。

ゴールデン・ハインド号

「明後日、例の船のお披露目を行う」

「船というと、まさか空中戦艦……」

「ゴールデン・ハインド号と命名される」

「おぉ！」

　アベルの言葉に高揚する涼。

　ゴールデン・ハインド……かつて地球にも、その名を冠した船があった。キャプテン・ドレークが世界周航をした際の旗艦の名だ。

　黄金の雌鹿《ゴールデン・ハインド》……まさにルン辺境伯の紋章そのもの。

「いい名前ですね！」

　涼は嬉しそうに頷いた。そして、開発工房で見たトリマランを思い出す。驚くほどかっこいい、船というより飛行機と言ってもいいような……まあ、空を飛ぶのだが。

「空に浮かぶ？　空を飛ぶ？　どちらにしても早く見たいですね！」

「見るだけで満足か？」

「はい？」

「俺は乗艦する予定なんだが……俺の護衛役のリョウはどうする？」

「僕も乗ります！」

間髪を容れずにとはこのこと。

こうして、涼も乗艦することになった。

◆

「いやあ、今日ほど、アベルの護衛役をしていて良かったと思える日はなかったですよ」

「お、おう……」

「ゴールデン・ハインドに乗れるんだったら、いつでもアベルの護衛役をしますからね！」

「いや、俺が乗れるの、今日だけじゃないか？　いちおう国王だし、なかなか乗れんだろう」

「じゃあ、僕がアベルを護衛するのも今日までということで」

「おい……」

魚心あれば水心。その手のひら返しは、さすが水属性の魔法使いと言うべきだろうか。

二人が立つのは開発工房地下格納庫。前方には全容を現したゴールデン・ハインド号が鎮座している。

全ての式典は終了し、後は乗り込むだけだ。涼は護衛役ということで、アベルの左側に立っている。ちなみに反対の右側には、盾使いのウォーレンが立っている。ウォーレンは常に無言であり、こういう式典系の時には特に直立不動、堂々としている。

それを見習って涼も堂々と立ってはいるのだが……。

「リョウ、無駄な抵抗だ」

「はい？」

「うずうずしているのが表情に出ている」

「そんな馬鹿な！」

涼としては、ウォーレン並みにおすまし顔で立っていたつもりなのだが、思ったほどには上手くいかなかったらしい。

「仮面をかぶってくるべきでした」

「仮面？」

「アベル王を守護する仮面の男……みたいな感じでカッコいいでしょう？　表情を読み取られることもありませんし」

「以前、炎帝の部下たちと戦った時みたいにか？」

「それです！」

涼は嬉しそうに頷く。

だが、アベルは小さく肩をすくめて言葉を続けた。

「仮面の色は重要だな？」

「はい？」

「あの時、赤い仮面に赤いマントだったから、赤の魔王って伝わったじゃないか、水属性の魔法使いなのに」

「そうでした」

アベルの指摘に顔をしかめる涼。

再び対戦した際に、青の魔王とか水の暴君とか水の覇王にしてほしいと要望を出す羽目になったのだ。もちろん、そんな要望が通ったかどうかは分からない……。

「あれは失態でした」

「失態というほどのものではないと思うが……」

「アイデンティティーの問題です。アベルなら赤の剣士、みたいなのでいいのでしょうけど。僕は水属性の魔法使いですから！」

「あいで……？　まあよく分からんが。お、ようやく乗れるようだな」

全ての準備が整い、国王アベルの乗艦となった。

式典は全て終わっているとはいえ、国王の乗艦そのものが式典のようなものだ。

工房のあちこちから拍手が湧きおこる。何人かは目をぬぐっている。開発に携わった者たちからすれば、国王が乗艦するということは、自分たちの仕事の成果が国のトップに認められたということと同義である。涙も出るだろう。

彼らの人生だけではなく、中には二代、三代にわたってこの船の開発に関わってきた者たちもいる。感慨もひとしおである。

この場には、ルン辺境伯はいない。代理として、孫であり次期辺境伯となるアルフォンソが見守っている。

辺境伯自身はベッドから動けないため、この後、ゴールデン・ハインド号がルンの上空を飛び、それを辺境伯は見る手はずとなっていた。

乗艦する主な者たちとしては、アベル、涼、ウォーレンら『赤き剣』、開発陣からケネス・ヘイワード男爵などとなっている。


一行は艦橋に上がった。

「ゴールデン・ハインド号の艦橋に陛下をお迎えでき て嬉しく思います」

「イーデン艦長、よろしく頼む」

挨拶したのは艦長イーデン。他にも艦橋には操艦要員がけっこういる……。

「あれ？　イーデンさん？」

首を傾げてそんな声を出したのは涼である。イーデン艦長と呼ばれた人物に見覚えがあったからだ、ルン騎士団で。

涼はルン騎士団の剣術指南役だ。それになる前も、セーラと共によく騎士団に見られながら模擬戦をやっていた。だから、ルン騎士団の人間はほとんど知っている。しかもイーデンは、王都騒乱時に王都のルン辺境伯邸にいて、いろいろ便宜を図ってもらった記憶もある。

「リョウ殿も、ようこそゴールデン・ハインド号へ」

「イーデンさんが艦長さん？」

「はい。ルン騎士団の小隊長をしながら、けっこう長く訓練を受けていたんです」

イーデンはそう言うと苦笑した。訓練期間はかなり長かったらしい……それだけ、この船の製造には予想以上の時間がかかったということなのだろう。

「今回の航行までに、三百時間の航行経験を積んでいますので安心して乗艦してください」

「もしかしてこの船、夜とかにこっそり試験航行してたんですか？」

「はい」

当然と言えば当然なのかもしれない。いきなりのぶっつけ本番的な航行で、国王陛下を乗せるのはさすがに無謀だろう。関係各所から止められるに違いない。

いくら、国王本人が望んでもだ。

「すいません、うちの国工が無理を言って乗せろと命令したに違いありませんね」

「なんでだよ」

なぜか涼が保護者的に謝罪し、アベルがつっこむ。

そんな会話が行われた後、ついにゴールデン・ハインド号の離陸許可が下りた。


その日、ルンの民衆にはこう知らされていた。

「王国を奪還する新たな力が、王家と辺境伯家の協力の下に生まれた。そのお披露目が行われる」と。

その際、空を見ろと。

空を見て、そこに浮かぶ船を見た民衆は口をあんぐり開けて固まったという。

開発工房地下格納庫から飛び立ったゴールデン・ハインド号は、ルンの街を大きく旋回した。それは、領主館の離れにいるルン辺境伯に雄姿を見せるためだ。

「おぉ……」

ベッドごと窓際に移動し、ゴールデン・ハインド号の姿が視界に入ると、ルン辺境伯カルメーロ・スピナゾーラは思わず声を上げた。

「わしが生きておる間に、ハインドが空を駆ける姿を見ることができるとは……」

目を細め、感慨深げに呟くルン辺境伯。

「おめでとうございます、辺境伯様」

そう声をかけたのは、傍らに立つ若い女性。その後ろでは、二人の老人も嬉しそうに頷いている。

「ありがとうエルシー嬢。まあ、頑張ったのはわしではなく、そなたや後ろにおる老人たちじゃがな」

「お、俺は、いや私などはたいしたことはしていない……」

「それこそ私は、最後の方で加わっただけです」

「それを言うなら私なんて、加わって数十日ですから」

ルン辺境伯に振られて慌てるドラン親方、恐縮するアブラアム・ルイ、苦笑するエルシー・フォーサイス。

「何を言う、ドラン親方の鍛冶の力がなければ、完成までさらに数十年はかかったぞ」

「お褒めいただき……」

恐縮して言葉に詰まるドラン親方。

「ウィットナッシュで、レインシューター号の建造にもかかわった天才技師、アブラアム・ルイ殿がルンの街に移ってきたと聞いた時には、本当かと何度も確認に行かせましたぞ」

「よくしていただいたウィットナッシュの領主一家の皆様が去られましたので。あちらで会った気持ちの良い若い冒険者たちが、ルン所属と聞いていたのでどうかと思って来てみたのです。そしたら気に入りまして……気付いたら店を出しておりました」

そう言って笑うアブラアム・ルイ。

「ハインドと屋敷を結ぶ双方向通信は、エルシー嬢が研究してこられたものだったとか。ヘイワード男爵が他の作業に没頭できたことに感謝しておりましたぞ」

「少しでも役に立てたようで良かったです」

希代の天才錬金術師として知られるケネス・ヘイワード男爵から感謝されていると聞かされ、照れるエルシー。

一つの船は、多くの人間の協力によって完成にこぎつけた。

それは計画段階から考えれば、半世紀以上かかっている。今いる者たちの多くが、その最後の段階に関わっただけとはいえ、それでも嬉しさはひとしおであった。

再びゴールデン・ハインド号の艦橋。

「凄いわね、空を駆けるってこんなに気持ちがいいのね」

「風属性魔法の偉大さ、とくと見るがいい！」

『赤き剣』の神官リーヒャが称賛し、同じく風属性魔法使いリンが、どこかの水属性魔法使いのような言い回しで胸を張った。

それを横で見ながら、盾使いウォーレンがニコニコと笑っている。

「とても平和な光景です」

「それは否定しないが……リンがリョウの悪影響を受けている気がするんだ」

「失敬な！　魔法使いが、自らの属性に自負心を抱くのは悪いことではないのです」

「……そうか？」

アベルは剣士であるため、涼が主張するような感情はよく理解できない。

いわば来賓として乗っている五人がそんなことを話している間も、開発陣の一角であり艤装指導員という肩書のケネスとイーデン艦長はいろいろと突っ込んだ話をしている。

「見るがいいですアベル。常に全力を尽くす！　あれが、人のあるべき姿です」

「内容には同意するが、リョウがそれを言うのは何か違う気がするんだよな」

「え？」

「俺も含めて、お客様として乗せてもらっているだけだし」

「そ、それは否定しませんけど……」

アベルと涼が会話をしているところに、イーデン艦長がやってきて今後の説明を始めた。

「当初予定していた通り、ルン辺境伯領の北端まで航行して、そこから時計回りに大きく旋回する形でルンの街に戻ります」

「ああ、任せる」

予定通りということは、問題は起きていないようだ。

涼がそう思った瞬間……。

ビー、ビー、ビー。

呼び出し音的なものが響き、同時に艦橋右端の机に設置された黄色い明かりが点灯した。

「辺境伯邸から直接通信です。これは演習ではありません」

「繋げ」

艦橋員が報告し、イーデン艦長が頷いて命令した。

「こちらルン辺境伯です。国王陛下、今しがた報告が入りました。我が辺境伯領の北に位置するワイク子爵領に帝国の空中戦艦十隻が現れ、空から攻撃しているとのことです」

「帝国の空中戦艦？　先日、ルンを襲撃したやつか。いや……今、十隻と言ったか？」

「はい、十隻です、陛下」

ルン辺境伯の言葉に、さすがに黙り込むアベル。だが、その時間は数瞬。

「辺境伯、いやカルメーロ卿、頼みがある」

「どうぞ、陛下、存分にお使いください」

「……言わずとも分かるか。このまま、この船で救いに行きたいと」

「もちろんでございます。王国民を守るために建造された船。今戦わずしていつ戦うのですか」

申し訳なさそうな声が交じるアベルに対して、笑いながらいっそ朗らかに答えるルン辺境伯。

何十年もかけて造られた船を、最初の航行で沈めてしまうかもしれない……。だが辺境伯は笑って送り出す。

そして、言葉を続けた。

「空駆ける黄金の雌鹿《ゴールデン・ハインド》が、陛下の盾となり矛となりましょう。ご武運を！」

こうしてゴールデン・ハインド号は、お披露目航行からそのまま初陣へと向かうのであった。

◆

「五分後、付属遠眼鏡で敵艦隊が見えます」

イーデン艦長がアベルに向かって言った。

それを聞きとがめたのは涼だ。ちなみにアベルは鷹《おう》揚《よう》に頷いただけ……。

「付属遠眼鏡？　見える？」

「遠眼鏡がこの艦についていると考えてもらえばいいですよ」

涼の疑問に答えたのは、ケネス・ヘイワード男爵だ。涼は勝手に錬金術の師匠だと仰いでいる。

「遠眼鏡って、あれですよね、筒みたいなのを覗いて、遠くのものを大きく見せてくれる」

「そう、それで見えた絵が、正面の映像膜に映し出されます」

「なんですと……」

遠眼鏡というのは、直径十センチ、長さ三十センチ程度の筒状で、現代地球で言えば小型の望遠鏡みたいなものだ。

普通はそれを手に持って目に合わせて覗いて、遠くのものを見るのだが……この艦についているものは、それで見えた映像を、映像膜……スクリーンのようなものに映し出してくれるらしい。

「錬金術って、本当に凄いですね」

「ええ」

涼が心の底から称賛し、ケネスはとても素敵な笑顔で微笑んだ。

「付属遠眼鏡、敵を捉えました」

艦橋員がそう言うと、艦橋正面上部の映像膜なる箇所に、遠眼鏡が捉えた映像が映し出された。

「おぉ」

驚く涼。剣と魔法の世界で、まさか、こんなＳＦチックな光景に出くわすとは思わなかったのだ。もっとも、空に浮かぶ船があるという時点で、ある意味十分ＳＦチックではあるのかもしれない。

「確かに船ですね」

「十隻確認いたしました」

イーデン艦長が帝国艦を見て言い、艦橋員が敵艦数を確認する。

そう、イーデンが言う通り、帝国の新鋭空中戦艦は見るからに船だ。いわば、ガレオン船や戦列艦のような木製の帆船を空に浮かべたような。

それはそれで威容ではあるのだが……。

「やりましたよ、アベル！　勝ちましたね！」

「は？」

もちろん、まだ戦っていない。

「カッコよさで、ゴールデン・ハインドの圧勝です！」

「そ、そうだな……」

「以前、あの船がルンに攻めてきた時には直接見られませんでしたけど、あんな外見だったとは。全然ダメですね！」

外見で圧勝したために、涼はとても嬉しそうだ。

確かに戦列艦が空に浮いていればかなりの圧力を感じるだろう。いわゆる、強そうというやつだ。だが、トリマランの極致と言ってもいいゴールデン・ハインド号の優美さに比べれば……いや、比ぶべくもない。

しかし涼はふと疑問に思った。

それはウィットナッシュでレインシューター号というトリマランの船を見た時にも思ったのだが……ゴールデン・ハインド号もレインシューター号も、今のナイトレイ王国で考えた場合、あまりにも場違いなフォルムの気がするのだ。

あるいは一種の、時代錯誤。

数百年先を往くスタイルと言うべきだろうか。

「このゴールデン・ハインド号……レインシューター号でも思ったのですけど、設計思想が普通じゃないですよね？　どなたが設計されたのですか？」

誰にともなく問う。

「二百年以上前、伝説の鍛冶師と呼ばれたスプリングウッドという方の設計です」

答えたのはケネスであった。

「伝説の鍛冶師……」

「はい。『三つのトリマラン』と呼ばれる三隻の設計書を残されました。それがウィットナッシュのレインシューター号と、ルンのゴールデン・ハインド号です」

「……もう一つは？」

「残念ながら、もう一隻の設計書は紛失して、今は残っていません」

「あらら」

残念そうに答えるケネス、それにつられて悲しい表情になる涼。

「どの船も、設計があまりにも独創的であったため、造船は不可能と長く言われていたものです。特にこのゴールデン・ハインドなど、空中に浮かぶわけですから……」

「確かに、異常ですね」

涼でも分かる。レインシューター号はともかく、ゴールデン・ハインド号のように空中に浮かぶというのは簡単ではない。

と、そんな涼の思考を現実に引き戻したのはアベルの声であった。

「ケネス、報告書で読んだが、帝国艦が展開する〈障壁〉も撃ち抜けるんだよな？」

「集束型最大出力なら、距離二千で正面から撃ち抜けます」

ケネスの返事に、無言のまま頷くアベル。

主語はなかったが、おそらくはこのゴールデン・ハインドが積む最強の矛……『ヴェイドラ』のことであろう。だが涼には疑問が湧く。なぜ、まだ一発も撃っていないのにそんなことが分かるのだろう？　敵の〈障壁〉の硬さがなぜ……。

涼の疑問が顔に出ていたのだろう。ケネスが教えてくれた。

「この前、ルンをあの船が襲撃しましたよね。その時に、展開していた〈障壁〉の情報を収集したそうです」

「なんと！」

一方的にやられただけではなかったのだ。

「距離二千まで、五秒、四、三、二、一……」

「『ヴェイドラ』発射！」

イーデン艦長のカウントダウンに合わせて、アベルの命令が下された。

そしてゴールデン・ハインドから走る一本の緑の光。狙い違わず、帝国艦隊中央の一隻を貫いた。

「おぉ！」

艦橋員から思わず声が上がる。

しかし興奮したのは一瞬だけ。すぐに自らの役割に戻る。


「とぉりかぁじ」

「〈飛竜障壁〉前面ならびに右舷に展開」

「『ヴェイドラ』右舷方向へ転換、次弾砲撃まで三十秒」

『ヴェイドラ』の砲撃直後、ゴールデン・ハインド号は左へ九十度転舵《てんだ》した。それは、帝国艦との距離を保つためだ。

「敵を取りつかせるな。砲撃戦で沈めるぞ。距離千八百から二千を保ち航行」

イーデン艦長の指示が飛ぶ。

ゴールデン・ハインド号は帝国艦隊を右手に見ながら、それを中心に距離を保ったまま、時計方向に動き続ける予定なのだ。

その動きに、帝国艦隊は付いてこられていない。明らかに動きが鈍い。

「初撃で落としたのが、敵の旗艦だったとか？」

「可能性はある」

涼がなんとなく感じたことを言ってみた……落とした艦は、ちょうど敵の中央にいた艦だったし。だがアベルも同じように感じていたらしい。

もちろん油断はできない。まだ帝国艦は九隻浮いているのだから。

しかし、先手は取れたようであった。

翻って帝国艦隊、二番艦マルクドルフ艦橋。

「いきなり旗艦が……」

そこまで言って言葉を続けられなかったのは操舵手《そうだしゅ》ザシャ。

「最も集中的に狙われて、最も被害が大きくなるのが旗艦だからな。そう考えると、本来の一番艦であるこのマルクドルフが、旗艦にならずに二番艦とされたのは幸運だったのかもしれん」

「単純に、エルマーたちがアンゼルム提督に嫌われているからだよ」

「大会で、エルマーたちがアンゼルム提督より勝ち上がったからだよ」

「そうだとしても俺のせいじゃないだろ！　あの大会だって、もう六年も前だぞ」

冷静にエルマーが艦長らしく言ったのに、双子姉妹ユッシとラッシに混ぜっ返され、結局冷静さを保てなかったエルマー……。

そう、ザシャがベスト四、エルマーがベスト八に入った大会、アンゼルム提督は決勝一回戦で負けたのだ。外でもないオスカーに。

前回大会で三位であったアンゼルム提督のプライドは深く傷ついた。それでも多くの者たちから実績が評価され、紆余曲折と多くの訓練をクリアし、さらに数多の競争相手に競り勝って、栄えある第一空中艦隊の初代提督に任じられた。

だが着任してみると、一番艦マルクドルフの艦橋にはエルマー艦長、ザシャ操舵手という忘れもしない二人がいた。

提督は、旗艦の艦橋で指揮を執る。つまり、ずっとその二人と顔を合わせながら指揮……アンゼルムは無理だと判断した。そのため二番艦の名前をデブヒとして、本来なら一番艦に置かれるはずだった旗艦を二番艦に置いたのだ。

こんな無理が通ったのは、彼を支援する帝国の権力者たちがそれなりにいたからである。

それが、一番艦だったマルクドルフが二番艦になったいきさつであった。

「敵艦、右へ転舵。距離二千。遠ざかる」

そんな中、冷静に状況を伝える一等航空士兼哨戒員アン。元斥候である彼女の声は、いつも浮足立つパーティーメンバーを落ち着かせる。

「二千？　それでは、こちらの砲撃は届かん」

エルマーが言った瞬間、他の帝国艦から火球が放たれた。艦砲として設置された錬金道具からの砲撃。だが敵艦に届く前に消滅した。有効射程距離外なのだ。

敵主砲の性能が桁違いすぎる！

「そりゃそうなるわな」

操舵手ザシャが肩をすくめる。

「距離を詰めるしかない。最大戦速！　ザシャ、敵の後背に食らいつけ！」

「アイサー！」

横列陣、横一線に展開していた帝国艦隊の中で、アンゼルム提督に嫌われていたマルクドルフは、艦隊中央にいた旗艦から最も離れた最左翼に配置されていた。

砲撃後、右に転舵した敵艦とは最も距離が離れている場所。だが同時にそれは、追っていけば敵の後背に位置するということでもある。

「旗艦が沈められたということは、二番艦である俺たちが臨時旗艦になるんだっけか？　他の艦にも、敵艦との距離を詰めろと指示を出せ」

「ダメ、味方艦への連絡が届かない」

「多分、味方艦への風属性魔法が妨害されてる」

珍しく、ユッシとラッシの言葉がシンクロしない。

それだけ、異常な事態になっているということだ。

本来、風属性魔法の〈伝声〉に似た原理で第一艦隊の中で通信することができる。しかし、その機能が使えなくなっている。ほんの数十分前までは使えていたことを考えると、現れた敵艦によって妨害されていると考えるのが自然だろう。

「化物じみた砲撃だけじゃなくて、通信の妨害までだと？　そんなこと可能なのかよ」

呟くのは艦長エルマー。

だが迷っている暇はない。

「この艦が食らいつけば、他の艦も理解して動くかもしれん。行くぞ！」

「おう！」

こうして、二番艦マルクドルフはゴールデン・ハインドに後背から迫っていった。

◆

期せずして敵旗艦を沈めたゴールデン・ハインドは左に転舵した。混乱し、ほとんど足が止まったままの帝国艦隊を右舷に見ながら時計方向に進攻し、主砲『ヴェイドラ』による砲撃戦を展開している。

三十秒ごとに沈んでいく帝国艦。

最初の旗艦を含めて四隻を沈めたが、指揮を執るアベルの表情はまだ明るくない。今は、敵の混乱に乗じて先手を取れているが、それでもまだ六隻残っている。いずれは混乱から覚め、能動的に動き出す敵も出てくるはずだ。そうなると、六倍の敵を相手にすることになる……。

「敵が一隻、本艦の後背に迫ってきています」

「やはり来たか」

アベルが恐れていた、混乱から覚めた敵。

だが恐れてはいても、想定の範囲内。

「どれくらいで追いつかれる？」

「本艦は敵を順次砲撃していくために船足が遅くなっています」

「先ほどの敵砲撃の射程は五百ほどです」

「でしたらざっと……四分です」

「十分だ！」

ケネスが敵の射程を割り出し、イーデンが敵射程に捉えられるまでの時間を割り出し、アベルが頷いた。

四分あれば、八発は『ヴェイドラ』を放てるという計算。

おおざっぱで強引だが、戦場では緻密さよりも素早い判断が優先される。

「アベル……」

「リョウ、大丈夫だ。必要になったら頼む」

心配そうな涼に対して、力強く頷いて答えるアベル。

もちろんアベルも、涼が心配しているのは分かっている。そして、涼が手伝えば、ほとんど損害なくこの場面を切り抜けることができるだろうということも。

だが、それではダメなのだ。

今回、想定外でお披露目航行から初陣となったが、これはある意味、僥倖《ぎょうこう》。なぜなら、もしもの場合のセーフティーネットとして涼がいるから。それは恵まれた状態。

そのためアベルとしては、ゴールデン・ハインドの戦闘能力試験にしたいと考えた。

それはハードウェアだけでなく、イーデン艦長率いる乗組員たちも含めての試験。

だから、涼はまだ出てきてはいけない。

実は、そんなアベルの考えは、涼にもなんとなく分かっていた。だからずっと見ていたのだが……食らいついてくる艦がいると聞いて、いちおう聞いてみたのだった。


その後も順調に、帝国艦を遠距離砲撃で沈めていくゴールデン・ハインド。

ついに、九隻目を沈めた！

残り一隻！

後背に食らいついてきていた一隻だが……。

「いない？」

ゴールデン・ハインド艦橋に緊張が走る。

「右前方、今沈めた船の向こう側！」

涼の声が響く。

沈み行く九隻目の向こう側からまっすぐゴールデン・ハインドに突っ込んでくる帝国艦。ゴールデン・ハインドの後ろをそのまま追うのではなく、軌道を予測して一気にショートカットしたのだ。

「かわせ！」

イーデン艦長が叫ぶ。それに応じて、急激な左下方向へのG。

「〈飛竜障壁〉前面に全力展開！」

さらに指示が飛ぶ。

帝国艦は、正面から砲撃しながら突っ込んできた。

ガリガリガリ。

艦橋の中にまで響いてくる音。

それは、正面からの衝突は回避したが、船体のどこかがぶつかっている音。

「『ヴェイドラ』砲手、右後方に照準」

そんな中、アベルの指示が飛ぶ。まだ誰も正常な思考に戻れていない中、真っ先にアベルが指示を出した。

「照準完了」

「放て！」

超至近距離にいる帝国艦を『ヴェイドラ』の緑の光が貫く。それは双方移動しながらであったため、まるでレーザーで切り裂いたかのように帝国艦を斬った。

当然、浮力を失い帝国艦は沈んでいく。

「あれ、船に乗っていた人たちって……」

「ほとんど死んでいないと思います」

沈む帝国艦を見ながら、涼の素朴な疑問にケネスが答える。

「このゴールデン・ハインドもですが、艦が浮力を失い沈むことが確実になった場合、乗組員たちは強制射出されます」

「え……」

「その上で、地面近くで風属性魔法が展開されて、そのまま地面に叩きつけられるのは避けられる仕組みが組み込んであります。先ほど、帝国艦が落ちていったのを見ていましたけど、似たような機構が展開していましたので乗組員たちはほとんど無事でしょう」

「なるほど」

貴重な空中戦艦であるが、それを操ることができる人材は同じほどに貴重だということを理解した設計思想らしい。

ケネスの説明を聞いて、少しだけホッとした涼であった。

こうして、ゴールデン・ハインド号は危機を脱した
……はずだった。

◆

ゴールデン・ハインドと帝国艦隊が激突する前、実は少し北で別の艦隊戦が起きていた。

一方は、先行する帝国第一空中艦隊に合流するべく南下していた第二空中艦隊十隻。

もう一方は、ロマネスクの民であるゾラ司令官率いる遠征打撃艦隊。二十三隻。

数の上からも遠征打撃艦隊が圧倒しているが、そもそもそんな数など意味がなかった。

「帝国艦隊発見。距離五十」

「情報通りね。作戦通りマルス級を先行、距離三千で火属性砲撃開始」

「了解！」

一瞬の遅滞なく、遠征打撃艦隊旗艦テラの艦橋では指示が出され、実行されていく。

事前に情報を集め、分析し、予測し、作戦案を立案する。現地では、それを実行するだけ。そこには戦術の妙だの、紛れだの、逆転などといったものは存在しない。予測された通りの結果が、予測された通りに現出される。

それが戦略。

彼我《ひが》の距離三千メートルにまで近付いたところで、ようやく帝国艦隊は敵の存在に気付いたようであった。

だが、遅い。

全てが、遅い。

「火属性砲撃、斉射」

遠征打撃艦隊を構成する二十隻のマルス級攻撃艦から、一斉に火球が飛んだ。その数、四百。そのほとんどが、帝国艦が慌てて展開した〈障壁〉を撃ち抜き、船体を直撃する。

直撃すると同時に弾ける火球。

全長五十メートルの帝国艦であっても、何十カ所でも火球が弾ければ艦全体が炎に包まれる。その結果は、轟沈《ごうちん》。

一分もたずに、帝国第二空中艦隊十隻全てが撃沈した。

「全艦撃沈を確認」

「艦隊全艦、損害皆無」

「想定通りね」

幕僚らの報告に頷くゾラ司令官。

涼やアベル曰く紫髪の人々……自らをロマネスクの

民と呼ぶ者たちの、千年ぶりの本格戦争は、一方的な蹂躙で幕を閉じた。

そして遠征打撃艦隊はさらなる移動を開始する。もう一つの目標、帝国第一空中艦隊を目指して。

◆

「〈空中探査〉に感あり！　北から何かが近付いてきます！」

艦橋員によるその一言が、祝福に満ちたゴールデン・ハインド艦橋を、再び緊張の中に叩き落とした。

「その数二十……いえ、二十三！」

「付属遠眼鏡、最大望遠で映像来ます」

その報告と同時に、近付いてくる二十三隻の空中戦艦が正面映像膜に映し出された。

「これは……」

イーデン艦長がそこまで言って言葉を失う。見ただけで分かる。先ほどまでの帝国艦とは違う一糸乱れぬ艦隊行動、まさに精鋭艦隊と言っていいだろう。

各艦の圧倒的に洗練された外観も、先ほどの帝国艦と違い過ぎる……つまり帝国の船ではない？

この中央諸国において、王国、帝国を除けば空中戦艦のようなものを造ることができるのは連合しかない。

それが、そこにいる多くの者の頭の中に浮かぶ。

「連合ではありません」

だが、はっきりとそう言い切る涼。

「そうだな、あの一番奥の船……いや島というべきだな」

艦隊中央最奥に一隻だけ、巨大な船がいる。しかしそれは、全長五百メートル以上はあろうかという、船というより島。

「奥のひときわ大きな島のような船は、王都騒乱の時に王城に突き刺さったやつに似ています」

涼の言葉に、アベルを除く全員が驚いた。だが、遠くから見たそれを思い出したのだろう。

「確かに……」

「言われてみれば……」

「……」

リーヒャとリンが同意し、ウォーレンも無言のまま頷く。彼らは、中央神殿の地下から出てきた際に、王城に突き刺さった島を遠くからではあるが見ている。

確かに似ている。

「それって噂話になっていましたけど、本当にあったんですね」

イーデン艦長が驚いて言った。当時、彼も王都のルン辺境伯邸にいたのだが、場所的に辺境伯邸から王城は見えないようだ。同様に辺境伯邸にかくまってもらったケネスも頷いている。

「ん？　ちょっと待ってください。帝国でも連合でもないってなると、あれは結局どこの船なんですか？」

イーデンが疑問を発する。それによって、視線がアベルとその隣に立つ涼に集まった。

「伝説にある浮遊大陸だ」

「嘘のようなホントの話です」

アベルが断言し、涼が補足する。

しかし二人は見た。二人以外の全員の顔の上に『は？』と描かれているのを。全員が理解できていないということを。

当然であろう。


いきなり伝説の浮遊大陸とか、そこの空中戦艦群が目の前に現れたとか言ったところで信じてもらえるはずがない。しかもそれが本当なら、過日王城に突き刺さった島は、その浮遊大陸関連の島ということになる。

意味が分からない！

「政府が情報を隠蔽《いんぺい》した弊害がこれです」

「俺のせいじゃないぞ」

涼が厳然たる口調で指摘し、アベルが顔をしかめて責任から逃れようとする。確かに、特に公表しなかったのは当時の王国政府であり、現在国王として即位を宣言したアベルに罪はない……。

「何はともあれ問題は……」

「あれが敵になるかどうかだな。話し合いの用意があると先方に伝えたい」

戦わずに済むならそれが一番……涼もアベルも、それは一致した考えであった。

翻って遠征打撃艦隊旗艦テラの艦橋。

「どういうことだ？」

司令官のゾラ・パラスが、傍らの幕僚団に問う。字義的に捉えると非常に広い意味を持つ問いだが、この場合は明らかだ。

「手元に来ていた情報とも、先ほどの艦隊とも全然違うぞ？」

ゾラ司令官の声は決して不機嫌ではない。純粋に疑問に感じて、問うている。

「デブヒ帝国が造船した船は、五十メートル級ガレオン船的外観。先ほど沈めた十隻は、まさにその情報通りだった。しかし、目の前に浮かんでいる一隻は、どう見てもガレオン船ではない。地上人らの『船』よりも、むしろ我らの『船』に近いのではないか？　元々、空を飛ぶために設計された……」

ゾラは幕僚団に問うているのだが、誰もそれに答えることができない。つまり、目の前に浮かぶ船に関して情報を持っていないのだ。

そんな中、ゾラ司令官は幕僚団から少し離れた場所で立っている二人に目をやった。男性の方はほとんど表情が動くことはないのでともかく、女性の方は明らかに何か言いたそうだ。

「リウィア副司令官、何か情報はないか？」

「はい司令官、あれは三胴船、トリマランと呼ばれる型の船です。それも空を飛ぶことを前提に設計された……そう考えると、おそらくは『三つのトリマラン』と呼ばれたものの一つかと」

「その設計書を書いたのは、ナイトレイ王国の鍛冶師スプリングウッドを名乗っていたやつだな。ふん、懐かしい名だな」

ゾラは最後、口角を上げて言った。実は知っている名なのだ。だが、ここで詳細は話さない。そんなことを悠長に話している状況ではない。

「つまり、王国の船か」

一つ頷くと、幕僚団の方を向いた。

「デブヒ帝国以外の勢力に遭遇した場合に、開くように言われた命令書があったな？」

「はい」

ゾラ司令官の問いに幕僚の一人が答え、艦橋の隅にある命令書用金庫を開けて、一枚の封書を持ってきた。

その封書にゾラが手をかざすと、わずかに光り封が解かれる。

中身を一読して、ゾラは幕僚団に渡した。

「命令書を確認した。『遭遇したものが空に浮かぶものであれば撃沈せよ』だ」

「はい、幕僚団も確認いたしました」

ゾラから渡された命令書を幕僚らも読み、その中身に同意した。

ちなみにリウィアは蚊帳《かや》の外だ。副司令官の確認は、手順の中には入っていないためである。

本来、副司令官は司令官とは別の艦に乗艦する。それは司令官が乗る旗艦が沈んだ場合に、速やかに指揮を引き継ぐため。そして別の艦に乗っていれば、今回のように命令書を確認というのは難しいだろう。そのため、副司令官による確認は、手順の中には入っていない。

だから仕方ないのだが……なんとなくリウィアの心の中にはモヤモヤがある。

そんな中、報告が上がってきた。

「前方トリマランに黄色い旗が掲げられました」

「黄色？」

「確か、中央諸国と西方諸国において、話し合いの用意がある場合に掲げられるとか」

ゾラ司令官の疑問に、幕僚の一人が答える。地域によってその辺りの手続きはいろいろ違う。

「そうか。だが我々には話し合いの用意はない」

ゾラ司令官ははっきりと言い切る。

「司令官！」

思わずリウィアは声を上げてしまった。

そう、本当に思わず……。

「何か、リウィア副司令官」

そのゾラの声は硬質な感じを含んでいた。その瞬間、リウィアはやはり声をかけたのは失敗であったことを悟る。だが、もう引き返せない。

「まだ、実際に戦端を開いたわけではありません。話し合いを行うべきでは……」

「不可能だ」

「なぜですか」

「我々には、その権限が与えられていない」

「えっ……」

あまりの答えに言葉に詰まるリウィア。

「我々に与えられた権限は、戦い撃沈すること。交渉する権限は与えられていない。相手に降伏勧告をする権限も与えられていない」

「しかし……」

「仮に、相手が我々の降伏勧告を受け入れたらどうする？　サントゥアリオに連れていくのか？　そんな権限は無いであろう？　政務院がそれを受け入れると思うか？『元老』らが受け入れると思うか？」

「いえ……」

そう、受け入れないであろう。

なぜなら、政務院や元老らはこう思っているのだ。

「地上人が、我ら天上人の領域である空を侵略した」と。

地上人にそんなつもりがなかったとしても、関係ない。

「空に上がってくれば鉄槌《てっつい》を下される……そのことを、身をもって知ってもらう必要がある。空は主のいない場所ではない。数万年の昔から、我らが生きる場所だ」

「で、ですからそれを彼らに話して……」

「話す権限を与えられていないと言った」

「あ……」

遠征打撃艦隊は、地上人と話し合いをする権限を与えられていない。

全てはそこに起因する。

ゾラ司令官も分かっているのだ。いや、最初から分かっていたのだ。だからリウィアの疑問に、長々と答えた。幕僚らにも完全に理解させるために。

「リウィア副司令官、理解したか？」

「……はい。申し訳ありませんでした」

そう言うしかなかった。

ゾラもリウィアも名門の出。背負うのは自分の名だけでなく、一族の名、祖先たちの名をも背負う。受けた命令に疑問を持ちつつも、勝手に動くことはできない。名門の出というのは、いつの世においても自由に動くことはできないものなのだろうか……。

「相手はハルが……いや、スプリングウッドであったな。奴が設計した船だ、足が速いだろう。ユピテル級二隻を、敵後方にバンプ航法で移動させて退路を断て。包囲して殲滅《せんめつ》するのだ」

「バンプ航法は、ユピテル級の浮遊機関でもかなりのダメージを負いますが」

「逃がしては元も子もない。浮いてさえいればあとはなんとかなる」


だがもう一方の船にも、名門の出と言ってもいい人物が乗っている。ナイトレイ王家の人間で、現在国王となっているアベルだ。国王陛下であるにもかかわらず、空を飛ぶ船に乗り込み、戦いの最前線に平気で身を投じている。

……多くの人にはそう見えていたが。

「アベル、不安なのね」

「リーヒャ、やっぱ分かるか？」

「そりゃあ……どれだけの付き合いだと思ってるのよ」

アベルが苦笑しながら言い、リーヒャが微笑みながら答える。

「地上戦なら……いや、個人戦闘やパーティー戦闘なら、もう少し自信をもって戦えるんだろうが、艦隊戦はよく分からん」

「海の艦隊戦だって接舷戦でしょう？　あるいは衝角を相手の船にぶつけて沈める。こんな、魔法砲撃を撃ち合っての戦いじゃないわ。そもそも、空に浮かぶ船同士の戦い自体、王国では誰も経験してないのよ？　その指揮なんて誰がやっても上手くいくわけないのよ」

「おい……」

「だから、多少失敗しても気にしちゃダメよ。王様なんだから、俺で無理なんだから他の誰でも無理だ、くらいの態度でいいんじゃない」

「いいのか、それは」

「いいのよ、それで。アベルは、国王陛下として十分やれてるんだから、空中での戦闘指揮が思った通りにいかないくらいたいしたことじゃないわよ」

「……ありがとうよ」

そんな二人の様子を少し離れて見ている三人。

「やっぱりあの二人はお似合いですよね」

「そりゃあね。長い付き合いだし、愛し合っているし」

涼が頷きながら同意を求め、リンも頷きながら同意し、ウォーレンも無言のまま何度も頷いている。

「アベルって国王陛下になっちゃいましたけど、王妃様はどうするんでしょう？」

「ん？　それは当然リーヒャでしょう？」

「でもリーヒャって貴族の出じゃない……ですよね？」

「ええ、違うわよ。裕福な家みたいだけど、貴族じゃなかったはず」

リンはそう言うと、ウォーレンの方を見る。ウォーレンは首を振っているので、リーヒャは確かに貴族の出ではないようだ。

「貴族じゃなくても、王妃様になれるんです？」

「普通は難しいけど……そもそもナイトレイの王家って、高い格式の家からじゃなくても王妃様に迎えたりするのよ」

「知りませんでした」

今明かされる、王家の秘密。

「アベルやカインディッシュ王太子のお母様も、確か普通の伯爵家のご出身だったはず」

リンが言うと、横でウォーレンが頷いている。

「普通の伯爵家……。いや、まあ公爵家とか侯爵家じゃないわけでしょうけど。ああそういえば、アベルのお母さんのお話とか聞いたことないですね」

「アベルを産んで……産後の肥立ちが悪くてそのまま亡くなられたから」

「〈エクストラヒール〉みたいな魔法すらあるのに？」

リンの説明に、首を傾げて問いかける涼。

「産後の病や不治の病は、大神官でも治せないの。有名な話よ？」

「知りませんでした」

今明かされた、大神官の秘密。

……いや、そういうわけではないようだ。

「まあそんな感じで、国王が指名すればよほどのことがない限り、王妃様にはなれるはずよ。それにリーヒャはなんと言っても元聖女様だからね。どこからもいちゃもんつけられたりはしないでしょ」

「聖女様なら文句なくなれる？」

「そう、前例があるよ。そもそも、聖女様自体が数十年に一人とかしか出てこないから……かなり貴重なのよ」

「国王陛下よりも貴重な人材ですね」

「……それに関しては、あえて何も言わないことにしておくわ」

リンは答えるのを拒否した。その横で、ウォーレンは首を振りながら口を両手で塞いで、言わないを表しているようだ。現国王陛下と同じパーティーメンバーとしては、言葉は慎重に取り扱わねばならないのだろう。

お客である五人以外は、両艦隊が停止している間も状況の整理に追われていた。

「彼我の距離五千のままです」

「前戦闘で敵艦と接触し右サイドハル外殻が傷つきましたが、航行、戦闘には支障ありません」

「第一魔石、第二魔石共に残存魔力八十パーセント、『ヴェイドラ』の残存魔力七十パーセントです」

報告を受けて頷くイーデン艦長。

「問題ないですね」

「残存魔力……満タンにしておきませんか？」

そう提案したのは、ケネス・ヘイワード男爵だ。ケネスはアドバイザー兼艤装指導員として乗り込んでおり、先ほどのお客様五人とは立場が違う。

「確かにその方がいいのでしょうが……ですが、風属性のヘイワード男爵やリンさんの魔力は貴重でしょう？　この先、戦闘がどうなるか分かりませんし」

イーデン艦長が懸念を示す。

風の魔石三つ……いずれもワイバーンから採れた魔石であり巨大なものだ。空きが二十パーセントとはいえ、人間が保有する魔力量で考えればけっこうなものになる。ケネスもリンも風属性魔法を使えるが……。

「私など話にならないくらい無尽蔵の魔力を持っている人がここにはいますから、その方の協力を仰ぎましょう」

ケネスは笑いながらそう言うと、艦橋の隅で喋っている三人の方を見た。

「リョウさん！　ちょっと協力してほしいことが！」

涼が呼ばれてやってきた。

「どうしましたケネス？」

「実は、魔石に魔力を充填しておきたいのです」

「ああ、さっきの戦闘で消費した分ですね。何があるか分かりませんもんね」

涼は頷く。

ケネスは涼の返事を聞く前に、懐からハンカチのような一枚の布を出して傍らの台の上に置いた。その台は、ゴールデン・ハインドの主魔力源である魔石と、『ヴェイドラ』の魔石に魔力を充填するための台だ。艦内のあちこちから充填できるようにしてあり、この艦橋からでももちろん可能となっている。戦闘中に、緊急で充填する必要もあるであろうと、そんな仕組みが組まれていた。

涼はケネスが置いた布に手を当てて魔力を流し込んだ。布は、錬金術の柔らかな光を発する。

「この布に書いてある魔法陣って、どの属性の魔法使いが魔力を流しても風属性の魔力に変換されるってやつですね」

「ええ、さすがリョウさん、すぐに分かりましたね」

「いやあ、それほどでも」

勝手に錬金術の師匠と仰ぐケネスに褒められ、照れる涼。照れながらも、魔法陣を詳細に読み解いていく。

「これって魔力回生機構？　注ぎ込む回路も複数……しかも勝手に同期をとる？　なにこれ……急速充電みたい？　これだと、ロスが驚くほど少ないだけじゃなくて、もの凄い短時間で充填されるはず……」

「あ、終わりました。ありがとうございます」

「はやっ！」

ものの数十秒で魔石三個への充填が完了してしまった。

「魔力変換、充填の魔法陣ですら、他とこれほど違いが出るとは……。やっぱりケネスは凄いです！」

「いえいえ」

「錬金術の高みを見た気がします」

「それは大袈裟《おおげさ》ですよ」

涼が感動し、ケネスが苦笑している。

そんな二人を、少し離れた場所でイーデン艦長が見て呟いていた。

「リョウ殿の剣が凄いのは見てましたけど……本当に魔力も凄い」

ルン騎士団剣術指南役である魔法使いは、実は未だ騎士団に自らの魔法の凄さを見せたことがないのであった。

◆

「正面艦隊に動きあり！」

その声で、ゴールデン・ハインドの艦橋に一気に緊張が走った。

「〈障壁〉は？」

「本艦全面に〈飛竜障壁〉展開中」

イーデン艦長の問いに、艦橋員が素早く答える。どの方向から、どんな攻撃がいきなり来るか分からないのだ。魔石の魔力消耗が早まるが仕方ない。それをケチって沈められたら笑い話にもならない。

「前方に展開中の小型艦二十隻が前進を開始しました。後続の三隻は停止したままです」

「話し合いはなし、降伏勧告もなしということか」

報告を受け、アベルが呟くように言う。もちろん、誰も答えない。答えようがないし、アベルも答えを期待してはいない。

「陛下？」

「微速後退、できるだけ小型艦との距離を保て。こちらからは手は出すな。〈障壁〉は最大出力」

「微速後退！　〈飛竜障壁〉最大出力展開！」

アベルの命令を受けて、イーデン艦長が指示を出す。

正面展開中の二十隻は小型艦とはいえ、全長五十メートルはある。あくまで『島』やゴールデン・ハインドに比べれば小型というだけであり、少し前に葬った帝国艦と同じほどの大きさだ。

それらが動き、何かをしようと展開中であるのだが……攻撃命令を出していいのかどうかは正直難しい。

ここまできても、先に引き金を引いて実力行使に及んだ方が、先に手を出したと言われるのだから。

そのため未だ、明確に『敵』と呼称されず、『正面艦隊』と呼ばれている……。

とはいえ、こちらが何もしないのはまずい気がする。

それがアベルの勘。彼我の距離が近くなればなるほど、数に劣る側は取れる選択肢が減っていくのだ。

相手が前進し、こちらが後退する……しばらくそれが続き……。

「小型艦の前進速度が急激に上がりました！」

「こっちの後退速度よりも速い……距離が縮まります」

艦橋員の報告がアベルの耳にも届く。

「艦長、包囲されるのだけは避けたい」

「承知しております」

イーデン艦長が答えた瞬間だった。

「後方に感あり！　正面艦隊の中型艦二隻が移動しました」

「どういうことだ？」

「分かりません……一瞬で移動しました。後方を断たれました」

「馬鹿な……」

艦橋員の報告に驚愕するイーデン艦長。

「正面小型艦さらに近付いてきます。距離……三千」

「正面から魔力反応！」

「砲撃来ます！」

二十隻から、一斉砲撃が開始された。

ゴールデン・ハインドが展開する〈飛竜障壁〉が全ての砲撃を弾いている。弾いてはいるのだが……。

「敵、距離三千で停止」

戦端が開かれ、ついに呼称が『正面艦隊』から『敵』に変わった。

ゴールデン・ハインドも、後方を中型艦によって遮断されたため一旦停止した。

「前進！『ヴェイドラ』の射程まで進め！」

イーデン艦長の命令により、これまで後退していたゴールデン・ハインドが前進に切り替える。だが今度は、それに合わせて二十隻の小型艦が砲撃を続けたまま後退し始めた。距離を詰めさせない気だ。

『ヴェイドラ』の射程外から、一方的に砲撃されるゴールデン・ハインド。しかし〈飛竜障壁〉は効果を発揮し一発も貫かれていない。そうは言っても……。

「〈飛竜障壁〉用魔力の消費、激しいです！」

ゴールデン・ハインドはジリ貧となりつつあった。

一方の遠征打撃艦隊旗艦テラの艦橋においても、必ずしも喜ばしい展開とは言えなかった。

「なんという硬さだ」

思わずリウィア副司令官の口から漏れる言葉。マルス級二十隻の一斉砲撃を受けて、ただの一度も障壁を破れないというのは異常だ。

「ハルめ……なんという船を残していったのだ」

そう呟いたのはゾラ司令官。旧知であった『王国の鍛冶師スプリングウッド』は、首都サントゥアリオにいた頃に名乗っていた名前ハルに変わっていた。

「ゾラ司令官はスプリングウッド殿をご存じなのですか？」

そう問うたのはリウィアだ。戦闘には関係ないことを理解しながらも、どうしても聞きたいと思ったので……。

「ん？　まあ知ってはいる……あのヴァンパイアはサントゥアリオにいたこともあるからな」

「ヴァンパイア？　スプリングウッド殿はヴァンパイア？」

「そう……王国など、人間の周りにいる時には隠していたようだがな」

「まさかその方は、トワイライトランドの……」

「リウィア副司令官、それ以上は口にしない方がいい」

ゾラ司令官は口角を上げて言った。

「超絶の剣技で首を刎ねられるぞ」

笑いながらそう言った後、報告を求める。

「バンプ航法で飛ばしたユピテル級二隻はどうか？」

「はっ。やはり浮遊機関が一部焼き付いたようです。動きはしますが速度は出せません」

「敵の退路を断てたのだからいいだろう。固定砲台として使え。マルス級二十隻で沈めればいい」

幕僚の報告に頷きながら答えるゾラ司令官。想定していたとはいえ、艦が壊れれば良い気分にはならない。

だが、実は彼女の中で焦りにも似た感情が芽生えていた。

「長引くとまずい気がする。あの船には何か厄介な者が乗っている……」

ジリ貧であり、突き破る手が見いだせないゴールデン・ハインドの艦橋では、指揮官たるアベルが顔をしかめていた。

そんなアベルがふと周りを見回す。

艦橋の隅で、なぜか屈伸運動やアキレス腱《けん》伸ばしをしている魔法使いが目に入った。

チラチラとアベルの方を見ている。まるで控えのサッカー選手が、いつでもいけますと監督にアピールしているかのような……。

それを見て、アベルはふと笑った。

それによって、肩の力が抜ける。

その瞬間、一瞬で頭の中に作戦が構築された。

「リョウ！」

「いつでも行けます！」

そう言いながら近付いてくる涼。

アベルは、まるで監督のように涼の肩に手を回すと作戦を告げる。

「全ての手札を使うぞ。『島』に突っ込む」

「航行試験終了ということですね。ゴールデン・ハインドごと突っ込んで、さらに『赤き剣』と僕で『島』の中を制圧すると」

「そういうことだ」

アベルと涼の言葉が聞こえたイーデン艦長は、一瞬固まった。

だがすぐに理解する。理にかなっていると。

敵の旗艦に突撃すれば、突き刺さったゴールデン・ハインドへの砲撃はほとんどなくなるであろう。味方への誤射、あるいはこの船が爆発四散して旗艦を巻き込む可能性を考えざるを得ないからだ。

そして何よりも、この船が現在持っている強力な戦力の一つ、【赤き剣】を使うことができるようになる。それは戦場の鉄則『遊軍をつくらない』を地で行くことになるだろう。

「懸念点は、あの『島』自身も〈障壁〉を展開しているだろうという点だ。〈魔法障壁〉だけじゃなくて〈物理障壁〉もな」

「それを突破する方法は？」

涼の問いに、アベルはケネスの方を向いた。

「ケネス、〈飛竜障壁〉を船先端に多重展開してのラムアタックが可能と報告書で読んだのだが？」

ラムとは本来、大砲が出てくる前に海で戦っていた軍艦が、喫水下、つまり海中に付けていた装備であり衝角とも言う。勢いよく正面から船をぶつけることによって、このラムが相手の船に突き刺さって大穴を開け沈めてしまうのだ。その攻撃をラムアタックと呼んだ。

それに似ているために、ゴールデン・ハインドの突撃はラムアタックと名付けられているらしい。

だがこれからゴールデン・ハインドがやろうとしているそれは、相手の船を沈めるための攻撃ではない。突っ込んだ先から、敵の船に移乗するための攻撃……アボルダージュあるいは接舷攻撃と言われるもの。

「可能です。ただ、魔石の魔力をかなり消費することになりますので……今の魔力残存量なら足りますが、これ以上〈飛竜障壁〉を使うと難しくなります」

「ということだ、リョウ」

「つまり〈飛竜障壁〉とかいうのを切るから、僕がゴールデン・ハインドを守れと」

「できるか？」

「アベル、違いますよ」

「うん？」

「そこのセリフはできるか、じゃありません。やれ、です」

「そうだな、やってくれ」

「お任せを！」

アベルと涼は右拳をぶつけ合った。

涼は艦橋最前面に立ち、ゴールデン・ハインドの柱の一つに手をついた。そこだと、映像膜に映る絵は見えにくいが問題ない。この先、それを見ることはないからだ。

「〈アクティブソナー〉〈パッシブソナー〉」

涼が使う二種類のソナー魔法。空気中の水蒸気を伝わってくる情報から、対象を分析認識するもの。こちらから積極的に振動を発して情報を集めるのが〈アクティブソナー〉、こちらは動かず周囲が動くことによって伝わってきた振動を受け取るのが〈パッシブソナー〉。

元々、涼がこの魔法をイメージした時に頭に描いたのは、潜水艦が海中で発するソナーであった。潜水艦には窓がない。そのため、周囲の状況は全てソナーで把握する。

まさに今。

ゴールデン・ハインドの壁を通して、『振動』をやり取りする。全長百メートルの巨大な振動板。

「君を通して外を見るからね。〈アイスウォール10層パッケージ　多重展開〉」

十層の氷の壁を、さらに五セット……つまり五十もの氷の壁でゴールデン・ハインドを保護する。

「本当は、できたばかりの〈動的水蒸気機雷〉がいいのですけど……まだ、移動しながらは無理なんですよね。だから〈ドリザリング　連続生成〉」

霧雨《ドリザリング》と名付けられた、ほぼ不可視で展開される無数の水の盾。空気中の水蒸気一つ一つが、魔法攻撃がぶつかると対消滅の光を発して消えていく。

相手の魔法を道連れに。

「これで大丈夫。共に空を駆けましょう、黄金の雌鹿《ゴールデン・ハインド》よ」

涼がそう言うと、アベルが頷き〈飛竜障壁〉が解除される。

ゴールデン・ハインドの防御が、全て涼に委ねられた。

小型艦からの砲撃は、そのほとんどが〈ドリザリング〉によって対消滅の光を発して消えていく。わずかに抜けた砲撃も五十もの氷の壁を撃ち破ることなどできず、全て弾かれる。

アベルは、それを確認して一つ頷くと命令を下した。

「正面に展開する小型艦を突き破って『島』に突っ込む！」

「了解！　機関最大、最大戦速で突っ込め！」

アベルの指示にイーデン艦長が命令を下す。

ゴールデン・ハインドは、『島』に向かって突っ込んだ。

◆

「敵の防御展開が変化しました」

「風属性だったものが……水属性に？　氷で守るとでも言うのか？」

幕僚らの報告に、思わず呟くゾラ司令官。ロマネスクの民らの研究でも、水属性魔法での防御は現実的ではないという結果が出ている。

「水属性魔法……」

呟きはリウィアの口からも漏れた。水属性と聞こえた時、一瞬だけ、本当に一瞬だけ、王都クリスタルパレスで戦った水属性の魔法使いの顔が思い浮かんだ。

水の妖精王の剣を持ち、水の妖精王のローブをまとった男だった。

しかし、すぐに意識は艦橋に引き戻される。

飛び交う言葉が苦悶《くもん》に満ちている。

「砲撃のほとんどが、対消滅で消える」

「それを抜けても、全てが弾かれる……」

「なんだ、あの〈障壁〉は……」

「本当に、氷の壁なのか？」

ゾラ司令官の幕僚たちは混乱していた。

それも当然であろう。地上人に比べて、圧倒的な強者である自分たちの理解を上回る何かが展開されているのだ。このテラ級はもちろん、サントゥアリオ中を探してもあれほど固い艦は存在しない……。

それを地上人が？

「ハルの設計なのやも知れん」

ゾラ司令官の言葉が聞こえて、ようやく幕僚らは落ち着いた。かのヴァンパイアのことを詳しくは知らずとも、噂では聞いたことがある。

六属性全てを操り、錬金術に秀で、超絶の剣士……。

実際は船の錬金道具によるものではなく、一人の魔法使いが展開する魔法なのだが……さすがにそれを知る術《すべ》はない。

「敵艦、前進を開始。速いです！」

それまで冷静に状況を伝えていた艦橋員が、最後は声のトーンを上げて報告する。

テラの艦橋には、ゴールデン・ハインドの映像膜に似た、こちらははっきりとスクリーンと呼んでいい設備がある。そこに視線が集中した。

「前進？　正面にはマルス級が展開しているんだぞ？」

「集中砲火で沈めてしまえ！」

幕僚団がいろいろと言っているが、ゾラ司令官自身は無言のままスクリーンを見ている。両腕を組み、顔はしかめっ面、間違いなく望んだ展開だとは思っていない。

「マルス級と敵艦の距離、二千を切ります」

艦橋員がそう言った瞬間だった。

緑色の光が一条走った。

敵艦の正面に位置していたマルス級の一隻を貫く。

「……直撃」

艦橋員が言葉にできたのはそれだけだ。それだけでも大したものなのだ、なぜなら他の者たちは一言も喋れないのだから。

「マルス級八番艦フォボス、沈みます……」

艦橋員のプロの仕事。誰も何も言えない艦橋にあって、ただ一人報告を続けた。だが、その声によって、ようやく他の者たちの声が戻る。

しかし、それは悲痛な声。

「なんだ、あの馬鹿げた砲撃は！」

「一撃？　たった一撃でマルス級が轟沈？」

「ありえないありえないありえない……」

主に幕僚団の声だ。

艦橋員たちは、状況の報告以外では口を開かない。そう訓練されている。

そんなうろたえる幕僚たちを、少し離れた場所からリウィアは見ている。

「一撃で沈んだのが問題ではない。フォボスが沈んで空いた穴にねじ込まれるぞ」

「敵艦が突っ込むということか。包囲を突破されるな」

リウィアの呟きには、傍らにいたユリウスが同じほど小さな声で答えた。

「それだけではない」

「うん？」

「おそらく敵艦はそのまま進んで、このテラに突っ込んでくる気だ」

「おいおい……こっちを一撃で沈められる砲撃を持っていながら突っ込んでくる？」

「何発撃てるか分からんだろう。あれほどの砲撃だ、どれほど頑丈な設計であっても、早晩、砲身自体の耐久が尽きる。あるいは、向こうの指揮官の嗜好の問題かもしれんがな」

「この船に突っ込んでくるんだったら、司令官閣下に進言した方がいいんじゃないか？　それもリヴィアの仕事だろう？」

「不要だ。ゾラ様はおそらくそこまで読んでいる」

二人の視線の先にいるゾラ司令官は、ずっと顔をしかめたままだ。

「完璧に展開した包囲戦術を、馬鹿げた防御と馬鹿げた砲撃で突破されれば、ムカついてあんな顔になるのも仕方ないだろうな」

「そうか？」

ユリウスの乱暴な断言に、わずかに苦笑して問い返すリヴィア。

「さっきの砲撃なんて、我らサントゥアリオの総旗艦ソラリスの主砲なみの威力だろ。百メートル程度の船に積める威力じゃない。しかも防御に至っては……なんだよあれは」

「なんだよと言われてもな」

「攻撃特化したマルス級二十隻の一斉砲撃を受けても傷一つついていない。水属性魔法らしいが、あんなもので戦術を潰されたら……俺だったら怒り狂っているだろう」

やはり断言するユリウス。

「ゾラ様ほどの立場になると、怒り狂うこともできないでしょう」

「名門の出は大変だな」

「否定できないのが嫌よね」

ゾラ司令官は仁王立ちのままスクリーンを見つめ、幕僚団は右往左往し、リヴィアとユリウスが話している間に……。

「敵艦、マルス級の包囲を突破しました！　このままこちらに向かってきます！」

再び、艦橋員の声が幕僚団をうろたえさせた。

「どういうことだ！」

「相打ち狙い？」

「だがこのテラは、敵艦の五倍以上の大きさだぞ、そう簡単には沈まん！」

そんなうろたえる幕僚団を鎮めたのは、当然のようにゾラ司令官であった。

「敵の狙いは本艦への接舷攻撃だ」

「えっ……」

ゾラ司令官の言葉で、艦橋内が完全に沈黙した。

だがそれも数瞬。

「脆弱《ぜいじゃく》な地上人が我々に？」

「いやそもそも、この船には……」

幕僚団の言葉にかぶせるように命令が下される。

「『グラディエーター』全兵起動。艦内で敵を迎え撃つ」

「はい！」

幕僚団が動き出した。

「『グラディエーター』をテラ艦内で動かす？　本来、あれは地上に降ろして制圧に使うやつだろ。地上人はゴーレムとか呼んでいるらしいが」

ユリウスが呆れと称賛をないまぜにしたような口調で呟く。

「そりゃあ、地上人が空に上がってきたのは初めてだから。その初戦で接舷戦になるってのも、誰にとっても想定外でしょ。『グラディエーター』の大きさは人と同じだから、艦内でも問題ないという判断ね」

「大胆なんだか大雑把なんだか分からんな」

「司令官は大雑把でいいのよ。その隙間を埋めるのが幕僚の役目なんだから」

「あれだけうろたえた幕僚団じゃあ、役目を果たせんだろう」

ユリウスが小さく首を振りながら、ゾラ司令官の指示が下されても、いつもよりも動きの鈍い幕僚団を揶揄《や ゆ》する。

「誰にとっても想定外。サントゥアリオが生まれて、初めての地上人との艦内での戦闘が現実のものとなって目の前に迫ってくれば仕方ないかも」

一方のリウィアは、幕僚らの心内が多少は理解できていた。

その時、ひときわ鋭い艦橋員の声が響く。

「衝突警報！　総員、何かに掴まれ！」

それは艦内全体へも伝えられた。

次の瞬間、テラ艦内に轟音が響き、かなりの衝撃で揺れた。

「損害報告を！」

ゾラ司令官が声を上げる。それによって、彼女は問題ないことを艦橋内にいる全員が理解し、他の情報の収集に入る。

「浮遊機関は、遮蔽壁内《しゃへいへきない》で正常稼働中」

「敵艦、第七魔力保管庫に突っ込んだ模様」

「急いで『グラディエーター』を第七魔力保管庫に回せ！」

「え？　ぐ、グラディエーター、全兵停止！」

「なんだと？　どういうことだ？」

「全て動力停止とのことです」

艦橋内が沈黙する中、リウィアは隣にいるユリウスが手に持っている物が目に入った。

「ちょっと、ユリウス！　それ探査器でしょ！　なんで持ってきてるのよ！」

ユリウスが手に持っているのは、異常値を検出する際に持って回った探査器だ。実はかなり高価な品であり、壊すと始末書を書く羽目になる。いやそもそも、勝手に持ち出すのも始末書ものだ。

「なんで、なんとなく持ってきたんだが……」

「なんとなく持ってこれるの？　絶対備品部から持ち出す時、私の名前使ったでしょ？　戻ったら始末書書く羽目になるじゃない」

「リウィア、そんなレベルの話じゃない」

「何？　まさか壊したの？」

「壊れたんじゃなければ、もっとヤバい」

ユリウスはそう言うと、探査器の数値を見せる。

「は？　何この数値？　異常値じゃん！　いやいや、こんな場所で異常値なんて出るわけないじゃない。そりゃあこの船を含めて、戦闘艦の浮遊機関は全て遮蔽壁内に置かれているからいつかの輸送艦みたいに落ちることはないけど……」

異常値を検出して浮遊機関が停止した苦い思い出がある。

「戦闘開始前に見た時には正常値だった」

「それは……異常値の場所が移動したということ？」

「そうだ。地脈の噴出点は、そう簡単に移動しない。ということは」

「異常値を出す何者かが来てるってわけね」

リウィアも完全に理解した。思い当たる人物が一人いる。

名前は知らないが……水の妖精王の剣とローブを持つ、妖精の因子がその体から溢れる黒髪の魔法使い。

「クインクアトリア形態の一撃すら受けられた……」

リウィアがそう言った瞬間、声をかけられた。

「リウィア副司令官、何か情報を持っているのか」

声をかけたのは、当然ゾラ司令官。リウィアとユリウスが話しているのを見とがめてだろう。

「はい、『グラディエーター』が停止した理由に関して情報があります」

リウィアはそう言うと、ゾラ司令官の方に歩いていきながら説明を始める。

「例の、妖精の因子を体から溢れさせる人物が、敵艦に乗っています」

「あなたの報告書にあった？」

「はい。あの時、補給艦の浮遊機関は、異常値を検出して停止しました。グラディエーターの中心動力源も、浮遊機関と同じ機構です。おそらくは、処理しきれない異常値を検出して強制停止したものと思われます」

「この船が停止しないのは、浮遊機関が遮蔽壁内にあるからか」

「はい」

リウィアの説明に、ゾラ司令官は何度か小さく頷いている。そんな馬鹿なとか、ありえんとか小さく呟いている幕僚団とは違う反応だ。

「確かにそれなら説明がつく。どちらにしろ、『グラディエーター』は使えないということね」

「はい、肉弾戦です」

「そうね……あなたの、アウレリウス家のクインクアトリア形態の攻撃すらしのいだその男たちを相手にね」

そのゾラ司令官の一言で、幕僚団は完全に黙り込んだ。

アウレリウス家のクインクアトリア……それは近接戦闘におけるサントゥアリオ最強の一角。それも直系であるリウィアは次代を担う人材とも言われており、そんな人物が放つクインクアトリアの一撃をしのいだ……しかも地上人が？

幕僚だけでなく艦橋員らも黙り込んだ。

「うろたえるな」

そこに降り注ぐゾラ司令官の一喝。

「リウィアはその時、ナイトレイ王国の王城で他の者とも剣を交えたな。正確にはユリウス卿がか。どうだ、強かったか？」

「……いえ、ほとんどの者は脆弱でした」

一瞬だけ、答えが遅れたユリウス。その脳裏には、赤い魔剣の男が思い浮かんだためであったが……それ以外の者たちは脆弱であった。艦を王城の者に取り囲まれたのであるが、彼らを瞬殺できたのだから。

「そういうことだ。厄介なのは、その妖精の因子が溢れる人物だけだ」

ゾラ司令官が言い切ると、それに合わせて幕僚が頷き始めた。

「おそらくその人物も乗り込んでくるだろう。リウィア！」

「はい、司令官」

「リウィア副司令官に命ずる。その男だけは絶対に艦橋に通すな、他の者たちは構わん。むしろ取引材料に使ってもいい。なんとしても止めよ」

「承知いたしました。では、第一会議室を戦場として使わせていただきます」

ゾラ司令官に命じられた瞬間、リウィアの頭の中に策が描かれたのだろう。間髪を容れずに使用する場所が提案された。

「行くぞ、ユリウス」

「はい」

こうして、リウィアはユリウスを伴って艦橋を出ていった。


一方、敵旗艦に突っ込んだゴールデン・ハインド艦橋。

「イーデン艦長、後を頼んだぞ」

「お任せください陛下」

「イーデンさん、ご武運を」

「リョウ殿も。艦には、ルン騎士団で鍛えられた者たちがいますので、彼らと守り抜きます」

アベル率いる『赤き剣』四人と涼は、ゴールデン・ハインドを降りた。

「敵の艦橋に乗り込む。これが旗艦なら、向こうの司令官がいるはずだからな」

「剣を突き付けて降伏を迫るんですね！」

「違うよリョウ、この距離で主砲をぶっ放すぞ、って脅すんだよ」

「二人とも優しいわね。この船を乗っ取って浮遊大陸に突っ込んで、大陸を地上に墜落させるのかと思っていたわ」

アベルが大胆だが常識の範囲内の作戦を提示し、涼が味を調整し、リンが調味料をつぎ足し、リーヒャが材料を全てぶち込んだ……。

「聖女様が一番怖い」

「ただの元聖女よ」

リンが大きく目を見開いて驚き、リーヒャが肩をすくめる。

「うん、お前たち少し静かにしろ」

アベルが呆れたように言う。

「ウォーレンは静かですよ？」

「ウォーレンしか静かじゃねえよ！」

涼のまぜっかえしにつっこむアベル。

これから敵の本丸に乗り込むのに緊張感に欠ける面々……いや、適度な緊張感と言えるのかもしれない。

「これくらいの方がちょうどいいのか」

アベルはそう思い込むことにした。

先頭を進むのは涼とアベル、その後ろにリンとリーヒャ、最後尾をウォーレンが守る。

「あっちこっちで立ち尽くしているのは、やっぱりゴーレムですよね？」

「だろうな」

涼の問いかけにアベルは頷く。

五人が進む通路では、ゴーレムが四体一組となって動きを止めている。これまでに、いくつものそんな集団に会った。その度に涼は、嬉しそうな顔と寂しそうな顔をする。

「その複雑な表情はなんだ？」

「いや、だってゴーレムを見れば嬉しいでしょう？　それは分かるでしょう？」

「あ、ああ」

「でも、彼らは働こうとしたのに働けなかったのですよ。何が原因か分かりませんけど、その無念さを考えれば寂しいでしょう？」

「そ、そうか」

もちろん停止した原因が、涼から溢れる『妖精の因子』にあることを五人は知らない。知らぬが仏とはこのこと。

停止しているゴーレムは体長一・五メートルほどと、連合が開発した人工ゴーレムの半分の大きさだ。足は車輪のようなものが出ており、それで艦内を移動していたらしい。ほとんど段差がなく、床もすべすべの艦内ならこの移動は理想的であろう。もちろん、艦外でどう動くのかは不明である。

「止まっている理由って整備不良なんでしょうけど、日頃からちゃんと手入れをしないといけませんよね」

「そう……だな」

涼は力説するが、アベルは首を傾げる。

これほど大量のゴーレムが、ほとんど一斉に停止したように見える……手入れを怠ったからとはちょっと考えられない。とはいえ、反論するようなことでもないために受け入れはしたのだ。

そんなゴーレムたちとは対照的に、乗組員らは五人に向かってくる。

「〈スコール〉〈氷棺〉」

遭遇する紫髪の乗組員を、片っ端から氷漬けにしていく涼。

「リョウがいると便利ね」

「ほんと楽ちんね」

「いやあ、それほどでも」

リーヒャとリンが称賛し、涼が照れる。

いつものように、それを無言のまま横目に見るアベル。

しかし……。

「アベル、何か言いたいことがあるんですか？」

「いや、今回はリョウに対してじゃなくて……」

涼がアベルの視線をとがめるが、今回はいつものような涼に対する苦言ではないらしいのだが……。

「魔力は有限だから、節約しておかないとね」

「いざという時に魔力切れで戦えなかったら大変だもんね」

機先を制して正論を展開するリーヒャとリン。この辺りの展開力が、涼とは違うようだ。アベルとの付き合いの長さか。

結局、アベルは何も言えなかった。

「しかもリョウ、艦橋までの通路も分かるんでしょ？」

「ええ、多分合っているとは思うんですが……」

リンの問いに、涼の答えは歯切れが悪い。

「なんだ？　何か問題があるのか？」

それを聞きとがめてアベルが問う。

「問題というか……〈アクティブソナー〉を使って多分艦橋と思われる場所までの通路を把握しているんですけど、普通、船ってこういうヤバい状況になったら、隔壁閉鎖とかしたりするんじゃありません？」

「ああ……浸水したり敵に乗り込まれたら、通路の封鎖はするな。なるほど、今回それがされていないのが逆に変だと」

「そうなんです。しかも、八割くらいは閉鎖されてるんですけど……あえて、艦橋までの通路だけ開け放たれている気がします」

「……罠か」

アベルは一つ頷いて結論を出した。

とはいえ……。

「それが艦橋に繋がっているというのなら行くしかない」

「そうなんですけど……行く途中に、知った反応が二人ほどあります」

「知った反応？　まさか……」

「ええ、光り輝く女性と紫髪一号です」

「何それ……」

「私たちにも通じる言葉で言ってほしかったよ」

「……」

涼の言葉に小さく首を振るリーヒャ、リンそしてウォーレン。

だがアベルには通じたようだ。

「紫髪一号は……多分、会えば分かる」

「そんな知り合いいたっけ？」

「リンが、体中穴だらけにした男だ」

「え？」

アベルが事実を端的に述べ、リンが首を傾げる。

そんなリンを、涼が大きく目を見開き恐ろしいものを見る目で見る……ちょっとわざとらしく。

「ちょ、ちょっと、そんな目で見ないでよ！　私、記憶にないよ？　多分、アベルの記憶違いだよ」

「会えば分かる」

そして十分後。五人は、第一会議室に到達した。そこで五人を待っていたのは男女の一組。

そのうちの男性を見て……。

「あ……」

思わずリンの口から漏れる言葉。

それを聞いて、涼は重々しく告げた。

「穴だらけにしましたね？」

「あ、あれは仕方なかったこと……」

涼の落ち着き払った言葉を受けて、慌てふためくリン。

とはいえ実は、涼はそのことについては知っていたのだ。ウイングストンで、『赤き剣』が紫髪一号と戦い〈バレットレイン〉で穴だらけにしたという話は聞いていたので。

「……怒ってるかな？」

「自分を穴だらけにした相手がいれば……」

「だよね……」

だが紫髪一号……ユリウスの視線はリンや涼ではなく、ただ一人の顔に注がれる。

いや、注がれるという生ぬるい表現はふさわしくない。怒りをはらんだ視線が、アベルを突き刺した。

「お前は魔剣の男……」

「穴だらけにしたリンより、俺の方かよ」

「だってアベル、王都で彼の首を斬り飛ばしたでしょ」

涼の言葉に、アベル以外の三人の視線がアベルに集中した。

「なんだ、アベルも仲間じゃん」

「おい……」

安心したように呟くリン、思わずつっこむアベル。

「ただで通してはくれなさそうだな」

アベルはそう言うと、剣を抜こうとした。

その矢先……。

「妖精王のローブの男、お前さえここに残るのなら、他の者はブリッジに行っていい」

「え？」

「どういうことだ？　というかブリッジ？」

リウィアの言葉に涼が驚き、アベルも混乱するがよく分からない言葉に反応する。

「ん？　ブリッジに向かうのではないのか？」

「ああ、アベル、ブリッジって艦橋のことです」

「なるほど、それならその通りだ。艦橋に向かう。リョウを置いていけば通すというのか？」

アベルはそう言いながら涼を見た。

「ええ、行ってください。僕はここで話をつけておきます」

涼としては当然の答え。何のために自分だけここで足止めされるのか分からないが、それで他の四人が通してもらえるのなら考えるまでもない。

四人の安全は大丈夫か？

こう見えても、Ａ級パーティーだ。王国が誇る、最強の一角である。

「分かった」

アベルはそう答えると、涼の耳に口を近付けて囁くように言葉を続ける。

「ヤバくなったら逃げろよ、俺たちのことはいいから。自分たちでなんとかするからな」

「了解です」

小さく頷き合う二人。

「ブリッジは、そこの扉を出て右、奥の突き当りよ」

リウィアはそう言うと、奥の扉を示した。

アベルはもう一度、涼の方を向いて頷くと走っていった。他の三人もそれに続いて出ていった。

広い部屋に残されたのは三人。

涼、リウィア、紫髪一号ことユリウス。

机などが隅の方にどけられているところを見ると、会議室か何かだったのだろう。そこで待ち、スペースが作られているということは、ここで戦うつもりであるということだ。

だが、涼は一縷《いちる》の望みに賭けてみる。

「ここで、ゆっくりお話をしましょう！」

「いや、戦う」

「ああ、やっぱり……」

涼の望みは儚《はかな》く潰えた。だが、まだ諦めない。

「一対二は卑怯です！」

「ユリウスは見届け人。戦うのは私一人、一対一の尋常なる勝負です」

「す、素晴らしい心がけです……」

涼の望みは再び潰えた。しかたなく、いろいろ諦めた。

「司令官に厳命されたのは、あなたを足止めすることだけです」

「え？」

「でも、あなたから溢れる『妖精の因子』は、我らロマネスクの民にとって危険」

「いや、まだ何もしてませんよ？」

「今回の件、全ての原因はあなたよ」

「全く意味が分かりません」

リウィアが断定するが、涼には全く意味が分からない。

「このままあなたを生かしておけば、災いとなるでしょう」

「理由を説明してください」

「私の勘がそう告げている」

「僕は、勘で殺されるのですか」

リウィアの一方的な断罪に抵抗する涼。

そんな会話の間にも、リウィアの目が青く輝き始める。その輝きは紫の髪からも発せられ、やがて体全体が光り始めた。

「この前も光っていましたよね。凄く強そうです」

「ありがとう、嬉しいわ。このまま死んでくれれば、もっと嬉しいわ」

「怖いことをサラッと言わないでください」

さすがに涼も理解した。話は全く通じないということを。それは、相手の頭の中にすでに結論があるからだ。そういう場合、何を言っても無駄である……。

「自衛のための戦いです」

涼はそう言うと、村雨に刃を生じさせた。

「サントゥアリオ、アウレリウス家のリウィア」

「ナイトレイ王国、C級冒険者リョウ・ミハラ」

期せずして互いに名乗り合い、戦いの幕が切って落とされた。

「〈フラッシュ〉」

リウィアの体から発した眩い光によって、涼の視力は奪われた。

まさに先手必勝を地で行くリウィア。

「〈パッシブソナー〉」

だがプランBはあるとばかりに、ソナーで対抗する涼。完全に目を閉じ、自らの魔法を信頼してその身をゆだねる。

キン、キン、キン……。

リウィアの槍と涼の村雨がぶつかり合った。

リウィアの槍は確かに槍だが、歩兵が持つ槍ではなく騎士が持つランスに近いであろう。全長二メートルほどであり、歩兵の槍に比べれば短いが、それでも剣に比べれば倍以上の長さがある。しかもそれを片手で操っている……。

突きが中心であるが、時々横に薙ぐ。槍も光り輝いており、なんとなくだが体に当たると切断される気がする……ソナー越しだが。

「ランスなんて歩兵が使うものじゃないでしょう」

目を閉じたままぼやく涼。

「だいたい、なんでそんな一方的に攻撃をするのですか。僕は何も悪いことはしていませんよ？　話し合いから入るのが普通でしょう？」

「話し合いの余地などない」

「僕らが何をしたというんですか」

「お前たちは空に上がってきた！」

「空は誰のものでもありません！」

「空は我らロマネスクの民のものだ」

「なんという主張……」

確かに空に、所有者を示す名前は記されていない。

涼がため息をつく。

それを契機に大きくランスを払い、リウィアは大きく後方に跳んで距離を取った。

「目を閉じてるってことは目くらましは成功したのよね。それなのに見えているような動き……」

「見えていますからね」

ソナーで。

「やはり油断ならない」

「日ごろの鍛錬の成果です」

胸を張ってはっきりと言い切る涼。やはり、目は閉じたままだ。

「それは魔法？」

「心眼、心の目で見るのです」

もちろん嘘である。戦っている相手に、全てを教えてあげるほど涼はお人よしではないのだ！

「心の目……そんなもので見られるなんて、やはり生かしておくわけにはいかないわね。死んで」

「なぜそうなるのですか！」

嘘をつくと悪い結果となって跳ね返ってくる……因果応報。

カキンッ。

ソナーに連動して、考えずに涼の体が動き背後からの攻撃を弾いた。いつの間にか、リウィアが背後に回り込んでいたのだ。

カキンッ。

さらに別の方向からの攻撃を弾く。

カキンッ、カキンッ、カキンッ……。

瞬間移動かと見まごうあらゆる方向からの攻撃。目を閉じ、〈パッシブソナー〉全開で探査しているからこそ分かる……信じられないほどの高速移動の結果だと。

（しかもこの反応、浮いている？）

そう、地上に足をつけていない。おそらくは風属性魔法なのだろうが、ほんの少し、数ミリ単位で地上から浮いたままの移動攻撃。

「足音を立てないためですか？」

「目じゃないなら耳かと思ったけど、それも違うみたいね。本当に心眼？」

「いえ、実はただの水属性魔法の……」

「妖精の因子を利用して、心の目などという理解できない力を使えるということね。やはり排除しないと危険」

「えぇ……」

一度嘘をつくと、その嘘がずっと付きまとう。正直なのが一番……。

会話の内容は緩いものだが、実は涼の中には手詰まり感がある。

それは、戦闘開始以降、一度も村雨で攻撃できていないから。

そう、槍の間合いが遠すぎて、防御一辺倒になっているのだ。

（人の攻撃とあまりにも違いすぎます）

本来、腰の入っていない腕だけの突きでは力は乗らない。そのため、受ける側も剣で弾きやすいのだが、リウィアは違う……腕だけ、それも片手突きなのに重い。

（腕だけで重くて速い……なんて厄介なのでしょう）

しかも、涼には気になっていることがあった。

それは、リウィアの左手。

リウィアはずっと、右手一本で槍を扱っている。

（使っていない左手、何かありそうなのです）

涼は、槍にそれほど詳しいわけではない。それでも、日本の槍術を動画などで見たことはある。槍は、基本的に両手で扱うものだ。突き、しごき、払い……どんな使い方であっても、たいてい両手を使う。

例外は馬に乗っている場合くらいだろうか？　西洋の馬上槍試合などは確かに右腕だけだ。しかしあれは、槍そのものを固定する器具などもあり、戦闘とは少し違う気がする。

他にも、漫画やアニメでは片手で槍を扱うことはあるが……。

気になる左手……だが間合いを侵略しない限り、その左手に何があるかも分からない。

「仕方ありません」

涼は呟くと、さらに小さな声のまま唱えた。

「〈アイシクルランス〉」

ザシュッ。

虚空から生じた氷の槍は、リウィアの左手付近に到達する前に、ランスによって切り裂かれた。

「ようやく魔法を出してきたか」

「目的地まで到達できませんでしたが、収穫はありました」

ニヤリと笑うリウィア、少しだけ顔をしかめる涼。

「一本しか生成できないわけじゃないだろう？　氷の槍、もっと撃ってきたらどうだ？」

「これは安売りするものではありません。貴重な槍なのです」

リウィアの挑発に乗らない涼。

（やっぱりあの人の左手の辺り……魔力の塊？　いや指輪から何かが……つまり錬金道具？　うっすら、何かあるんですよね）

目ではなくソナーで見ているからこそ気付く何か。気付く何かなのだが……何なのか気になる。凄く気になる。めっちゃ気になる。

気になったのならやるしかない！

好奇心は猫をも殺す……いわんや涼をや。

「全ての手札をオープンさせるには飽和攻撃です！」

最初とは打って変わって涼はノリノリとなった。好奇心がそうさせた。

「〈積層アイスウォール10層パッケージ〉」

まずは周囲から中心のリウィアに向かって氷の壁が迫っていく。

「無駄！」

光る槍を振り回し、氷の壁を切り裂き続ける。そう、光る槍は魔法を切り裂くのだ。

もちろんそれは、涼の想定内。これはある種の時間稼ぎ。

「〈アイシクルランス256〉〈アイシクルランス256〉〈アイシクルランス256〉〈ウォータージェット256〉」

さらに氷の槍の雨あられ、水の線での切り裂き……。もはや、普通であれば対応できずに穴だらけ、あるいは切り刻まれるレベルの飽和攻撃。

だが涼は分かっている。この程度では倒せないはずだと。

その瞬間、リウィアが左手を閃かせた。

「〈シングラリタス〉」

リウィアが唱えた瞬間、全ての氷の槍と水の線が、左手の指輪に吸い込まれて消えた。

「何それ……」

呆然とする涼。その口から漏れる理解不能な言葉。

いや、完全に理解不能ではない。地球にいた頃、アニメや映画で似たようなものを見たことがある。そして宇宙にはそんなものがあると聞いたことがある。

「ブラックホール？」

そう、全てを飲み込む宇宙の神秘。

かつては理論上の存在であったが、二十一世紀では観測もされている……。

しかし、そんなものを惑星上に存在させることは不可能だ。しかも、すぐそばにいるリウィア自身がなんの影響も受けていないなんて……ありえない！

「いえ、今は原理を解明する時ではありません」

まだ戦いの最中。

「まず生き残ること。解明するのはそれからです」

誰かの名言をもじった言葉で意識をこの場に引き戻す涼。

実際、目の前の対戦相手は顔をしかめて怒っているのだから……。

「まさか〈シングラリタス〉を使う羽目になるとは……。これを見た者には、全員死んでもらうことになっている」

「いや、どうせ殺すつもりだったでしょう？」

涼がぼやく。先ほどから何度も、殺すと言われているので、今更なのだ。

「見たのがいけない。それで死ね。〈シングラリタス―ヴィチシム〉」

リウィアが唱えた瞬間、世界が弾けた。

◆

「豪勢なお出迎えだな」

アベル率いる『赤き剣』の四人は、ブリッジに到着した。そこには予想通り、ずらりと敵が並んでいる。

旗艦テラのブリッジはゴールデン・ハインド号の艦橋よりもかなり広く、舞踏会でも余裕で開けるほどの広さであるが、ずらりと並んだ完全武装の敵によって、少し狭く見える……。

「ブリッジまで来るとは、本当に大胆ね。そちらの作戦指揮官に敬意を表するわ」

「それはそれは」

ゾラ司令官が言い、アベルが呟く。

「あなたたちは……海兵隊？　あるいは切り込み隊かしら？」

「ナイトレイ王国国王アベル一世だ」

「国王？　どうして国王が船に乗っているの？」

「そりゃあ、あの船、ゴールデン・ハインド号のお披露目航行中だったからな。デブヒ帝国の船が侵略してきた報告を受けてそのまま迎撃に向かい沈めた。そしたら、あんたたちがやってきて……いきなり攻撃してきた」

「なるほど」

アベルの説明に、ゾラ司令官が言ったのはただそれだけであった。

「我々は、元々戦う気はなかった。だがそちらが攻撃を仕掛けてきた」

「そうね。こちらから攻撃を仕掛けた、それは事実よ」

「なぜだ？」

「そういう命令を受けたから」

「なに？」

「空に浮かんでいるものは全て沈めろ、そういう命令を受けたから攻撃した。それだけよ」

なんの後ろめたさも感じさせずにゾラ司令官が言いきる。

「なんという命令だ」

やりすぎな言葉を聞くと、人は呆れてしまうものかもしれない。アベルははっきりと呆れていた。だが、呆れたからと言って交渉をしないという選択肢はない。

「先ほども言った通り、我々は侵略してきたデブヒ帝国軍を退けるのが目的だった。あなた方と争うつもりはない」

「つまり停戦したいということ？」

「そうだ」

「それはできない」

「なぜ？」

「我々には交渉をする権限が与えられていないから」

「なんだと？」

「我々に与えられている権限は、空に浮かぶものを撃沈する権限だけ。降伏を受け入れる権限すら持っていない」

「そんな馬鹿なことがあるか！」

言葉は激した言葉だが、アベルの口から出た調子は、まさに絞り出したという表現がぴったりなほどに、あり得ないものに出会ったものであった。

「ならば国の代表に連絡しろ。こちらは国主たる国王が出てきているんだ。そちらもふさわしい立場の人物をこの場に呼べ」

「断る。その必要を認めない」

「それが、空の民の礼儀か！」

今度ははっきりと一喝するアベル。

ゾラ司令官は微動だにしないが、周りにいる者たちはびくりとしたのが見えた。感情はあるらしい。

「我々は沈めろと命令された。お前が国王であろうが関係ない。この場で殺してしまえば余計に関係ないだろう？」

「面白いことを言うな。俺たちはA級パーティーでもある。ああ、説明をしておくと、ナイトレイ王国でトップクラスに強い冒険者でもあるということだ」

「国王が冒険者？　面白い冗談だ」

「元々、王国は冒険者の国だ。知らんのか？」

アベルは口をへの字に曲げて答える。

「人の間で強いと言ってもな……」

「さっきの会議室らしき場所……女と男がいたろう？　女の方は光り輝くよな。男の方は、俺が首を斬り飛ばしたことがある」

「ほぉ……」

ゾラ司令官が眉をひそめる。周りの者たちが、隣と視線を交わした。

「俺だけじゃなくて、こっちの魔法使いが体中穴だらけにしたこともある」

アベルがリンを示しながらそう言うと、さすがに周りの者たちの表情が強張り始めた。どうも紫髪一号は、それなりに強い部類に入るらしい。

「そういえば、制限を一段階解除した状態だったのに、俺に首を斬り飛ばされたとかで女の方が驚いていたな」

「制限解除状態の？」

「アウレリウス家のユリウス卿だぞ？」

「はったりかもしれん」

「確認すればすぐに分かる。そんな嘘をつくか？」

「仮にも王を名乗る男が……」

ざわめく幕僚団。武器を構えた兵士たちは無言だが……視線の揺らぎから、明らかに動揺しているのが分かる。

「ふん、ナイトレイの国王は交渉が上手いようだ」

「それはどうも」

ゾラ司令官が口の端を上げながら皮肉交じりに称賛し、アベルは肩をすくめて受け入れた。

「一度、そちらの国に持ち帰るべき案件だと思うぞ。空に浮かぶものを全て撃沈しろという命令を受けていたのだとしても、国同士の戦争、本当にここでその戦端を開くのか？　その準備を本当にしてきているのか？　俺たちはこの船を奪って、あんたらの本国に突っ込ませることだってできるんだぞ。それだけの戦闘力がある」

「……」

「それも考慮したうえで、戦うという選択をするのか？　それで大丈夫か？」

「私が言うのもなんだが、上層部は地上との戦争をすでに考えている」

「そうだとしてもだ！　上層部全員が地上との戦争に賛成しているわけじゃないだろう？　反対する者たちもいるだろう？　それらの全ての責任を、あんたとここにいる部下たちが背負う必要はないだろう？」

アベルの本気の説得。これで戦争が避けられるのなら……その思いからだ。

「俺がナイトレイ王国の国王として、ここで一筆書こう。あんたらはそれを国に持ち帰って、偉い人に渡せばいい。地上との戦争の責任を、ここにいる部下たちだけが引き受けるのは、あんただって本意じゃないだろう？」

「国主の親書を届けろと」

「そうだ。どうしても戦争をしたいのなら、その後で国の上層部とやらに、堂々と宣戦布告をさせればいい。一介の兵士たちに、開戦の責任を負わせるな」

アベルの最後の言葉が響いたのだろう。ゾラ司令官は顎に手を持っていき、考える様子がうかがえた。

しかし、次の瞬間。

ドガンッ。

少し離れた場所から、かなりの轟音が聞こえた。同時に、船自体が揺れる。

「どうした！」

「だ、第一会議室です。会議室の壁が、吹き飛んだようです！」

「なんだと……」

幕僚らと艦橋員の会話は、当然アベルの耳にも聞こえた。

「おい、その会議室ってのは……」

「ああ、リウィア副司令官と、妖精の因子が溢れ出るお前たちの仲間が戦っている場所だ」

「まずいな。急げ、急いで決断しろ！　リョウが本気になったら、マジでこの船は沈むぞ！　俺たちが交渉する意味がなくなる」

アベルの焦った様子は本物だと理解したのだろう。それを受けて、ゾラ司令官はすぐに頷いた。

「いったん停戦する。艦内放送急げ！」

ゾラ司令官の言葉を受けて、テラ艦内に放送が響き渡った。

「サントゥアリオとナイトレイ王国は停戦する。全ての戦闘を停止せよ。繰り返す、サントゥアリオとナイトレイ王国は停戦する。全ての戦闘を停止せよ」

◆

「アベル、遅いですよ」

「いや、こっちも大変だったんだぞ」

涼がいつもの調子でブリッジに入ってきながら愚痴る。アベルは、親書をしたためてそう答えた。

「多分、錬金道具だと思うんですけど、まさに世界が弾けたと思えるような……もう少しでこの船に大穴を開けるところでしたよ」

「お、おう……」

「あの人……リウィアさんでしたか。彼女、めちゃくちゃ強くて大変だったんですから。最後のあれ、吸い込んだのの逆回転的なやつだと思うんですけど、僕じゃなかったら死んでました」

「無事で何よりだった」

　アベルが安堵したのは、涼の身であったのかこの船だったのか……。

「光属性魔法か何かで、いきなり目潰しを食らって先手を取られまくりでした」

「……よく死ななかったな」

「水属性魔法のおかげです」

　胸を張って、水属性魔法の素晴らしさを誇る涼。

「光属性魔法の目潰し系のやつは便利だからな。リーヒャも使えるぞ」

「あとで詳しく聞かないと。新たな必殺技のアイデアにつながるかもしれません」

「リョウは水属性の魔法使いだろう？　光属性魔法は使えないだろうが」

「何がどこで役に立つか分かりませんからね。常在戦場、常に戦うことを考えておかねば！」

「絶対俺より、リョウの方が頭の中まで筋肉だと思うんだ」

「失敬な！　僕の方が脳筋だと言いたいんでしょうけど、アベルのような真の脳筋と一緒にしてほしくないです」

「なんだ真の脳筋って……」

「アベルとかは、百回叩いて壊れない扉なら千回叩けばいいじゃない、って言うじゃないですか。それが真の脳筋です」

「……リョウは違うのか？」

「僕は百回叩いてダメなら諦めて、酒盛りを始めます」

「はい？」

「そして中に入っていた人が、あれ？　何か賑やか？と思ってチラリと顔をのぞかせた瞬間に、一気に取り付いて開くのです！　これを、天岩戸《あまのいわと》戦術と言います」

「そうか……」

　涼の頭の中に描かれていたのは、天照大神《あまてらすおおみかみ》の故事らしい。そんな故事を知らないアベルが大きなため息をついたのは仕方のないことだったろう。

「ゾラ司令官」

「ああ、リウィア、足止めご苦労」

「停戦ですか？」

「突っ込んできたのはナイトレイ王国の国王陛下だぞうだ」

「……はい？」

リウィアは親書をしたためた男を見る。

あの男は、これまでにも王国内で何度か見たことがある。国王？　傍らにいるユリウスが刺すような視線で見ている。そのユリウスの首を斬り飛ばすほど強い、それは確かだが……国王？

「つい先日、王国南部ルンの街で即位したそうだ」

「失礼ですが、本当に信用してよろしいので？」

「うん？　戦争を避けたがっていたのはリウィアだったろう？」

「そ、それはそうですが」

笑うように言うゾラ司令官、言葉に詰まるリウィア。

「一介の兵士たちに、開戦の責任を負わせるな……そう言われてな。さすがにその言葉はこたえたわ」

ゾラ司令官は自嘲気味に笑って言葉を続けた。

「戦端を開けなかった責任を責めるのであれば、それは私がとればいい。本当に開戦したいのであれば……『元老』たちが戦争をしたいというのであれば、彼らが宣戦布告をするべきだと思ってな」

「それは同感です」

「とりあえず、政務院から直接受けた命令は遂行し、デブヒ帝国の艦隊は沈めた。サントゥアリオの存在も、地上の者たちに示した。今回はこれで矛を収めようと思う」

「承知いたしました」

こうして、ゴールデン・ハインド号の初陣は本当に終了したのであった。

狙い

皇帝ルパート六世の元に、王都から南下していた軍が、王国東部に転進したという報告は入っていた。

「なあハンス、この報告はなんだ？」

「何だとおっしゃられましても陛下……書いてある通りです」

「第一空中艦隊ならびに第二空中艦隊、全艦轟沈。それを受けて、ミューゼル侯爵らは王国南部に向かわず王国東部へ転進」

「はい、その通りです」

「詳細を見ると、第一空中艦隊が王国の船に沈められた……ルン辺境伯が開発していたやつだな。建造に長い時間がかかっていたが、このタイミングで完成させたのは驚きだ。まあ、それはいい。こちらの予想を超えられたのだ、嬉しくない結果となって返ってきただけのこと、仕方あるまい。だが、第二空中艦隊を沈めたのは……空の民（自称、ロマネスクの民）の船と思われる、だと？　しかもこの注釈、お前の字だろ？」

「さすが陛下、臣の字を見分けていただけるとは恐悦至極」

「毎日、何万字も読んでるからな！」

恭しくお辞儀をするハンス・キルヒホフ伯爵と、怒鳴るルパート六世。毎日、ハンスによる注釈入りの書類を何百と読み、サインをしているルパートによる心の底からの叫びである。

ルパートは小さく首を振って報告書をハンスに渡した。この場では、これ以上考えるのは止めるという意思表示だ。今は、別の作戦の途上にあるために……。

二人とも馬の背に揺られている。

デブヒ帝国皇帝ルパート六世は、自ら軍を率いて親征の途上にあった。ただし目的地はナイトレイ王国ではない。確かに、南に向かって軍を動かしてはいるのだが……。

「さすがに、モールグルント公爵ザームエル殿は警戒して自領の軍を集めているとのことです」

「当然であろうな。親征するとは宣言したが、どこに対してとはあえて触れていない。もちろん普通に考えれば、王国に対して皇帝自らが軍を率いて侵攻するとなる。先に入っているミューゼル侯爵の後詰《ごづめ》としてだ。しかし、後ろめたい考えを持っているザームエルであれば、もしやと考えるだろうさ」

ニヤリと笑うルパート。そう、この軍の目的地は王国ではなく、帝国南東部に領地を持つモールグルント公爵領であった。

デブヒ帝国は皇帝が専制政治を行う国である。皇帝が強大な権力を持っているのだが、帝国内の全てを意のままにできるというわけではない。それは、特権階級たる貴族たちがいるからだ。公爵から男爵まで、数百もの貴族家を完全に無視しての政治は皇帝といえどもできない。

そんな貴族たちも、皇帝との関係性という面から見た場合、大きく三つに分かれている。

一つは、皇帝ルパート六世に反抗的な反皇帝派。

一つは、皇帝ルパート六世に友好的な親皇帝派。

一つは、特に皇帝ルパート六世に対して反抗的ではなく、しかしながら友好的というわけでもない中立派。

それぞれ貴族の三割ずつ……残りの一割はいずれの派閥とも言えない者たちとなっている。

六年前は、反皇帝派が貴族家の五割に達していたのだが、皇帝の片腕たるハンス・キルヒホフ伯爵を中心とした派閥の切り崩しによって、かなりの勢力を削がれていた。

そんな反皇帝派の領袖《りょうしゅう》がモールグルント公爵であり、中立派の領袖が勅命を受けて王国に侵攻しているミューゼル侯爵である。

今回の皇帝親征は、モールグルント公爵家を滅ぼすために興《おこ》された。王国に攻め込んだ帝国軍への援軍として皇帝が進軍していると思わせることすら、今回の策の一つ。実は、王国への侵攻そのものも、帝国内の反皇帝派を滅ぼす策の一環にすぎないのだ。

何もないところで皇帝が大軍を動かせば、反皇帝派もさすがに自分たちへの攻撃かと察するであろう。そうなれば、モールグルント公爵領に反皇帝派が集結、

あるいは皇帝が帝都を空けたタイミングで帝都への侵攻なども考えられる。

だが王国への援軍の可能性が高いと考えれば、表立って反皇帝派は軍を動かせない。もし本当に援軍であったら、軍を動かすそのそぶりを見せただけで皇帝側に何を言われるか知れたものではないからだ。だから、はっきり分かるまで動けないいし、動かない。

その結果、仮にモールグルント公爵が皇帝に討たれたとしても……素知らぬ顔で親皇帝派、あるいは中立派に寝返ればよいだけだ。

反皇帝派の貴族であっても、心の底からモールグルント公爵に心酔して派閥に入っているわけではない。そちらにいた方が、自分にとって得だからいるに過ぎないのだから。

だから、反皇帝派は動けない。

同時に、中立派の貴族たちも動けない。

自分たちの領袖たるミューゼル侯爵は、自領の軍を率いて国外にいるからだ。どうすべきかの連絡が取りづらい。仮に皇帝と反皇帝派が内戦となった場合でも、どう動くべきかの判断を下せない可能性が高い。個々に判断して動けば、その動きはバラバラとなるだろう。数は力だ。だが、まとまらない数は力を発揮しない。

つまり皇帝ルパート六世としては、ミューゼル侯爵を遠征軍の司令官として王国に送り出した時点で、今回の策の八割は成功してしまったといえる。

「ミューゼル侯爵が国外にいるため中立派は動けず。陛下の親征も、対王国の可能性が高いため反皇帝派も動けず……さすがにモールグルント公爵は警戒していますが。ここまでは見事に策にはまりました」

ハンスがそう言うと、ルパートは頷いた。だが、少しだけ不満そうだ。

「陛下、何かご不満が？」

「いや不満というか……ミューゼル侯爵軍が王国南部に進まなかったのがな」

「船が全て落とされれば、転進もやむを得ないでしょう」

「王国南部に進んで、アベル王とぶつかってほしかったのだが」

「アベル王を中心とした軍にミューゼル侯爵軍が負け

れば、それを理由に侯爵家を取り潰しですか。最高なのは両軍が潰し合ってくれることでしたが」

「うん、ハンス、そういうことは思っていても口に出すのはどうかと思うぞ」

なぜか良識ぶるルパート。もちろんハンス・キルヒホフ伯爵は権謀術数を得意とするが、だからといってルパートがその手の策が苦手なわけではない。いやむしろ、中央諸国中から得意だと思われてさえいる。

「陛下のご指示通り、オスカー・ルスカ男爵率いる皇帝魔法師団第二部隊は、王国東部を攻略した後、北上。モールグルント公爵領を南から扼《やく》しております」

「これでモールグルント公爵領を、南北から挟撃できるな」

南から爆炎の魔法使い率いる皇帝魔法師団の半数が、北から皇帝ルパート六世率いる主力軍がモールグルント公爵領に迫る形となっている。

「状況をまとめますと、王国東部からの例の荷物の運び出しは順調に進んでおります。現状、七割ほどが帝国領に届いたようです。また、ミューゼル侯爵軍が王国東部に向かっています。皇帝魔法師団第二部隊は、すでに王国東部にはおりませんので、孤軍で東部に駐留する形となるでしょう……もちろん荷運びに従事している部隊は除いてですが。王都には、即位を宣言されたレイモンド王と王国北部貴族らが留まり、王国南部のルンにはアベル王を中心とした勢力が集まりつつあります」

「連合が……王国東部に進出していたよな？」

「はい。ランス地域に対して、第三独立部隊を先陣として後続も入ったようです」

「そう第三独立部隊は、炎帝と強力な魔法使いがいる部隊だな。後続も入れたというのは……さすがオーブリー卿、我らの狙いが王国東部であることに気付いたわけだ」

「はい。ランス地域にあるイブン・バンクの街にも、例の荷物の精製所があります。試験的に造られたばかりの最新施設らしいです。ただ、精製された荷物そのものはかなり少ないようですが」

「精製所が連合の手に渡るのは望ましくない。多少の犠牲が出ても、壊しておくに越したことはないよな」

「おっしゃる通りです」

ハンスは、口ではただそう答えただけだが、視線で答えている。ちょうどいい相手でしょうと。

「そうだな、ミューゼル侯爵軍を当らせるにはちょうどいいかもしれん」

ルパートはそう言った後、呟くように言った。

「モールグルント公爵のように反逆罪に問われるよりも、帝国の忠臣として死す方が良いであろうさ。ミューゼル侯爵……長男リーヌスは野心が強すぎるから生かしておけぬが、弟は芸術を愛する優しい子らしいな。それなら侯爵家は残してやってもよかろう」

「はい」

「ミューゼル侯爵に対し、ランス地域イブン・バンクの街にある『黒い粉』精製施設の破壊を最優先命令で下せ」

「承知いたしました」

ハンスは一礼した。この辺りの匙《さじ》加減こそが、巨大な帝国を円滑に回しているルパートの手腕であることをハンスは理解していた。

◆

「ランス地域のイブン・バンクの街？」

「確かに……『黒い粉』の確保も、この遠征の主目的の一つではありますが」

遠征軍総司令官ミューゼル侯爵は、皇帝ルパート六世からの新たな命令に首を傾げ、その息子である主席副官リーヌス・ワーナーは新たな命令の妥当性について顔をしかめた。

とはいえ、どれほど疑問に思っても、皇帝からの命令を無視することはできない。

遠征軍はすでに一度、命令の遂行を『状況の変化により不可能』と判断して拒否しているからだ。それは、王国南部への進出を諦め東部に転進したことである。その判断に関しては、不問に付すという言葉も同時に伝えられている以上、新たな命令は絶対に拒否できない……。

「ランス地域には連合の軍が進出しているという情報

があります」

「そう……つまり皇帝陛下は、連合との戦端を開け、その先陣を我々に切らせる栄誉を与えるということであろう」

リーヌスの補足情報に、ミューゼル侯爵は頷きながら言う。

先陣を切るのは武人の誉れ……ミューゼル侯爵は決して武人ではないが、帝国全軍の先陣を切る栄誉を与えられるというのは、大貴族であっても光栄に思うものだ。侯爵自身は、特にルパートに対して含むものはない。だからこそ、特に光栄だと。

しかし、不遜にも将来の皇帝位を手にしたいという気持ちを心の奥底に抱いているリーヌスとしては、皇帝ルパート六世の命令に対しては……。

「結果を出して、一つでも上にいく」

リーヌスのそんな呟きは、父たるミューゼル侯爵にも聞こえなかった。

◆

ランス地域は、王国東部国境の街レッドポストのかなり南に広がる地域である。併合したその経緯から、レッドポスト同様に王室直轄領となっており、中央から派遣された代官らによって治められていた。

ランス地域東部は、かつてのインベリー公国国境に接している。国境付近は、川や沼地があり大軍の侵攻が難しい地形ではある。それでも、インベリー公国が連合に併合された後は、再び連合が手を延ばしてくるのではないかと言われていた。

そして王都が占領され、王国が疑似分裂状態になったタイミングで、やはり連合によって占領された。ただその際、ランス地域は無抵抗宣言を出して王国の守備兵も引き上げていたため、連合軍は一兵の損失もなく併合している。

そんなランス地域の中心であるチズワースの街に、第三独立部隊は駐留していた。第三独立部隊は、司令官に炎帝フラム・ディープロード、相談役に灰色ローブのファウスト・ファニーニ、この二人が率いる総勢千人。

その二人の元を、一人の男が訪ねてきた。短く刈り上げた銀髪に、褐色の肌。緑色の目がとても印象的だ。

銀髪の男は、代官執政室を訪れたが二人がいないと分かると、館の外に出た。向かった先は、隣接する駐留軍訓練所。はたしてそこには、二人ともいた……炎帝直属の部下たちと共に。

「体重の乗せ方が逆だ、次の動きを考えて重心をどこに置くか考えろ。そんな動きでは、また赤の魔王に弄ばれるぞ！」

訓練所の右手の一角では、炎帝フラム・ディープロードが剣士ら物理職の部下たちを熱く指導している。

「認めたくないが、魔力量では奴には対抗できん。だが魔法戦は魔力量が全てではないし、火力の大きさだけでもない。赤の魔王のような化物を倒すには、意識の隙間を突く攻撃が必要になってくると……」

訓練所の左手の一角では、ファウスト・ファニーニが魔法使いや神官たちと共に、強敵の攻略方法について、議論と実戦を交えながら研究をしている。

「ふむ」

銀髪の男は、それらの様子を見て小さく呟くと、訓練所の中央へと歩んでいった。だが、熱心に訓練をしている彼らは誰も気に留めない。

仕方なく、男は声を上げることにした。

「フラム・ディープロード！　ファウスト・ファニーニ！」

その声で、ようやく銀髪の男オドアケルに視線が集中した。

「オドアケル？　どうした？」

「見ての通り、今は忙しい」

フラム・ディープロードもファウスト・ファニーニも、そう言うだけだ。

「オーブリー卿からの命令だ、こっちに来い」

オドアケルのその声で、ようやく二人は訓練所の中央に集まった。

「部下たちのやる気があるうちに、できるだけ訓練をつけておきたいんだが？」

「あの赤の魔王の化物野郎を倒すのは、我ら魔法使いだ。オドアケルも、その邪魔をするな」

炎帝とファウストの言葉に、小さく首を振るオドアケル。

「訓練に精を出すのは良いことだ。だが、命令は絶対だ」

オドアケルはそう言うと、命令書を炎帝に渡した。

「帝国軍がイブン・バンクの街を攻撃するから、それを討ち破れ？」

「帝国は、王国だけではなく我ら連合とも戦端を開くと？」

「まず間違いない。早ければ今日、遅くとも明日にはイブン・バンクに到達する」

炎帝が顔をしかめ、ファウストが首を傾げ、オドアケルは頷いた。

オドアケルは斥候隊長だ。そのため、情報収集において連合で右に出る者はいない。

だが、オドアケル以外の二人の反応は別のものに対してであった。

「赤の魔王……リョウを倒せる可能性があると聞いて、王国内への進出に喜んだんだが？」

「俺の部下たちもだな。俺自身は、アベルへの借りを返したいのだが」

ファウストも炎帝も勝手なことを言っている……小さく首を振って、オドアケルは答えた。

「そう簡単にはいかん。赤の魔王はともかく、アベルは……」

「知っている。ルンで即位したというのだろう」

「なら、そう簡単に戦うわけにはいかんことも分かるだろう？」

「分かっている。だが、先の『大戦』のように、いつ連合と王国の間で本格的な戦いが始まるか分からんだろう？　もしそうなったら、俺がアベル王を殺す。それだけの話だ」

はっきりとそう言い切る炎帝フラム・ディープロード。

「気持ちは分かる。アベルに対しても赤の魔王に対してもな。しかしお前たち……まあ私もだが、あの二人に負けているだろう」

「……」

オドアケルの指摘に、何も言えない二人。

「負けた相手にオーブリー卿が再度命令を下すかどうか……」

「ふざけんな！」

「誰なら勝てると？」

オドアケルの言葉に怒るファウストと、怒気をはらませて問いかける炎帝。

「少なくとも今の状態では、お前たちにあの二人との再戦命令が下ることはないぞ」

「……どうすればいい？」

「力を示す、それ以外にはない」

「つまり、この命令をこなせと」

炎帝が渡された命令書を睨む。ファウストも睨む。

しばらく睨んだ後、炎帝が口を開いた。命令をこなす気になったようだ。

「命令書によると、イブン・バンクに駐留する臨時西方防衛隊と協力しろとなっているが……これって、あれだろ？　俺らの後に、ランス地域を確保するために送り込まれてきた連中だろ？　さすがに民兵よりはましだろうが、帝国軍に対抗できる戦力じゃないぞ」

炎帝が問う。それを受けてさらにファウストが問うた。

「帝国軍のことはよく知らんのだが、強いのか？」

元々、ファウスト・ファニーニは軍の人間ではないため、各国軍の強さなどは知らないのだ。

「強い。帝国軍は職業軍人だ。賦役として駆り出される連合や王国とは、根本的に違う。ここにいる連中なら一対一で負けることなどないだろうが、軍対軍となれば連合が勝つのは難しいだろう」

炎帝ははっきりと言い切った。

部下を率いる指揮官である以上、敵の強さの把握は絶対に必要だ。無謀な突撃で部下を死なせるなど、指揮官として無能の極致……上司であるオーブリー卿から、そう叩きこまれていた。

「確かに、臨時西方防衛隊だけでは勝てないだろう。だからお前たち、第三独立部隊が必要なんだ」

「俺たちは確かに強い。しかし、他の部隊と一緒に轡を並べて戦う、みたいなのは苦手だぞ？」

苦笑しながらそう言うのはファウストだ。その自覚ははっきりと持っている。

「そもそも指揮は誰が執る？　俺は無理だし、防衛隊の司令官か？」

「私だ」

炎帝の問いに、オドアケルが答える。

「着任次第、臨時西方防衛隊と第三独立部隊は私の指揮下に入ってもらう。お前たちを活かす作戦はすでに考えてある」

「ほぉ」

オドアケルの答えに、小さく頷く炎帝。

「狙うのは、総司令官ミューゼル侯爵の首と、嫡男であり主席副官でもあるリーヌス・ワーナーの首だ」

◆

イブン・バンクの街は、ランス地域の中では二番目の規模を持つ。そのため、それなりに高い城壁に囲まれている。これは、連合から王国に割譲されていた十年間で構築されたものだ。もっとも、今回の連合の侵攻に対しては、初手から降伏したために活かされなかったが……。

その高い城壁に拠って、連合の臨時西方防衛隊は籠城戦を展開していた。

指揮を執るのは、着任したばかりの斥候隊長オドアケル。斥候隊の人間であるにもかかわらず、オドアケルの名は連合においてかなり知られている。長きにわたって連合と帝国の間の国境線を守る将軍の一人として、非常に有名なのだ。

そんな人物が、執政オーブリー卿直々の命令をもって着任したとなれば、守る防衛隊の士気も高くなろうというもの。

だが籠城戦の指揮を執りながら、オドアケルは心の中で顔をしかめていた。

（敵の、魔法砲撃の密度が薄い）

帝国軍の特徴は、物理職はもちろん強力だが、それ以上に魔法使いによる強力な魔法砲撃がある点だ。帝国屈指の大貴族であるミューゼル侯爵の軍であれば、正規軍と遜色ない魔法砲撃があるはずなのだ。斥候隊による事前の調査でも、そう分析されている。

しかし、現状はそうではない。

オドアケルは斥候隊長。自身ならびに自ら鍛えた部下らの事前情報収集には、絶対の自信がある。その事前情報と、現状とがあまりにもずれている……ということは……。

（敵は魔法使いを温存している。それを使って、何かしようとしているということ）

オドアケルはしばらく考えた後、小さく頷く。彼の中で、優先順位がつけられた。

（最優先は、このイブン・バンクを守り抜くこと。次が、目の前のミューゼル侯爵軍を撤退させること。他は諦める）


イブン・バンクを守る臨時西方防衛隊は歩兵千、魔法使い五十、神官二十。正面から、一万のミューゼル侯爵軍の相手をするのが無理だということは分かっている。今のところ、攻城戦に参加しているミューゼル侯爵軍前衛部隊は四千。残り六千は、後方の本陣周辺にいる。つまり十分な予備戦力を残しているということだ。

しかし、その前衛四千を相手にするだけでも厳しい……職業軍人たる帝国と、そうではない者が多数いる連合の違い。

連合政府がかき集めてきた臨時西方防衛隊……プロフェッショナルとは言えないが、それでも努力している。オドアケルが着任し士気が上がったのも、現在の粘り強さに直結しているだろう。

とはいえ、それでも疲労は溜まる。疲労は集中力を奪い、ミスを増やす。

指揮をしながら、オドアケルは味方の防衛線に負荷がかかりすぎているのは理解していた。それはもちろん想定内。むしろ、その状態でギリギリまでもたせるのが、オドアケルの役割。その後の作戦は、すでに発動しているので。

「そろそろか」

オドアケルが時計を見て呟いた次の瞬間。

「ワァー！」

ミューゼル侯爵軍前衛四千の左手が突き崩された。

近くまで迫っていた森の中から、突然攻撃を受けたのだ。

「ファウスト、指揮もなかなか様になってきたじゃないか」

その光景を見て、珍しくニヤリと笑って呟くオドアケル。

ミューゼル侯爵軍に突撃したのは、第三独立部隊の千人、率いるのは相談役ファウスト・ファニーニ。

連合のインベリー攻めで第三独立部隊に配属されるまで、ファウスト・ファニーニは軍の作戦に従事したことはなかった。冒険者として、どちらかと言えば単独で動き、主に盗賊狩りをしていたのだ。そのため、対人戦の経験は豊富ではあるものの、部隊としての作戦行動などは全くの素人だったのだが……。

「なんだかんだ言いながら、炎帝の指導は上手い」

炎帝フラム・ディープロードの個人戦闘能力の高さはよく知られたところだ。だがオドアケルは、部隊の指揮に関してもフラムを高く評価していた。しかも実は、部下に対しての教え方が上手いという点も。

「ファウストを第三独立部隊に入れたのはオーブリー卿の発案だったらしいが……さすがと言ったところか」

うっすら笑いながら周囲を見渡すオドアケル。

第三独立部隊の奇襲によって、城壁にとりついていたミューゼル侯爵軍前衛は少しだけ退いている。そのため、城壁上には弓兵が上り、先ほどまで城壁上で防衛していた歩兵たちは城門付近に整列していた。前線指揮官たちが、次の作戦を理解している証拠だ。

「よし、城門を開けて突っ込むぞ！」

「おぉー！」

イブン・バンクからの反撃が始まった。


一方のミューゼル侯爵軍前衛に、横から突っ込んだ第三独立部隊。

「突っ込め！　派手に暴れろ！」

灰色のローブに身を包み、怒鳴るファウスト・ファニーニはほぼ最前線にいる……魔法使いであるにもかかわらず。

「〈穿て〉」

ただ一言で、数本の石の槍が飛んでいく。

「〈守れ〉」

ファウストを指揮官クラスとみた敵が迫ってくるが、石の壁が生成されてその攻撃を防ぐ。

「〈斬れ〉」

石の壁で攻撃を阻まれた敵を、回転する石の円盤が斬る。

魔法使いが、近接戦においても十分に戦えることを、ファウスト・ファニーニは証明していた。

ファウストを中心にした第三独立部隊の攻撃は凄まじいものであった。

確かに帝国軍は強い。ミューゼル侯爵軍も、正規軍ほどではなくとも職業軍人であるため他国の軍に比べれば非常に強力だ。

だが、第三独立部隊は連合軍中の最精鋭。その強さは、ミューゼル侯爵軍をすら圧倒した。

そんな強力な千人に横撃を食らったミューゼル侯爵軍前衛は、イブン・バンクへの攻撃を完全にやめて、全軍で第三独立部隊に向き合った。

第三独立部隊とミューゼル侯爵軍前衛が正面から向き合うということは、イブン・バンクの街は前衛の右手にくる……狙っていたかのように、イブン・バンクの城門が開いた。

「突撃！」

ミューゼル侯爵軍前衛は、イブン・バンク攻めをやめて少し下がっていたとはいえ、それは弓が届かない位置、二百メートルかそこらだ。完全武装の兵士であっても、走れば一分もかからない距離。

そこに、イブン・バンクから出撃した臨時西方防衛隊が突っ込んだ。

前方を第三独立部隊、右手から臨時西方防衛隊……二正面作戦を強いられるミューゼル侯爵軍前衛。その戦力は削られていった。

自軍前衛が窮地に陥ったのは、ミューゼル侯爵軍の本陣からも確認できた。

「本陣から、援軍五千を進ませよ」

総司令官たるミューゼル侯爵が命令を下す。

「お待ちください！」

それを止める主席副官でありミューゼル侯爵家嫡男リーヌス・ワーナー。

「それだけの部隊を前線に投入すれば、この本陣があまりにも薄くなります。敵が突破してきた際、防衛が難しく……」

「構わん」

リーヌスの進言は、非常に妥当なものだ。だがミューゼル侯爵は一顧だにしなかった。その表情は、何かを決断し考えがある……周囲からもそう見えた。

◆

「敵前衛に援軍！」

部下の叫ぶような報告に、ファウストは右手を見た。ミューゼル侯爵軍本陣から、数千人が近付いてくるのが見える。もっとも、戦闘開始から常に最前線で戦っているため、確認もそれほどしっかりとはできていない。そもそも、先ほど叫ぶように報告した部下も、戦闘しながらの報告なために叫ぶような音量なわけで……。

「よし！　敵の圧力が増すぞ、死ぬなよ！」

窮地に陥りそうだというのに、ファウストは嬉しそうに怒鳴る。

なぜならこれは、全て想定通り。後は……。

「炎帝さんよ、頼んだぞ」

ファウストの呟きが聞こえたわけではないのだろう。ミューゼル侯爵軍の援軍が前衛に加わったタイミングであった。

「敵襲！」

ミューゼル侯爵軍本陣後方からの叫び。

「なんだと！」

怒鳴り、立ち上がるのは主席副官リーヌス・ワーナー。だが、ミューゼル侯爵はうろたえない。

「魔法隊からの報告はまだないか？」

「はい……まだ、ございません」

ミューゼル侯爵は傍らの幕僚に問い、幕僚も首を振ってこたえる。

「やむを得んな。リーヌス！　ここで迎え撃つぞ」

「ち、父……司令官、ここでですか？」

「敵の規模も分からん。備えよ！」

ミューゼル侯爵の命令に、防御陣形を敷く本陣。

しかし……。

「敵は強力です！」

「数、不明！」

「魔法使いもいるぞ！」

「ぐはっ」

戦場が近付いてくるのが分かる。

そして陣幕が切り裂かれ、八つの影が飛び込んできた。

カキンッ、カキンッ……。

飛び込みざまの一撃で、主席副官リーヌス・ワーナー、その護衛隊長メルを含むミューゼル侯爵の供回り数人が倒された。

飛び込んできたのは赤い魔剣を持つ剣士を先頭に、槍士と剣士、魔法使いや神官が五人。合計八人。

「総司令官ミューゼル侯爵とお見受けした。その命、頂戴する」

魔剣の剣士が感情の起伏を感じさせない声で告げる。

「いかにも、遠征軍総司令官ミューゼル侯爵である。私の命を取ろうというのだ、名前くらい名乗ったらどうだ」

「第三独立部隊司令官フラム・ディープロード」

ミューゼル侯爵の問いに、赤い魔剣の男フラムは名乗った。

「その名は聞いたことがある。……そう、炎帝だったか？　自らが率いる部隊だけでなく街すらも囮にして我が軍の主力を本陣から引き離したか、この奇襲のために」

ミューゼル侯爵の言葉には何も答えない炎帝。それは、答えるまでもないと考えているから。

ここに至ってついに、ミューゼル侯爵も剣を抜いた。

「この命は惜しくないが、もうしばらく死ぬわけにはいかん」

「そちらの都合は知らん。すぐに死んでもらう」

カランッ。

わずか一合であった。

剣を合わせた瞬間、ミューゼル侯爵の剣は弾き飛ばされ、炎帝の魔剣がミューゼル侯爵の胸を貫いた。

「ふふ……炎帝……千人斬りとは、これほどか……」

口から血をこぼしながらミューゼル侯爵が笑った、その時。

ドン。ドガン。ゴウンッ。

「なんだ?」

「イブン・バンクの街の方からです」

「火属性魔法の爆炎系?」

炎帝の部下たちの言葉。

それを聞いてニヤリと笑うミューゼル侯爵。

「我が事成れり」

ミューゼル侯爵はそう言って笑うと、空を見上げて呟いた。

「まぎれもなく、精製所に残っていた『黒い粉』の爆発音。これで、皇帝陛下にはミューゼル侯爵家の力は示した」

そして目の前で、自らの胸に剣を突き立てた炎帝に向かって言った。

「さあ、この命、持っていくがいい」

◆

「報告します。例の粉の精製所が、城壁外からの魔法使いの攻撃を受けて炎上。精製後、移動されていなかった粉に火が移り、先ほどの爆発が起きたとのことです」

「なるほど。これがミューゼル侯爵の狙いだったわけだ。精製所の破壊を皇帝に厳命されたか? 自らの命を賭しての作戦、見事。さすが帝国を代表する大貴族」

部下の報告を受けて、何度も頷くオドアケル。

精製所は破壊されたが、イブン・バンクの街は守り抜き、ミューゼル侯爵軍も退けた。しかも司令官は討ち取り、その嫡男であり主席副官クルーガー子爵リーヌス・ワーナーは捕虜とした。十分以上の成果を上げた。

「ランス地域を、恒久的に連合の領地に組み込むための施策を始めねばならんな」

オドアケルの視線は、早くも次の局面へと移っていくのであった。

ミューゼル侯爵軍がイブン・バンクの街に攻撃して

から数日後、デブヒ帝国からモールグルント公爵家の取り潰しが発表された。同時に、ミューゼル侯爵の戦死ならびに帝国最高勲章の授与、次男イグナーツのミューゼル侯爵家の相続も発表された。

◆

「モールグルント公爵家が取り潰されたことで、反皇帝派は瓦解。その多くが、親皇帝派に流れたようです。また、中立派の領袖であったミューゼル侯爵が戦死したために、中立派からも親皇帝派に流れた貴族が出ています」

「新たにミューゼル侯爵家を継ぐことになったイグナーツというのは？」

「はい、イグナーツ殿は現在十五歳、芸術を愛する優しい方らしく……」

「新たに中立派を率いるのは難しいと。だから中立派から親皇帝派に流れる貴族が出ているわけか」

国王執務室では、ハインライン侯爵によるアベルへの報告が行われている。

部屋中央に置かれた応接セットで行われている……つまりソファーを使っているのだ。こういう場合、いつもソファーを占領している水属性の魔法使いは、部屋の隅の椅子にちょこんと座って、お行儀よく図書室から借りてきた錬金術関係の本を読んでいる。

「ミューゼル侯爵軍が連合軍に敗れたことによって、王国内にいる帝国の軍事力は著《いちじる》しく削がれているわけだ」

「おっしゃる通りです。爆炎の魔法使い率いる皇帝魔法師団はモールグルント公爵領に移動しておりますので……」

「あとは叔父上の動きか。だが、そろそろこちらの動く準備も整いつつある」

「はい」

報告が終わり、ハインライン侯爵は部屋を出ていった。すると、部屋の隅にいた水属性の魔法使いが、当然のようにソファーにやってきて、ぬべ～っと寝転ぶ。

ちなみに反対側のソファーには、国王陛下がまだ座ったままだが……。

「傍若無人に見えて、ハインライン侯爵やルン辺境伯に対してはきちんと礼をとるんだよな」

アベルは、目の前にぬべ～っと寝転んだ涼を論評したようだ。

論評された側も、それは理解している。

「敬意を払うべき相手には敬意を払う。それは当然のことでしょう?」

「知っているか? 先日、俺は、彼らの上司たる国王に即位したんだぞ?」

「国王が、侯爵や辺境伯より偉いと誰が言ったのですか!」

「え?」

「お仕事上、あるいは便宜上、上の立場になっているだけです。僕は、ハインライン侯爵やルン辺境伯の人間性に対して敬意を払っているのです。アベルも人間性を磨いて、僕が敬意を払うべき相手だと認識できるように精進してください!」

「お、おう……」

なぜか、とても偉そうに言う涼。つい、その圧力に押されて頷いてしまうアベル。果たしてどちらが護衛対象者なのだろうか。


翌日。

もちろん部屋の中央に置かれた応接セットのソファーには、水属性の魔法使いがぬべ～っと寝転がり、錬金術の本を読んでいる。

そんな午前中、ソファーに寝転ぶ涼の平穏は突然破られた。破ったのは、ルン辺境伯領騎士団長ネヴィル・ブラック。

「リョウ殿、ようやく編成が終了し城外演習に出られるようになりましたぞ。先日の帝国軍襲撃による損害が思いのほか大きくてな。時間がかかってしまった、申し訳ない」

執務室に入ってきたネヴィルは、涼に向かってそう告げる。

告げられた涼は、見るからにうろたえていた。

「だ、団長、僕にはアベルの護衛という大切なお仕事が……」

「おう、それはもちろんだ。だが、陛下が館内にいる間は暇だろう？　以前言っていた通り、騎士団を城外演習で鍛えてやってくれ」

「き、鍛えるのは演習場でやって……」

「もっと実戦的なやつでな。以前は、セーラ殿がその役割を担っていたんだ、リョウ殿も頼む」

涼は助けを求めてアベルを見る。

「たまにはそういうことも必要だな。うん、外で羽を伸ばしてこい」

「アベルの裏切り者～」

王国の、様々な場所に裏切り者はいるらしい、王都にもルンにも……。くしくも、どちらも王を名乗っているが。

この後、涼は週に一度、城外演習に出る羽目になるのであった……。

その日の午後、アベルの執務室。

「ふぃ～つかれた～。甘いものとコーヒーを～」

いつも涼がだらだらとしているソファーを、新たに占領した魔法使いがいた。彼女は、風属性の魔法使いであり、傍らには、強力無比な盾使いが従っている。

「リョウが仕事に行ったと思ったら、今度はリンか……」

アベルは一瞥した後、再び書類に目を戻しぼやいた。

「あれ？　そういえばリョウは？」

いつもぬべ～っと涼が寝そべっているソファーに座った後で、リンは気付いたようである。珍しく涼がいないと。

「騎士団の城外演習に行った」

「あぁ……それ、リョウが引率だったのか～。騎士団の人たちが、凄く嬉しそうにしていたから何事かと思ったけど……リョウも大変ね」

リンは、出てきた焼き菓子をつまみながら、不幸な魔法使いのために祈った。

「館にいる限りは、護衛のお仕事はないからね～。他のことでこき使われるよね……リョウ、騎士団員から人気あるし」

「そういえば、時々模擬戦をしているらしいな」

「そうそう。セーラさんが森に戻って、一人分空いた指南役にリョウが入ったのよ、正式に」

「魔法使いが騎士団の剣術指南役……」

アベルは、何かが間違っている気がしたのだが、まあ涼ならありかと思い直した。前任のセーラも弓が得意なはずのエルフだったし、まあいいのかと。

「ほんと……リョウはいったいどこを目指しているのかしらね」

美味しそうに焼き菓子とコーヒーを楽しむリン。その横で、無言のまま、だが、これまた美味しそうにコーヒーを飲むウォーレン。

水属性の魔法使いを除いて、領主館は平和であった。

◆

王都、カークハウス伯爵パーカー・フレッチャーに新たに下賜された館。その応接室に、レイモンド王の右腕たるパーカーと、四人の冒険者が座っていた。

「それで、伯爵様直々に呼び出すってことは、重要な依頼の話なんだろう？」

切り出したのはリーダーの剣士サンだ。

本来は、伯爵であり、レイモンド王の補佐役という高い地位にあるパーカーが話し出すまで黙ったまま、というのが礼儀なのだが……この男には関係ないらしい。

この男サンを筆頭にA級パーティー『五竜』の四人が座っていた。

「そう、極めて重要な依頼です。実は、一人排除していただきたい人物がいます。依頼料は、皆さんそれぞれに五億フロリンずつ」

「ほぉ～」

サンが呟き、他の三人も驚きを隠せない。

A級冒険者とはいえ、さすがにこれほどの額の依頼は受けたことがない。一人五億ということは、四人で二十億フロリン……。

「先に五千万、成功したら四億五千万」

パーカーは表情を変えずに淡々と告げる。

「それもまた珍しい分割だな。普通なら先に半分、後で半分なんだが……。つまり、厄介な仕事というわけだ。それで、誰を暗殺すればいい？」

「ほう、分かりますか、暗殺依頼だと」

「当たり前だろ。他にこんな依頼があるかよ。誰だ？　それだけ倒しにくいってことは、帝国の爆炎の魔法使いか？」

「いえ、彼にはノータッチで。こちらがお願いしたいのは、アベル王です」

　パーカーは何の躊躇も無く言い切った。

「なるほど……。王にしてA級冒険者の暗殺か……。確かに、それは俺らにしかできないわな」

　剣士サンはニヤリと笑う。他の三人も肩をすくめる。

　ただ王というだけでも暗殺は困難を極めるのに、暗殺対象はA級冒険者でもあるのだ。A級冒険者とはいわば人類の頂点……A級剣士であれば、戦闘能力において他の追随を許さない存在でもある。全員がA級である『五竜』しか達成することができない依頼、そう言っても過言ではないだろう。

「方法は問いません。期限は一カ月以内。アベル王は、ルンの街の領主館にいます。即位式で街の広場に出た以外は、ずっと館内にいるそうなので、守りは堅いですが……」

「そんなもんは関係ねぇよ。邪魔する奴は全員殺す。それも問題ないんだろ？」

「ええ、問題ありません。お任せします」

　パーカーは頷き、それを確認した剣士サンは、禍々しい笑いを浮かべて何度も小さく頷いた。

◆

　その日、午後に降った雨は、星が出る頃には完全にあがっていた。

　いくつかの偶然と、いくつかの人為的な理由によって、アベルの執務室には、珍しいことに『赤き剣』の四人が集まっている。それぞれが鍛え、編成してきた部隊の最終つき合わせが行われていたのだ。

「ルン辺境伯領軍とハインライン侯爵領軍が、王国解放軍の中心になる」

　アベルは、王国の地図を示しながら、ウォーレン、リーヒャ、リンに説明していた。

「いわゆる近衛は、フェルプスが率いる。あいつの

『白の旅団』と、ルンの冒険者たちだ」

「冒険者を近衛にする王様って、聞いたことないね」

「アベルだからこそできる力業ね」

アベルの説明に、リンもリーヒャも驚きながらも理解していた。

フェルプスは、アレクンス・ハインライン侯爵の息子であり、同時にルンの街のB級冒険者でもある。彼が率いる『白の旅団』には四十人の冒険者が所属しており、それだけで旅団には届かないまでも大隊規模の人数ではある。

ルンの冒険者たちは、全員、アベルからすれば顔見知りであり命を預けるに足る者たちだ。彼らの中でのアベルの人気は、他の追随を許さない。そして、王国が帝国に呑み込まれれば、彼らが貯めてギルドに預けてある余剰金は奪われる可能性がある。

いわば、感情と理性の双方から、アベルに王国を回復してもらいたいと思っている者たち……それが冒険者であった。

「その辺りの調整は、ギルマスがギルドに籠りっきりでずっとやってくれている。リン、領軍の魔法使いたちはどうだ？」

「うん、元々かなり鍛えられていたよ。特に保有魔力量が多いから、継戦能力が高いね。いっぱい魔法を放てる。今は、模擬戦多めで対人戦等の経験を積んでる。いつでもいけるよ」

アベルの問いに、リンはお菓子をつまみながらそう答えた。

四人はずっと話し合っていて、夕飯の代わりにお菓子をつまんでいたため、目の前のお菓子はかなり減っている。

「騎士団は城外演習に出られる練度になっているし……ほぼほぼ、準備は整ったということか」

軍の編成というのは、想像以上に時間がかかる。

また、純粋な編成以外でも、これまでとは違う任務、違う相手と戦うのであれば、戦場に出るまでにできる限り訓練を積んでおきたいと思うものだ。失敗すれば死ぬことになるのだから。

そして、それらの準備は、歴史には名の残らない人たちの努力によってなされている。歴史書に名前が載っている人だけが、頑張った人なわけではない……。

そんなことを話していた四人。全員の言葉が途切れた時、アベルは、ふと違和感を覚えた。

最初、その理由は分からなかった。

だが、すぐに気付く。

「静かすぎる……」

確かに、もう夜である。

それでも、館ではそれなりの人数が働いているし、見回りの兵士たちもいる。話し声、歩き回る音など、普段は意識しない様々な音が溢れているものだ。

しかし今は、それらが全く聞こえない。

異常な静けさ。

アベルは、視線を感じて窓の外、広いバルコニーを見る。

バルコニーの奥、手すりに四人の男たちがいるのが見えた。しかも、真ん中の男は、軽く手を挙げている……不敵な笑みを浮かべながら。

「来たのか……」

アベルは呟き、剣を手に取った。

他の三人も、バルコニーにいる四人が誰なのか、想像がついたのであろう。各々自分の得物を持ち、アベルと共にバルコニーに向かった。

執務室外にあるバルコニーは広い。学校の運動場並みに。このバルコニーは広間にも繋がっており、ここだけでパーティーが開けるほどだ。実際にこのバルコニーから、前庭に並んだ騎士団の出兵式の際に、辺境伯が号令を出したこともある。

その広いバルコニーの手すりに、四人の男が並んでいた。

四人共、三十歳を少し超えたあたりの年齢であろうか。剣士、魔法使い、槍士、そして斥候兼弓士。

王国に存在するたった二つのA級パーティーの一つ、『五竜』であった。

アベルたちがバルコニーに出ると、リーダーで剣士のサンが口を開いた。

「おお、よかったよかった。ずっと気付いてくれないのかと思って、寂しかったんだぜ」

相手を見下し、挑発する言い方……だが、それにふさわしいだけの強さを持った男である。

「『五竜』のサンだな」

「おいおい、様をつけろとは言わねーけどよ、せめてサン殿くらい言ってくれよ。いちおう俺ら、A級の先輩冒険者だぜ?」

アベルの言葉に、傷ついた風を装って、サンが答える。

「裏切り者につける敬意など持たんな」

「冒険者の王様は厳しいらしい」

アベルが言うと、槍士コナーが軽口を返した。

手すりに寄りかかっていたり、サンに至っては手すりの上に器用に座っているのだが、それでも全く隙の無い『五竜』。

アベルは、チャンスさえあれば一気に斬りつけようと考えていたのだが、そんなチャンスなど欠片も無い。

「この状況で、ここにいるお前たちに確認するのも馬鹿らしいが、それでも聞いた方がいいのだろうな。俺を殺しにきたんだよな?」

アベルは、サンを見ながらそう問うた。

「隠してもしょうがないな。全くそのとおりだ。A級冒険者にして王を宣言したアベル、あんたを殺せば、四人で二十億フロリン貰える。だから、殺されてくれ」

悪びれることなく、良心の呵責《かしゃく》など全く見せずに、サンはアベルの質問を認める。

「二十億か、安く見られたもんだな」

「いやいや、安くはないだろ」

アベルの呟きに、槍士コナーがつっこむ。

「A級やってても、そんな報酬の依頼は無いぞ」

コナーは両手を広げて肩をすくめ、ありえないを表現した。

「さて、賢明なるアベル王とその仲間たちは理解していると思うが、これだけ時間を稼いでも誰も来ないよな?　もちろん、いつまで待っても援軍は来ない」

「チッ」

サンは笑いながら言い、アベルは小さく舌打ちをした。

アベルが、長々と話をしていたのは、騒動に気付いた誰かが助けに来ることを、若干期待したから、というのは事実である。だが同時に、仮にもA級冒険者たちがそんなミスをするとも思えなかったのも、また事実なのであるが。

「館の人間たちはどうした?」

「ああ、心配するな。眠っているだけだ。殺してもよかったんだが、報酬がかかっているのはアベル、あんたの命だけだからな。やさしいだろ?」

「館の人間、全員を眠らせたのか?」

アベルは、素直に驚いた。夜ではあっても、百人を超える人間がいたはずである。薬で眠らせたのであろうが、簡単にできることではない……。

「全員眠らせた」

それまで一言も言葉を発さなかった斥候兼弓士のカルヴィンが言った。

「A級の斥候だぜ?　そういう面に関しても普通じゃないのさ」

サンは、少し誇るかのように言う。

実際、これまでの王国冒険者の歴史上でも、A級まで上がった斥候は多くない。

もう一つのA級パーティーである『赤き剣』には、斥候はいない。その事実からも、想像がつこうというものだ。

だが、「全員眠らせた」という言葉を聞いた時、アベルは安堵した。「全員殺した」よりは、はるかに良い情報であるから。

「さて、そろそろ情報交換も終わりにしていいだろう?　アベル、お前さんの命を貰うとする」

サンはそう言うと、手すりから下りた。

「一つだけ聞きたい。お前たちの五人目、神官へニングはどうした?」

アベルは、『五竜』の報告書が回ってきた時から疑問に思っていたことを尋ねる。

「それは、お前が知る必要のないことだ」

サンは、その言葉を無表情で言った……だが、ほんの僅か、悲しさと後悔をアベルはその言葉から感じとった。

そもそも冒険者は安全な仕事ではない。常に、死と隣り合わせと言ってもいい。

「そうか、悪かった」

たとえ、目の前のA級冒険者たちが、なんらかの理由で正道から足を踏み外した者たちであったとしても、他人が聞いてはならない質問というものがある。パーティーには様々な事情があり、それは、他者が土足で踏み込んでいい場所ではない。

アベルの問いは、その類のものだったのだ。だから、アベルは素直に謝罪した。


こうして、王国におけるたった二つのA級パーティー、『赤き剣』対『五竜』の戦いの幕が切って落とされた。

◆

サンとアベルの剣戟は、突然始まった。

間合いの探り合いや呼吸の読みあいなどなく、バルコニーの中央で。

サンが先手を取って仕掛ける。

突き、突き、いつの間にか持ち替えた逆手からの切上げ、さらにいつの間にか取り出した短剣による、近い間合いからの左手突き……。

「くっ」

およそ、正当な剣術からは程遠い剣の動きとその流れに、アベルは翻弄される。

本来、逆手や二刀流、小手先の技とも言うべきものは、アベルクラスの剣士であれば簡単に粉砕できてしまう。

だが、サンはそんな簡単な相手ではなかった。

小手先の技が、小手先だけで終わらない理由は、サンの足さばきにある。

細かなステップによりアベルの間合いを簡単に侵食し、それに合わせて、剣の持ち手が変幻自在に入れ替わる。持ち手を替える瞬間など、弾かれてしまえば剣が吹き飛び全てが終わるのであるが、それを許さない。

冒険者には我流で剣を学んだ者が多いため、アベルもこれまで多くの種類の剣を見てきたが、サンの剣はそのどれとも違っている。アベルにとっても、初めて見る剣であった。

（くそっ、なんてやりにくいんだ！　間合いが変わりすぎるからか。主導権をとられると厄介な剣だな……）

アベルはそんなことを考えながらも、丁寧に対処し続ける。

アベルが修めたヒューム流剣術も、足を使った出入りがそれなりにある流派であるが、目の前のサンほど極端ではない。逆に、それだけに、間合いが変化しすぎてやりにくいというのもあるのかもしれない。

とはいえ、さすが双方A級冒険者。剣において卓越している者同士ということで、どちらに傾くともしれない剣戟が続いていった。


アベルの右手、バルコニーの端で、同じく、だが全く別の様相での膠着《こうちゃく》状態に陥ったのは、槍士コナーと盾使いウォーレンであった。

コナーが槍で攻撃し、ウォーレンが盾で凌ぐ。全て、そのパターン。

ウォーレンも間合いが近ければ、盾そのものを相手に叩きつけるシールドバッシュや、その太い腕での拳打などの攻撃手段がある。

だが相手が槍では、剣以上に遠い間合いでの戦闘となるため、どちらも不可能だ。

しかし、こういう時、ウォーレンは焦らない。じっと相手の動きを観察し、様々な動き、タイミング、癖を見極める。

とはいえ、今回の相手はA級の槍士コナー。

当然、ウォーレンが自分を観察していることを理解していた。理解したうえで、攻撃し続ける。

「ほんっと、盾使いの中の盾使いだな。確かに、王国中の盾使いがお手本にするだけのことはある」

コナーの口調には苦々しさと、ほんの僅かな称賛が含まれていた。

攻撃され続け、それをさばき続ける……それは、想像以上に神経を削られる。

コナーも、そんな経験をこれまでに何度も経験してきた。だから、蓄積される精神的疲労は理解している。

だからこそ、それを巌《いわお》のようにすべて受け止め、さばき続ける目の前の盾使いに称賛の念を抱いたのである。

火属性の魔法使いブルーノと風属性の魔法使いリンの戦闘は、魔法の撃ち合いで始まった。

それも派手な大技ではなく……。

「風よ　その意思によりて敵を切り裂く刃となれ〈エアスラッシュ〉」

「火よ　汝は全てを滅する姿である　〈ファイアーボルト〉」

速度重視で、敵の喉を狙っての攻撃魔法。

喉を潰して詠唱できなくさせるという、魔法使いどうしの戦闘においてよくある形。

だが、あまりない形なのは、その詠唱速度と間断なく繰り出される魔法の手数の多さ。耳のいい者であっても聞き取るのが難しい速さの詠唱は、中央諸国の魔法使いたちが目指す、最も高いレベルの戦闘技法であろう。

そして、二人の間に速度差が無ければ……当然手数の勝負となる。

しかし、それすらも差がない二人。

（速い！　お師匠様並みの魔法生成速度）

リンは、ブルーノの詠唱速度と手数の多さに舌を巻いていた。

もちろん、相手はA級だ。間違いなく、王国における火属性魔法使いの頂点の一人……簡単にいく相手ではないというのは分かっていた。

分かっていたが……想定した中でも、最悪の強さ。

中距離での魔法の撃ち合いであっても、仕切り直すために双方ともに息を整えるタイミングはある。

「さすがに、王国屈指の風属性の魔法使い……イラリオンの愛弟子と呼ばれるだけはある」

ブルーノは息を整えながら、そう呟いた。

「そっちもね」

リンも、そう答える。

かつての、師匠たるイラリオンに鍛えられていた頃を思い出していた。イラリオンは、王国に並ぶもののない詠唱速度を誇っていたが……目の前の男も、十分それに比肩する。

（これは、魔力が先に尽きた方が負ける……）

リンはそう考えた。

（魔力を節約しないとまずいな……）

ブルーノもそう考えた。

二人の魔法戦も、先の見えない戦いと化していった。


これまでの三組は、ある意味、噛み合った戦闘だと言えるだろう。

だが最後の四組目、ウォーレンらとは反対側のバルコニー端での戦闘は、そうではなかった。

斥候兼弓士のカルヴィンと、神官リーヒャの戦いだ。

さすがに弓の使える距離ではないため、カルヴィンは斥候として武器はダガーで戦っている。

対する神官リーヒャ。そもそも、神官は後衛であり、回復役である。攻撃に使える光属性魔法も、せいぜいライトジャベリン程度。しかも、けっこうな魔力を消費するくせに攻撃力は低く、人間や魔物に与えるダメージが大きいとは言えない。

そんな神官であるリーヒャだが、他の三人がそれぞれのっぴきならない相手との戦闘であるため、彼女も近接戦を強いられていた。

相手は、本来攻撃力の低い斥候とはいえ、そこはA級冒険者。その辺のC級剣士など足元にも及ばない、近接戦の実力を持っている。

そんな相手に、リーヒャは杖で戦っていた。

「驚いた」

短い一言を、全く表情を変えず、驚いているようには見えない表情で、斥候カルヴィンは呟く。

正直、彼は戦闘が好きではない。

それでも、これまで生きてきて、戦闘訓練で手を抜いたことはない。結果として、近接戦の速度では剣士サンに見劣りしないし、防御に徹すればサンを相手にしてもそう簡単に倒されることはない……それほどの実力を持つに至った。

それだけ近接戦を鍛えたカルヴィンであるが、彼の目から見ても、目の前の女性神官の杖術《じょうじゅつ》は十分評価に値する。

『聖女リーヒャ』は、王都では有名な存在であり、カルヴィンも若い頃からその名を聞いていた。その後、南部で冒険者として活躍していることも知っていた。だが、そんな聖女様が、近接戦ができるなどという噂はついぞ聞いたことはなかった。

それだけに、目の前で見事な杖術を繰り出すリーヒャに感心したのだ。

もちろん、神殿に、モンクと呼ばれる前衛集団がいることはカルヴィンも知っている。おそらく、リーヒャの繰り出す杖術は、そのモンクたちの流れを汲《く》んだものであろう。

もしや神殿出身者は、全員杖術を会得するのかとも思ったが……『五竜』にいた神官ヘニングを思い出して首を振った。ヘニングは、A級にまで上った冒険者であるのに、戦闘能力は完全にゼロだった。乱戦において、彼の身を守り続けたのがカルヴィンだったから、それはよく知っている。

そうであるなら、やはり目の前の神官リーヒャは、冒険者になった後に努力してこれほどの杖術を身につけたと考えるのが自然だ。

『五竜』は、リーダーのサンを筆頭に性格破綻者が過半数を占める。だが、強さには敬意を払う。

そしてカルヴィンは、性格破綻者ではないうえに、強さには敬意を払う男であった。リーヒャの一通りの実力を測ると、勝負を決するタイミングを見極め、一気に決めた。

リーヒャが杖を突き込んできたのに合わせて、体を回転させながら間合いを侵略し、回転運動そのままに、ダガーの柄を腹に叩き込む。

「うぐっ」

リーヒャは気を失い、崩れ落ちた。

「リーヒャ！」

バルコニー中央で戦っていたアベルが、リーヒャが崩れ落ちたことに気付いて叫ぶ。

「気絶させた」

決して大きくない斥候カルヴィンの声であるが、アベルにははっきりと聞き取れた。

それは、アベルと剣戟を繰り広げているサンの耳にも届く。

「おい、それは甘ちゃんすぎるだろう」

サンは、眉をひそめてそんな言葉を吐く。

「彼女は、これからまだ強くなる。殺して金が出るのはアベル王だけ。生かすに値する強さだった」

カルヴィンの珍しい長文に、サンだけでなく、ウォーレンと戦っている槍士コナーも驚いて呟いた。

「カルヴィンの長文とか、久しぶりに聞いた」

そんな外野の声を聞き流しながら、カルヴィンはリーヒャをバルコニーの隅に寝かせ、自分は戦闘に加わらず、手すりに寄りかかりながら他の戦闘を見守ることにした。

「カルヴィン、この盾使いさんを倒すの、手伝う気とかないか」

「ない」

槍士コナーの言葉に、カルヴィンは気のない返事を返す。

「そうだろうと思ったよ」

そう言いながらも、槍士コナーは突き、しごき、あるいは叩きなど、槍の攻撃を何十と繰り出している。

しかし、ウォーレンの盾は揺るがない。

剣士同士の戦い、槍士と盾使いの戦いという物理職同士の戦いでは、勝敗の傾きは、まだ誰の目にも見えてこない状態である。

だが、魔法使い同士の戦いは、少しずつ終わりが見えてきていた。それは、残存魔力という、魔法使いならではの要素のためだ。

それに合わせてであろうか、剣士対剣士、槍士対盾使いの戦闘が激しさを増した。

元々の保有魔力量は、『五竜』のブルーノも、『赤き剣』のリンも、それほど変わらなかっただろう。その辺にいるC級冒険者は元より、数少ないB級冒険者ですら、この二人に比べれば天と地ほどの差がある。それほどに、二人は魔法使いとしてハイレベルだ。

だが、一つ一つの魔法発動時の僅かなロス、洗練度、あるいは最適化の度合い……そういったものから生じた差が、最終的に勝敗となって二人の間に横たわりつつあった。

「くっ」

ついに、リンが片膝をつく。

残存魔力は、かなり少ない。

意識は保てているが、目もかすむ。

「さすが王国屈指の風属性魔法使い、その評判は正しかったと認めよう。だが……」

そこで、ブルーノはニヤリと笑った。

「私の敵ではなかったな」

そして、杖をリンに向ける。

「降伏しろ。そうすれば命だけは助けてやる。降伏しなければ、殺す。私は甘ちゃんのカルヴィンとは違う」

ブルーノのその言葉を聞いて、リンは顔を上げた。

そして、キッとブルーノを睨み返して言う。

「断る！　私は、イラリオン・バラハの弟子。道を踏み外し、王を弑逆《しいぎゃく》しようとする輩に垂れる頭《こうべ》など、もってはいない！」

「はっ、言うじゃないか。お前を殺し、いずれはイラリオンも殺す。そうして、私は名実ともに王国一の魔法使いになる。その途中で、王を僭称《せんしょう》する男も殺してしまうだけだ」

降伏を拒否するリンに対して、ブルーノは禍々しい笑いを浮かべながら、いずれイラリオンをも殺すと宣言した。

しかし、その言葉を聞いた瞬間、リンが笑った。

それこそ、けたたましいという言葉がぴったりなほどの、普通ではない笑い。哄笑というべきだろうか。

「なんだ、何がおかしい」

そう、このけたたましく笑う女魔法使いに対しては、それ以外の問いかけはないであろう。

だが、そんな女魔法使いの答えも、ブルーノには理解不能な内容であった。

「王国一？　あなた、王国一の魔法使いと言った？　あはははは……。それは可笑しい……いや、頭がおかしい……そう、そうよね、知らなければそうなるのよね。いいわ、無知な火属性魔法使いさんに教えてあげるけど、王国一の魔法使いはイラリオン師匠じゃない。もちろん、私なんかでもない。王国一の魔法使いは、このルンの、水属性の魔法使いよ」

そう言うと、リンは再びけたたましく笑った。

本当に、心の底から、腹の底から可笑しい……そのことが見てとれる笑い。

「水属性の魔法使い？　お前、何を言っているんだ？　死を目の前にして狂ったか？　いや、そうやってごまかして、なんとか逃げようとしているのか？　馬鹿め、無駄だ」

「馬鹿はあんたよ。私たちを殺せば、あんたは永久に追われる。死ぬまで追われる。地の果てに逃げても追われる。誰にかって？　その、水属性の魔法使いによ」

リンはそういうと、もう一度ブルーノを睨み返す。

「面白い！　追ってきてもらおうじゃないか。その水属性の魔法使いとやらに。できればここで、ぜひ会いたいものだな」

ブルーノは禍々しい笑いを浮かべたまま、そう言い放った。

その瞬間、空気が変わった。


変化は、激しい剣戟を繰り広げていたサンとアベルも感じとった。二人は、同時にそれぞれ後方に飛び退いて何事が起きたのか周囲を探る。

「ひとが、冷たい雨に濡れながら演習を行い……ようやく館に戻ってきてみれば、温かい食事がないだと？」

周囲の空気が凍りついたかのような錯覚を、七人は覚えた。

「それなら、せめて、お風呂に入ってゆっくり眠ろうと思ったら……なぜか、執務室のバルコニーで戦闘だと？」

本能的な恐怖を……幾人かは、初めて経験した。

「僕を怒らせたいのかな？　そうなのかな？　どうなるか分かっているのかな？　分かってやっているのかな？　うん、それなら、もう、二度とこんな馬鹿なことをしないように、派手に分からせてやるのがいいよね」

「リョウ……が、キレてる……」

アベルのその小さな呟きは、幸い誰の耳にも届かない。

その声に合わせて、執務室の窓が開き、怒れる水属性の魔法使いがバルコニーに出てきた。

「〈フローティングマジックサークル〉」

涼の言葉に合わせて、その周りに十六個の魔法陣が浮かび上がる。

完全に呑まれ、誰も動けない中、ただ一人動いた者がいた……いや、動こうとした者がいた。

それは、魔法陣を向けられた人物、斥候カルヴィン。

だが、カルヴィンは動けなかった。

すでに、足が、凍りついて固定されていたのだ。

「〈アイシクルランスシャワー〉」

逃げられない相手に対して、あえて、ゆっくりと唱えられたその言葉によって、十六の魔法陣の一つ一つから、数十いや数百の極細の氷の槍が発射されカルヴィンの体を貫く。

「ゴフッ」

両足が動かない状態にもかかわらず、手に持ったダガーと体の動きだけで、かなりの氷の槍をかわしたカルヴィンは、さすがA級冒険者の名に恥じないものであったろう。

しかし、全てをかわしきることはかなわない。

数十本もの氷の槍に貫かれたその姿は、無残の一言。

しかも、その全ての槍が、急所をあえて外してあった。

「〈氷棺〉」

数十の氷の槍に串刺しになった斥候は、そのまま氷漬けにされた。

涼が次に向いたのは、杖をリンに向けたまま状況が呑み込めずに固まっているブルーノ。

辺りの焼け焦げた様子から、ブルーノが火属性の魔法使いであることを理解したのであろう。

「火属性の魔法使いなど、これで十分。〈積層アイスウォール10層パッケージ〉」

その瞬間、ブルーノの周りを、氷の壁が包み込む。

囲んだ壁から中心に向かって、氷の壁の厚みが増していく。

かつて、涼が悪魔レオノールに放った魔法。その時は、レオノールが〈炎竜巻〉という力業で、内側から割ったのだが……。

「なんだ、これは……」

その言葉を最後に、ブルーノは凍りついた。

全く、何も、抵抗できなかった。


三番目に涼が向いたのは、槍士コナー。

「〈アバター〉」

涼が唱えると、涼の左右に分身が現れる。そして、涼は村雨を構えた。

「馬鹿な……」

「〈アイシクルランスシャワー〉〈ウォータージェットスラスタ〉」

涼本体を含め三体の涼から、無数の氷の槍が槍士コナーに向かって撃ち出される。同時に、三体の涼の背面から微細とも言える水が噴き出し、氷の槍と同じ速度で突っ込んだ。

氷の槍の着弾、三体の涼の斬撃、それは一瞬で生じ、一気に収束した。

後に残ったのは、無数の氷の槍に貫かれ、両腕と両脚を斬り落とされた槍士コナー。

「い、い、イギャァァ」

「うるさい。〈氷棺〉」

叫び声をあげるコナーを、問答無用で氷漬けにする涼。

「なん……なんなんだよ、お前……」

サンのその言葉は、かすれ、震えていた。

「まず、自分から名乗るのが礼儀でしょう」

涼は真面目に返したのだが、サンには聞こえていないようだ。

代わりに、アベルが答える。

「A級パーティー『五竜』の、剣士サンだ」

「ああ、以前言っていた……。まあ、人間にしてはなかなか強い方ですよね」

涼の言い方が、幾分、いつも通りに戻ったため、アベルは内心ほっとしていた。

正直、現れた時のキレ具合だと、ルンの街全体が凍らされるかもしれないと、ちょっと思ってしまった……それくらい、アベルでも恐ろしく感じるほどだったのだ。

「さてアベル、どうします？　そのサンとかいう人も、王の命を狙う大逆でしょう？　僕がやりますか？　それとも……」

「いや、俺にやらせてくれ」

アベルはそう言うと、改めて剣を構えサンに向き直った。

「そうですか……アベルがそう言うのなら、お任せします。事態は掌握してありますからね、じっくり焦らずにいって大丈夫ですよ」

涼はそう言うと、魔力切れ寸前のリンに魔力ポーションを渡し、バルコニーの端に寝かされたリーヒャの元に歩いていく。

「いったいなんなんだ……あいつは……」

まだ平常心が取り戻せないサンが呟く。

「あれは、ルンのC級冒険者のリョウだ」

アベルは、丁寧に教えてあげた。

「C級？　そんなわけあるか！」

「だよな～」

サンは怒鳴り、アベルもさもありなんと頷く。

「だが、事実だ」

アベルがそう言うと、サンは大きく目を見開いて、一度涼の方を見る。そして、すぐにアベルに視線を戻した。

「世界には、冒険者のランクだけでは測れない奴らがいる……ということだ」

アベルはそう言った。

サンは一度目をつぶる。

そして、深呼吸を一つすると、目を開き改めて剣を構えた。

今までの、取り乱した様子は、微塵《みじん》も感じられない。

この辺りは、さすがA級冒険者というべきだろう。

アベルは、素直に感心した。

（あんな、リョウみたいな常識を破壊する男を突然見せられて、仲間全員を氷漬けにされながら、深呼吸一つで平常心を取り戻すとは……凄いな）

だが、負けてやるつもりはない。

「では、いくぞ」

そう言うと、アベルの方から斬りかかる。

再び、アベルとサンの剣戟が始まった。

涼の目から見ても、アベルとサンの間には、ほとんど差があるようには見えない。

スピードとパワーは、ほぼ互角。テクニックは、若干サンが上に見えるが……精神的な優位さに関してだけは、大きな違いがありそうだ。

それは、仲間が全員見守っているか、仲間が全員氷漬けかの違いから生み出されたものかもしれない。現実問題として、サンは、仮に勝ったとしてもこの場から無事に逃げ切れるとは考えていないであろう。

仲間三人が、あれほどあっさりと倒され、全員氷漬けにされたのを見たのだ。

今も氷漬けにされているのを見ているのだ。

どれほど楽観的な人間であっても、この場からの無事の脱出は望めないと理解できる。そうであれば……「なんとしても勝つ」という気合は持てないのではないだろうか。

命のやり取りをする場では、いわゆる精神力が占める割合は驚くほど大きい。

スピード、パワー、そしてテクニック……それらを十全に発揮できるかどうかは、精神力にかかっているといっても過言ではない。

時々、人の本質を全く理解していない者たちが、プロフェッショナルとしての仕事などと言いながら、理性のみに的を絞ったことを言ったりしている。

『仕事に感情を持ち込むな』

『気は向きませんが、プロとして、きっちりと仕事はさせてもらいますよ』

『仲良しこよしで、プロの仕事などできない』

そういう話を聞くたびに、涼の父は哀れむような顔を向けて呟いたものだ。

「人の半分は、感情でできている」

理性で感情を支配することはできない。

できるのは、感情を抑え込むことだけ。それは、感情が持つ力を使わないで頑張ります、という中途半端な力の発揮具合になるだけだ。

当たり前の話なのだが、理性の力を発揮し、感情の力も発揮する……その状態こそが、最もその人が力を発揮できている状態である。

そんなことは、高校生でも分かる論理。

たとえば、チームとして何かを為さねばならない状況の時、チームのメンバー同士、仲が良い方が良い結果が出る……当たり前の話だ。

なぜなら彼らは、理性の力だけではなく、感情の力も使える状況をつくり上げているのだから。

理性の力を発揮し、感情の力も発揮できる状況をつくり上げる。それこそが、本物のプロフェッショナルの仕事。

それを踏まえて考えると、サンとアベルの剣戟は、素人目に見ても形勢が傾いてきたのが分かるほどになった。

精神力の差、つまり感情の差が、僅かにあったテクニックの差を、目に見える形で凌駕《りょうが》し始めたと言ってもいいだろう。

それは戦っている二人が、一番、理解していた。

一番、理解せざるを得なかった。

「くそっ」

サンが小さく悪態をつく。

そんな言葉が出始めたら、もう終わりは近い。

サンが、逆手から順手に持ちかえる瞬間、アベルの剣先がサンの剣を突く。

カキンッ。

サンの右手から剣が弾け飛ぶ。

だが、そちらに皆の視線が向かったタイミングで、サンは左手で体の後ろから短剣を引き抜く。

そして、そのまま目の前のアベルに突き刺した。

……アベルの体に突き刺さる寸前、サンの左腕が舞う。

その肘先を、アベルが下から斬り飛ばしたのだ。

「うぐっ」

サンの口からくぐもった声が漏れた。

アベルは腕を斬り飛ばした剣を、そのまま横薙ぎに変える……次に飛んだのは……サンの頭と血煙。

噴き上がる血を浴びながら、残身のままアベルは動かなかった。

「お見事」

涼が呟くと、その声が聞こえたのか、ようやくアベルが残身を解き、涼の方を向いて一つ頷く。

こうして、五竜によるアベル王襲撃は、完全に潰えたのであった。


斥候カルヴィンが言っていた通り、館の者は全員眠らされていた。夕食に睡眠薬が入れられ、さらにご丁寧に、いくつかの部屋には眠り香もたかれるという周到さ。

アベルの執務室にいた四人だけが、夕食も食べずに会議をしていたために起きていたようだ。

涼と共に城外演習から戻ってきた騎士団員たちが館中を起こして回り、最終的に全員が目覚めたが、それが喧騒の始まりだった。

その後の館内は、大変なものであった。

目覚めた衛兵たちが国王の安否を確かめに執務室に来てみれば、血まみれの国王と疲労困憊《ひろうこんぱい》の『赤き剣』の面々、お菓子の残りを無心でつまむ水属性魔法使いを発見。

さらにバルコニーには、三体の氷の棺と、首のない剣士の死体。

すぐに冒険者ギルドにも使いが出され、ギルドマスター、ヒュー・マクグラスもやってきて、喧騒に拍車がかかる。

ただ、その頃には、さすがにアベルも風呂に入って血まみれではなくなっていた。また、『赤き剣』の他の三人も、アベルによってそれぞれベッドに追いやられた。

なぜか、涼だけはソファーに座らされ……いちおう、温め直された料理は目の前に並べられていた。

「護衛を頼む」

襲撃された国王から直接そう言われては、拒否するわけにはいかない……。

いくら涼といえども。

いくらお風呂に入りたくとも。

いくら……ベッドにその身をうずめたいと思っても。


「陛下、申し訳ございませんでした」

一連の説明と相互の状況報告が終了すると、ルン騎士団長ネヴィル・ブラックが、突然片膝をついてアベルに謝罪を始めた。

「どうした、騎士団長」

アベルは、その謝罪の意味が理解できずに問い返す。

その場にいる、涼、ヒュー、ハインライン侯爵をはじめ、他の者たちも完全には理解できていなかった。

賊の侵入を阻めなかったことについては、相手が相手であるため誰も咎《とが》めないと、先ほどアベル王が明言したばかりなのだが……。

「私が、リョウ殿に騎士団の城外演習をお願いしたばかりに、このようなことに……」

「ああ……」

ネヴィルの説明に、思わず涼は呟いた。

「リョウ殿にも、本当に申し訳ない。リョウ殿は、領主様より直接、陛下の護衛を依頼された身……私が城外演習をお願いしなければ、陛下の周りに侍られ、今回の事態も陛下の御身を危険にさらす前に処理できたはず。重ね重ね謝罪を……」

「いえ、それは……騎士団の演習や模擬戦は、剣術指南役として引き受けているものなので……なんというか……」

城外演習に行くことになった時には、思わず許可を出したアベルに「裏切り者！」と叫んだ涼であったが、こうして公衆の面前で謝罪されると居心地の悪さを感じてしまう……なんというか、日本人的、というものなのだろうか。

「騎士団長、今、リョウも言った通り、リョウは私の護衛ではあるが、同時にルン騎士団の剣術指南役でもあるのだ。演習も指南役の仕事の一端であることを考えると、今回の件、騎士団長に責任があるとは思えぬ」

アベルはそう言うと、その責任を不問に付した。

ただ、この先の騎士団城外演習は、涼無しで行くように指示したのである。これには、涼も小さくガッツポーズをした。

そのガッツポーズをアベルの目は捉えており、小さく首を振ったのは内緒である。


執務室に集まっていた者たちが、それぞれの場所に去ったのは、午前三時を回ってからであった。

「今夜も平和ですね～」

「……は？」

コーヒー片手に涼が思わず呟いた言葉に、いつものように書類仕事をしていたアベルが、思わず顔を上げて問いかけた。

「いえ、襲撃イベントはありましたけど、やってきたのは人間でしたから。これがドラゴンとか、悪魔の集団みたいな、対処不能な勢力だったら大変だったのでしょうけどね」

「うん、リョウの言ってることは、時々本当に意味不明だよな。悪魔はともかく、そもそもドラゴンは伝説上の生き物だ。そんなものがいたら、国の回復の前に大陸が滅びるだろ」

アベルはため息を吐きながら、そんなことを言う。

そんなアベルの様子に、涼は少しイラッとした。だから、事実を教えてあげることにした。

「アベル、ここだけの話なので、他の誰にも言ってはダメですよ。ドラゴンは、現実に、存在します」

「ん？」

「ロンドの森の東に、高い山がありますが、その頂上にドラゴンたちがいます。実際に、僕は会話……というか、念話で話しました」

「ん??」

「アベルがいずれ大王様になって、ロンド遠征とかを考えたりしないように言っておきますけど、ドラゴンはいますからね」

「……え」

アベルは、涼の言った言葉を頭の中で反芻《はんすう》し、再び反芻し、もう一度反芻して、ようやく理解できた。

「ドラゴンが……いる……しかもロンドの森に」

「そうです。だから、魔の山の南側には手を出さない方がいいですよ？」

「ああ……そうだな……跡継ぎたちにも、手を出さないように遺言を残しておく……」

未だ結婚もしていないアベル王であるが、遺言を残してくれることになり、涼としても一安心である。

涼は満足して、笑顔で何度も頷くのであった。

◆

「アベル襲撃に失敗した……だと……」

王城の執務室で、レイモンド王は、口からその言葉を絞り出していた。

A級冒険者四人を投入した暗殺任務……それが失敗？

A級冒険者とは、人の頂点である。場合によっては、人外と言っていいかもしれない。

そんなA級冒険者四人が……王とはいえ、さらにA級の剣士とはいえ、たった一人の暗殺に失敗したなど、レイモンドには信じられなかった。

「裏切って、依頼を放棄したのではあるまいな？」

レイモンド王は、猜疑心に満ちた視線でパーカーを見る。

「いえ……剣士サンは首を刎ねられたと発表され、他の三人は氷漬けになった状態で、街の広場で公開されたそうです……」

「そんな馬鹿なことが、あり得るのか……？」

レイモンドは、何度も何度も呻きながら部屋の中を歩き回った。

パーカーは、それを見ながら何も喋らない。こういう時のレイモンドに話しかけると、激高することを長年の経験から知っている。

静かに黙って待つに限る。

たっぷり五分以上、レイモンドは部屋を歩き回った。

パーカーは慣れているため、じっと待っている。

そして、ついにレイモンドは、パーカーの方を見て、口を開いた。

「パーカー、やはり正面から叩き潰すしかない」

「御意」

「だが、問題は帝国の出方だ。ミューゼル侯爵軍は壊滅したが……」

「モールグルント公爵領を取り潰した皇帝本軍ですね」

モールグルント公爵は、帝国南東部を領していた。それは王国北部に接していたということでもある。その領地を滅ぼした皇帝自らが率いる帝国軍は、そのままモールグルント公爵領内にいると思われる。

つまり、いつでも南下して王国内に進出可能。

王国北部貴族はレイモンド王と共に自領の軍を率いて、王都付近に陣を張っている。それは現在。王国北部が軍事力の空白地帯になっているという意味でもあった。

レイモンドが危惧したのは、アベル王軍とレイモンド王軍が対峙している時に、レイモンドの背後から帝国軍が襲い掛かってくることだ。

冷静に考えれば、帝国軍がアベル王と組む可能性は極めて低いのだが、この時、レイモンドの心はネガティブであった……『五竜』の失敗がその理由であるのは言うまでもない。

「王国東部で連合と戦ったミューゼル侯爵軍は、総司令官ミューゼル侯爵が戦死、嫡男で主席副官クルーガー子爵リーヌス・ワーナー殿は連合の捕虜となったため壊滅状態。散り散りになってウイングストンやスランゼウイなど、帝国が拠点確保に置いている守備隊がいる街に逃げ込んだとか」

「王国東部で無事なのは、国境の街レッドポストだけか」

「あまりにも連合の街に近過ぎて、帝国も手を出さなかったようですが……」

「奴ら……本気で、どういうつもりなんだ」

戦前、レイモンドが帝国皇帝ルパート六世と結んだ協定には、帝国軍が陥落させた街は、戦後、レイモンド王に全て譲渡するという条文がある。

絶対君主である皇帝の名で結ばれた協定を、部下や家臣が蔑《ないがし》ろにするとは思えない。

レイモンドには、現在の帝国軍の行動が、全く理解できなかった。

◆

「一番の問題は、帝国の出方だ」

アベルが呟いた。

執務室にいるのは、アベルと涼だけである。

涼は、いつものソファーにぬべ～っと横たわりながら、図書室から借りてきた錬金術関連の本を読んでいた。

「アベル……自分は仕事をしていますアピールはいい

ですから」

「そんなんじゃないわ！」

涼が、やれやれまたかといった表情でわざとらしく肩をすくめて言うと、アベルは怒鳴り返した。

「口に出して言うと、頭の中をまとめやすいだけだ」

実際、アベルは仕事をしていた。

『五竜』による襲撃、それを完璧に迎え撃ち、しかもリーダーの剣士サンをアベル自らが返り討ちにしたことは中央諸国中に発表済みだ。

表立っては、その発表に対して反応する国や、国内貴族はいなかったが、各地で話題になっておりアベルの下にも報告されていた。

三人の氷漬けは、今もルンの広場に置かれている。さすがに、サンの首や死体は、あんまりだろうということで、公開されていないが。

「リョウには本当に感謝している。今回は俺だけじゃなく、仲間の命も救ってもらったからな」

「照れますねぇ。でも、本当に感謝しているなら特権をください、特権を」

「特権？　貴族特権とかか？」

涼が珍しく、ご飯を奢れ以外の要求をし、あまつさえその内容が特権の要求であるため、アベルは訝しんで尋ねる。

「コーヒータイムに、週に一回くらいはケーキをつけてくれる特権がいいです！」

「ケーキ……」

「ハッ……む、難しいなら、二週間に一回でも……いや、あるいは……仕方ありません！　一カ月に一回で手を打ちましょう！」

涼は、悩みに悩んだ末の、妥協の産物としての提案だったのだろう……苦渋に満ちた表情で、一カ月に一回のケーキ付コーヒーを要求した。

「一カ月に一回……」

「さすがに、それ以上は妥協しませんからね！　月一回のケーキ特権を、断固として要求します！」

「ああ……いいだろう」

「やった～」

涼は文字通り、跳びあがってガッツポーズをした。

何度も何度も。

やっぱり涼は涼である……アベルは、安心した。

そう、アベルの執務室は、今日も平和であった。

その日の午後、平和とは程遠い知らせが国王執務室に舞い込んできた。持ってきたのは、ハインライン侯爵だ。

「陛下、帝国より発表されました」

そう言うと、アレクシス・ハインライン侯爵は、一枚の紙をアベル王に渡した。

「モールグルント公爵家の取り潰し……は以前発表されていたな？　公爵領は解体。一部はミューゼル侯爵領の飛び地となり、他は皇帝領か」

「モールグルント公爵？」

アベルが思わず呟いた言葉に、涼が首を傾げながら尋ねる。実は以前の報告の際に、涼もこの部屋にいて聞いているのだが、本を読んでいたために頭に残っていないようだ。

それに対して答えたのは、ハインライン侯爵であった。

「モールグルント公爵は、帝国の南東部に領地を持っていた名門中の名門でした。現在のルパート六世陛下は、即位以降かなりの数の貴族を粛清しましたが、最後の大物とすら呼ばれていたのがモールグルント公爵。反皇帝派貴族らの領袖とも言われておりました。王国への遠征軍総司令官となっていたミューゼル侯爵と、双璧を成す帝国最大の貴族といっても過言ではない人物だったのですが、先日皇帝自ら公爵領に攻め込み占領しました」

「凄い大物だったんですね～」

貴族社会というものをよく知らない涼からすれば、その程度の感想になる。

「これは最初から想定内だったわけか……」

アベルが小さくそう呟いたのが涼にも聞こえた。

ハインライン侯爵にも聞こえたらしく、それに対して答える。

「でしょうな。中立派の領袖たるミューゼル侯爵を司令官にして帝国外に出しておく。それによって中立派は動けない。その上で、皇帝自身が率いる軍が、ミューゼル侯爵軍の援軍として王国に向かう……そう見せておいて、実は狙いはモールグルント公爵を討つこと。他の反皇帝派の貴族らは、疑っていたとしても明確に軍を率いて公爵を助けに行くべきか判断できない。そんな迷っている間にモールグルント公爵を討ってしまう……残った反皇帝派の貴族は、皇帝に忠誠を誓うしかないでしょう」

「そうなんですか？」

ハインライン侯爵の説明にアベルは頷いているが、涼はよく分かっていないために疑問形だ。確かに、綺麗に説明はついているが……。

「ルパート六世という人は、他国を征服する際には、必ず自ら軍を率いて攻め入る。皇帝親征というやつだ。北方や西方の小国を攻めた時もそうだった。だが、今回の王国への遠征は違った……王国ほどの大国への遠征だというのにだ。つまり、最初の一撃で王国を滅ぼすつもりはなかった。ミューゼル侯爵を国外に出させ、帝国貴族の力を割ったところで、目の上のたんこぶであったモールグルント公爵を滅ぼす、適当に理由をつけてな。そして、ミューゼル侯爵は戦死したために、後継者に恩情をかけて慈悲深さを演出する。これで、帝国に最後に残った厄介な大貴族は一掃され、皇帝に反抗する貴族はいなくなる」

「凄いですね……まさに権謀術数……」

アベルの説明を聞き、涼は素直に凄いと感じていた。

もちろん、王国への遠征が成功し、王国を支配下に置いたとしてもそれはそれでいい。帝国にとってはマイナスにはならない……そういう計算もしてあるのだろう。

「皇帝と貴族……関係が難しいんですね～。王国は大丈夫なのでしょうか」

涼のその呟きに、アベルとハインライン侯爵は思わず顔を見合わせた。それこそ、この二人が国王と大貴族の関係なのだから。

「あ、大丈夫ですよ、アベル。僕はアベルの味方ですからね」

涼は力強く言い切り、アベルの方を向いて一つ大きく頷く。

「……もし、ハインライン侯爵が、毎週、コーヒーにケーキをつけてくれると言ったら？」

「それは仕方ありません。アベル、残念です。僕は貴族側につきます」

「うん、そんな気がした……」

憐れ、ケーキで売られる国王……。

世知辛い世の中であった。


「兵を起こすなら、今が最適か？」

「はい、そう思います。今なら、レイモンド殿下との戦いに集中できます」

アベルがハインライン侯爵に尋ね、侯爵も同意した。

涼も横で頷いている。なんとなく場の雰囲気で涼が頷いているのは、アベルにはお見通しだ。

しかし、そんな涼が提案する。

「出陣式は広場でしますよね？　また空を飛びますか？　それとも……」

「いや、今回、空は飛ばない。少し高い所から、演説できればいいんだが……広場に建ててもらうか……」

「でしたら、氷で壇を作りましょうか？」

「ああ、それはいいな！」

出陣式の会場イメージが、アベルと涼の間ででき上がっていく。

ハインライン侯爵は、何も口を挟まなかった。当初、懐疑的であった涼に対する評価も、すでに全幅の信頼に変わっている。

そこには、若干の諦めも入っていた。

(リョウは、殺そうと思えば、いつでも誰でも簡単に殺すことができる。防ぐことなど、誰にもできないのだ)

そんな諦めだ。

そのうえで、アベル王が涼を利によらず心によってしっかりと味方につけているのを見て、安心してもいた。

敵に回れば絶望であっても、味方にすれば希望だ。

「イラリオンには、俺から話しておこう。〈伝声〉の魔法だったか、あれで声を遠くまで届けてもらわないとな」

どうも、会場設営の話し合いが終わったらしい。

「これは忙しくなりますね！　月一のケーキを、週一にしてもらわないと割りに合わないですね！」

涼はそう言うと、チラリとアベルを見る。

「いや、リョウは、当日現地で壇を作るだけだろ？　簡単じゃないか」

「なっ……」

アベルの冷静な指摘に、絶句する涼。事実を指摘されたための絶句である。

「い、イメージを今から練っておかないと、当日崩壊とかしたら大変なことに……それに、ほら、魔力をいっぱい使いますから、いまのうちから魔力消費を節約しないと……」

ケーキ増量の要求を拒絶され、涼はうろたえる。

「ケーキ特権は、月一回だ」

「くっ……これが暴君か。権力者の横暴、ここに極まれり！」

ケーキ増量要求を正式に却下され、悔しがる涼と、全く取り合わないアベル。

二人の様子を見ながら、ハインライン侯爵は苦笑するのであった。

出陣式

解放軍出陣式当日。

「凄い人数ですよ」

「くぅ～、出遅れたか」

「ルンだけじゃなくて、アクレはもちろん、ウィットナッシュやカイラディーからも冒険者が来てるからねぇ」

三人のD級冒険者は、広場の最前列をとれなかったことを悔しがりながらも、人の多さに驚いていた。

もちろん、『十号室』の三人アモン、ニルス、エトである。

「最前列の向こう側、綺麗な柵が設置されていますね」

「多分、氷の……」

「リョウ製、だろうな……」

融けるそぶりなど一切なく、太陽にキラキラと輝く氷の柵が設置されている。

「でも、リョウさんの弟子という可能性も……」

「ああ……」

アモンの指摘に、ニルスは思い出したのだ。ゲッコー商会からの依頼を達成して商会に報告に行った際に、その裏庭で繰り広げられていた光景を。

そこでは、まだ成人前の子供たちが、〈アイスウォール〉や〈アイシクルランス〉で戯《たわむ》れていた。模擬戦というほどには血なまぐさくなく、小さな子供たちが棒切れを振り回して騎士や剣士のまねごとをするような、そんな雰囲気の微笑ましい光景……。

そう、真実を知らない者が見れば、微笑ましい……そんな光景なのだが。

しかし、三人は知っていた。

その〈アイスウォール〉が、ほとんどの攻撃を弾き返してしまい、その〈アイシクルランス〉が、先が尖った状態であれば比類ない貫通力を持つということを。

なぜなら、彼らがよく知る水属性魔法使いの魔法、そのものだったからである。

「気付かれましたか」

いつの間にか、三人の後ろから微笑みながら、会頭であるゲッコーが声をかけた。

「彼らの先生は、リョウさんです」

「やっぱり！」

ゲッコーの種明かしに、三人は異口同音に声をあげた……そんな思い出。

「まあ、リョウの弟子たちである可能性は否定できないが、やはり、あれはリョウの氷の柵だろう」

「そうですね。造形が細かいです」

「リョウって、たまに、そういうところにこだわるよね」

ニルスが仮説を示し、アモンが肯定し、エトが涼の特徴を述べた。

そんな『十号室』の三人のすぐ傍から、何事か声が聞こえてくる。

「ほら、あれがそうだろ？　氷漬けになっている……」

「ああ……。なんか名前が書いてあるプレートが埋め込まれているぞ」

「『五竜　コナー』ってことは、槍士コナーか。マジで、コナー、ブルーノ、カルヴィンの三人が氷漬けになっていやがる」

「サンは、アベル王が一騎打ちで倒したんだよな。名実ともに、この国の冒険者の頂点ってことだろ。すげぇ王様だぜ」

ルンの冒険者ではなく、他の街から来た冒険者たちらしい。

「まあ、アベルさん……いや、国王陛下が強いのは当然だが、他の三人を氷漬けってのはさすがだな……」

ニルスが、声を潜めてエトとアモンに言う。

「『五竜』対『赤き剣』の対決で、リョウさんがリーヒャさんに代わって援軍に入った、っていうのは有名な話になっちゃいましたからね」

「リョウ、グッジョブ！」

少し歪んだ形で伝わっている話をアモンが言い、涼がリーヒャの代わりに戦ったのを褒めるエト。

いつものエトっぽくないのは、もちろん、リーヒャ関連だからだ……。

三人のすぐ後ろから、ようやく着いたらしい別の冒険者たちの声も聞こえてきた。


「よかった、間に合ったよ……」

「もう！　バンが、もう一つだけ依頼を、とか言うからギリギリになったのよ！」

「悪かったよ、アッシュ。でもそのおかげで、ルンでの滞在費は潤沢になったじゃないか」

「私たち姉妹は、普段から蓄えてある」

最後は、末の妹らしい女性の声だ。

そんな会話が後ろから聞こえてきて、『十号室』の三人は首を傾げる。どうも、聞いたことのある声な気がする。

それで、三人とも振り向いた。

「六華！」

三人が異口同音に言う。

「おぉ！　十号室の！　久しぶりだな」

『六華』のリーダー、バンダッシュが嬉しそうに言い、九人は再会を喜んだ。

以前、『十号室』と『六華』は、ワイバーンを倒したことがある。正式なワイバーン討伐の参加者としてではなく、村が襲われているところでの遭遇戦で。

わずか九人でのワイバーン討伐は、その後、多くの街で語り草になり、『十号室』と『六華』の名声を高めることになった。

その証拠に、彼らが再会を喜んでいるのを見て、周りにいた冒険者たちが小さい声で会話をしているのが聞こえる。

「今、十号室とか、六華とか聞こえなかったか？」

「ああ、聞こえた。あいつらが、あのワイバーンを九人で討伐したっていう……」

「ほら話だと思っていたんだが……」

「いや、確かに強そうだぞ……事実なのかもしれん」

確かに涼も有名になったが、『十号室』の三人も、それなりに有名になったようである。

九人が、旧交を温めていると、ついに出陣式が始まった。

ルンの街の楽団による勇壮な音楽、各隊長たちの紹介やその他もろもろ……。

だが、ここにいる者たちが見たい光景、いや見たい人物はただ一人。その人物を見るために、その人物の声を聞くために、この広場に集まったのだ。

「いよいよだ」

そう呟いたのは誰であったか。

おそらく、そこにいる多くの者たちが、心の中で呟いたはず。

そして、その人物、アベル王が姿を現し氷の壇を登る。

登壇した瞬間、歓声が爆発した。

まさに、爆発としか表現できないような……その歓声は、間違いなく、圧力を伴って……。

そして、即位式の時のように、爆発した歓声は、一つの言葉に収斂されていく。

「アベル！　アベル！　アベル！　アベル！」

広場にいる全ての人が……老いも若きも、男も女も、身分も仕事も何も関係なく、全員が一つになる。

その声を、アベルはただ一人、壇の上で受ける。

とても神々しい光景であった。

照らし出す光と、反射して煌めく光、その中にただ一人、揺らぐことなく立つ王。

その姿が、集まった民の心をさらに掻き立てる。

その熱狂は、永遠に続くかと思われた。

だが、アベルが右手を軽く前に出し、静まるようなしぐさをする……すると、集まった者たちの歓声は静まった。

完全に落ち着いたのを確認すると、アベルは口を開いた。

「まず、皆がここに集まってくれたことに感謝する。そして、皆に一つ謝らせてほしい。これまで動くことができず、王都を含め、王国が蹂躙されたままであることを」

アベルはここで一つ呼吸を入れる。

そして続けた。

「皆も心配したであろう。アベルはいつ立ち上がるのか？　未だ戦うことができないのか？　王国はこのまま分裂してしまうのか？　だが、心配することはない。今、全ての準備が整った。我らは、奪われた王国を取り戻すために、立ち上がる！」

アベルが右手を突き上げながら言い切ると、同時に、歓声が爆発した。

イラリオンの〈伝声〉の魔法によって、アベルの演説は街中に伝えられた。広場だけではなく、ルンの街の隅々にも。

この二日後、ルン辺境伯領軍、ハインライン侯爵領軍、それと冒険者たちを中心とした解放軍が王都に向けて進発した。

途中、南部各領主の軍と冒険者たちを糾合しながら、北上する。

こうして、ナイトレイ王国解放戦の幕が上がった。

◆

【王国解放軍首脳一覧】
総大将　アベル一世（副官　涼）
近衛隊長　フェルプス・A・ハインライン
近衛隊　赤き剣、白の旅団を中心に、ルンの街の冒険者
ハインライン侯爵領軍指揮官　アレクシス・ハイン

ライン侯爵（副官　ドンタン）
ルン辺境伯領軍指揮官　アルフォンソ・スピナゾーラ（副官　ネヴィル・ブラック）
王国解放軍魔法団指揮官　イラリオン・バラハ
同副指揮官　アーサー・ベラシス
冒険者部隊指揮官　ヒュー・マクグラス
同副指揮官　ランデンビア

各領軍は、志願民兵が含まれており、この時点で総勢二万人。

涼は、ただ一人、アベル王付きの副官。

常に、アベルの斜め後ろに付き従い、その身を護衛する……職務的には、副官というよりSPであろうか。本来は、近衛隊長と近衛兵がその役割を担うのかもしれないが、彼らはあくまで戦場での近衛隊である。戦場において、アベルの周囲を守る。

だが、みんな理解している。

アベルは王ではあるが、冒険者であり、しかも剣士であると。おそらく、突撃の下知を下せば、真っ先に駆け出していくであろうと。その時、アベルと共に突撃するのが、近衛隊であり、ルンの冒険者たちになるのだと。

だから、戦場に着くまでは、アベルの護衛は涼一人である。

それがアベルの望みであり、他の首脳たちも理解していたことであった。


「おい、あいつだろ？　例の……」

「ああ、水属性の……」

「そんなに強そうには見えないよな」

「魔法使いだからな……だけど、相当異常なんだよな？」

「人を氷漬けにするのは不可能だ。それなのに、彼はやってのけるんだから……」

「そんなことより、けっこう可愛いじゃない」

野営地では、アベルは、かなり歩き回る。見知った冒険者や騎士団の中だけではなく、違う街から参戦している者たちの間も積極的に。

その際、涼は必ず後ろを付いて歩く。

基本的に、敵の間者と思われる者はいない。二万人を超える人間が集まっているのにもかかわらず、いないと断言できるのは、ひとえにフェルプスとアレクシス、ハインライン一族のおかげだ。

とはいえ、何が起こるか分からないため、涼は必ず付いて歩く。そうすると、先述したような会話が聞こえてくることになる。

「リョウも有名になったな」

「僕、戦後、大丈夫なんでしょうか……」

涼が心配しているのは、貴族どうしの権力争いに巻き込まれないか、強引に身柄を拘束されないかという、以前も持ったことのある不安だ。

「ああ、大丈夫だ。それに関しては、いくつか策を用意してある。俺に任せろ」

権力者の頂点とも言える国王陛下直々のお言葉にもかかわらず……涼がアベルを見る視線は、不信感をぬぐい切れていない。

「おい、なんだその目は。なんで、大丈夫だと言っているのに信用していない目なんだよ」

「だって……過去のアベルがやってきたこと、胸に手を当てて考えてみれば分かるでしょう？」

「過去……？」

良い奴であるアベルは、素直に胸に手を当てて考えてみる。だが、特に何も浮かばない。

「別に、何も浮かばないぞ？」

「ダンジョン四十層にて、一週間ご飯を奢ってやると言いながら奢らず」

「ああ……」

「月一でケーキ特権と言われたけど、行軍してたら特権を享受できないじゃないですか！」

「ああ……」

事ここに至っては、アベルも、右手で頬をポリポリと掻きはじめた。

「アベル、月一のケーキすら取り上げるなんて酷いです！」

涼は両膝を地面につき、心の底からの叫びを放った。

「いやぁ……あの時は、ここまで早く出兵することになるとは思っていなかったんだよなぁ」

そう言いながら、アベルは苦笑する。

だが、そんな二人の元に、女性の声が降り注いだ。

「誰が、戦場ではケーキを食べることができないと決めたのですか」

その声とともに現れたのは、リンとウォーレン。

リンは何かを右手に持ち、ウォーレンは何かの箱を捧げ持っている。

涙にかすんだ目をこすりながら、涼はリンが手にしている物を見た。

「まさか……シュークリーム……」

その小さすぎる呟きは、他の誰にも聞こえていない。

リンは、さらに近付いてくると口を開いた。

「これが、最近になってようやく開発された携帯式ケーキの最終形、シュークリーム」

そう言うと、手に持ったシュークリームにかぶりついた。

一口……さらに一口……瞬く間にその手から消え失せるシュークリーム。

食べ尽くしたその表情は、まさに至福と表現するのが最も適当な、幸せに満ちたものであった。

そんなリンを呆然と見つめる涼の元に、ウォーレンがかがみ、捧げ持った箱の中身を見せる。そこには、整然と並んだシュークリームが！

「おぉ……い、一個貰っても……？」

涼がウォーレンに問いかけると、ウォーレンはにっこりと微笑んで頷いた。

涼は、震える手を箱に入れ、その中の一つを手に取る。

そして、一瞥すると、すぐに口に持っていった。

「美味しい……」

一口食べた時、涼の口からその言葉が漏れた。

至福……至高……まさに至宝。

「甘い物、最高……」

たちまちのうちに食べ終えた涼は、そう呟いた。

そして、全てを許した。

アベルの酷い行いも、美味しい物の前では、全てどうでもよくなるのだ。

かつて、偉大なるソロモン王は「すべてはむなしい」と言った……だが、それは至高なるものと比べれば、すべてのものをむなしく感じるということだ。

この、至高なるシュークリームと比べれば……確かに、この世の茶飯事など、すべてはむなしい……。

涼は、ソロモンの英知に触れた気がした。


アベルが、野営地の中を歩き回る場合は、涼も歩いて付いていけばいい。だが、行軍中はそうはいかない。

アベルら王国解放軍首脳や騎士団の行軍は、騎馬である。

冒険者をはじめ、志願民兵たちは徒歩であるため、行軍の速度は歩くのと同じ速度だ。しかし首脳陣は騎乗する。当然、アベルの傍らに控える涼も騎乗して付いていくことになる。

「リョウも、だいぶ慣れたな」

「館にいる時から、だいぶ鍛えられましたからね」

特に危なげなく、涼は騎乗している。

セーラが西の森の防衛のために館を去り、涼がアベルの護衛のために館に詰めるようになってからずっと、涼は馬に乗れるように練習してきた。

その時点で、明確に、騎乗してアベルの傍らにある姿を想像していたわけではない。

だが、ルン騎士団の多くが、涼も騎乗して戦場に向かうということを当然のことだと認識していたらしい……。そのため、彼らが先生となって、涼の騎乗訓練が行われたのである。

いつもいつも、アベルの執務室のソファーの上で、ぬべ～っと横になってばかりいたわけではないのだ！

地球にいた頃、当然乗馬の経験などなかった涼であるが、馬に乗れたら楽しいだろうなくらいは考えたことがあった。

それが、『ファイ』において実現したのであるから、騎乗訓練は大好きだった。もちろん、慣れないうちはお尻が痛くなったりしたのだが、そんなものは慣れれば問題なくなる。

基本的に、移動は馬任せでいいというのは、地球で車を自走させるよりもはるかに楽だと言えるだろう。

『自動運転の理想は乗馬？』というキャッチコピーも

あったが……現代地球において、実際に乗馬の経験がある人間はそう多くはないはずだ。

そもそも、騎乗訓練を経て、相当に慣れたと騎士団長ネヴィル・ブラックに判断されたからこそ、騎士団の城外演習を涼は任されたのである。

そんな騎士と呼ばれている者たちも、戦闘そのものは下馬して行うことがほとんどである。突撃の際は騎乗して突撃するのだが、たいてい、一度ぶつかった後は下馬状態で戦うことになる……騎乗したままであっても、敵に引きずり下ろされるし。

これは、『ファイ』だけの話ではなく、地球の歴史においても同様。

そのため、地球においては、中世騎士の一騎打ち文化の時代は別として、その後は戦いの最終段階にとどめとして騎馬隊による突撃で勝利を決定づける……そんな使い方をされることが多かった。

『ファイ』においても、すでに鞍《くら》も鐙《あぶみ》もあるため、騎乗戦闘が可能ではあるのだが……そこには大きな問題がある。


「剣が相手に届かない」

騎乗した状態は、想像以上に地面から高い位置に体があるため、そこから有効な攻撃を繰り出すのはかなり困難だ。

つまり、騎乗戦闘を行うとすれば、槍で行うしかない。

だが、槍を片手で扱うのは難しい……なぜなら、長いから。

地球の歴史上にも、馬上槍試合という、騎乗騎士同士が構えた槍を突き合う試合があったが、あくまで試合である。

ほとんど、槍そのものを動かすことができないことからも分かるように、馬上で槍を扱うのはかなりの技量が必要だ。脇に抱えて、そのまま突っ込むランスチャージが精一杯……。

そういった様々な理由から、騎士は戦闘では馬から降りて、下馬騎士として戦うのが一般的であった。


「やはり、戦場はゴールド・ヒルになるか……」

何度目かの、野営地での昼休憩。アベルの天幕では、臨時会議が開かれている。

その中で、ハインライン侯爵が国内に張り巡らせた諜報網からの報告で、両陣営の接敵予想地点が割り出されていた。

この規模の会戦ともなると、双方の無言の合意の下に戦場は決まる。接敵地点付近の、ちょうどいい場所に。

「王都の南では、最も開けた地です。大軍を展開するならここが最適でしょう」

アベルの呟きに、ハインライン侯爵が頷きながら答える。

なだらかな平地が連なり、大軍の移動を阻害するようなものはない。いくつかある丘の上に本陣を置けば、両軍の動きを確認しやすく、指揮も執りやすいだろう。

北上するうちに、南部諸領の軍を糾合し、解放軍は三万人を超えた。対して、王都を進発したレイモンド軍も四万人以上とみられる。

二日後、両軍は布陣を終え、ゴールド・ヒル会戦へと突入した。

ゴールド・ヒル会戦

ようやく朝靄が消えようとする戦場。

両軍ともに、すでに布陣を終え、戦意を高めつつあった。

ここにいる誰もが、今日、国の命運を決する戦いが起きることを理解している。

本来は、ここで双方が自軍の正しさを主張し相手の不法を糾弾する……そんなやりとりがあるのだが、今回は違うらしい。

幾人かの使者が行き来した後、アベル王とレイモンド王が、互いに一人ずつ供回りの者を連れて戦場の中央で会合したのだ。

もちろん、その光景は、それぞれの軍から見えており、兵たちは戦意を高めつつもその成り行きに興味を抱いていた。

「お久しぶりです、叔父上」

「ああ、久しいな、アルバート」

アベルから見た場合、父の弟であるレイモンドは叔父である。

父であるスタッフォード四世との折り合いが良くなかったため、アベルが王城にいる時にも親しく会話を交わしたことはなかった。そもそもアベルが誕生する前に、レイモンドは、フリットウィック公爵として王城を退いていたというのもあるだろう。

「叔父上、王位を返上していただけませんか」

アベルの、その直接的な要求に、さすがにレイモンドは怒るよりも苦笑していた。

「そんな要求が通らないのは分かっているだろう」

「王位を返上していただければ、『五竜』を私の暗殺に送った件は不問に付しますし、フリットウィック公爵領は、今まで通り叔父上の領地として認めます」

「ああ……A級冒険者に襲われたらしいな。災難だったな」

自分の全くあずかり知らぬところという言い方を、レイモンドはする。


「お前との一騎打ちであったなら、私に勝ち目はなかったろう。だが、軍同士の戦いであれば、こちらは互角以上の戦いを望める。今のうちに降伏するなら、どこか領地をくれてやってもいい」

「お断りします、叔父上」

レイモンドの提案を、アベルは当然拒否する。

「叔父上も分かっているでしょうが、本当の敵は帝国です。東部を支配下に置くために、ゴーター伯爵など北部の一部が帝国に寝返っております」

アベルがそう言うと、レイモンドは、ほんの僅かだけ眉を動かした。もしかしたら、ゴーター伯爵が帝国についたのを知らなかったのかもしれない。

「帝国の狙いは、王国東部で産出される『黒い粉』。これは、この先の戦いを変えてしまうものです。帝国に渡すべきではありません」

「なるほど。お前の言いたいことは分かった。もちろん、帝国に東部を支配させるつもりはない。実際、帝国が支配しているのは大きな街だけだ。いずれ、それらも取り戻す」

「叔父上、帝国はそんなに甘くありません……」

アベルは、悲しそうな顔をして言った。

本当に、悲しかった……帝国に対する認識が甘い、そう思ったのだ。

同時に、何を言っても通じそうにないことも理解してしまった。

「では、アルバート、お互いの力を示すとしよう」

「……はい」

噛み合わない会話を残して、二人は別れた。


自軍に戻ったレイモンドは、右手をさっと上げ、振り下ろした。

それに合わせて、レイモンド軍前衛一万がゆっくりと歩き出す。それは、民兵、冒険者、弓兵の部隊。それに続いて、中衛二万も歩き始めた。

合計三万の、横陣による圧力は、かなりのものであった。


「来やがったな！」

解放軍中央部は、近接職の冒険者たちが中心となっている。そして、志願民兵は五人ずつの隊を作り戦う。ここに騎馬兵はいない。

これから、敵と最も長い時間戦う中央部を率いるのは……冒険者と民兵からの人気がアベル王にすら並ぶかもしれない、ヒュー・マクグラスである。

かつての『大戦』の英雄であり、南部を代表するルンの街の冒険者ギルドマスター《マスター》でもある彼こそが、この中央部を率いるのに最適な人材であることは間違いないであろう。

だが、そんなヒューですら、三万の横陣が迫ってくる圧力をかなり感じていた。


戦端は、弓矢による攻撃によって開かれた。

レイモンド軍前衛から、無数の矢が解放軍に向かって飛ぶ。

古今東西、弓あるいは弩の発達以降、戦場に火薬が現れるまで、人の命を最も戦場で奪ったのは矢であると主張する研究者もいる。それほど、地球の戦争史において弓矢の担った部分は重く大きい。

だが、『ファイ』においては異なる様相を呈していた。

「風よ　吹きすさべ　〈風圧〉」

解放軍の各所に配置されている風属性魔法使いたちが唱える魔法〈風圧〉。

効果は単純で、風が吹くだけ。だが、この魔法による突風で、ほとんどの弓による攻撃は意味をなさなくなってしまうのだ。

無論、一流の弓士が放つ矢であれば、〈風圧〉を切り裂いて突き進むが……一万人の軍勢の中でも、そんな弓士は十人もいない。指揮官を狙う狙撃としては油断ならない相手であるが、面制圧とでも言うべき弓矢の雨あられには程遠い……。

地球において長きにわたり戦場の主役の一つであった弓矢は、『ファイ』においては完全に脇役と化していた。

「いくぞ、野郎ども！　蹴散らせ！」

接近するレイモンド軍に向かって、ヒュー・マクグラスの号令と共に解放軍中央部の冒険者たちが突っ込んだ。

先頭で突っ込んだのは、一組の剣士と盾使い。『六華』の剣士バンダッシュと、同じく盾使いのゴーリキーだ。

ゴーリキーが、巨大な盾を叩きつけるシールドバッシュで敵の戦列に穴を穿ち、そこからさらにバンダッシュが三方の敵を切り裂く。

そちらに一瞬でも意識を持っていかれたらもう終わりである……後に続いて突っ込んでくる冒険者たちの攻撃に切り刻まれる。

さらに、彼らに触発された志願民兵たちも五人一組で戦い、戦果をあげていった。

だが、レイモンド軍もやられっぱなしではない。

下馬騎士と、徴兵した民兵の戦意は決して低くなかった。

負ければ、彼らに後はない。だが、この一戦に勝てば、命は繋がる。民兵たちは、各街に家族がいる……

負ければ、家族がどうなるか分からないと脅されていれば……それは死ぬ気で戦うしかない。

非人道的？

そもそも戦争自体が、非人道的なものであろう？

「放て！」

レイモンド軍中衛に配置された、冒険者魔法団からの一斉射が、解放軍中央部隊に着弾する。

総じて、攻撃魔法は弓矢に比べて射程が短い。だが、弓矢よりも狙いがつけやすいという利点がある。

正確に対象に当てることができる……場合が多い。

その魔法団に対しては、解放軍が矢を放つ。

無論、先述した通り、〈風圧〉を発動すれば矢は無力だ。しかし矢で攻撃している間、攻撃魔法の勢いが弱まる。さらに、〈風圧〉を使わせることによって、魔力残量を削ることにもなる。

そういう細かい駆け引きが、両軍の間で行われていた。

そんなことは、慣れていない涼には分からない。

「やっぱり、僕が前線に出て一撃で……」

「ダメだ、リョウ、座ってろ」

アベルが一言の下に退ける。

「昨日も言った通り、解放軍全軍で勝たねばならない。そうしなければ、この先の王都奪還、帝国軍追放にも支障が出る。何よりも、王国全土を取り戻した後の統治に問題が出る。全員で取り戻した……そういう事実が必要なんだ」

「わ、分かっていますけど……」

「リョウが出る場面があるとすれば、それは最終局面だ。まだ座ってろ」

「……はい」

いつもなら、なんだかんだと駄々をこねる涼であるが、ここは戦場。そして、アベルは最高指揮官。

最高指揮官の命令は絶対である……そうでなければ組織が機能しなくなる。

涼でも、それくらいは理解している。

だが、それでも……。

そう、それでも……自分が出ていきさえすれば、目の前の死者が減る。それを理解しているだけに、頭で分かっていても、心が苦しかったのだ。

心が苦しい……戦場はそういう場所であった。

朝九時に始まった戦いは、昼前に至っても、どちらが有利ともいえない、ある種、均衡状態が続いていた。

押し寄せるレイモンド軍の横陣を、少しいなしつつ後退しながら引き出し、それを左右からの魔法砲撃によって削り、受け止め……再び押し返す。その戦術展開は、ヒュー・マクグラスが、個人能力のみA級冒険者ではなく、指揮能力においてもA級冒険者であったことを証明していた。

もちろんこれは、冒険者の魔法使いたちを率いるアクレギルドマスター、ランデンビアの完璧な砲撃指揮があってこそだ。

解放軍に参加した冒険者魔法使いのうち、火属性と土属性の魔法使いがランデンビアの指揮下に入っていた。風属性は〈風圧〉用に各所に配置され、神官たちはそれぞれに走り回って治療を施している。

三時間近く、全く休むことなく最前線で指揮をし、時には自らも敵に切り込んでいたヒューであるが、さすがに元A級にも疲労が見え始めていた。

「ああ、くそっ。書類仕事ばかりでなまっていたからな。やっぱ、もう現役じゃねぇな」

そんなボヤキを思わず漏らしたヒューの目の前に、一本の陶製の容器が差し出される。

「マスター・マクグラス、特製の疲労回復ポーションです、どうぞ」

「おお、すまんな。貰うわ」

差し出したのは、魔法使いを率いるランデンビア。

遠慮なく受け取ったヒューは、一息で飲み干す。

「くぅ～！　けっこう美味いな！　今回の戦いのために、わざわざ作られたやつなんだろ？　これからも常時生産してほしいな。疲れがとれる」

「普通の治癒用ポーション以上に手間らしいですからね……こんな戦時じゃないと難しいと思いますよ」

ヒューの、かなり真剣な表情での要望に、苦笑しながら答えるランデンビア。

毎日、くたくたになるまで書類仕事に追われているヒューとしては、この疲労回復力は喉から手が出るほどに欲しいものだろう。

「むぅ……」

不満顔になり唸るような声を出しながら、ヒューは前線から目を離さない。長い経験から知っているのだ。何か仕掛けてくるなら、そろそろだと。

だからこそ、最前線で指揮を執り続けている。

その時であった。

レイモンド軍の中衛か後衛から、いくつかの樽《たる》が飛んできた。

最前線よりも少し解放軍の奥側に着弾した樽たちは、突然爆発した。

そう、爆発したのである。

轟音を轟かせ、着弾地点にいた人間と大地を、一緒くたにして弾け飛ばした。

「なんだ……」

「……」

その光景は、ヒューを驚かせ、ランデンビアを絶句させた。王国の最高機密の一つである『黒い粉』について、二人は知らなかった。

◆

「カーライルへの横流しを防ぎはしたが、いくらかは本物も混ぜざるを得なかったと言っていた……それか」

丘の上にある中央指揮所にいるイラリオン・バラハは、樽の爆発を見て苦虫を噛み潰したような顔をして呟いた。

王都騒乱の前に起きたゴタゴタで、王都に保管されていた『黒い粉』に関して、アベルと追ったことがあった。

財務卿フーカの弟たちと関わり、横流しされようとしていた『黒い粉』の中身を入れ替え、カーライルに流れないようにしていたという話を聞いたが……ごまかすために、本物を混ぜざるを得なかったと説明されたのを覚えている。

それにしても……レイモンドは当時、連合のオーブリー卿と手を組み、今回は帝国と手を組んでいる。なりふり構わないというより、売国奴と言われても仕方のないことをしている。

イラリオンは、小さくため息をついて首を振った。今はそれを考える時ではない。

〈伝声〉の魔法を起動した。

「解放軍全魔法使いに命じる。飛んでくる樽を砲撃せよ」

イラリオンは〈伝声〉によって、この中央指揮所に居ながらにして、全軍に指示を出せる。

これは、手旗信号か、高価な錬金道具によって指示を出さざるを得ない軍隊にとっては、破格の性能だと言えるだろう。

本来、戦場のような混沌とした諸条件の下では、〈伝声〉は使えない。イラリオンだからこそ、そして戦場での使用を想定したチューニングをほどこした特製の〈伝声〉だからこそ、使用が可能となっていた。

新たな樽に向かって、イラリオンの傍らからも火属性の攻撃魔法が飛んでいく。解放軍魔法団副指揮官である、アーサー・ベラシスによるものだ。冒険者以外の魔法使いは、全てイラリオンとアーサーの指揮下に入っている。

樽は、アーサーの魔法が当たると空中で爆発した。

「空中で破壊しても、凄い音じゃのぉ」

アーサーがぼやく。

「地面で、味方を巻き込むよりははるかにましであろうさ」

「確かにな」

イラリオンも同感という感じでありながら軽口を叩き、アーサーも同意した。

敵も味方も、多くの死を見てきた二人は、ある意味、達観してしまっているのかもしれなかった。長く生きるということは、多くの死を見るということだと。

結局、起死回生、あるいは乾坤一擲《けんこんいってき》の『黒い粉』による攻撃も、解放軍を揺るがすことはできなかった。

「そろそろか」

アベルは、丘の上の中央指揮所から戦況を確認し、懐中時計を見る。

「イラリオン、リョウ、やってくれ」

「御意」

アベルがそう言うと、イラリオンが答え、涼は一つ頷くと中央指揮所を出て前線へ向かった。

イラリオンによる〈伝声〉が、解放軍全軍に届く。

「水魔法の準備が整った。総員退避せよ」

イラリオンの声を受けて、最前線で戦闘中であったヒュー・マクグラスも弾かれたように頭をあげる。

「リョウか！」

そして周りを見渡して叫んだ。

「全員退け！」

そうは言いつつも、敵と切り結んでいる状態であれば簡単に退がれないことは知っている。

とりあえず、味方を逃がしてくれない敵に対して、投げナイフなどで牽制《けんせい》して味方から引き剥がす。そして、なんとかまとめて下がる。

もちろん追ってくる敵もいるのだが、そんな彼らも何が起きているのか理解していない表情だ。互角に戦っていた相手がいきなり退き始めれば、それは混乱するであろう。前線指揮官たちも、罠ではないかと考えるであろう。

そんな混乱につけ込んで、解放軍の最前線はある程度引くことに成功した。

前線からの撤収の最後尾に、ヒューはいる。

そして、自分が向かう先に、涼がただ一人立っているのが見えた。

「リョウの魔法に当たるのは嫌だな」

呟きながらも足を止めることなく、走り続ける。

そして、涼と目が合った。

涼は小さく頷くと、唱えた。

「〈フローティングマジックサークル〉」

その瞬間、ヒューの目には、涼の鞘がほんの少しだけ光ったように見えた。

いつも着ているローブの前が開き、僅かに漏れた……錬金術が発動する際の淡い光が、本当に一瞬だけ。

涼の周りに、十六個の魔法陣が浮かぶ。

「なんだ……それは……」

ヒューは走り続けながら呟く。

一緒に走っていた者たちが足を止めると、彼らの背を叩き走り続けることを促す。

驚いているのは皆同じ。

急いで走ってはいるが、まだ自分たちは涼の魔法の射線上にいる……ヒューはそう感じていた。

そして涼を見る。

涼も理解したのであろう。少しだけ微笑むと、浮かび上がった。

周囲に浮かぶ十六の魔法陣と共に、涼自身も空に浮かんだのだ。

そして、空中に静止すると、涼が唱える声が聞こえた。

「〈アイシクルランスシャワー〝扇〟〉」

その瞬間、涼と魔法陣から数百、数千、いや数万にのぼる氷の槍が発射された。

空から見れば、無数の氷の槍が、涼を要にして扇状に拡散して飛んでいく姿が見られたであろう。

扇は、降り注ぐ太陽の光を反射し美しく煌めいた。

突然退き始めた解放軍に、多くのレイモンド軍の前線指揮官たちが訝しみ、そのほとんどが、罠だと認識していた。

だが、問題はその先である。

罠であるならば、自分たちはどう動くべきか。

出した答えは「動かない」。正確には、「動けない」だったのだが、この際、どちらでも一緒だ。解放軍から見れば、正確には涼から見れば、動かない的。

音速を超える氷の槍たちが、レイモンド軍の戦列に食い込み完全に崩壊させる。

扇状に発射された槍は、一斉射だけではなかった。

涼は斉射の度に、少しずつ高度を上げ、だんだんと遠くの『的』に斉射していく。空から見ると、時間と共に、氷の扇は面積を広げていった……。

「アベルのオーダーは、敵の無力化。殺した方が狙いとしては楽ですけど……。彼らも王国の民。戦後は王国軍に組み込む貴重な戦力ですからね。武器破壊と足止めだけですよ」

数万の氷の槍は、レイモンドの兵たちが持つ武器を破壊し馬を倒し……戦意を奪い取った。

全てを確認し、剣を引き抜いたアベル王がその右手を振り下ろし、イラリオンの〈伝声〉を通して解放軍全軍に命じた。

「全軍突撃！」

まさに、待ちに待った号令。

解放軍最右翼に布陣したルン辺境伯領軍は、次期領主アルフォンソ・スピナゾーラの号令一下、前面のレイモンド軍に向かって突撃を開始した。

解放軍最左翼に布陣したハインライン侯爵領軍は、領主アレクシス・ハインライン侯爵を先頭に、前面のレイモンド軍に向かって突撃を開始した。

そして、中央部。

引き揚げてきた冒険者たちと入れ違いに、新たな冒険者たちが突撃を敢行する。

ルン所属の冒険者たちだ。

先頭を走るのは、一人の剣士と盾使い。

そのすぐ後ろを、槍士と女魔法剣士、双剣士、斥候。

そして、二人の剣士。

先頭の剣士は、王であるアベル……それと盾使いウォーレン。自ら下した突撃の下知に対して、先頭切って走っていく辺り、やはり王以前に冒険者であり生粋の剣士なのだろう。

その二人の後ろを駆けるのが、白の旅団団長フェルプスと副団長シェナ、双剣士ブレアと斥候ロレンツォ。

そのA級・B級集団になんとか付いていくのが、D級の『十号室』二人の剣士、ニルスとアモンであった。D級ではあるが、『ワイバーン殺し』として知られるようになった『十号室』は、ルンの街の冒険者たちからはもちろん、他の街の冒険者たちからも一目置かれるようになっているのだ。

そんな彼らの後にも、数百の冒険者たちが続く。

ルンの冒険者近接職の全員が、アベル王の近衛として突撃した。

解放軍が突撃した先、レイモンド軍はすでに指揮系統がズタズタになっている。

涼の氷の槍は、彼らの武器を破壊したため抵抗は不可能。騎士も、魔法使いも、冒険者も、徴兵された民兵も……。

そんなところに、精強を持ってなるルン騎士団やハインライン騎士団が突撃して来ればどうなるか？

一目散に逃げるしかない。

両騎士団の狙いは、レイモンド軍を追い散らすことではなかった。両騎士団ともレイモンド軍の前衛、中衛の外縁を全て突破し終えると、後衛部隊に対しては、斜めに、中央に向かって突き破り始めた。

空から見れば、袋の口を閉じるような軌道。

後方を遮断するために包囲しつつ、後衛中央、すなわち最高指揮所にいるレイモンド王に直撃するコースを進む。

騎馬である騎士団が、最高指揮所に到達するのに、それほど時間はかからなかった。

しかし……。

「くそっ、いないぞ？」

「すでに逃げた後か」

「いつの間に……」

両騎士団が直撃した最高指揮所は、すでにもぬけの殻になっていた。どのタイミングで逃げ出したのかは分からないが、レイモンド王の捕獲は失敗。

だが、この日、アベル王とレイモンド王の戦いは、アベル王の勝利で幕を閉じたのであった。

◆

ゴールド・ヒル会戦から三日後。解放軍は、王都クリスタルパレスを包囲していた。

ゴールド・ヒルでの殲滅戦によって、レイモンド軍の主力は包囲され、そのほとんどが降伏した。そのため、王都に戻ることができた戦力は少ない。

元々、王都に置いてあった防衛戦力も決して多くはない。ないのだが……。

「王都を落とすのは簡単ではない」

解放軍指揮天幕では、解放軍首脳が一堂に会して王都攻略の作戦を話し合っていた。

そんな中、アベルが、改めてそう言ったのである。

その言葉に頷くハインライン侯爵、イラリオン・バラハ、アーサー・ベラシス、ランデンビア、リン、リーヒャ。

ハインライン侯爵を除けば、全員、当代を代表する魔法使いたちだ。

だが、ゴールド・ヒル会戦によって名を上げた魔法使いの涼は、王都の知識が無いため首を傾げている。

「王都の城壁と城門は、全ての魔法攻撃を弾き返す」

「なんと……」

アベルの説明に、涼は心底驚いた。

そんなことが可能なのか？　城壁と城門が、ということは、それは錬金術によるものだということ。

これはなんとかして、その機構を知りたい……。理解できるかどうかは別として、涼の好奇心がむくむくと起きだした……。

「リョウ、いちおう言っておくが、細かなその仕組みを理解している人間はいないからな」

「え……」

「お前、絶対、どうしてそうなっているのか知りたいって思っただろ？」

「な～ぜ～ば～れ～た～」

アベルの鋭い指摘を受けて、両手で両頬を挟み込み、ムンクの叫びさながらに驚きと絶望を表現する涼。

「以前、ケネスとフランク・デ・ヴェルデという、現代の中央諸国を代表する錬金術師二人が解析をしたのだが、結局よく分からなかったらしい」

「ケネスが……。しかもフランク・デ・ヴェルデって人工ゴーレムを作った人ですよね。その二人でも分からないなんて……」

涼が知る限り、その二人は錬金術師としてトップファイブに入る人材である。他だと、『ハサン』と真祖様？

どちらにしろ、そんな凄い二人でも分からないとは……。

「もしかして、その機構を作ったのって、中興の祖の……」

「ああ。リチャード王だ」

全属性の魔法を操り、錬金術において極北に至ったと言われるナイトレイ王国中興の祖。

王城宝物庫の深奥『英雄の間』を造り上げた彼は、王都城壁、城門に関しても現代の錬金術師をはるかに超える代物を残したようだ。

「ちょ、ちょっと試し撃ちを……」

「ダメだ！」

涼の希望は、アベルが即座に却下した。

「リョウ、気持ちは分かるが、やらん方がよいぞ」

涼の気持ちが分かったのは、イラリオン・バラハである。

「イラリオン様？　まさか……」

「うむ、当然、昔試したことがある」

「おい！」

涼の問いを受け、イラリオンのカミングアウト。それに思わずつっこむアベル。

「エアスラッシュが見事に跳ね返ってきて、左腕を切り落とされたわい」

イラリオンはそう言うと、大笑いした。

「撃ってすぐに動いたのじゃが、動いた先に跳ね返ってきおった……あれはヤバいぞ」

「イラリオン様も左腕を……切り落とされると痛いですよね」

「なんじゃ、リョウも腕を失ったことがあるのか」

「はい、首を守るためにやむをえず左腕を犠牲に……」

なぜか城壁の防御機構の話から、左腕を切られた話で盛り上がる二人……。それをポカンと見守る他首脳。

パンパン。

アベルが手を叩いて、空気が変わった。

二人の左腕の話は終わり、ポカンとしていた者たちの意識も戻る。

「とりあえず、王都攻略の話に戻すぞ」

「ああ、ごめんなさい」

涼は素直に頭を下げた。

「魔法は弾き返され、弓矢などの物理攻撃も防がれる。城壁に膜が張られる感じで、城壁そのものに届かない。そういうわけで、王都を正面から落とすのは不可能だ」

「だから、帝国軍も内部から城門を開けさせたのよね」

「そうじゃ、ハロルド・ロレンスを裏切らせることによってな」

リンが言い、イラリオン・バラハが苦々しい表情で答えた。以前、ほんのわずかに抱いた疑念が正しかったわけだが、イラリオンにとっては、ただただ苦い思い出でしかない。

「実際には、王都外からの地下通路がいくつか造られているため、以前ならそれを利用することも可能だったのだが……」

「王室関係の地下通路なら、フリットウィック公爵は全て知っているので封じているでしょう。前王弟ですから」

アベルが言い、ハインライン侯爵が頷きながら補足する。

「城壁下を通る地下通路、つまり王都の内外を繋ぐ地下通路は、一定期間が過ぎれば勝手に潰れる」

「まさか、それもリチャード王の……」

「そうだ」

とんでもない機構だ。涼は唖然とした。

数百年の時を経ても稼働し続ける機構というだけでも凄いのに、新たな地下通路すら自動検出して潰すとは。

「だが、王室関係の地下通路は潰されない。それは、特殊な錬金術で魔法式が組み込まれるからだ。この魔法式を知るのは、国王、王太子を除けば、リチャード王と共に錬金術を発展させたと言われる『西の森』のエルフのみ」

「西の森のエルフ……」

アベルの説明に、涼は思わず呟いた。

もちろん、その頭の中には、西の森を救いに行ったセーラの姿が浮かんでいる。

「その西の森から、数日前に手紙が届いた。簡単に言えば、城壁によって潰されない王家の知らない地下通路があると」

「なんと……」

驚きの声をあげたのは、ハインライン侯爵とイラリオン・バラハであった。他の者たちも、一様に驚きの表情であるが。

「それを使えと言うことなのでしょうが……正直、あまりよろしくないですな」

ハインライン侯爵は、現時点におけるその地下通路の有用性に理解を示しつつも、王家が知らない地下通路があるのはまずいということを指摘した。

アベルも一つ頷き、西の森からの手紙をハインライン侯爵に渡す。ハインライン侯爵は手紙を受け取ると、素早く目を通した。

「これは……」

「そうだ。王都陥落前に、自治庁のエルフたちが王都から撤収するのに使った地下通路だ。だが、現在は封印が施され、中からも外からも誰も通れない。エルフですら通れないようにしてある。ただ一人を除いて」

そういうと、アベルは、一つの銀色の鍵をポケットから取り出した。

「その一人が、この鍵を使うことによってのみ、通れると。さすがはエルフの錬金術だ。未だに我々の先を行く技術がある」

エルフの錬金術を見たことがあるのであろう、イラリオン・バラハとアーサー・ベラシスは何度も頷く。

セーラに錬金術を教えてもらったことのある涼も、同じように頷く。

アベルは、そんな頷く涼を見て言った。

「ただ一人、この鍵を使えるのがリョウだ」

「はい？」

アベルの一言で、全員の視線が涼に集まり、涼は意味が分からないため素っ頓狂な声を出す。

「『妖精の因子を活性化させることができるリョウだけが』この鍵を活性化させることができるのだそうだ」

「ああ……」

涼を取り巻く様々な謎言葉の中でも最たるものの一つ、『妖精の因子』。未だに、全く分からないものである。

「人間にも僕自身にも、全く何の恩恵も無いやつ……」

「そう言ってたな……」

少し落ち込んだ風に言う涼、それに同調してドンマイという雰囲気のアベル。

その二人の雰囲気から、あまりいい物じゃないらしいと判断する周囲の解放軍首脳たち。

「とりあえず、持ってみろ」

アベルはそう言うと、鍵を涼に渡した。

鍵は、涼の手に渡ると淡い光を放ち始めた。

「リョウ、何かしたのか？」

「いえ、何もしていません。これが、活性化した状態なのかな？」

イラリオンの質問に、首を振りながら答える涼。

「そういう理由なので、今回の突入には、リョウも参加してもらう」

アベルのその決定を、涼は断ることはできなかった。

「分かりました」

◆

活性化し淡く光る鍵を鍵穴に差し込むと、カチリと音がして目の前の扉が開いた。同時に、通路の奥からもカチリという音がいくつも聞こえ、見えないどこかの鍵も開いたようだ。

「よし、いくぞ」

突入隊を率いるヒュー・マクグラスの言葉によって、冒険者を中心とした突入隊がエルフの地下通路を進み始めた。

ヒューを総指揮官に、精鋭冒険者たちが地下通路を抜けて王都に入り、内側から城門を開ける作戦だ。ただ、前回帝国が守備隊のふりをして城門を制圧したため、同じ轍《てつ》を踏まぬように、かなりの戦力が各城門の防衛に回されているという情報も入っていた。

だからこその、精鋭冒険者の部隊である。

彼らは、王都内の反乱者たちと協力して、今回の攻撃を行う予定になっていた。

王都は、東西南北に巨大な城門があるが、それ以外にも小さな城門がいくつかある。今回、南から解放軍が北上してきたため、南門には最大の防衛力が割り振られている……次が、王城に近い北門。

そのため、突入部隊が狙うのは西門だ。

エルフの地下通路の王都内出口は、もちろんエルフ自治庁である。

戒厳令が敷かれた王都で、しかも夜、それなりの人数の冒険者が移動していればどうしても目立つであろう。自治庁からの移動は、できるだけ短くしたい。自治庁は王都の北西部に位置するため、そこから西門までそれほど遠くないというのも、突入部隊が狙う理由であった。

ヒューが率いる突入隊とは別の任務を与えられた者

たちがいる。

元王国騎士団中隊長で、現在はハインライン侯爵副官となっているドンタン率いる、王城への潜入隊だ。

彼らの目的は、アベルの父であるスタッフォード四世の身柄確保。

王都陥落の際に捕らえられ、帝国軍が『英雄の間』を開けるために利用しようとした、という情報はすでにアベルの元にも届いていた。

失敗したらしいという情報と共に。

だが、その後どうなったのかは、情報が入ってきていない。最悪、死亡した可能性もあるが、どちらにしろ人質として使うには最も有効な一人……他の王族と共に。

他の王族との違いは、「スタッフォード四世の命令」として布告された場合、厄介なことが起きるという点だ。

アベルは、確かに王に即位したが、スタッフォード四世の王位を譲るという意思の上に行われた即位ではない。また、三種の神器も傍らになかった。

場合によっては、簒奪と言われかねない即位。

そんなアベル王に対して、スタッフォード四世が「即位を認めない」などと布告したら……いろいろと厄介なことになるであろう。

アベル王、レイモンド王、スタッフォード四世……三人の国王が鼎立《ていりつ》したりすれば……国王の権威はまさに地に墜ちる。

そんな馬鹿げた状況を防ぐ意味でも、スタッフォード四世の身柄確保は必要であった。

そして、地下通路を開けた後は用無しとなる涼も、王城潜入隊の方に組み込まれていた。

これは、アベルたっての願いでもあった。

「なんだ、ザックとスコッティーか。我らの案内はお前たちか」

「あれ？　ドンタン隊長？」

エルフの地下通路を抜け、王都の『反乱者』たちと顔合わせをした突入隊と潜入隊。

潜入隊を率いるドンタンは、王城に一緒に潜入する

『反乱者』の顔を見て驚いた。それは見知った顔、元王国騎士団であり、かつてトワイライトランドへの使節団護衛では共に戦ったザックとスコッティーだったからだ。

ザックとスコッティーにしても、無謀とも思える王城への潜入隊を率いるのが、その時の隊長であるドンタンであるのは驚きであった。

そして、潜入隊に加わる最後の人物を見て、さらに驚いた。

「お前は……あの時の水属性魔法使い」

「確か、リョウだったよな」

ザックは驚きと嫉妬《しっと》交じりの声を出し、スコッティーは思い出した名前を言った。

「リョウは、アベル陛下直々のご指名だ」

ドンタンが驚く二人に簡単に説明する。

「よろしくお願いします」

涼は、なぜ驚かれているのかよく分かっていないが、とりあえず頭を下げておいた。

これが、元日本人の処世術である。


突入隊の方には、『反乱者』の『明けの明星』と『ワルキューレ』が加わった。

「ではドンタン殿、また後で」

「マスター・マクグラス、ご武運を」

潜入隊、突入隊それぞれの隊長が固い握手を交わし、二隊は別れた。


三十分後……なぜか涼は一人で、王城内をさまよっていた。

（はぐれた……）

涼の記憶では、三人ずつに別れて探索となり、前後をザックとスコッティーに挟まれて移動していたはずなのだ。

「そう、確かに挟まれていたのに……いったいどこで何が起きたのか……」

涼は記憶を辿ってみるが、思い出せない。

「ハッ、まさか、時空を歪める錬金術の仕掛けがある？　ありません。

「あるいは、記憶に干渉する闇属性魔法がある？」

ありません。

理由は不明だが、涼は独りぼっちで、王城の中をさまよっている。

たまに出会う兵士は〈氷棺〉で氷漬けにして、廊下の端に置きながら移動していた。

そんなことをしたら、潜入がばれるだろうとも思ったのだが、他にいい方法が思いつかなかったのだから仕方がない。いずればれるだろうから、まあいっか……そう考えて。


しばらくさまよった後、新たに涼が踏み入った一角は、今までと比べて非常に静かであった。

「これは……絶対、前国王陛下が閉じ込められている場所とかじゃないですよね……」

捕らわれの国王がいる場所といえば、地下牢か塔の最上階が定番だ。こんな厳かな雰囲気の、身分の高い人がいそうな場所には閉じ込められていないであろう。

そう思い、去ろうとしたのだが……。

「おい！」

珍しいことに魔法使いがいたらしく、涼に気付いたのだ。

「風よ……ぐっ」

風属性の魔法使いであったのだろう、詠唱の最初で、涼は氷漬けにしてしまった。ついでに、魔法使いがいた扉の守衛二人も氷漬けにした。

これまでに、涼が回ってきた場所で、扉の前に衛兵がいたことはない。この扉が初めてだ。

面倒なことになるのを、頭では理解していた。その扉を開けて中に入るべきではないことを、分かってはいた。

だが、好奇心が……。

今さらノックをするのもあれかと思い、何も言わずに扉を開けた。

でもなんとなく、部屋に入る時に言ってしまった。

「失礼します」

礼儀正しいのは美徳……普段なら。

その声で、涼に集まる四つの視線。

中には、二人の男性がいた。

一人は六十歳を超えているであろう。白髪を綺麗に切りそろえ、ソファーの片方に静かに腰かけている。

もう一人は四十代半ばであろう。褐色の髪は丁寧に整えられているが、顔だけでなく全身から疲労というか倦怠感《けんたいかん》のようなものが溢れだしている。見るからに豪奢な服と宝飾品をつけているのが、涼には印象的に映った。

「余を殺しに来たか」

その四十代の男が口を開いてそう言った。

涼は、そこで思い出した。ゴールド・ヒル会戦前に、アベルと会って話した男であると。

目の前の男が、アベルの叔父、レイモンドであると。

王を僭称した男であると。

「殺す予定には入っていないのですが」

涼は正直に答える。

「よい。余は、ここで死ぬのが王国のためであろう」

レイモンドがそう言った瞬間、外で大きな爆発音が聞こえた。

六十代の男が立ち上がり、窓から外を確認して言う。

「西門から煙が上がっております。破られたのでしょう」

それは、悔しさや苦々しさなどを全く含んでおらず、淡々と事実を述べていた。

「是非も無し」

(信長か！)

レイモンドの言葉に、涼は思わず心の中でつっこんだ。

涼にとっては、「是非も無し」や「で、あるか」は織田信長《おだのぶなが》が使う『信長用語』なのである。歴史好きあるあるに違いない……。

そんな日本の戦国時代に飛んでいた涼の心を、レイモンドの言葉が、すぐにこの場に引き戻す。

「暗殺者よ、余の首をとって手柄とするがいい」

「あまり、そういう気持ちにはなれないのですが……」

レイモンドの言葉に、涼は素直に答えた。

涼が王城に潜入したのは、レイモンドを殺すためではなく、スタッフォード四世の身柄を確保するためだ。

「そうか。ならば、余は薬をあおるとしよう」

「高貴なる血筋の方は、その血を流さずに自決されるのが作法である」

六十代の男、涼は名前を知らないが、パーカーが涼の方を向いてそう告げた。

涼も、地球の歴史の中で、そんな話を聞いた記憶はあったため一つ頷いた。

だが、それならと直接聞いてみることにした。

「最後に、一つだけ、教えていただきたいことがございます」

「ふむ、その願い聞いてやろう。何か?」

レイモンドは鷹揚に頷くと、先を続けさせた。

「先の国王、スタッフォード四世陛下が、どちらにいらっしゃるかを教えていただきとうございます」

涼がそう言うと、レイモンドもパーカーも少し驚いたようであった。

「なんだ、兄上がここにいると思っていたのか?」

スタッフォード四世は、レイモンドの兄だ。

「兄上は、この王城にはおらぬ。容体が極めて悪いため、中央神殿で、神官どもにつきっきりで見てもらっておる。とはいえ、〈キュア〉でも治らぬらしい……」

そういったレイモンドの顔は、はっきりと悲しそうであった。

兄と弟の間に確執があったのは確かであっただろうが、積極的に憎んでいたわけではないのかもしれない。

「中央神殿……」

涼はあまりの言葉に言葉を失った。

そうなると、ドンタンら潜入隊は無駄足だ。一刻も早く知らせるべきなのだろうが……目の前では王を僭称した男が自決しようとしている。放置するのはさすがにまずいであろう。

レイモンドは、どこからか取り出した小さな水晶の瓶を傾け、極少の赤い液体を手元のワインに注いだ。

そして一言、発した。

「パーカー、余の後を追って死ぬことを禁ずる」

「陛下!?」

パーカーは、驚きうろたえた。

「よいな? きつく命ずるぞ」

「それはあまりにも……」

レイモンドの命令に、パーカーは頷かない。

「恐れながら、レイモンド王に進言したき議が」

「許す。申せ」

涼は突然そう申し出、レイモンドは頷いて先を促した。

「パーカー殿に、レイモンド王を表す何か……遺品をお渡しいただき、それをアベル王にお渡しする役目を与えていただきたく……」

「なっ……」

「なるほど。その役目を与えれば、パーカーは死なぬな」

涼の提案に、レイモンドは満足して頷き、パーカーは絶句した。

レイモンドは、首から下げていたネックレスをパーカーに渡す。

「パーカー、これをアルバートに渡す役目を申し付ける。よいな」

「……かしこまりました」

パーカーは片膝をついてネックレスを受け取った。

レイモンドは、しばらく手の中にある毒入りワインを見つめた後、呟いた。

「ナイトレイ王国に栄光あれ」

そして、ワインをあおった。

『赤き剣』と『白の旅団』の面々を率いたアベルが王城の入口に到着したのは、西門が破られてから一時間後であった。

破られて、それほど時間が経たないうちに、カークハウス伯爵パーカー・フレッチャーの名で王都内のレイモンド軍に降伏受け入れが広がり、さしたる抵抗が無かったためにこの程度で済んだのだ。

王城入口で、アベルを待っていたのは、涼とパーカーであった。

「リョウと……カークハウス伯爵？　そうか、叔父上は……」

二人がいるだけで、アベルは察したようであった。

高い地位にいる者は、責任の取り方が厳しいものになる。地位が高ければ高いほど、より厳しく。それはどんな世界でも、いつの時代でも変わらない。

国を代表するほどの者であれば、命を懸けることになってしまう。そういうものなのかもしれない。

「こちらが、レイモンド王の遺品になります」

パーカーは、そう言うと、レイモンドのネックレスをフェルプスに渡した。

そして、フェルプスがアベルに渡す。

「ああ……これは覚えている。父上と叔父上が、対になる形で持っていたネックレスだな。そうか、叔父上は今でもこれをつけておられたのか」

アベルはそう言うと、しばし目を閉じた。

亡くなったレイモンドを悼《いた》んだのだろう。

アベルは目を開けると、今度は涼を見た。

涼は一つ頷くと、口を開く。

「スタッフォード四世陛下は、中央神殿に。ドンタン隊長が一隊を率いて神殿に向かい、確保しているということです」

パーカーなどもいるということで、丁寧な口調で説明した。

「そうか」

アベルは少しだけ微笑んだ。

「ただ……」

涼はそれだけ言うと、隣のパーカーを見る。パーカーは一つ頷いて口を開いた。

「その先は、私が説明しましょう。スタッフォード陛下は、ここ数年、帝国の手の者に毒を飲まされておりました。帝国が王都を落とした後は、毒を口にすることはなくなったようですが、あまりにも長く服毒していた影響でしょうか、神殿の総力を挙げても回復は難しいそうです」

「光属性魔法の……〈キュア〉であったか、あれでも無理だと？」

アベルが問うと、パーカーは苦い顔で頷く。

「〈キュア〉は、毒や病気からの回復を行う魔法だけど、時間が経てば経つほど回復を受け付けなくなるの。数年も受けていたとなれば……」

神官リーヒャが〈キュア〉について補足した。彼女の顔も、悲しそうだ。

「そうか……」

アベルは、ただそれだけ呟いた。

アベルは、執務室でレイモンドの死を確認した後、中央神殿に移動した。

つき従ったのは、『赤き剣』と『白の旅団』、それと涼。

終始、重い雰囲気であったアベルであるが、中央神殿で大神官ガブリエルの出迎えを受けた時は、少しだけ微笑んだ。

王都騒乱時、地下墳墓で共に戦った仲である。

スタッフォード四世が眠る部屋には、『赤き剣』の四人と涼が入った。

『白の旅団』は扉の前に護衛として残った。王たる者が、毒に倒れた姿を多くの者にさらすのは避けた方がいいだろうという、団長フェルプスの考えである。

『赤き剣』の面々は、元々アベルの護衛的な立場でもあるため入った。涼も、アベルの護衛であるため入った。

スタッフォード四世はうっすらと目が開いていた。

アベルが枕元に立つと、小さく一つ頷く。

「父上……」

アベルの言葉は、小さく弱々しかった。

毒に侵されたと聞いて、覚悟をしていたとしても……それでも実際に目の前にすれば、心は軋《きし》むものだ。


その後は、アベルが一方的に、現状の説明を行った。

スタッフォード四世は聞いているのかどうか不明であるが、目をつぶっている。

最後に、アベルはこう告げた。

「私は王になって、帝国と対決します。よろしいでしょうか」

それを聞くと、スタッフォード四世は目を開いてアベルを見て、少しだけ微笑んだ。

そして、頷いた。

こうして、ナイトレイ王国の王位は、スタッフォード四世からアベル一世へ、正式に引き継がれた。

◆

アベル王が王都に入った翌日から、王都では『解放祭』が開かれた。

『祭』とは言っても、特に出し物や催し物があるわけではない。ただ、帝国軍の侵攻以降、常に閉じられていた王都の門が開放され、外から運ばれた食料などが無料で振る舞われたのだ。

これらの食料は南部から運ばれた。商人ゲッコーがルンの他の商会や、ルン辺境伯を通じてアクレなどにも打診して運んできたものである。もちろん料金は、ルン辺境伯やハインライン侯爵が支払い済み。

アベルとしては、今回の騒動で取り潰す貴族たちから没収する資産の一部を、後日、辺境伯や侯爵に渡せばいいかと考えていた。

未だ、東部の街や北部には帝国軍が居座っているとはいえ、付き従う解放軍の者たちにも休息をとらせなければならない。さらに、抑圧されてきた王都民にも、『アベル王はレイモンドとは違う』というところを見せる必要がある。

それらを解決する方法が、『解放祭』であった。

安全の面から、当初、ヒューなどは顔をしかめていたが、最終的には受け入れた。

涼が「疲れるほどには働くな」「疲れるとミスが出ますよ」とボソボソと呟いたのが効果的だった……わけではないのだろうが、とりあえず受け入れた。

王都民への『解放祭』は、王都の商人も巻き込んでゲッコーらによって勝手に進められる。アベルがそう指示したからだ。

問題は、王城における『解放祭』であった。

王城における『解放祭』は、王城の主がアベル王であるということを示すための催しだ。同時に、王国政府は問題なく統治能力を持っているということを国内外に示すものでもある。

また、この後、帝国軍との決戦のため、物資や追加の戦力が必要となってくる。それらを、各貴族に出させるという意味合いもある。

新たな国王は、すでに強力な力を持っているぞ、勝ち馬に乗る方がいいぞ、というアピール。

それに呼応して、王国内の貴族たちが参集するだろう。

旗幟を鮮明にしていなかった貴族……。

王都内に捕らわれていた貴族……。

あるいは、アベル王に付き従い共に戦った貴族……。

様々な立場の貴族たちが、新たな国王と新たな関係を構築するためにも、この機会を逃すのは悪手であると理解するだろう。

王都解放祭の三日目に、王城内での貴族向けの解放祭パーティーが開かれることが告知され、未だ王都にいない貴族たちは、急いで王都に向かう羽目になったのだった。


王城、解放祭パーティー。

アベル王の挨拶の中で、正式に先王スタッフォード四世から王位を譲り受けたことが説明された。

もちろん、レイモンド士は王を僭称した男なだけであり、正式に王位についたわけではないことが、中央神殿大神官ガブリエルの口から宣言されている。

そして、参内した貴族たちが、新国王であるアベル王への挨拶をしていくのだ。

アベル王は、一人ずつ言葉をかけていく。

左右をリーヒャとリンに挟まれ、左後ろにウォーレンを従えたアベルを見て、涼は心の底から思った。

(王なんて、なるもんじゃない!)

ちなみに、涼自身はアベルの右後ろに立っている……ただ立っているだけでも非常に苦痛であるが、アベルの指名であるため仕方がない。

ハインライン侯爵に始まり、ルン辺境伯代理アルフォンソ・スピナゾーラ、さらにホープ侯爵と挨拶が続いていく。

いずれも、アベルが即位を宣言した最初期にそれを支持した大貴族たち。

当然、アベル王からの評価は最も高いものとなる。

「イグニス殿、よくぞお父上を説得してくださいました。感謝いたします」

「陛下、勿体ないお言葉です。私が説得するまでもなく、父も兄もアベル王こそ正統な王という認識を持っておりました」

ホープ侯爵の次男、イグニス・ハグリットも、父であるホープ侯爵と共に参内し挨拶をした。南部のハインライン侯爵とルン辺境伯だけではなく、西部の大貴族たるホープ侯爵家がアベルを支持したことは、王国全体の趨勢に大きな影響を及ぼしたのだ。

アベルは、その支持を極めて高く評価したことを伝えた。

ホープ侯爵の次に現れたのが、同じく西部の大貴族ウエストウイング侯爵とその娘、さらに隣の領地であるコムリー子爵とその令嬢であった。

「久しいな、ミュー殿、イモージェン殿」

「トワイライトランドへの使節団以来にございます」

「……ご、ございます」

侯爵と子爵自身への声かけを終えた後、アベルはそれぞれの娘たちにも声をかけた。知らぬ仲ではない。

王都のC級パーティー『ワルキューレ』の、ミューとイモージェンである。

二人とも、王都内で『反乱者』として帝国軍とレイモンド軍の妨害を行っていたため、それぞれの実家もかなり早い段階でアベル王への支持を表明していた。

アベルの下問にも、特に問題なく答えたミューと、憧れから顔を真っ赤にしてほとんど何も言えなくなってしまったイモージェン。

コムリー子爵は、昔から男勝りであった娘のそんな姿を初めて見たため、かなり驚いている。隣のウエストウイング侯爵は何かを悟ったのであろう、小さく何度か頷いていた。

リンの実家シューク伯爵と、ウォーレンの実家ハローム男爵も挨拶にきた。どちらも王都近郊に領地を持ち王城に詰めていたため、帝国軍による王都陥落以降、ずっと軟禁されていた。

リンはシューク伯爵の次女であるため、伯爵家を相続する可能性はほぼない。

しかし、ウォーレンはハローム男爵の嫡男であり、息子は他にいないため、よほどのことがない限り男爵家を継ぐことになる。

代々、ハローム男爵家は、国王の守りを預かる男爵家として知られ、『王の盾』を多数輩出してきた家系でもある。現ハローム男爵も、若かりし頃は王太子時代のスタッフォード四世を守る盾として王家に仕えていた。

「陛下、不肖の息子はお役に立てておりますでしょうか」

ウォーレンと並ぶ堂々たる体躯のハローム男爵であ

るが、性格は穏やかかを通り越して弱々しいほどである。

言葉にも、それが表れている。

「男爵、問題ない。ウォーレンには何度も命を救ってもらった。間違いなく、王国最高の盾使いに育ったぞ」

「おぉ……なんという、ありがたきお言葉。ハロームの名も光り輝くというものです」

ハローム男爵はそう言うと、さめざめと泣き始め、アベルの後ろに侍っているウォーレンは、顔を真っ赤にしながら立ち続けた。

隣の涼は、小さく何度も頷きながらウォーレンとハローム男爵を交互に見て、したり顔で呟いた。

「親は子が褒められれば嬉しいものです」


その後も、大小さまざまな貴族たちの挨拶が続き……ようやく終わったのは二時間後であった。

だがそこで、アベルの前に片膝をついて畏まった騎士が二人いた。

「どうした、ザック、スコッティー」

「陛下に、ぜひご紹介させていただきたい方がございます。我ら『反乱者』を、最も早い段階から支援してくださった、ジュー王国の……」

ザックの口上の途中で、思わず涼が呟いてしまった。

「ウィリー殿下？」

「リョウ先生！」

ウィリー殿下は嬉しそうに、アベルの後ろに佇《たたず》む涼に微笑んだ。

「……先生？」

そう呟いたのはアベルである。

「そうですか、早い段階でアベルへの支持を……」

「はい。中立を貫くという選択肢もないことはなかったのですが……我が国は弱小国です。である以上、強い一歩を踏み出さねば、王国内での立場が弱いままになりますので」

ウィリー殿下は、はにかみながら、そう答えた。

「それはいい判断をされましたね。故郷の本に、『中立でいると、勝者にとっては敵になるだけでなく、敗者にとっても助けてくれなかったということで敵視されることになる』という記述がありました。多くの場合、中立を貫けばその後の立場が非常に難しくなります。殿下は、正しく判断され、正しく行動されたと思います。アベル王も、きっと高く評価されるに違いありません」

涼はそう言うと、アベルの方を振り向いた。

「お、おう……無論だ。ウィリー殿下、王国は、貴国のとった行動に深い敬意と感謝の念を表します」

「陛下、勿体なきお言葉」

アベルが感謝を表し、ウィリー殿下は面目躍如《めんぼくやくじょ》であった。

「それにしても、リョウがジュー王国の王子から先生と呼ばれているとはな。先ほどの言葉といい、リョウは帝王学の心得もあるのか？」

アベルは涼の方を向いて問うた。

「帝王学？　帝王学って別に学問の名前じゃない気が……。先ほどのは、マキャヴェッリの……ああ、帝王の心得的な面から見ればそうとも言えるのでしょうか。書名は『君主論』ですからね。でも、故郷ならどんな街の図書館にでもある、ごく一般的な本ですよ」

「帝王学の本が街の図書館にあるって……リョウの故郷って、いったいどんな故郷なのよ」

涼の説明に、リンが呆れたように呟く。

「でもそんなことより、ウィリー殿下にお伝えした最も大切なことは、食は王族の嗜みということです」

「はい、そうでした！　あの時食べた、ハンバーグでしたか……さすが大国の料理と感服いたしました」

「殿下、王都にも美味しいお店がいっぱいあります。そうそう、カレーライスもぜひ食べていただきたいです。帝国軍が片付いたら、ちょっと食べに行きましょう」

「はい、ぜひ！」

涼とウィリー殿下が、食の話で盛り上がっているのをアベルは横で見ていた。

そんなアベルの小さな呟きは、横にいたリーヒャとリンにしか聞こえなかった。

「帝国軍が片付いたら……か。リョウが言うと、簡単なことに聞こえてしまう……そんなはずはないのに」

◆

「教授、よろしかったのですか？」

「はい？」

「『計画者』はあなただったのでしょう？　王都における『反乱者』たちが効果的に動けたのは、あなたの計画と指示があったからです。アベル陛下にお伝えすれば、高く評価してくださるでしょうに」

「殿下……面と向かってそう言われますと、なんと言えばいいのか困ります」

『教授』は苦笑してから言った。

「私は、世俗での栄達など望んでおりません。ここで、誰の掣肘《せいちゅう》も受けずに研究をしたい。そのために、学長にはなりたいと思っていますが……それだけです。『反乱者』への指示などは、よく分かりませんな」

そう言うと、軽く頭を下げて、自分の研究室に入ろうとした。だが立ち止まって、また口を開いた。

「それに、まだ終わっていませんよ」

「え？　それはどういう意味……」

「ほら、王国東部には、まだ占領されたままの街があるじゃないですか。わが魔法大学の東部研究所もありますし、たまたま実家に戻っていて帝国に占領された学生もいますからね」

そう言うと、『教授』は研究室に入っていった。

「特に何もしなくとも、ルンのダンジョンの功績だけでこの魔法大学学長の席はあなたのものだと思います……。でも、食えない方ですからね、どこまで信じてよいのやら」

ウィリー殿下は苦笑すると、『教授』が入っていった研究室の扉を見た。

『主席教授クリストファー・ブラット』

◆

ここは、王城内の元王太子執務室。

国王執務室は、レイモンド王が自死したり、さらに未だアベルの父スタッフォード四世自身は存命であることなどから、アベルは居を構えるのを避けたのだ。

解放祭パーティーが行われた翌日、アベルはその執務室でハインライン侯爵から報告を受けた。

「皇帝ルパート六世率いる帝国軍が、王国北部に進出してきました」

「来たか」

王国北部の貴族は裏切った。その多くはレイモンドに付き、いくらかはさらに帝国に寝返っている。そのため、さらなる帝国軍の侵攻を止める戦力は、北部には無い。

「『黒い粉』の恒久確保、つまり王国東部の確保が狙いか？」

「あわよくばと思っているでしょう。一戦して我らを討ち破ればそれが可能になります。あるいは正式な条約で、東部の統治権は王国が持つが、毎年『黒い粉』を帝国に献上……そんな内容の締結を目指すというのもあり得ます」

「欲しいのは、正確には領地ではなく『黒い粉』……だから、領地は返してやるから『黒い粉』は毎年こちらに差し出せと」

ハインライン侯爵の仮説に顔をしかめて補足するアベル。

「東部最大の街ウイングストン、それと『黒い粉』の集積地スランゼウイ。この二つに、帝国の残存部隊が残っているな？」

「はい。ウイングストンに千人、スランゼウイに千人です。実はそれに関して、今朝がた書状が届きました」

ハインライン侯爵はそう言うと、アベルの前の机にいくつかの書類を並べた。

「この二つの街の奪還に関する計画か」

アベルはいくつかに目を通した後、呟く。

そして無言のまましばらく考えてから口を開いた。

「この計画を許可する」

「承知いたしました。先方に伝えておきます」

アベルが了承し、ハインライン侯爵が頷いた。

計画通りにいけば、王都に駐留する解放軍を一兵も使うことなく、ウイングストンとスランゼウイを解放することができる。それは素晴らしいの一言に尽きる。

「その動きに合わせて、解放軍も動いた方がいいな」

「はい。明日にでも、進軍に関しての会議を開きましょう」

「そうだな、頼む」

こうして、王国解放戦の総仕上げ、帝国からの王国奪還が本格的に動き出した。

翌日。

王太子執務室に解放軍首脳が集まり、進軍計画が話し合われた。

司会は、当然のようにアレクシス・ハインライン侯爵。

現在、ハインライン侯爵は、王国軍務卿の地位も兼任している。デスボロー平原で敗北し、その後、紆余曲折を経て王都内で軟禁状態に置かれていた、前任の軍務卿ウィストン侯爵エリオット・オースティンから押し付けられたのだ。

エリオット自身は、自領の騎士団を率いて帝国軍との戦いに参戦する意思を示しているが、軍務卿の職務には耐えられないためハインライン侯爵に譲りたいと王都に入ったアベルに直言した。

それを聞いたハインライン侯爵が絶句したのは、内緒である。

高い地位に就くのも、いろいろ大変らしい……。

そんなハインライン侯爵の諜報網により、皇帝ルパート六世率いる帝国軍の陣容はほぼ正確に把握されていた。

「帝国第八軍と帝国第七魔法団が先陣として王国北部に入っておりました。そこに、帝国第一軍、第二軍と帝国第一魔法団、第二魔法団などが皇帝ルパート六世と共に王国領内に侵攻したとのことです。合計三万六千です」

「第八軍と第七魔法団というと、以前、叔父上の屋敷で見かけられたと報告があった？」

「おっしゃる通りです。第八軍を率いるエーブナー将軍と第七魔法団の指揮官オステルマン伯爵グーターが、カーライルで確認されております」

フェルプスらが送り込んだ『白の旅団』四人が確認した情報だ。

「そこに第一軍、第二軍と第一魔法団、第二魔法団か。ルパート六世が直属で率いる帝国軍最精鋭……」

アベルが顔をしかめて確認する。

「それから、ミューゼル侯爵と共に王国に侵攻し、王国東部を攻略した皇帝魔法師団ですが……」

続くハインライン侯爵の報告に、ピクリと反応した涼。だが会議の場でもあるので、静かに聞いている。

涼は、空気の読める水属性魔法使いなのだ！

「フィオナ皇女率いる本隊と共に、ルパート六世の傍らにあるそうです」

「つまり、爆炎の魔法使いもやってくるということだな」

アベルが確認した瞬間だった。

「よし！」

抑えはしたが思わず声が漏れたらしい……。誰の口からかは言うまでもないであろう。

「リョウ……」

「アベル、あいつ……爆炎のなんとかは、僕がやりますからね。ケネスとエトの借りを返します」

「戦争に私怨を持ち込むのは……」

「私怨だろうがなんだろうが、爆炎の相手は僕しかできないでしょう？」

涼の決意に満ちた表情。

現実問題として、爆炎の魔法使いを相手にできるのは涼しかいない。だから、アベルの答えは他にないのだ。

「ああ、その時は頼む」

その後も会議は続く。

「爆炎の相手はリョウでいいとしても……帝国第一魔法団、第二魔法団、第七魔法団合わせて六千というのは厄介じゃの」

「六千人の魔法砲撃とは豪気じゃなあ。互いに干渉するから、狙い通りにはなかなか飛ばんじゃろうが、それでも六千という数は大変じゃぞ」

顧問アーサーの指摘に、イラリオンが頷いて言った。

「さすがにリョウでも、六千本の攻撃魔法の迎撃は……いや、違うか。アロー系であれば、一本が五本に分かれるから、三万本の砲撃か……」

「高速で移動する三万の標的に、精密砲撃……さすがに無理ですね」

アーサーの言葉に、涼は小さく首を振りながらそう答えたが……途中で首を振るのを止めた。

「ん？　もしかして……水属性にちょうどいい魔法が

あるかもしれません」

「あるのかよ」

言い直した涼に、思わずつっこんだのはアベルだ。

「試したことはないので、確実ではないですけど……。ちょっと後で試してみますね」

そう言うと、涼は一人ブツブツと呟き始めた。

それを興味深そうに見ているのは、イラリオンと顧問アーサーの、老人魔法使いコンビ。

その二人と涼の三人を、恐ろしげな目で見ているのはリン。

面白そうに見ているのはフェルプス。

いろいろ諦めて、見るのをやめたのはアベルであった……。

「今回、敵には帝国第一軍、第二軍、第八軍と第一魔法団、第二魔法団、第七魔法団と、軍と魔法団が揃っております。ですので、戦術展開は帝国のお家芸を推し進めてくると思われます」

「魔法団による一斉砲撃で戦列をボロボロにし、軍による錘行《すいこう》陣形突撃だな」

ハインライン侯爵の言葉に、アベルが頷きながら答えた。

その、アベルのスムーズな回答を見て涼が驚く。

そんな涼を、アベルはジト目で見て不満げに口を開いた。

「リョウ、今、なんでアベルのくせにそんなことを知っているんだと思っただろう！」

「そ、そんな不敬なこと、思うわけないじゃないですかぁ。王太子殿下の宿題には、そんなのもあったのかなと考えただけです」

「ねーよ。兄上の宿題には、そんなのは無かった」

「じゃあ、なんでアベルのくせにそんなことを知っているんですか！」

「ほら、やっぱり思ってるじゃねーか！」

「しまった！　アベルの罠にはまりました」

そんな二人の会話を、ハインライン侯爵、イラリオン、アーサーといった、大人たちは微笑みながら見ている。本来なら、涼の不敬を咎めるべきところなのだが……。

彼らは知っているのだ。

本質的に、国王というものは孤独であると。

だからこそ、少しでも、ほんの僅かでも心を通わせることができる存在がいるのは、とても喜ばしいことであると。

アベルにとっては、涼は数少ないそんな存在の一人であり、しかも個人の能力として比類ない力を持っている。その二つが両立した存在がアベルの近くにあり、アベルと心を通わせているのは、奇跡的なものなのだとも理解していた。そうであるならば、少しくらいの不敬など、たいした問題ではないとも。

ビシー平野の戦い

アベル王率いる解放軍が王都を出たのは、『解放祭』が終了して四日後であった。

戦闘員の数、構成数は、ゴールド・ヒル会戦時とほとんど変わっていない。せいぜい、ウィストン侯爵エリオット・オースティンが自領の騎士団三百を率いて参陣、王都所属の冒険者たちが合流したくらいだ。

これは、再編成の時間をとることができないために、あえて解放軍のまま進軍することを選んだからであった。

王都解放後、アベル王への支援を申し出た貴族たちには、出兵ではなく各種物資や王都自体の防衛戦力の供出という方法での協力が提案されていた。

これは、各貴族にとっては逆にありがたいわけで……さらにアベル王の声望が高まったのは計算であったのか、それとも偶然か。

「おそらく、戦場は、ストーンレイクの北、ビシー平野になるでしょう」

フェルプスが、ハインライン一族の情報から推測して言う。

帝国軍の部隊が居座るウイングストン、スランゼウイに近くなく、大軍を展開できる場所となるとそう多くはない。王国解放軍以上の大軍を擁する帝国軍としても、大軍を展開しやすい開けた平野での戦いを望むであろう。

王都からストーンレイクまでは、ゆっくり歩いて二日の旅程。全く急ぐ必要はなく、補給に関しても心配する必要のない距離だ。

フェルプスは報告を終えて天幕を出て行き、アベルは、小さく、ひとつため息をついた。

そんなアベルを、天幕の隅に座って眺める四人。『赤き剣』の三人と涼である。彼らの手には、携帯式ケーキ『シュークリーム』が握られ、定期的に口に運ばれている。

「国王って大変なのですね」

涼がシュークリームを食べながら、目の前にある氷のテーブルに置かれたコーヒーにも手を伸ばしつつそんなことを言った。

「中央神殿の大神官様も、時々凄く大変そうな顔をしていたから……ほんと、地位の高い人たちっていろいろ大変そうよね」

こちらもシュークリームを頬張りながら、リーヒャが小さく何度も頷きながら答える。

「そりゃあ、たくさん報酬貰わないとやってられないよね」

こちらは、両手にシュークリームを持ちながらそんなことを言っているリン。

その隣では、重々しくウォーレンが頷いている。

これほどまでに潤沢なシュークリームの補給は、南部から運び込まれた材料を、王都の菓子店がフル稼働……とまではいかないが、かなり頑張って製造したおかげだ。

解放軍の福利厚生の一環として、甘い物が供給されていた。

もちろん、甘い物が苦手な者たちへは、別の、辛い物が支給されている……。幸い、『赤き剣』にしろ涼にしろ、甘い物が大好きな者たちばかりなので、臨時のシュークリームパーティーがアベルの天幕で開かれることになった。

そんな四人をジト目で見る、天幕の主人。

「なあ……別にここで食べなくてもよくないか？」

「アベルが、また何か変なことを言っています。アベルの護衛をしながら、休む間もなく頑張っている僕たち……褒めてくれてもよさそうなものですが」

「高い地位にある人は、忙しすぎて周りの人への感謝を忘れがちになる、気をつけなければ、って大神官様もよくおっしゃっていたわ」

「甘い物はストレスを発散させると思うから、アベルも食べればいいのにね」

アベルの恨みがましい言葉に、涼が反論し、リーヒャが補足し、リンがアベルも誘い……もちろんウォーレンは頷いている。

「……はぁ。分かったよ、俺も食べるよ」

アベルはそう言うと、四人の近くのイスに座る。

「でも、アベルの分、持ってきてませんよ？」

「おい……」

可哀そうな国王陛下であった。

なんとかウォーレンが確保してきたシュークリームを受け取って、ようやく食べることができたアベル。

もちろん、他の者たちは二個目を……リンは三個目を頬張っている。

「ふぅ……」

アベルが小さくため息をつく。

「アベルは、きっとすぐお爺ちゃんになってしまうに違いないです」

「まだ二十代半ばなのに、こんなにため息ばかりついてるもんね」

涼がひそひそ話を装い、リンもそれに同調する。

もちろん、声の大きさは普通の大きさなので、アベルにはまる聞こえである。

「聞こえてるぞ。まだ慣れてないんだ、いろいろ仕方ないだろ」

「でもアベル、冗談は置いておくにしても、体調には気を付けてね。あなたは国王なのだから」

アベルが愚痴を言い、リーヒャがそんなアベルを心配して言った。

「ああ……。そうだな。リーヒャありがとう」

少し照れながら、アベルはそう答えた。

そんな二人を見ながら、リン、ウォーレン、涼は視線を交わして頷く。そして、コソコソと天幕を出て行こうとした。

「いや、お前ら、何してるんだ……」

当然、すぐ横に座っていたアベルたちが気付かないわけがない。

「気を利かせて出て行くだけです」

「大丈夫、護衛は天幕の外でやっておくから！」

涼とリンはそう言い、ウォーレンも力強く頷く。

三人は出て行った。

そして、天幕には、なんとも言えない表情になったアベルとリーヒャだけが残ったのであった。

◆

ビシー平野に両軍が布陣した。

王国解放軍三万二千、帝国軍三万六千。さすがに両軍合わせて七万近いとなれば壮観である。

帝国軍は、開戦前に自軍の正当性を主張したりはしない。ちなみに、連合もしない。中央諸国の大国では、王国だけの……今となっては伝統になっている。

とはいえ、アベルは冒険者の期間が長いということもあって、正当性の主張というか、その手のアピールを開戦前に行うのは好きではなかった。ゴールド・ヒル会戦は、叔父でもあるレイモンド王と話したかったために自ら出向いたが、結局、自軍の正当性をアピールしてはいない。

いろいろと、戦争も変遷しているのだ。

そんな王国解放軍本陣に報告が届いた。

「陛下、昨晩、ウイングストンとスランゼウイの奪還に成功したとのことです」

報告するフェルプスの声が、幾分上擦っている。これは非常に珍しい。さすがのフェルプスでさえ驚くほど、スムーズにこの二都市の奪還に成功したためだ。

これで、帝国から王国東部を奪い返した。

「そうか！　よくやった」

『計画者』、フェルプス、シュワルツコフ家、フーカ家という、おそらく、お互いほとんど面識のない者たちが奇跡的な連携を成功させた。報告書に書かれた損害の少なさも相まって、アベルもかなりの喜びようである。

「シュワルツコフ家とフーカ家、それと『計画者』殿のおかげです。他にも、中央部や西部の貴族が協力してくれました」

「『解放祭』を開いた成果があったか。『計画者』については、ウィリー殿下から聞いている。まあ、本人が表に出たくないということなのでそっとしておこう。シュワルツコフ家を率いたナタリーは新当主として確固たる地位を築いたな。それとフーカの一族は……長兄の財務卿への復帰は難しいが、弟たちを取り立てることで納得してもらうとしよう」

アベルは、論功行賞《ろんこうこうしょう》のことを考えていた。そこをしくじると、統治のしょっぱなから失敗することになる……勝っておしまい、というわけにはいかないのが、国家統治の難しさだ。

「しかし、全ては、目の前の敵を倒してからだ」

アベルは気合を入れ直す。

それを後ろから見つめ、腕を組んで偉そうに、うんうんと頷く涼。

そんな涼に、アベルは気付いていたが、あえて何も言わなかった。なぜなら、涼の後ろでは、リンとリーヒャも同じように頷いていたから。

司令部のそんな雰囲気は、強力な帝国正規軍を前にしても、決して悲観的にはなっていないその証左であった。

一方の、ビシー平野北側に布陣した帝国軍本陣。

総司令官は当然、デブヒ帝国皇帝ルパート六世であり、傍らにはいつものようにハンス・キルヒホフ伯爵が控える。さらに戦の専門家たる幕僚団もいる。

そんな本陣の隅には、一人の女性と横に立つ男性が。

「フィオナ、魔法師団の出番はまだだぞ」

「はい父上……いえ、陛下、承知いたしております」

第十一皇女にして皇帝魔法師団団長フィオナ・ルビーン・ボルネミッサが答える。

それを聞いて、少しだけ寂しそうな表情になるルパート。間違いなく「父上でいいのに」と言いたそうだ……。

「おそらくあそこには、例の水属性の魔法使いがいるだろう。それを抑えるのはオスカーの役目だ」

「ありがたき幸せ」

フィオナの隣に立つオスカーが優雅に一礼する。

戦場にあっても、いや戦場なればこそ、けれんみのないオスカーの礼は映える……なぜか優雅に感じるのだ。それは、その場にいる誰しもが認めざるを得ない。

しかし、彼らは知っている。このオスカーこそが、帝国の切札であることを。

「陛下、そろそろ」

ハンス・キルヒホフ伯爵が、皇帝ルパート六世に時間であることを告げる。

「うむ。攻撃せよ」

ルパートの命令によって、ビシー会戦の幕が切って落とされた。

先に動いた帝国軍。

中央の第一軍、右翼の第二軍、左翼の第八軍と全てがゆっくりと前進する。彼らの後ろに、三つの魔法団が付いていく。

魔法砲撃が届く距離まで前進していくのだが……王国側に動きはない。

「我が軍の手法は分かっているはず。アベル王なら何かしてくると思ったのだが」

丘に置かれた本陣から状況を見て、ルパートが口にしたのはただそれだけ。

帝国魔法団の一斉砲撃は非常に強力だ。その一斉砲撃を受けて、揺るがなかった軍はない。

「射程に入ります」

幕僚団の報告に、無言のまま頷くルパート。皇帝が指示を出さずとも、指揮官らが戦を進めていく。

すでに、魔法団全員の詠唱は終わっている。後は、トリガーワードを唱えるだけ。

「放て！」

各魔法団の指揮官らの号令と共に、合計六千本の攻撃魔法が放たれた。

火属性の〈ファイヤーアロー〉を中心に、風属性の〈ソニックブレード〉や土属性の〈ストーンアロー〉など、発射後に分裂する攻撃魔法ばかり。途中で一本が五本に分かれる、つまり三万本の攻撃魔法が解放軍を襲う。

面制圧用の魔法で、一気に敵軍をぼろぼろにするのが帝国流。

しかし……。

帝国軍から放たれた魔法が王国軍に届く直前……全ての攻撃魔法が消滅した。

「な、何が起きた……」

幕僚団の口から漏れる驚きの声。

ルパートは声こそ出さなかったが、驚いているのは同じだ。

全ての攻撃魔法が、まるで魔法をぶつけられた時のように対消滅の光を発して消えれば、驚くのは当然だろう。

三万本もの攻撃魔法。

それを、全て対消滅させるなど……三万人の魔法使いがいれば、理論上は可能であるが……帝国を除いて、それほどの数の魔法使いを集めることができる国は、中央諸国には存在しない。

一体何が起こったのか……。

各魔法団の指揮官たちも理解できなかったが、もう一度、砲撃を行うことにした。

何かの罠か、未だ知られていない錬金術などの可能性もある。だが、これほど破格の性能を持つ錬金道具なら、間違いなく一回限り、使いきりのはずだ。

そう考え、各魔法団の指揮官たちは再度の砲撃を試みた。

結果は……先ほどと全く同じ。

全ての砲撃が、対消滅の光を発して消え去った。

「新必殺技の一つ、〈動的水蒸気機雷《ダイナミックスチームマイン》〉です」

「ああ、この前開発したやつか。確か、〈ドリザリング〉とかいう魔法を改良したんだよな。敵の魔法がぶつかると、その魔法を自動的に凍りつかせてしまう……」

「何それ、こわい」

涼が迎撃した魔法を答え、アベルが記憶から内容を引き出し、リンが震える。

「ええ。空気中の水蒸気を……まあ、その辺の見えないくらい小さな、いっぱいある水の欠片を使って相手の魔法を凍らせるんです。凍らせると、対消滅で両方とも消えちゃいますね。なかなかいい感じです」

何度も実験は行った。さすがに、三万本の魔法砲撃に対しての実験はできなかったため、そこだけは心配であったが……問題なく稼働したようだ。

「やられっぱなしは好かんな。リョウ、こちらからやるぞ」

「解除しました。どうぞ」

涼がイラリオンに解除を伝えると、イラリオンは〈伝声〉の魔法で、解放軍の魔法使いに砲撃を指示する。

解放軍からも、数百本の攻撃魔法が飛び、帝国軍にダメージを与えた。

とはいえ、帝国の砲撃に比べればどうしても数が少ない。そのため、帝国軍を混乱させるほどの効果は出せなかった。

「〈動的水蒸気機雷〉は、敵の魔法だけじゃなくて味方の魔法にも反応してしまうので……こちらの砲撃の時は解除しなければいけないのが、ちょっと面倒ですね。敵味方識別みたいなのを魔法式で組んで、錬金術と連携とかできれば面白いのですが……」

「うん、なんかとんでもないのになりそうだから、とりあえず、今のままでいいんじゃないかな？」

涼の思考が錬金術にはまりそうになったので、アベルが慌てて止める。いちおう、戦闘が始まったばかりである以上、戦場に集中してもらわなければ困るのだ。

「とりあえず、帝国の出端はくじきましたな」

アーサーは、一つ大きく頷きながらそう言った。

敵の先手を叩き潰せば戦いを有利に進めることができるのは、集団戦だろうが個人戦だろうが同じだ。

日本なら後の先、西洋ならカウンターといった言葉が使われるだろうか。微妙に意味合いが違うのかもしれないが、そこは気にしない。

先手を取られたなら、その先手を完璧に叩き潰す。

それは、受け潰しの基本でもある。

涼はそんなことを考えていた。


「魔法が全て消えた」

「あり得んだろう、そんなこと」

帝国本陣では、幕僚団が呆然とした表情のままそんなことを呟いている。

しかし、そうでない人物も……。

「クックック……」

思わず漏れる笑い。それはルパートであった。

「陛下?」

「ああ、ハンス、見たか? いや見たわな、ここにいたんだから。いや、驚いたな。三万本の魔法砲撃を全弾迎撃だぞ? なんだあれは? さすがはアベル王、A級冒険者ともなるといろんな引き出しを持っているな。こんな隠し玉を準備しているとはすげーな。あれは錬金術か? いや、二度目も迎撃したからな……魔法と考えた方がいいよな?」

かなり興奮した様子でハンスに呼び掛けてはいるが、ハンスの反応は全く気にしていない。実は独り言だ。

ハンスもそれは理解しているために何も答えない。

「魔法か。どんな原理かは皆目分からん。だが一つだけ分かることがある。あんなとんでもないことができる魔法使い、それは奴だ」

断言するルパート。

ギリッ。

同時に響く歯ぎしりの音……それは本陣の隅にいる、火属性の魔法使いの口から。

それを理解して、今まで以上に口角を上げるルパート。

「オスカーも、奴だと思うよな?」

「はい陛下。まず間違いなく、例の水属性の魔法使い……」

「敵の最強戦力であることは間違いない」

最強戦力を見つけて、なぜか大きく笑うルパート。

「あれほど強い相手ですと厄介なのでは? それなのに陛下は笑っておいでですが」

「おう、厄介だ。それに笑っているぞ。最強ということは、敵の核ということだ。あれを倒せばこちらの勝ち。それが明確になったのだからな。戦いってのはいつだってそうだ、一番強い敵を倒せば勝てる。だから普通なら、それが誰か、どの部隊なのかを探るところから始まるんだが、今回はこれだけ明確になっているんだぞ。そりゃ笑うだろ」

「……もし、倒せなければ？」

「こちらの負け」

ハンスの言葉に、大笑いのまま答えるルパート。

そして、一度頷いた後、命令を出した。

「両翼を進ませよ、近接戦に移行する。フィオナ、オスカー、良きタイミングで魔法師団を中央に投入する。何をすればいいかは分かるな？」

「はい」

「必ずや、あの水属性の魔法使いを倒してまいります」

フィオナとオスカーは最敬礼で命令を拝受した。

パーティー人数程度の攻撃魔法であれば、ある程度の魔法使いなら狙い通りに着弾させることができる。だが、数百、あるいは数千人規模の魔法が発動するとお互いの魔力が干渉しあって、攻撃魔法は狙い通りには着弾しない。

もちろん、「だいたいその辺り」程度には飛ぶため、敵からすれば厄介なことに変わりはないのだが。

そういう理由から、相手の魔法砲撃を防ぐ方法として、近接戦への移行は有効である。

帝国軍右翼第二軍、左翼第八軍が近接戦に移行するために前進を開始した。

本来の帝国軍の戦術であれば、魔法団による一斉砲撃で敵の戦列を乱し、そこに五百人ずつの部隊が三角形……錘行陣を組んで突撃する。魔法団の砲撃でボロボロになった戦列では、まず確実に食い破られる。

そう、本来ならば。

しかし今回は、魔法砲撃が効果を上げていない。

そのうえで、この帝国軍両翼を正面から受け止めたのは、解放軍の中核をなす二つの領軍。

「魔法砲撃で崩されなければ、我らとて決してひけはとらぬ！」

そう言い放ったのは、アレクシス・ハインライン侯爵。

ハインライン侯爵領軍には、あえて騎士団長の職が置かれていない。それは、侯爵自身が騎士団長だから。

かつて、王国騎士団長を務め、先の『大戦』を勝利に導き、鬼と呼ばれた男……彼が率いる騎士団、そして志願民兵が加わった領軍が、弱いわけがない。

王国軍左翼に位置するハインライン侯爵領軍一万が対峙したのは、帝国軍右翼第二軍一万。ハインライン侯爵領軍は正面からがっちりと受け止めた。

そしてもう一つの解放軍主力、ルン辺境伯領軍もそれに劣らず精強な軍である。

辺境伯という爵位は、その名が示す通り、国の辺境に位置し一定以上の強力な軍事力を持つことが想定される爵位だ。地球においてもそうだが、一般の伯爵よりその地位は高く、侯爵と同等。

現在、王国内唯一の辺境伯であるルン辺境伯の軍は、実戦経験の豊かさでは他の追随を許さない。その敵の多くは魔物ではあるが、それこそ城外演習が常に死と隣り合わせである……鍛えられないわけがないのだ。

また城内においても、人外の強さを誇る剣術指南役に鍛えられてきた。まず、誰を相手にしても怯むということはない。

エルフの剣術指南役や、魔法使いの剣術指南役の強さに比べれば……というか、これからの生涯において も、彼女ら彼らより強い相手に出会うことがあるのかはなはだ疑問ではある。

そんな鍛え上げられた二つの領軍は、帝国軍両翼の前進を完璧に受け止めていた。

では中央部はどうなっていたのか？

解放軍中央部を率いるのはヒュー・マクグラス。彼の下で、ルン以外の冒険者と民兵が戦う。『六華』や王都の『ワルキューレ』、『明けの明星』などが名を連ねている。

ちなみにルン所属の冒険者は、前回同様『アベル王の近衛』として、本陣に配されていた。さらに本陣には、ザック・クーラー、スコッティー・コブックのような元王国騎士団らも加わり、陣容は増している。

帝国軍は左右両翼が先行したが、王国解放軍の強力な両翼と激突し前進が止まると、中央部も押し上げてきた。

「来たぞ！」

ヒューがゴールド・ヒル会戦同様の言葉を吐くが、今回は置かれている状況が違う。

ゴールド・ヒル会戦では、最初から最後まで最前線で自らも戦いながら指揮を執っていた。だが今回は、中央部前衛ではあるものの一歩引いた中央部本隊で指揮を執っている。

対峙するのが皇帝ルパート六世率いる帝国第一軍ともなれば、警戒するのは当然であろう。どんな状況変化にも即座に対応するためには、自身を最前線、戦いの真っただ中に置いておくのは避けるべき……そういう判断であった。

ゴールド・ヒル会戦時に比べ、王都で『反乱者』として動いていた『ワルキューレ』や『明けの明星』といった有名冒険者たちも加わっている。ほぼ変わらない両翼と違い、この中央部の陣容は強力になっているのだ。

そんな解放軍中央部と帝国第一軍が激突した。

中央両翼全てが激突してからしばらくして。

本陣でアベルは顔をしかめている。

「なぜか、押しておりますな」

イラリオンが不穏な言葉を放つ。

その言葉を受けて、アベルは無言のまま頷く。まさに、彼が顔をしかめているのはそれが原因だ。

中央部はもちろん、両翼にも強い圧力をかけろとは命じていない。それなのに解放軍が押しているように見える。

あの、精強をもってなる帝国正規軍に対してだ！

しかも、皇帝自らが率いている帝国軍に対してだ！

解放軍は決して弱くない……だが、帝国正規軍と正面からぶつかって押し込めるほど強いかと言われれば疑問である。

「どう考えても罠、だよな」

アベルは呟くように言いながら、傍らに控えるフェルプスを見る。近衛を率いるフェルプスも、無言のまま頷き返す。

だが無言ということは、どんな罠なのかは分からないということ。

もちろんそれは、この本陣にいる誰もが同じ……。

「中央部は……前後に間延びしているか？」

「ええ、少し密度が薄くなっています。中心となっている冒険者も民兵も、集団としての密度、距離を考えて戦うのには慣れていませんから」

アベルの確認に、頷いて補足するフェルプス。自身が冒険者でありながら、ハインライン侯爵家嫡男として王国屈指の騎士団を小さいころから間近で見てきた。その経験から、冒険者と騎士の、集団戦における違いを理解している。

中央部では冒険者らがパーティー単位で戦っている。それだけに、自分たちのパーティーをよけていく敵にはあまり執着しない。

つまり……。

「抜けてくる部隊がいると厄介だな」

解放軍本陣は後方であるが、丘の上に置かれている。そのため戦場全体の動きは、ヒューら中央部本隊よりも把握しやすかった。

しかしヒューらも、中央部全体の密度が薄くなっているのには気付いていた。それが、敵の戦術の結果であることにも。

「何か仕掛けてくるはずだ」

むしろ、ヒューは待っている。敵が何か仕掛けてくるのを。

全戦線にわたって膠着しているとも言える現状、何かの拍子で抜け出すための契機として。

その期待は、すぐに報われた。

「騎馬の一団？　前衛とは切り結ばずに抜けてきます！」

「仕掛けてきたな」

ヒューは剣を持ち、中央部本隊の最前線に出る。百騎ほどの騎馬の一団が、一直線に本隊に向かってきたのが見えた。

先頭を駆けていた人物が馬から飛び降り、そのまま駆ける。

その間に、手に持つ剣が緑に輝いた。

「まさか！」

飛び込んでくる緑の光。

ガキンッ。

神速の一撃をしっかりと受けとめるヒュー。

「お久しぶりです、マスター・マクグラス」

「まさか皇女殿下が突っ込んでくるとは思いませんでした」

そう、駆けてきたのは皇帝魔法師団。

当然、その先頭に立つのは団長でもあるフィオナ・ルビーン・ボルネミッサ第十一皇女。

ヒューにとっては因縁の相手だ。

「ルンでは倒されました」

「復讐戦ですか？」

「その機会がいただけるなら重畳！」

微笑みながら挑発するフィオナ、素直に借りを返す気満々だと主張するヒュー。

だが、騎馬で現れたのはフィオナだけではない。

「私だけでなく、我が皇帝魔法師団の相手もしていただきます」

「ぐぬぅ」

「そうそう、副長のお相手はどうしましょうか？」

「副長……爆炎の魔法使いオスカー・ルスカか」

さすがにヒューは顔をしかめる。

ここにいるのは、いずれも冒険者の手練れたち。だがそれでも、中央諸国中が知る爆炎の魔法使いを相手にできる者はいない。その強力無比な魔法を使われれば、一撃で消し炭になるであろう。

そんな男の相手をできるのは……。

「僕がお相手しましょう」

その声は、微細な水の欠片を纏って現れた。

「来たか、水属性の魔法使い……」

「リョウ！」

オスカーが鋭い視線を向け、ヒューが安堵を多分に含んだ声を上げる。

そこには、〈ウォータージェットスラスタ〉で一気に飛んできた涼がいた。

睨みあう水属性の魔法使いと火属性の魔法使い。

彼らから少し離れた位置では、すでに激しい剣戟が繰り広げられていた。

一人は、敬意をこめてマスター《剣を極めし者》と呼ばれる『大戦』の英雄。

一人は、帝国の切札、皇帝魔法師団を率いる皇女。

いずれも聖剣ガラハットと宝剣レイヴンという、中央諸国の歴史にその名を刻む剣を持つ、尋常ならざる者たちだ。

二人の剣が、正面からぶつかった。

剣戟に超至近距離からの攻撃魔法が組み込まれているフィオナの戦闘術。ヒューは、ルンで嫌というほどそれを経験させられた。しかも今回は、最初から宝剣レイヴンは緑色に光り輝いている。

(最初から全力かよ！　お互いの手の内が分かっているからな、様子見の必要すらないということか)

フィオナの攻撃を丁寧に受けながら、少し考える。

(いや……そうとばかりは言えんのか？)

ちらりと横を見る。

少し離れた場所で、まだ涼とオスカーは睨みあったままだ。

(師匠と慕う爆炎の魔法使いがすぐそばにいるから？　それは信頼の証であり……あわよくば、俺を早く倒して向こうの加勢に行きたい？　そうだな、その可能性はあるか)

カシュッ。

フィオナに斬りつけると、やはりその音が聞こえる。

本来のレイヴンは、漆黒の剣。

だが、レイヴンにはいくつもの伝説がある。

曰く、主と認めた者の全ての速度が上がる。

曰く、無意識に火属性の攻撃魔法が放てる。

曰く……緑の光を纏いし時、無敵となる。

現在、緑の光を纏っている……その時、何が起きるのかというと。

「当然と言うべきか、『風の防御膜』で主を守っているわけだ」

ヒューが呟く。フィオナにもその呟きは聞こえたのだろう、無言のままうっすら笑った。

この、ワイバーンが纏うような『風の防御膜』があるため、全力の斬撃でもない限り相手にダメージを与えることはできない。

そして、フィオナほどの相手に対して全力の斬撃を放つということは、こちらにも大きな隙ができ、致命的な反撃を受けるということだ。

(まだ攻撃できない)

それが、ヒューの下した結論。

ヒューは自分の弱点が分かっている。

ルンでも思い知らされた、それは持久力。

現役を離れ、時間が経ったために落ちていた持久力によって、最後は相打ちに持っていくしかなかった……それも結局、失敗に終わったが。

ルンでの敗北後、傷が癒えてからは毎日剣を振り、暇を見つけては走るようになった。だが、持久力はそう簡単にはつかない。それは仕方ないこと。

もちろん今でも、その辺の若いC級剣士より持久力はあるのだ……あるのだが、それでも足りない。

今回は、最初からそれが分かっている。

分かっているならどうするか?

唯一、ヒューがフィオナを大きく上回っているものがある。それは経験。だから、経験を活かす。経験を活かして、持久力の低さを補う。

防御に専念。

さらに無駄を削る。

動き、呼吸……思考すらも無駄を削る。

それによって生み出される余剰。それが、持久力が削られるペースを落としてくれる。

全てはA級冒険者としての経験があればこそ。

(年寄りには年寄りの戦い方がある!)

イラリオンやアーサーが聞けば、ヒューの頭をぽかりと叩きそうなセリフを心の中で絞り出し、自ら望んでの持久戦へと進んでいった。

(やりにくい……)

始めから宝剣レイヴンの力を解放して、全力で挑むフィオナ。もちろん、目の前の剣士が厄介な相手であることは知っている。

マスター・マクグラス《剣を極めし者》と呼ばれる男。かつての剣聖ジュリアンが、自らの愛剣を引き継がせし男。それが弱いわけがない。

だがそれでも、第一線を退いて長くギルドマスターを務めていたため、A級冒険者であった頃に比べればさすがに……ルンで戦った時にはそう思った。

終盤では、往時の剣閃を取り戻したかのような鋭さであったが……。

しかし、今。

防御一辺倒。

(全く隙がない)

当然だ。

攻撃してきた瞬間こそ、最も隙ができる。それは何においても変わらない。

それなのに、完全に攻撃を放棄して引きこもられれば……隙が無いのは当たり前。

そんな相手を倒すにはどうするか？

強引に、相手の防御を突き破るしかない。

手数か、破壊力かで。

つまり速さか、力で。

技術を絡めることができない以上……。

(持久戦になる)

フィオナとしては、あまり望ましくない。できるだけ早く戦闘を終え、師匠たるオスカーの援軍に行きたい……それが正直な気持ち。

だがそう思ってはいても、簡単なことではないとも理解している。

そして割り切った。

(持久戦をやる。持久戦なら、こちらに分がある)

実際、ルンで戦った際には、最後はヒューの持久力が切れたために決着がついた。

だから今回も……。

必要なのは、割り切り。

ヒューとフィオナの思惑は一致し、持久戦へと進んでいった。

ヒューとフィオナが戦う場所から少しだけ離れたところで、涼とオスカーは睨みあったまま対峙している。

そう、睨みあったまま……まだ戦端は開かれていない。

「ルンでは大変なことをしてくれましたからね、ここで借りを返します」

「ルンなど関係なくお前を殺す、水属性の魔法使いリョウ」

「ただ少しだけあなたには感謝しているんですよ、爆炎」

「なに？」

涼からの思わぬ言葉に眉を顰めるオスカー。

「あなたに負けたおかげで、さらに高みに上ることができました」

「高みに上っても無駄だ、どうせお前はここで死ぬ」

「殺すとか死ぬとか、そういう物騒な言葉しか言えないからダメなんですよ。それは、あなたの主人の格も落とすことになりますよ」

「主人？」

「もちろん、あっちで戦っている皇女殿下ですよ。爆炎のせいで皇女殿下の評判が落ちる……」

「貴様……」

涼の安い挑発に、一瞬怒気をはらませるオスカー。

だがそれは本当に一瞬で収まった。

（挑発失敗です）

涼は心の中で顔をしかめる。

相手の冷静さを奪うのは、対人戦の初歩の初歩……いつもの格言に従ってやってみたのだが、上手くいかなかった。

それはオスカーが成長していることの証。

できれば、オスカーの冷静さを奪ってから戦端を開きたかった涼。しかし、それが難しいということを理解した。

「ケネスとエトを傷つけたことは許されません」

「俺とお前が戦うのに、わざわざ理由をつける必要があるのか？」

「なるほど！　初めて意見が一致しましたね」

オスカーの言葉に、驚きながらも頷く涼。

「戦う以外の道はない」

「負けるのは、一度で十分です」

オスカーと涼の戦いが始まった。


オスカーは即座に唱えた。

「〈真・天地崩落〉」

もちろん、涼は迎撃する。

「〈アイシクルランス256〉」

天から降り注ぐ炎を纏った岩の雨を、極太の氷の槍が迎え撃った。

空中で対消滅を繰り返し、全ての炎岩は消え去る。

だが、それだけで終わるわけがない。

「〈炎飛槍〉」

涼の周囲、あらゆる場所から炎の槍が現れ、涼に向かって飛びだした。

「〈ドリザリング〉」

あえて、〈アイスウォール〉ではなく〈ドリザリング〉で迎撃する涼。

対消滅時に発生する光が眩しいからだ。

それは目くらましに有用。

目くらましをすれば、当然仕掛ける！

涼は、村雨を構えて突っ込んだ。

しかし……。

「〈炎滝〉」

オスカーは、まるで炎の滝を横にしたような攻撃を放つ。涼の目くらましからの近接戦移行を読んだのだ。

「〈積層アイスウォール10層〉〈ウォータージェットスラスタ〉」

想定以上に強力な炎の滝。

普通の氷の壁ではもたないと判断した涼は、積層を選択。しかも、後方への〈ウォータージェット〉移動付き。

そんな積層の氷の壁も、半分以上を食い破る威力の炎。

（ルンでも思いましたけど、悪魔レオノールの〈業火〉並みですよね）

涼は心の中で呟く。

涼はオスカーが嫌いである。

心の底から嫌いである。

だが、馬鹿にはしていない。それどころか魔法使い、

あるいは戦う者としての評価は非常に高い。

高いが……。

「負けません！　〈アイシクルランスシャワー〉」

〈アイスウォール〉で炎の滝を受けながら、同時に〈アイシクルランス〉をオスカーに浴びせる。もちろん、それで決着がつくとは思っていない。

「我慢比べです！」

涼は腹をくくった。


（なんだ、この氷の槍は！）

一方のオスカーにも、もちろん余裕はない。

〈炎滝〉がある程度の効果をあげそうだとは認識している、常に分厚くなり続ける氷の壁と、押し合っているからだ。

だが同時に、氷の槍を受け続けている自分の〈障壁〉も……。

（〈障壁〉が五秒しかもたん！　馬鹿げた氷の槍を雨のように浴びせやがって。化物め！）

五秒ごとに〈障壁〉を張りなおすオスカー。

六歳で、魔法の恩師たるアッサーから教えてもらって以来、自分や仲間の命を何度も守ってきた〈障壁〉が、五秒しかもたないというのはかなりの衝撃だ。

もちろん初めての経験。とはいえ、意外ではない。

（化物であることは最初から分かっている）

ゴールド・ヒル会戦の報告は、オスカーも聞いている。

ただ一人で戦場の趨勢を決めた魔法使い。数万を超える氷の槍は、伝説にすらなろうとしていた。

（それを陛下は、俺に抑えろと命じられた。それができるかどうかが、この戦いの行く末を決めるということだ）

これまでに二回戦った相手。

しかしオスカーは今回、その二回に比べてかなり冷静であることを自覚していた。

最初はウィットナッシュ。敬愛するフィオナ皇女が相手の手の中にあったために、完全に冷静さを欠いていた。

二度目はルン。いきなり拳で殴られたために、冷静さは失われていた。

だがこの三回目。戦場の一部にいることを自覚し、帝国軍全体の戦略の一部であり、戦術の一端を担っている自覚の下、かなり冷静である。

冷静だとどうなるのか。

まず、大きなミスをしない。そして、多くのものが見える。戦っている相手の心の変化すら感じ取れる。

（この男……持久戦になってもいいと踏んだか。望むところだ）

炎の滝を氷の壁で受け、氷の槍を〈障壁〉で防ぐ。

二人の魔法使いの戦いは、そんな持久戦に突入した。

最前線で剣士の戦いと魔法使いの戦いが膠着している中、その変化に最初に気付いたのはアベルであった。ほとんど同時にフェルプス。二人は顔を見合わせると同時に頷く。

そしてイラリオンとアーサー……経験豊富な二人も。

「命の鼓動と存在を　我が元に運びたまえ〈探査〉」

イラリオンによる、誰にも聞き取れないほどの早口詠唱。結果が出ると、すぐにその顔はしかめられた。

それは悪い予想が当たった時の顔。

「後方に、一万人現れました」

ただ事実のみの報告。それが敵かどうかは分からない……だがこの場に、突然一万もの人間が現れたりする理由、それはただ一つしかない。

「ハーゲン・ベンダ男爵による〈転移〉か？」

「おそらく。ただ、我が一族の情報網でも、集団で転移できるという報告が上がってきたことはありませんでした。さすが帝国、徹底的に情報を隠していたのでしょう」

アベルとフェルプスの会話だ。

ハーゲン・ベンダ男爵。『帝国軍付き男爵』という、なんとも奇妙な立場の人物。

中央諸国でただ一人、いわゆる時空魔法と呼ばれるものを使うことができる男。知られる魔法は、〈無限収納〉と〈転移〉。どちらも、軍隊にとっては極めて便利な魔法であるため、彼は常に帝国軍と共に行動している。

彼の時空魔法が特殊なのは、それが使えるようになった経緯にもある。

彼の父、先代のベンダ男爵も時空魔法を使うことができた。その先代男爵が時空魔法を使えている間は、現ハーゲン・ベンダ男爵は時空魔法を使えなかった。そして、先代が死んだ瞬間、ハーゲン・ベンダ男爵は時空魔法を使えるようになった。

まさに、一族の呪いを引き継いだかのように。

「本陣後方に敵襲一万。本陣を固めよ！」

「急げ！　敵はすぐそこぞ！」

イラリオンが〈伝声〉の魔法で、本陣周辺の解放軍に情報を伝達し、アーサーが直接怒鳴って本陣にいる者たちの意識を変える。

戦場は遠くではない、ここが戦場になり、皆がその最前線に立つのだと。

「最初から我が軍が押し込めたのは、このためか」

「あれで、中央両翼すべて、この本陣から離されましたから。全てはこの奇襲のためだったのでしょう」

「さすがは皇帝、戦上手だな」


アベルは苦笑しながらルパートを称賛した。

すでに腹はくくっている。これだけの手間をかけて行われる奇襲だ。投入され、ここに突撃してくるものたちは帝国屈指の最精鋭であろうと。

本陣後方に配置された解放軍と戦う音が近付いてきて……。

陣幕が切り裂かれ、数人が飛び込んできた。

その先頭の動きは信じられないほど速い……一直線に、アベルに向かった。

ガキンッ。

驚くほど鋭い剣閃の一撃を、だがしっかりと受け止めるアベル。そしてニヤリと笑った。投入される帝国の最精鋭……心のどこかで、そんな気がしていたのかもしれない。

「久しぶりだな、ハルトムート・バルテル。皇帝十二騎士、第三席だったよな」

「覚えていただけたとは光栄。国王への即位、おめでとうございます。ですがアベル陛下には、ここで死んでいただきます」

こうして解放軍本陣で、アベル対ハルトムート・バルテルの二度目の戦いの幕が開いた。

「ルンでは完敗した。あれはいい勉強になったぞ」

アベルはうっすら笑いながら言う。

本気で剣にのめり込み、命のやりとりをしたことがある者が、全ての事情を知ったうえでアベルの笑みを見たら、奇妙に感じたであろう。

なぜなら、普通は笑えないから。

完敗した相手に今一度まみえ、笑みさえ浮かべてまた戦う……そんなことは不可能だ。どうしても、敗北の記憶が感情を捉え、笑みなど浮かべることはできない。

だが、アベルは笑みを浮かべて剣を振るう。

心の底から湧き上がる笑みを浮かべて剣を振るう。

対照的に、ハルトムートは心の中で顔をしかめた。

彼も経験したことがある、完敗した相手と再度の対戦を。その時、どれほど震えたか、今でも覚えている。

それなのに、目の前の新国王は笑っているのだ。

「なんという心の強さ」

敵であり、命を奪う相手であるのだが、ハルトムートが抱いた敬意は本物。

そんなハルトムートの前で、アベルはさらにクスッと笑った。

「本当は、いかんのだろうがな」

「は？」

「いや、俺は総大将だ。この軍の指揮を真っ先に考えねばならん。その観点からすれば、敵に退路を断たれ、挟撃、包囲下にあり軍はまずい状況だ。それなのに、つい笑みがこぼれてしまう」

「……」

「お前さんみたいな強敵と戦えることに笑みが、な」

その瞬間、ハルトムートの前からアベルが消えた。

否！　消えるわけがない。

「下か！」

同時に地面に向かって打ち下ろされるハルトムートの剣。

だがアベルは、しゃがんでハルトムートの視界から消えた後、さらに左に転がっていた。

一回転後、起き上がりざまに剣を薙ぐ。

「くっ」

右太ももを斬られ、思わず声を漏らすハルトムート。

戦場に出るということもあって、動きやすさ重視とはいえ皇帝十二騎士専用の革鎧を着用している。だが、そんなものは関係ないかのように切り裂かれた……。だが、

「ルンでも思いましたが、アベル陛下の剣は変わっていますな」

斬られた瞬間は思わず苦悶の声を上げたが、すでに平静な声に戻っている。

「けっこう深く斬りつけたと思ったんだが、もういつも通りか？　皇帝十二騎士ってのは痛覚がないのか？」

「痛みに慣れる訓練は、小さい頃から家でされてきましたから」

「マジかよ」

「痛みを感じなければ剣が鈍る、感じすぎても剣が鈍る。だから斬られた後に痛みに慣れろと」

「バルテル家だったたか。剣の名門らしいが、とんでもないな」

言いながら微笑み続けているアベル。

「失礼ながら、陛下は戦闘狂かと」

「そんなわけないだろう」

ハルトムートの言葉に、心外だという表情になって否定するアベル。

アベルの中で戦闘狂と言えば、『五竜』がイメージされる。特に剣士サン……あれこそが、戦闘狂。それに比べれば自分は……。

「常識と良識に溢れた一般剣士だろ」

言い回しがどこかの水属性の魔法使いに似ているのは、それなりに深い付き合いのためだろう。

それで思い出した。

「リョウは戦闘狂だったたな……俺も似ている？」

顔をしかめて言った後、涼を想像した。

「いやいや、そんなことはないな」

緊張感の中にも、ちょうどよく肩の力が抜けた状態……それが、現在のアベルの状態である。それをもたらしたのは、間違いなく戦場の中央で戦っている水属性の魔法使いの存在だ。

「失礼ながら陛下は、ルンの時よりも遥かに強くおなりになったようです」

「そうか？　俺を負かした相手がそう言うってことは、そうなのか？　言われると、存外嬉しいものだな」

　カキンッ。

　剣閃どころか、体のこなしすら見切れないハルトムートの一撃を、冷静に弾くアベル。

「おいおい、まだ話の途中だったろう？」

「時間が経てば経つほど強くなるようなので、早いうちにお命を頂戴します」

「いや、さすがに数十秒やそこらで強さは変わらんだろ」

　ハルトムートのボケではなさそうな本気のトーンに、アベルは驚きながらもきっちりと剣を構えた。

　人は成長する。

　その速度、タイミングは人それぞれ。

　数年間、成長が見られなかった人が、ある瞬間、信じられないほどの成長を遂げることがある……。それがいくつもの偶然が重なりあった結果なのは確かだ。

　だが、それまでの努力が、結果としては現れていなかった努力があったからこそ、想定外のことをきっかけにして外に顕れたに過ぎない。

　つまり努力の結果。

　今、アベルは、剣を握ってからこれまでの全ての努力の結果として、成長している。

　全ての勝利を糧として。全ての敗北を糧として。

　かつての、自らの師匠にも伍《ご》する最強の相手との二度目の戦いによって、成長が引き出される。

　それを本人も自覚していた。

「ありがたいな。この歳になっても、まだ成長を自覚できる」

「やはり早いうちに倒さねば……」

「いや、だから、数十秒やそこらの話じゃないぞ」

　ハルトムートが誤解している気がして、アベルは否定する。

　先制に成功したものの、実力的には未だに大きな差があることは理解しているのだ。一気に来られると厄介な気がする。とはいえ、どうせ激しい戦いになることは避けられない。

「しかし……『五竜』のサンにしろ帝国騎士にしろ、国王になってから強敵ばかり相手にしているのは、なんか間違っているんじゃないか？」

苦笑しながら呟くアベル。

それはルンでハルトムートと戦った時とは、明らかに違う感情であった。


この戦場において、唯一秩序のある場所がある。それは帝国軍本陣。

「ハルトムート卿率いる転移奇襲部隊、敵本陣への奇襲に成功しました」

本陣でハンス・キルヒホフ伯爵が皇帝ルパート六世に報告する。

「一万人での奇襲は、さすがに初めてだな。これほどの大人数の〈転移〉は、ハーゲンの体にも負担が大きいだろう」

「ハーゲン・ベンダ男爵は、〈転移〉直後、血を吐いて倒れたとのことです」

「まあ、そうなるだろうな。しばらくは使いものにならまい。ハーゲンの回収は？」

「いえ、まだ敵本陣後方です。治癒師三人で〈エクストラヒール〉を交互にかけているので、命に別状はないようですが」

「ハルトムートらが終わるまでは無理か」

ルパートは一つ頷いた。

「両翼の張り付け、中央の均衡状態、本陣への十二騎士による奇襲……全て想定通りの展開か」

そう言ったものの、ルパートの表情が晴れていないことにハンスは気付いていた。それは奇襲成功の報告が来るずっと前からだ。

「フィオナ殿下が心配ですか？」

「まあな」

ハンスの問いに素直に頷くルパート。

目に入れても痛くないほど溺愛している末娘フィオナ。皇帝魔法師団の団長として、帝国の切札として、激戦地に投入されることが多い。誰よりも、フィオナ自身がそう望むために、ルパートもその希望をかなえてやるのだが……。

「相手は、あのマスター・マクグラス、『大戦』の英雄だからな。戦場においてこそ、真価を発揮するだろう？」

「確かに油断できない相手ですが……一度、殿下は倒しておられます」

「ああ、そう、そうだ。分かってはいるんだが……」

頷くルパート。頷くのだが、やはり顔は晴れない。

そして、一つ大きなため息をついた。

ルパートは、皇帝でありながら多くの戦場を渡り歩いてきた。帝国の北、北西には小国家がいくつも存在していたが、その多くを自ら軍を率いて占領したのだ。

だから知っていたのかもしれない。

戦場の匂いが、記憶を呼び覚ますということを。

『大戦』の英雄が……忘れていた記憶を。


「俺には疑問だった。ルンの時、斬り飛ばした皇女殿下の腕が再生したことが」

「〈エクストラヒール〉ですから当然では？」

「普通ならな。だが俺の剣は聖剣ガラハット、剣の特性は『再生を封じる』だ。実際、ヴァンパイアの再生は封じた」

「〈エクストラヒール〉の四肢再生すら封じるはずだと？」

「そうだ。俺がこの剣の力を全て出せていれば。つまるところ、俺はまだまだこの剣に認められていない」

そこでヒューは苦笑した。

「その宝剣レイヴンが皇女殿下を認めているほどには、まだまだだ」

そこで笑いを収めて言った。

「まだまだ強くなる余地がある、ガラハットにそう思われているってことだ」

「なるほど。『大戦』の英雄は、戦場に出てこそその力を十全に発揮するのですね」

フィオナは小さく頷く。

彼女に油断はない。

難しい戦いであることは自覚している。

目の前の相手は、防御一辺倒。

とはいえ、その辺のC級冒険者や騎士などであれば、フィオナを相手に防御に専念したとしても十秒ももたないであろう。

なんといっても、剣と魔法の融合をさばき切るのは不可能だから。

そう、不可能なのだ……普通は。

（でも、さばかれている）

心の中で、フィオナは顔をしかめる。

持久戦になるのは仕方ないと思った。そう割り切ったうえで推移させた。

しかし、想定以上に……動かない。

フィオナの攻撃、ヒューの防御。それは変わらない構図。

攻撃と防御では、消費される持久力が違う。

剣を振るって攻撃する形を想像してみてほしい。

まず攻撃の場合、打ち下ろしだろうが、袈裟《けさ》懸《が》けだろうが、横から薙ごうが、剣が描く軌道はそれなりに大きい。突きですら、腕の動きはそれなりにある。

翻って防御の場合、剣は体の近くからあまり動かさず、角度をつけて相手の剣を流す、またはしっかり受け止める。どちらにしろ、剣を大きく振ることはない。

だから、攻撃は防御に比べて多くの持久力が消費される。

加えて、ヒューは防御一辺倒となる時に、余計な動きを削って持久力の消耗を少なくすることを主眼に置いて、剣を動かすと決めた。

それらはどんな結果を生んだか？

若く、持久力もあるはずのフィオナの方が、全盛期を過ぎて日頃の訓練も決して十分にできていないヒューよりも疲れ始めたのだ。

もちろん、それはまだわずかの差。

それでも、確実に生まれつつある差。

……のはずだった。

「〈エクストラヒール〉」

「……は？」

突然聞こえたフィオナのトリガーワード。

驚き言葉を失うヒュー。

フィオナを含め、彼女が率いる皇帝魔法師団の魔法使いが詠唱無しで魔法を生成することは知っている。

そしてフィオナが、火属性と光属性魔法を行使し、どちらもかなり高度な魔法を使いこなすことも知っている。

前回のルンでの戦闘でも〈エクストラヒール〉によって斬り飛ばした腕を新たに再生されたのだから。

しかし、今はヒューの攻撃はフィオナに当たっていない。フィオナは怪我をしていない。

当然だ。

ヒューは防御一辺倒だったのだから。

それなのに〈エクストラヒール〉を唱えた理由は？

「〈ヒール〉の連続使用で疲労を抜く方法が一般的ですが、その上位魔法とも言うべき〈エクストラヒール〉なら、一度で疲労が全快します」

微笑みながらその意図を説明するフィオナ。

「マジかよ」

愕然とするヒュー。

指摘された通り、神官や治癒師は〈ヒール〉を連続使用することによって、疲労を除去することができる。戦場のような厳しい状況ではそれなりに見られる光景だ。もちろん、本来〈ヒール〉は、けがを治すための光属性魔法であるため、疲労除去に使うのは本当に休むことができない緊急の状況と言える。

ヒューは、フィオナが〈ヒール〉の連続使用で疲労除去をする可能性は考えていた。

そうなった場合には攻撃しようとも考えていた。

だがさすがに、たった一度の〈エクストラヒール〉で全快するのは想定外。完全な防御一辺倒の状態からでは、一度の回復に乗じて攻撃というのは、ヒューといえども難しい。

「だいたい、〈エクストラヒール〉で疲労回復とか聞いたこともない」

理屈として、〈ヒール〉の上位魔法とも言うべき〈エクストラヒール〉なら、〈ヒール〉以上の疲労回復効果があるのは分かる。分かるが、そんな使用法は聞いたことがない。

なぜなら〈エクストラヒール〉の消費魔力はとんでもないから。そもそも〈エクストラヒール〉を使える神官は、高位の熟達した神官だ。そんな彼らですら、一回しか〈エクストラヒール〉は使えない。

それだけ魔力馬鹿食いの魔法……。

次に使えるようになるのは数時間後……。

当然そんなわけなので、こう言ってはなんだが疲労回復ごときに〈エクストラヒール〉を使うなど馬鹿げている。

「私、魔力量が多いらしくて、〈エクストラヒール〉も連続使用が可能なのです」

「おいおい……」

こともなげに言うフィオナ。はっきりと顔をしかめるヒュー。

「ですので、持久力でも負けません」

この瞬間、ヒューの目論見は完全に潰えた。


人は、乾坤一擲の一撃を入れられなくなった時、どうなるか。

絶望の淵に沈む者がいる。

ただ惰性で立ち続ける者がいる。

……必死に次の道を探すヒュー・マクグラスがいる。

(戦場で自分を助けられるのは自分だけだ)

そこまで考えて、だがふと記憶が蘇る。

(いや……パーティーメンバーがいれば別か)

かつて命を預け合った友。強力な魔物と対峙し、戦場を駆け抜けた仲間たち。彼らがいれば助けてもらえるかもしれない。

……だが、彼らは今、隣にはいない。

とても十八歳とは思えない、驚くほど完成された剣と魔法の使い手フィオナ・ルビーン・ボルネミッサ。

そんな強敵と対峙しているのは自分だけ。自分で答えを見つけるしかない。

(全てを諦めるにはまだ早い)

一騎打ちの場ではない、ここは戦場なのだ。

自分たち二人だけが戦っているのではない。

自分を助けることができるのは自分だけ……確かにその通りなのだが、戦っているのは自分だけではない。

自分たちの戦いに、周囲の多くの状況が影響を与えてくる。

その中には厄介なものもあるが、好機となるものもある。

（全てを利用する）

ヒューの中で下される再びの決断。

傍目には、防御一辺倒のままに見えただろう。

だがヒューの中では全てが変わっていた。持久力の削ぎあいから、状況変化に乗じて動くための準備へと。

そして、戦場は動こうとしていた。


戦場中央での戦いは、転移奇襲部隊による解放軍本陣への奇襲のために起こされたものだ。

つまり現状、この戦場の核は解放軍本陣、そして中心はアベル対ハルトムート。

奇襲部隊を率いるハルトムートは、皇帝十二騎士第三席。

皇帝十二騎士を含めたデブヒ帝国の強力な騎士は、伝統的に帝国騎士と呼ばれている。これは、デブヒ帝国が歴史上に現れる前に北方にあった前帝国からの伝統。

中央諸国の歴史において、北には帝国が生まれることが多かった。そんな、歴史を背負った『帝国騎士』という呼称。


「昔、王城にいた時から帝国騎士は強いと教えられたが、本当に強いな」

「ありがとうございます」

「強いのは認めるから、もう少し手を抜いてはくれんかな？」

「元Ａ級冒険者であるアベル王の言葉とは思えませんね」

「いちおう元じゃなくて、現役のＡ級なんだが」

ぼやくアベル。

事実、王国の冒険者ギルドにはＡ級冒険者として登録されたままだ。

そんな会話が交わされている。そのこと自体が、ルンの時とは違う。あの時は、アベルには全く余裕がなかった。初めて対峙した帝国騎士と呼べるクラスのハルトムートに、完全に圧倒されていた。

もちろん今も、実は余裕のある状況ではない。総大将たる自分が剣を振るって戦い、全戦線にわたって熾烈な戦闘が行われ、解放軍には予備戦力は全くなく……後方から奇襲を受けているため、全体で見れば帝国軍に包囲された状況なのだ。

本来、最高指揮所たる本陣が奇襲されれば、全戦線で混乱が起きる。本陣からの指揮が行われなくなり、各戦線がどう動けばいいか判断できなくなるから。

だが解放軍は混乱していない。

もちろんアベルにはその理由は想像がついている。

そして、その人物ならきっと……。

次の瞬間、緑の光が戦場を奔った。

狙いを定めた一条の光は、解放軍本陣、戦場中央、さらに帝国軍本陣まで貫く。

それはまごうかたなきヴェイドラの光！

空中戦艦ゴールデン・ハインドの主砲。

「来たか！」

アベルがニヤリと笑う。

「なに！」

驚くハルトムート。

それは、これまでにハルトムートが見せたことのなかった隙。

一気に低い姿勢で飛び込むアベル。

大きく踏み込み、下方から逆袈裟に斬り上げる。

ザシュッ。

深く切り裂かれるハルトムートの胸甲。

大きくバックステップして、アベルの一撃から逃れるハルトムートだが……。

「リン！」

アベルが叫ぶ。

本陣の隅、ずっと戦闘に加わらずウォーレンの盾に隠れていたリンが唱える。

「〈バレットレイン〉」

百を超える、強力な貫通力を持つ風属性の弾丸の雨が、広がりながらハルトムートに襲い掛かった。

三次元面制圧。

完璧な連携、完璧なとどめ。

ゴブリンキングや紫髪一号ことユリウスすら穴だらけにした連携。

だが、ハルトムートの体を穿ったのは三発だけ。

再びのバックステップで距離をとりながら、他は全てよけ、あるいは剣で弾いたのだ。

「マジか」

アベルは驚いた。驚いたが、体は無意識に動いていた。

指から弾かれたコイン。

それが、ハルトムートが着地する瞬間の地面へ。

たった一枚のコインであっても、全体重が乗る瞬間であれば……滑る。

バランスを崩すハルトムート。

転ぶのはギリギリで回避したが、体勢は崩れている。

狙い通りのアベルが再び飛び込む。

一撃。

ハルトムートの両腕が肘から切断され斬り飛ばされた。

それが決定打となった。

「撤収！」

両腕を失ったハルトムートの声が響き、奇襲部隊は撤収していった。

「アベル！」

リンと共に、ウォーレンの盾で守られていたリーヒャがアベルを抱きしめる。

「大丈夫だ」

抱きしめながら、アベルは頷く。

「リン、よくやった」

「〈バレットレイン〉がほとんどかわされた時には驚いたけどね」

「ウォーレンもさすがだった」

アベルの称賛に無言のまま頷くウォーレン。

本陣を奇襲された時から、三人は戦闘に加わらず、隅に退いていた。

全ては、〈バレットレイン〉による一撃のために。

強力無比と言っていい風属性の攻撃魔法最強の〈バレットレイン〉は、信じられないほど長い詠唱が必要である。ウォーレンの盾に守られながら、リンはその詠唱をしていた。

いつ放つのかが問題だった。

ハルトムートほどの相手であれば、よほど状況を整えない限り、〈バレットレイン〉すら完全に回避される可能性がある。

さすがに切札をかわされればまずい。

だからアベルの合図を待った。

アベルとしては、ルンの時と違い、完全に信頼するパーティーが傍らにいたのだ……当然、心の余裕というものが違う。だがそれでも、タイミングをしくじれば全てがご破算となる。

そこにゴールデン・ハインドの出現。

本陣が奇襲されて以降、ゴールデン・ハインドの要請まで行ったのはここにいる者たちではない。

「さすがハインライン侯爵だ」

そう、左翼で戦闘指揮をとりながら、本陣が奇襲されたことを察知して戦場全体の指揮を引き継ぎ、あまつさえゴールデン・ハインドの攻撃要請すら行っていた。

かつての王国騎士団長であり、『大戦』を最前線で戦い抜いた男だからこそできた行動だろう。

「でもアベル、最後は相手の帝国騎士、足を滑らせてよかったね」

「あれは、これのおかげだ」

リンの言葉にアベルは答えながら、地面に転がっていたコインを拾った。

「コイン？　それで足を滑らせたの？」

リーヒャが尋ねる。

「ああ。リョウが、近接戦で氷の床を生成して相手のバランスを崩すのを見たことがあったから、使えないかと思ってな」

「そんな小さなコインでよく……」

「俺にしかできない必殺技だな」

呆れたように言うリーヒャに、アベルは笑う。

そこにイラリオンとフェルプスがやってきた。

「危機を乗り切った時こそ、好機じゃぞ」

「かなりの被害が出ましたが、本陣三千人は動かせます」

その言葉で、アベルの意識は再び戦場に戻された。

そう、まだ何も終わっていない。

「イラリオン、左翼のハインライン侯爵に〈伝声〉。本陣の奇襲は撃退した、ゴールデン・ハインドが切り開く中央を突破して、敵本陣を突くと。フェルプス、ゴールデン・ハインドに連絡、空から援護しろ、これより敵本陣まで突っ込むと」

戦場が大きく動きだした。

ゴールデン・ハインドから放たれたヴェイドラの一撃は、戦場中央で戦っていたヒューとフィオナの戦いにも影響を与えた。

自分たちの戦いに、周囲の状況が影響を与えてくる。だから全てを利用する。

そう考えて守り続けていたヒューが、フィオナより先に反応できたのは当然だったのかもしれない。

二人のすぐ傍を奔る一条の緑の光。

それはフィオナを、驚かせた。

それはヒューを、動かした。

ヒューの左手が閃き、二本の短剣がフィオナの顔に向かって飛ぶ。

ヴェイドラの光に驚いた直後とはいえ、フィオナは当然、反応して剣で弾く。

そうでなければ困る、弾いてもらうために顔に向けて投げたのだから。そもそも短剣程度では、『風の防御膜』に守られたフィオナに直撃しても全て弾かれる。

だが顔に向かって短剣が飛んでくれば……一瞬驚いた直後であれば、よけるなり剣で弾くなりするはず。

そんな、ヒューの予想通りの動き。

短剣を投げた瞬間から動き出していたヒューは、投げると同時に両手で剣を握り、右前方に右足を大きく踏み込んで体に角度をつけ、腰から腕、剣を勢いよく横に薙いだ。

その瞬間、光り輝くヒューの聖剣ガラハット。

風の防御膜の再生を封じ、フィオナの腹を切り裂いた。

「チッ」

思わずヒューの口から漏れる舌打ち。一刀両断で胴を切断するつもりだったのに、フィオナは後方に跳んでいたのだ。

しかも……。

思い切り振りきられた聖剣ガラハット……それはヒューの体勢が、完全に余裕がなくなっているということ。

「〈ピアッシングファイア　乱射〉」

数十もの白く輝く炎の針がヒューの体を貫く。

なんとか急所だけは避けたものの、体勢を維持できず崩れ落ちるヒュー。

深く腹を切り裂かれながらも放たれた魔法。それだけで尋常な魔法使いではないのだが、さすがのフィオナですら魔法を放つだけで精一杯……意識を失った。

「ギルドマスター！」

周囲で戦っていた冒険者たちの声が響く。

「団長！」

近くで戦っていた皇帝魔法師団の者たちの声も響く。

それぞれ味方に回収された二人。

そこに、到着した……。

「ギルマスは大丈夫か！」

アベル王の臨幸《りんこう》だ。

「へ、陛下！」

慌てて膝をつこうとする解放軍冒険者。

「まだ戦闘中だ、必要ない」

アベルはそのまま立たせる。

その視界の端に、フィオナの体を確保して撤収しようとしている者たちが見えた。

「相打ちになったように見えたが？」

「おそらくは」

アベルの問いに、幾分冷静な答えが返ってきた。それは女性の声。

「『ワルキューレ』のイモージェンか。『ワルキューレ』には優秀な神官がいたな？」

「はい、スカーレットは優秀です」

イモージェンが答える傍から、スカーレットによるヒューへの治療は行われているようだ。

「よし。この場は任せる。俺たち本陣は、このまま敵本陣に突っ込む」

「はい、お任せください！」

アベルの言葉に驚きながらもイモージェンは請け負った。

頷くアベル。ふと横を見ると、少し離れた場所に水色のドームが見える。

「氷の半球？　リョウか」

口にしたのはそれだけだ。氷のドームは、中が見えない。なんらかの理由があって、涼が構築したドームなのだろうとアベルは判断する。

「あの半球には手を出すなよ」

そう告げる。たとえ相手が、あの爆炎の魔法使いであったとしても、本気になった涼なら大丈夫だと信じている。そもそも自分たちが手を出しても良くはならない……むしろ涼の邪魔になる可能性すらある。

ならば、今、自分たちにできることをするべき。

「皇帝の本陣に突っ込む！　付いてこい！」

「おう！」

上空から援護するゴールデン・ハインドと共に、アベル王率いる解放軍本陣は、帝国軍本陣に突入しようとしていた。


「フィオナ様は皇帝魔法師団が治療しているとのことです。命はとりとめると」

「そうか」

ハンスの報告に、表情を変えずに頷くルパート。その視線は、戦場に注がれている。

「敵の本陣が動いたという報告があったな？」

「はい。ハルトムート卿の奇襲を退けた後、戦場の中央に向かって」

「目指しているのは戦場中央ではなく、ここだろう」

「おっしゃる通りかと」

ルパートとハンスの考えは一致している。

考え方は、どちらの軍もシンプルなのだ。

敵の首魁《しゅかい》を倒せば勝ち。

帝国はそう考えて、ハルトムートらにアベル王を奇襲させた。

王国解放軍も同じような考えで、今動ける最強戦力A級冒険者アベル王が皇帝ルパート六世を攻撃する。

「よし、我らも動く。アベル王の面構え、とくと見せてもらおうではないか」

「承知いたしました」

こうして戦場中央において、両軍首脳が相まみえることになる……。


アベルを先頭に北上する王国解放軍。

アベルの右を近衛隊長フェルプス、左を盾使いウォーレンが守り、それぞれの後ろにリーヒャ、シェナ、リンがつく。

　そして三千の本陣が続く。

「ゴールデン・ハインドより報告。帝国本陣も南下をしているとのことです」

「すぐにぶつかるな」

　イラリオンの〈伝声〉の報告を受け、呟くアベル。

　その呟きからそれほど時間はかからなかった。

　前方に砂煙が見えたかと思うと一気に近付いてくる。その中でも一騎。

　アベルの前方で馬から飛び降り、一気に間合いを侵略した。

　ガキンッ。

　驚くほど重い一撃。アベルの記憶の中で、人間から受けた一撃としては最も重い……。

　アベルも長身だが、相手も長身。しかもかなりの筋肉もついている。振り下ろした剣は巨大で、うっすら光っているようだ。

　ニヤリと笑ったその顔が誰なのかは、当然アベルも知っている。

「これはこれはアベル王、お初にお目にかかる。余は、デブヒ帝国第三十代皇帝ルパート六世と申す。以後お見知りおきを」

「ルパート殿、これほどに丁寧なご挨拶、痛みいります。ナイトレイ王国国王アベル一世です」

　デブヒ帝国皇帝ルパート六世の臨場であった。

「そうそう、ご即位おめでとうございます」

「ありがとうございます。ルパート殿には、いろいろとお世話になりました」

「はて、何かお世話したかな」

「レイモンドの反乱に力を貸したり、ですな」

「いやいや、レイモンド殿こそが正統な王位継承者と信じたために、力をお貸ししたのだが。いろいろと行き違いがあったようだ」

　まさに、いけしゃあしゃあとはこのこと。

「先ほど、私の即位を祝福してくださったということは、今後はそのような問題は起きない、と認識してよろしいのでしょうな」

「まあ、そうなるな」

アベルは言質をとった。

全てを理解したうえで、ルパートは言質を与えた。

帝国が、アベルをナイトレイ王国国王として、正式に認めた瞬間であった。

二人のやりとりの間も、剣は交わったままだ。

「さて、アベル殿。アベル殿が国王に即位されるのは認めるのだが、実は即位される前に、王国と帝国の間で契約が交わされておりましてな」

「契約?」

「ええ。帝国に、王国東部と一部北部の支配権を譲渡するという契約が」

「ありえませんな」

ルパートが言った言葉を、言下に退けるアベル。

いくらレイモンドが愚かであっても、帝国に領土の割譲は行わないであろう。一度奪われれば、永久に取り戻せないことは分かっているからだ。これが、連合相手であれば分からないが……。

巨大すぎる相手には、一時的であっても土地の支配権を渡してはいけない。それは国であっても個人であっても同じである。

「ありえないと言われても……。こちらも、慈善事業で軍隊を出しているわけではありませんでな。お渡しいただけないとなると、面倒なことになるかと」

「脅し、ですか」

「いやいや、ただの助言。だが、我が配下の者たちも、けっこう暴走する者たちがおりましてな。皇帝といえども、彼らの暴走を止めることができるかどうか……」

これが交渉なのである。

話し合いで解決などというのは、結局、力を背景にしたものにならざるを得ないのだ。

国内において、裁判や示談などで解決されるというのは、司法の力が背景にあるからこそ成り立つだけである。

国どうしの話し合いでは、そんな司法の力に該当するものはない。各々が持つ軍事力を中心とした力が、重要になる。

地球においては、軍事力を背景にした経済力も、その力の一つだったわけだが、結局、領土問題は解決しなかった。力を背景にした割譲の要求か、金で買い取るか……他に解決方法などなかった。

アベルは、チラリとルパートの背後を見る。そこには、皇帝の側近たちが並んでいる。

「後ろの方々が、暴走すると止められない配下の方々ですか？」

「ええ、そうなのですよ。彼らの名前はご存じかな？」

「いいえ、知りませんな」

「向かって右から、皇帝十二騎士第一席アルノー・エルツベルガー、同第二席フェリクス・プロイ・リスト、その隣はご存じですな、第三席ハルトムート・バルテル。あとその横にいるのがハンス・キルヒホフ伯爵」

「ほぉ。十二騎士のトップ三人というのは驚きましたが……その隣が帝国執政キルヒホフ伯爵でしたか。皇帝陛下の片腕と言われ、比類ない行政能力を有すとの評判ですが、なぜでしょう。隣のお三方と同じほどの強さを感じますね」

「これはこれは。後でハンスに教えてやろう、かのA級冒険者が称賛していたと」

そこでさらに口角を上げて笑うルパート。

「戦場全体を見渡せば、未だそちらの軍は、我が帝国軍の包囲下にあるといってもいいであろう？　そのうえで、中央を十二騎士で制圧するとどうなるかは、賢明なるアベル王には説明するまでもないかと」

「なるほど」

圧倒的な軍事力と状況を背景に、交渉を有利に運ぼうとするルパート。

それに対して、一見、反論できないように見えたアベルであったが……。

その時、王国解放軍左翼から大きな歓声が上がった。そこではハインライン侯爵率いる解放軍左翼と帝国第二軍が戦い続けているはずだ。

帝国首脳らは、何が起きたのかは分かっていないようだ。

だがアベルには思い当たる節があるらしい。

「ようやく間に合ったようだ」

あえていつも通りの声量で言うアベル。

「ほう、あれは王国の策の結果ですか」

「ええ、すぐに明らかになるでしょう」

まだ余裕綽々のルパート。だが、何が起きたか、いや、誰がやってきたのかが明らかになるにつれて、さすがに顔をしかめていった。

帝国第二軍を横から貫いて混乱に陥れ、そのまま戦場中央にまで突き抜けてきた一団。それは比類ない弓の使い手たちであり、帝国の襲撃を受けてその恨みを募らせ、遥か王国西部からホープ侯爵領軍と共に駆けてきた者たち。

「西の森のエルフたちか」

ルパートとアベルの対談が始まって以来、初めて明確に、ルパートが苦々しい表情になって言った。それは、さすがに王国の西の端からこの東部にまでやってくるのは想定していなかったという証拠。

「西の森からは遠いの。とはいえアベル王、ギリギリの参陣じゃが間におうたか?」

「ああ、おババ様、完璧なタイミングだ」

「帝国騎士が三人もいるな。私の相手は誰がしてくれるのだ?」

「うん、セーラ、煽るのはやめてくれ」

西の森のおババ様率いるエルフ、しかもセーラ付き。

空中戦艦ゴールデン・ハインドも入れれば、この戦場中央部において、戦力が拮抗したということであった。

「ふむ、こうなると……」

「あの中次第でしょうな」

ルパートもアベルも氷のドームの方を見て呟く。

二人とも理解していた。結局、あの中で行われている戦いこそが、全ての決着をつけるのだということを。

そして、それでかまわないと、最高指揮官として双方ともに考えているということを。

決戦

西の森の援軍が到着するより、少し時間をさかのぼる。

二人の魔法使いは、激しい魔法戦を展開していた。

水属性の魔法使いは、炎の滝を氷の壁で受ける。

火属性の魔法使いは、氷の槍を〈障壁〉で防ぐ。

そんな持久戦。

二人とも理解している。この魔法戦の延長線上には、決着は存在しないと。

ルンでは、お互いにそう理解したため早々に近接戦に移行した……正確には、剣と魔法の混じった近接戦に移行した。今回はまだ魔法戦のままだが、攻撃の強度を上げなければならないのは、二人とも理解している。同時に、強度を上げてもそのまま決着はつかないであろうとも理解している……。

それでも、激しく戦う以外の道はない。

緩やかに戦いつつ相手の隙をついて倒す……そんな二人ではないのだ。

「叩き潰します！」

「やってみろ！」

涼もオスカーも全力。

（これだけの魔法戦を展開して、こいつは魔力切れにならないのか？）

全力の魔法戦を展開しながらオスカーは考える。

人である以上、魔力切れからは逃れられない。それなのに、目の前の水属性の魔法使いは全く緩めることなく全力で魔法を展開しているのだ。

確かに、オスカーも魔力切れの可能性はある。実際にこれまでの人生で、何度か魔力切れを経験してきた。だからこそ、全力戦闘の中でも適時魔力使用量を考慮して緩めたり、逆に押す時にはいつも以上の威力にしたりと、メリハリをつけることが多い。

今もそうだ。全力戦闘ではあるが、ほとんど無意識に魔力を絞るタイミングがある。

しかし……。

（こいつは、そんなことすらしていないんじゃないか？）

もちろん、最初から最後まで全力で押しきれればそれは理想的だ。

しかし、現実的ではない。

魔法使いは魔力が切れれば魔法を放てなくなる。同時に、気を失う。

戦場でそんなことになれば、それは死ぬことと同義。

魔力残量の管理は、とても重要なことなのだ。

涼は魔力についてどう考えていたか？

涼が『ファイ』に来て魔法を使えるようになり、何度も魔力切れを経験し、そして地球にいた頃から持っていた理論物理学の知識を敷衍《ふえん》して達した結論。

『使える魔力は、自分の体内にあるものだけではない』。

それは涼だけの特殊な事情ではなく、おそらく全ての魔法使いが、意識しないうちにそれを行っている。

もちろん体内にも魔力はあるし、それが呼び水のようになっているのであろう……だから、体内の魔力が尽きれば、それは魔力切れという現象となり、その後は魔法を行使できなくなる。

涼が、その結論に至った理由は、$E=mc^2$

誰もが聞いたことのある、有名なアインシュタインの公式。

そう、涼がこの【ファイ】にきて、初めて魔法を行使したあの時にも頭に浮かんだ式。

$E=mc^2$

E：エネルギー　m：質量　c：光の速度
「エネルギーは、質量と光速の二乗の積に等しい」

簡単に言うと、物質からエネルギーを発生させることが可能ですよ、ということ。

それは同時に、エネルギーから物質を生成することも可能ですよ、ということ。

魔力というエネルギーから、氷の槍など物質を生成する……まさに魔法現象そのもの。つまり魔法現象は、物理学に裏付けられているのだ。

しかし問題は、物質を生成するには莫大なエネルギーが必要だということだ。広島に落ちた原子爆弾、あの膨大なエネルギーはわずか〇・七グラムの物質がエネルギーに転換しただけで生じた。

そう考えれば、わずかな物質の生成にも、膨大なエネルギーが必要であることは理解できよう。

わずか一本の氷の槍の生成であったとしても、体内にある魔力なるエネルギーだけでは、とても足りるわけがない。

どこからか魔力というエネルギーを持ってこなければならない。

それは空気中を漂うものからか？

あり得ないとは言わないが、それでも足りない、全然足りない。

もっと別の場所から……エネルギーが溢れるように存在する場所から……そこから、体内にある魔力を呼び水のようにして引っ張ってきているのではないか。

涼はそう思っている。

その場所の候補も頭の中にはあるのだが。

あくまで仮説。

もっときちんとまとまったら、イラリオン辺りと語り合えればいいなと考えているのは内緒である。その際は、イラリオンに理論物理学を、その中でも超弦理論について勉強してもらうことになる……涼を講師として。

（まさに無尽蔵のエネルギーがある場所から引っ張ってきているのですから、下手を打たない限り魔力切れは起こさないのです）

そう、かつて涼をこの世界に導いたミカエル（仮名）はこう言った。「魔法のキモはイメージ」だと。

それはおそらく、魔力にも通じる至言だったのだ。

全ての答えは、最初から示されていたのかもしれない。

その場所をイメージできる涼は膨大な魔力を引っ張ってこられる……。

魔力切れは起きないという絶対の自信の下、涼は全力で魔法を行使する。

「〈フローティングマジックサークル〉」

攻撃の手数を増やすため、魔法戦を繰り広げながらの浮遊魔法陣の展開。十六の魔法陣が空に浮かぶ。

かつては、見た目のカッコよさのためだけであった浮遊魔法陣であるが、今では、もう違う！

「〈アイシクルランスシャワー〝集〟〉」

涼自身からの〈アイシクルランス〉の連射とは別に、浮遊魔法陣からもオスカーに向かって氷の槍が飛ぶ。

数千もの槍が、何度も何度も。

「化物め！　〈炎霰弾〉」

数には数で対抗とばかりに、オスカーも炎の弾を増やして氷の槍の迎撃を行う。〈障壁〉だけでは厳しくなったと感じたのだ。

完全な均衡状態にあったものが、ほんのわずか、涼の側へと傾こうとしていた。

その差は、絶対の自信の差。

地球の歴史に名を残す物理学の天才たちが構築してきた知識が、基になった差。

「くっ」

歯を食いしばるオスカー。

彼も負けられない。少し離れた場所では、敬愛する主が『大戦』の英雄と一騎打ちを演じている。ここで自分が敗れれば……いや、劣勢である姿を見せるだけで、向こうにも悪い影響を与えてしまう。

皇帝ルパート六世から与えられたのは、この場で水属性の魔法使い涼を抑えること。

それは帝国軍の作戦のために。

タイミングとしてはもうすぐのはずなのだが……。

戦場のど真ん中という状況においては、王国解放軍本陣の状況は涼のソナーでも、ギリギリ状況を知れる外縁部。

そこに異変が生じた。

「奇襲された？」

一瞬で、本陣が混乱に陥ったのを感じ取った。

アベル自らが剣をとっている。相手はルンで襲撃してきた帝国騎士……涼は一合だけ剣を合わせた。アベルが最終的に敗れた相手。

もちろん、二度目は勝つために特訓し、必殺技を会得しようとし、フェルプスとの模擬戦もこなした。さらに今、アベルの周りには仲間もいる。『赤き剣』の四人が揃っているのだ。

「大丈夫」

涼がそう自分を納得させた瞬間だった。

ガシュッ。

魔法戦を切り裂いて、オスカーが飛び込んできて打ち下ろした。

なんとか村雨で受け止める涼。だが、わずかに遅れた。

「ぐっ……」

長身のオスカーに、上から乗っかられているかのような体勢。

「他のことに気を取られるなんて余裕だな？」

「戦っている相手が退屈でしたからね」

オスカーの挑発に、涼も挑発で返す。

オスカーはもちろん、なぜ涼の意識が逸れたかは分かっている。敵本陣への奇襲が行われたからだ。

そもそも、その奇襲を成功させるために、目の前の水属性の魔法使いをアベル王から引き離しておく必要があった。だから、オスカーはこの戦場の中央に投入された。

ある種の囮として。

しかし、囮であると同時に、倒すための戦力でもある。

最強戦力同士をぶつけて、均衡状態をつくる。

皇帝ルパート六世が描いた通りの絵。

「お前たちは、陛下の掌中にある」

「皇帝陛下は戦上手ですね」

涼は素直に認めた。自分が釣り出されたのが、この奇襲のためだと。

「それほどに、僕のことを高く評価してくださるのは光栄ですが、僕だけ抑えてもダメです」

「なに？」

確かに涼は、解放軍の最強戦力だろう。

しかし、涼が全てに責任を負う必要はない。

フェルプスは近衛たるルンの冒険者を率いて、帝国軍の奇襲部隊を迎撃している。

その父たるハインライン侯爵は、すぐに解放軍全体の指揮を引き継ぎ、矢継ぎ早に指示を出している。

反対側の右翼でも、経験の浅い次期当主を、ルン騎士団が支えている。セーラや涼に鍛えられた精鋭だ、踏んできた場数が違う。

そしてアベル……『赤き剣』の他の三人が、本陣の隅にいるのが分かる。つまり、パーティーとして、強敵に当たるための策は準備されているということ。

「大丈夫」

涼が、今度ははっきりと言い切った。

そして唱える。

「〈アイスドーム〉」

涼とオスカーを中心に、半径二十メートルで生成された不透明な氷の半球。

「なに？」

オスカーは訝し気だ。

「解放軍は大丈夫です。僕はこの中で、あなたを倒すことに集中します」

剣で押さえられながらも、オスカーの目を見てはっきりと言い切る涼。

「あなたは仲間を信じられませんか？」

「なめるな！　貴様を倒すのが我が役目」

オスカーもはっきりと言い返す。しかしその瞬間、脳裏にフィオナの姿が一瞬でも浮かばなかったと言えば嘘になるだろう。

しかし……。

「水属性の魔法使い、貴様を倒せばいいだけだ」

「爆炎、その度胸だけは称賛します」

現状、その長身を生かした打ち下ろしの剣でオスカーが上から押さえ込み、涼が村雨で下から受け止めている。この状況では、涼は剣を弾くことができない。オスカーが上から体重をかけているからだ。


逃れる方法は二つ。魔法の力で支え押し返すか……相手に自発的に下がってもらうか。

「〈氷棺〉」

涼が唱えた瞬間、オスカーの周囲に氷が発生する。

もちろんオスカーは魔法使いである。涼が得意とする〈氷棺〉であっても、魔法使いを直接氷漬けにすることはできない。体表から十センチほどまでは、氷が侵入できないのだ。そのため、魔法使いを氷漬けにしたい場合は、〈スコール〉によって相手の体を涼の水で濡らし、その水を凍らせるという方法をとる。

だが今回は〈氷棺〉だけ。オスカーを完全に氷漬けにはできないが……その必要はない。

オスカーは剣を引き、大きく後方に跳んで距離をとった。

体表から十センチ離れた場所に、氷が発生して自分の動きが制限されることに気付いたからである。

もちろん、強引に火属性魔法で打ち破るなり、対消滅にもっていくなりあったのだろうが、オスカーは仕切りなおすことを選択した。

それは心の整理。

もちろん、フィオナの勝利は疑っていない。

だが、ここは戦場だ。

模擬戦の場でも、一対一の決闘の場でもない。どこからどんな想定外の邪魔が入るか分からない。そこに自分はサポートに行けない。

選択を突き付けられ、そして選択を受け入れた結果とはいえ、心の整理は必要。

しかし、その時間は一瞬。

呼吸一つ。

「いくぞ、水属性の魔法使いリョウ」

「来るがいいです、爆炎」

二人だけの戦いは、さらに激しさを増していく。

〈積層アイスウォール〉〈フローティングマジックサークル〉〈アイシクルランスシャワー〝集〟〉と、魔法と錬金術を駆使する涼。

〈障壁〉〈炎滝〉〈炎霰弾〉と三つの魔法を同時展開するオスカー。

再び展開される魔法戦。

だがそれは、近接戦に移行するタイミングを計るための魔法戦。

だから二人とも、剣を握ったまま。

〈炎滝〉と〈積層アイスウォール〉、〈アイシクルランスシャワー〝集〟〉と〈障壁〉がぶつかり、何百何千もの対消滅の光が辺りを照らす。

それに隠れるかのように、オスカーは小さく唱えた。

「〈ピアッシングファイア〉」

四つ目の魔法の同時展開。

その瞬間、涼の全周に数百の白い炎の針が生じ、涼に襲い掛かった。前面だけでなく、全方位からの攻撃も加えたのだ。

「無駄です！　〈ウォータージェット１０２４〉」

千二十四本の水の線が生じ、涼の周りを乱数軌道で周回する。そして、自ら白い炎の針に激突していき……そこでも対消滅が繰り返された。

涼は『ハサン』とレオノールが展開した手法を使って、破ってみせる。相手にやられた手法を自らの技にできるのは涼の柔軟性。

破られたオスカーが驚いているのが、涼からも見えた。その気持ちは分かる！

ひときわ大きな対消滅の光が二人の間で起きた瞬間、一気に涼は突っ込んだ。

小細工なしの突撃。そして、最速の面打ち。

「〈障壁〉」

オスカーは、新たに〈障壁〉を張ってそれを防ぐ。

しかし……。

ズシュッ。

涼の村雨は、まるでバターでも切るかのように、オスカーの〈障壁〉を切り裂いた。

「なんだと……」

〈障壁〉を切り裂き、そのままオスカーに迫る村雨の刃を、体さばきでかわしながらオスカーの口からは驚きの声が漏れる。

それも当然であろう。

オスカーの〈障壁〉は、〈物理障壁〉と〈魔法障壁〉を同時に展開して、どんなものでも弾き返すある意味防御の最高峰だ。

確かに、先ほどまでの魔法戦では何度も張りなおした……それは涼の放つ馬鹿げた威力の魔法に対して〈魔法障壁〉としての〈障壁〉が耐えきれなかったわけで、仕方のない部分もある。

だが今、氷の剣で易々と切り裂かれたのは〈物理障壁〉と〈魔法障壁〉、両方の特性だ。なぜなら氷の剣だから。それは物理特性と魔法特性を持っているものだから。

勇者ローマンの聖剣アスタロトすらも弾き返した〈障壁〉が、魔法の剣で簡単に切り裂かれるのは……さすがに想定外であった。

想定外に、想定以上に近付かれた。それはまずい。

「〈ピアッシングファイア　拡散〉」

相手を呑み込むように広がる太陽で追い払う。

「〈ドリザリング〉」

太陽を打ち払わんとする霧雨。

オスカーと涼、大技の撃ちあい。

それは、ルンでも展開された光景。

接触し、対消滅の光が乱舞する。もちろん、それは目くらまし。

「〈アイスゲート〉」

太陽の中を貫く氷の道。

「〈ウォータージェットスラスタ〉」

迷わず涼は突っ込んだ。

一方のオスカーも油断などしていない。

当然、対消滅に合わせて涼が攻撃を仕掛けてくると予測していたから。

そして、案の定、突っ込んできた。

超速の〈ウォータージェットスラスタ〉であるが、オスカーとて尋常の者ではない。

剣を構え直し、足を開いて何があっても対応できるように踏ん張った……踏ん張ろうとした……。

「っ……」

声にならない声がオスカーの口から漏れる。

踏ん張ろうとした足元が、凍っていた。

踏ん張りがきかずバランスを崩すオスカー。

そこへ、音速を超える突撃をかける涼。

村雨を一閃。

斬り飛ばされるオスカーの左腕、飛び散るオスカーの血……首を狙った涼の目論見は外された。

涼は覚えている。

ルンで、オスカーが自爆技を使ったことを。

自らの腕を犠牲にして、涼の脇腹を抉った。

斬り飛ばされた左腕も、もしかしたら……。

ドゴンッ。

「やっぱり！」

宙に舞った左腕の爆発。

僅かな魔力の流れすらなく、突然、斬り飛ばされたオスカーの左腕が爆発した。

オスカーが、自らの体にかけている遅延魔法……四肢が切り飛ばされた場合に爆発するという、とんでもない代物。

だが涼の想定の範囲内。とっさに〈アイスウォール〉を張って爆発の影響は防いだ。

腕の爆発はかわした。

そう、爆発は。

飛び散ったオスカーの血が涼の顔につく。

ジュッ。

「うおっ」

まさかの超高温の血……。

体外に出た瞬間に超高温になり、相手に付着すれば火傷を引き起こす……やはりオスカーの遅延魔法。

「だから！　なんで自爆技ばっかりなの！」

さすがに飛び散った血にまでそんな仕掛けがあるのは、涼にしても想定外であった。


バックステップして距離をとる両者。

実はこの時、戦場に響く音は全てなくなっている。

二人の戦いは、氷のドームの中であるため関係ないのだが。

爆発によって、右目の辺りに火傷を負い、右目の視力を失った涼。

村雨に斬り飛ばされ、左腕を失ったオスカー。

それでも、二人の戦意は、いささかも衰えていない。

右目に、うっすらと氷を張り、火傷を癒そうとする涼。

斬り飛ばされた腕の断面を焼き、出血を止めるオスカー。

涼は、正眼に村雨を構えた。

そして唱える。

「〈アバター〉」

ほんの僅かに村雨の鞘が発光し、分身が現れた。

ここからの技は、当然決まっている。

「〈アイシクルランスシャワー〉〈ウォータージェットスラスタ〉」

オスカーに向かって無数の氷の槍が撃ちだされ、同時に、三体の涼の背面から微細な水が噴き出し、氷の槍と同じ速度で突っ込む。

氷の槍の着弾、三体の涼の斬撃、それは一瞬で生じ、一気に収束する。

だが……。

収束した先に、オスカーはいなかった。

見よう見まねで、自ら炎を発して、飛んだのだ。

涼の〈ウォータージェットスラスタ〉を真似て……。

本来、見たからといって真似できるものではない。

だが、オスカーは飛んだ。

もちろん、初めての経験であるため、着地は失敗。

地面に転げ落ちる。

なんとか受け身を取って、いつでも反撃できるように片膝立ちの体勢をとる。

体勢をとった瞬間……オスカーは失敗したことに気付いた。

分身が収束したはずの場所に、いない。

誰もいない。

本体がいない……。

オスカーが右手をかざしたのは、偶然だったのか、それとも幼少期からの尋常ではない経験によるものなのか。

直上から降ってきた涼。

かざされたオスカーの右腕によって、わずかに剣筋がずれる。

頭ではなく、右腕、右肩を斬り落とす。

オスカーは、失敗を悟った瞬間、右半身を捨てていた。

噴き上がる血煙の中……。


目の前に降りてきた涼に、何も考えずに魔法を放つ。

「〈エンタシスファイア〉」

驚くほど太い〈ピアッシングファイア〉が発生し、涼に突き刺さった。

白い炎の柱を、腹に突き刺された涼。

左腕を斬り飛ばされ、さらに右肩から先を失ったオスカー。

二人は指呼の間にいる。

手を伸ばせばすぐに届く距離。

だが、どちらも動けない。

意識を繋ぎ止めておくだけで精一杯……。

ほんの少し、動くだけでとどめをさせるのに！

そう、ほんの少しでいい。

途切れそうになる意識。

涼は、残された意識の全てをかき集める。

その瞬間、消える氷のドーム。

〈アイスドーム〉を維持していたほとんど無意識すらかき集める。

「〈アイスニードル3〉」

それは極細の、視認できないほど細い三本の氷の針。

自らの体に刺す。

針が、動かなかった涼の体を動かした。

「ぐっ」

針によって動かされた腕が、村雨をオスカーの体に深々と突き刺した。

「借りは、返しました」

「さすがリョウ、見事」

アベルはそう呟くと、体ごとルパートに向き直りはっきりと告げた。

「ルパート殿、王国が望むのはただ一つ。このまま帝国全軍が、帝国領にお戻りいただくことです」

◆

こうして、王国と帝国の間の戦争は終結した。

正式な条約の締結は後日ということになるだろうが。

「帝国軍は、ようやく帰ってくれたな」

合流したヒュー・マクグラスが、疲労困憊のていでそう言った。

「帝国としては十分な成果でしょう。この戦争の間に、モールグルント公爵家を潰し、ミューゼル侯爵も亡くなった。反皇帝派と中立派が力を失ったのですから。王国東部に保管されていた『黒い粉』は帝国領に運び込まれたようですし」

「あわよくば王国東部を手に入れたいと思いながらも、最初から、支配下に置けなかったとしてもやむを得ないと考えていたわけだ。そうでなければ、帝国領に運んだりはしないからな」

フェルプスの説明に、アベルは一つため息をついてから言う。

もちろん、王国も負けっぱなしではなかった。

最後のビシー会戦においては、戦術的勝利を手に入れたと言っても過言ではないだろう。

それによって王国の国力は未だ侮れないと、帝国はもちろん連合にも示すことはできたはずだ。今後の戦争を回避するために、軍事的な力を見せておく。それが抑止力になる。

なんとも矛盾しそうな論理だが、古今東西、どんな世界においても、数千年にわたって人間が刻んできた歴史の真実でもあった。

エピローグ

「陛下、申し訳ありませんでした」

「ん？」

皇帝ルパート六世は、目の前に跪いた皇女フィオナとオスカーを見て、首を傾げた。

「なぜ、謝る？」

「あの水属性の魔法使いを討ち取ることができませんでした」

そう言ったのは、オスカー。その体からは、怒りが噴き出しそうである。

「そのことはいい。二人が無事であったことの方が重要だ。今回の戦、帝国は多くの物を手に入れることができた。第二十軍は壊滅したが……。戦後交渉で、捕らえられたままの第二十軍の者たちを取り戻さねばな。厄介なエルフが戦線に出てこぬように抑えを命令したのだが……この戦場にまで現れたのはさすがに想定外であったわ」

そういうと、ルパートはため息をついた。

エルフの『西の森』で、第二十軍が壊滅したのは、想定以上の損害であった。

しかし、かなりの人数が生きたまま捕らえられていると報告されている。生きていればなんとかなる。取り戻すために、かなりの物を出すことになるだろうが、優秀な人材には代えられない……。

「まあいい。それよりオスカー、先の戦では王国北部貴族たちを裏切らせ、ウイングストンをはじめ、いくつもの都市を落としたとか。よくやった」

「お褒めにあずかり恐悦至極に存じます」

ルパートが褒め、オスカーは一層頭を下げた。

「喜べ、帝都に戻ったら陞爵《しょうしゃく》だ」

「は？」

「二段階上がるがよかろう。伯爵にする」

それを聞いて、フィオナが嬉しそうに何度も頷いている。

ルパートは、オスカーとフィオナを下がらせた。

傍らにいるのは、片腕たるハンス・キルヒホフ伯爵だけだ。

「期待を裏切らず、オスカー殿は功績をあげましたな」

「ああ。フィオナを傍らに置いたまま、オスカーだけ戦場に出したかいがあったわ」

そう言うと、ルパートは小さく笑った。

「伯爵となれば、女公爵の夫となっても問題はあるまい」

「やはり、フィオナ殿下の夫に？」

「当たり前だ。それ以外の者と結婚させようとしたら、俺はフィオナに焼かれる」

先ほどよりも大きな声で、ルパートが笑う。

「どうせ、国内にはたいした貴族は残っておらん。かといって、外国に嫁がせる必要性もすでに無い。であるなら、オスカーを婿に貰うのが良いであろうよ。あれほどの魔法使いの血、帝室の近くに置いておければ、
百年後には直系に入るやも知れぬであろう？」

ルパートはひとしきり笑った後、顎に手を持っていき、少し考えこんでから口を開いた。

「今回、ほとんど想定通りに進んだにもかかわらず、最後は打ち破られた。やはり王国は侮れん……いや、さすがはアベル王ということか。ゴブリンに率いられたワイバーンの集団よりも、ワイバーンに率いられたゴブリンの集団の方が強い……格言通りだな」

「アベル王を高く評価されているのですね」

「しかも傍らにはドラゴンがいやがる」

「例の水属性の魔法使い……」

「ちと、王国とは付き合い方を変えねばならんか？」

「友好を軸に、ということですか？」

ルパートの言葉に、ハンスが少し驚きながら答える。

だがすぐに理解した。ごり押しができないほどに、新たな王国は強いと認識したのだと。

「王国にしろ、あるいは連合にしろ、じっくり考える必要がありそうだ」

ルパートはそう言うとニヤリと笑うのであった。

◆

「今回はいろいろありました」

「リョウが、そのセリフを言うのは珍しいな」

アベルは、傍らにいる涼にそう言った。

ここは、王城の元王太子執務室。結局、アベルは、ここを新たな国王執務室にすることにしたのだ。

表向きの理由はいくつもあるが、真の理由は、王都外への抜け道も王都内への抜け道もあるため、いろいろ都合がよいから。

そんな新たな国王執務室で、アベルは書類仕事をし、それをハインライン侯爵が補佐し、涼はソファーにきちんと座って話していた。

理由は、もちろん、目の前にコーヒーがあるから。

コーヒーが無ければ、ぬべ～っと……。

「さすがに右目の辺りに火傷を負って、お腹にでっかい穴が開きましたからね。着地したばかりで、ローブが開いていたのが失敗でした。ローブがあれば、あの程度の魔法、弾いていたのですが。でも、爆炎の腕は斬り飛ばしたし、最後は村雨でブスリとやりましたからね、僕の圧勝です！」

「お、おう……」

涼のアピールに、アベルはとりあえず肯定した。反論してもどうしようもない、という消極的理由によって。

「ただ、大きなミスが一つありました」

「ミスが一つ？」

「新必殺技の『らくりま・アベルー』を繰り出すことができなかったのです」

「脛を氷で打てば、俺でも泣くだろうという技か……」

悔しそうな涼、小さく首を振るアベル。

二人の顔を見比べて首を傾げるアレクシス・ハインライン侯爵。

「とはいえ、起きた出来事の豊富さを勘案すれば、『らくりま・アベルー』を放てなかったくらい、どうってことはありません。いずれ、本家のアベルに対して繰り出せば帳尻は合います」

「うん、絶対するなよ」

涼の提案を真っ向から否定するアベル。

とても必殺技と呼べるほどのものだとは思えないのだが、それでも痛そうなのは確かなので……。

「全体で見れば、〈転移〉でこっちの本陣奇襲という転移イベントもありましたし、『いろいろありました』というのは正しい発言でしょう」

「転移イベントとかいうのがよく分からんが、まあ、あれは確かに驚いた」

涼が言い、アベルも同意した。

そこで、ハインライン侯爵が情報を補足した。

「その集団転移ですが、どうも頻繁に使えるものではなく、一回使うごとにハーゲン・ベンダ男爵は健康を害しているそうです。もしかしたら、寿命を削っての魔法なのかもしれません。実際、ハルトムート卿ら一万人を転移させましたが、血反吐を吐きながらの転移だったとか。帝都に戻るまでも、戻ってからも、未だに起き上がれないそうです」

「〈ヒール〉すら効かないってことですよね？　なんて壮絶な魔法……」

「そこまでの作戦だったということか」

涼もアベルも、ベンダ男爵の境遇に少しだけ憐れみを感じた。確かに、自分たちを危地に追い込んだ魔法であるが、男爵の使われ方があまりにも不憫だったから。

「そう簡単に使えないのであれば、こちらとしてはありがたいか。あれで、大軍をいきなり王都に送り込まれたら大変だからな」

アベルは、署名する筆を止めてそう言った。

そのタイミングで、ハインライン侯爵がアベルに言う。

「陛下、リョウ殿の例の件、ルン辺境伯ならびにホープ侯爵にも根回しが終了いたしました」

「そうか。問題なさそうか？」

「はい。お二方とも喜んでおりました。あれほどの戦力、どこかの貴族が取り込んだら大変なことになると」

「はい？」

ハインライン侯爵が、意味ありげに涼を見て、涼は首を傾げて問いかける。

「いや、今回の功績によって、リョウを貴族に取り立てるという策だ」

「貴族……」

アベルが言い、涼は眉根を寄せながら呟く。その言葉からは、あまりいいイメージを受けないからだ。

「魑魅魍魎《ちみもうりょう》が住む王宮政治……領民の反乱に悩む日々……近隣領主による嫌がらせ……」

「いや、どんな破綻国家だよ」

涼の呟きに、アベルがつっこんだ。

王国は法治国家であり、貴族に対しても守るべき法律が存在する。もちろん、それは平民よりは緩いものであるが、それとて、時の王室との関係次第でいろいろと変わる。あるいは、王室自体の力の大小次第というべきか。

王室が強ければ貴族はきっちり従うし、王室が弱ければ貴族のわがままは多くなる。

ではアベル王はどうか？

まだこれからではあるが、ハインライン侯爵、ルン辺境伯、そしてホープ侯爵という南部、西部の大貴族の支持を受け、しかも王国中にいる冒険者たちの支持も受け……結果、王国民からの人気も高い。

しかも、今回の戦争でレイモンド側についた貴族領は基本的に取り潰され、いったん王室の管理の下に入ることになる。そこから既存の、どの貴族にそれらの領地を分け与えるか、あるいは新たな貴族家を興すか……あるいは、そのまま王室直轄領とするか。

すべてはアベル王次第。

つまり、アベル王の権力は相当に強くなりそうであることは、誰の目にも明らかであった。

「フリットウィック公爵家を取り潰し、新たに公爵家を興す。リョウには、その公爵家の当主となってもらう」

「……はい？」

アベルの説明に、涼は首を傾げる。

言われたことは理解できた。だが、意味が分からない。たまに、人の脳で起きることである。

「そうだな……ロンド公爵でいいんじゃないか？　ロンド公爵リョウ・ミハラ。領地はロンドの森で。どうせ人外魔境だ、他に誰も統治できないだろうし、人もいないから統治する必要も無い。名前だけだな」

「ロンド公爵家は、フリットウィック公爵家を取り潰して興す家になりますので、筆頭公爵。つまり、国内貴族最上位でもあります」

アベルがロンド公爵に任じ、ハインライン侯爵がロンド公爵の地位を説明した。

「筆頭公爵……」

涼はあまりのことに頭が付いていっていない。

「筆頭公爵であれば、リョウを自分の下になどと馬鹿なことを考える貴族は出てこないさ。以前言ったろ？　ちゃんと考えてあるって」

アベルは、涼が貴族に取り込まれて面倒なことになるのを嫌がっているのを分かっており、それに対しての方策は考えてあると言っていた。

これが、その方策だったのである。

あんまりと言えばあんまりである。

「いやいや……例えばハインライン侯爵様とか、それでいいんですか？　いきなり僕が筆頭公爵とか……」

「もちろん。それどころか、私が進言したのですよ、国の最高戦力ですから。名実ともに国王直下であり、他の貴族たちがどうこうできる者ではないということを、その地位によって示せます」

「特に王城で何かしろというわけでもない。普段、登城する必要もないし……王国には、例えば国中の貴族が一堂に会するような、そんな行事はないからな。ホープ侯爵など、ここ十年以上、王都に来なかったそうだし。まあ、今回のような戦争が起きた場合は、手伝ってほしいが、それ以外は好きに生活すればいい。王都に住むもよし、ルンに住むもよし、あるいは領地たるロンドの森で過ごすもよしだ」

アベルは何度も頷きながら、そう言った。

筆頭公爵として名誉的な地位を与えるが、実質的な国の中枢に関わる権限、職務には就けないということでもある。

もちろん、涼はそんなことは一ミリも望んでいないので、ありがたいのであるが……この辺りは、現実主義者でもあるハインライン侯爵の考えも入っているのだろう。

「まあ……名誉的な肩書ということなら、受けますが……」

「そうか！　良かった良かった。そんなのめんどくさい、とか言われたらどうしようかと思っていたんだが……うん、良かった」

アベルは嬉しそうに微笑み、何度も良かったを繰り返す。

ハインライン侯爵も嬉しそうに微笑んでいる。

「王都に屋敷は準備するから、好きなように使うとい い。ああ、普段使わないというのなら、管理を請け負う業者もあるからな。その辺りは、おいおいな」

アベルは機嫌良くそう言った。涼がロンド公爵となることを受け入れたのが、よほど嬉しかったようだ。

「そうそう、リョウがロンド公爵になるというのは、貴族の間にはもちろん知らせるが、一般の国民の間には特に知らせたりはしないから。だから、冒険者としての活動とか、普通に続けられるぞ」

「ああ、それはちょっと嬉しいですね」

「そのうち、身分を表す『プレート』が国から渡されるから、それは持っておいた方がいい。いろいろ役に立つ。例えば、王都図書館の禁書庫に入ったりな」

その言葉には、涼は跳び上がって反応した。

「禁書庫はいいですね！　プレートのやつは、以前、ウィリー殿下のを見たことがあります。巡察隊みたいな人が、何か錬金道具で確認していました」

王都に来る途中の出来事を、涼は思い出す。

そして、禁書庫に入れるというのは、涼にとっては非常に高ポイントであった。未だ、錬金術の頂は遥かかなたにあるが……。

涼の頭には閃くものがあった。今のは王都図書館。もしかしたら、この王城にも禁書庫なるものがあるのでは？

日本においてすら、大きな大学図書館には貴重な古書があり、一般の大学生は見ることもできなかった。大学院生以上で、しかも従事する研究に関係する人にしか閲覧許可がおりない……そんなこともあったのだ。

であるならば……。

例えば王城の禁書庫などがあれば、リチャード王が残した錬金術関連の書籍など保管されているのではないか？

「アベル、もしかして、王城にも禁書庫がありますか？」

「ああ……あったような気がする？」

アベルは記憶が定かではないらしく、傍らのハインライン侯爵に尋ねる。

「ございます。規定がかなり厳しいですので、錬金工房の主任であるケネス・ヘイワード男爵ですら入れなかったはずですが……。そうですね、筆頭公爵であれば入れるでしょう」

「やった～」

ハインライン侯爵の説明に、何度も小さくガッツポーズを繰り返す涼。

それを苦笑しながら見守るアベル。

そして思い出したのだろう、付け加えるように言った。

「リョウ、紋章も考えておけよ」

「紋章？」

「ああ。ロンド公爵の紋章だ」

「え……」

やった～と拳を突き上げたまま固まる涼。

「公爵になるんだ、紋章が必要なのは分かるだろう？」

「確かに分かりますけど……具体的にどうすれば」

「後ほど、王城の紋章官を紹介しましょう」

こういう時、必ず助け舟を出してくれるハインライン侯爵。

「紋章官？　そんな人もいるんですね」

「全ての貴族が紋章を持っているからな。ルン辺境伯だってあったろう？」

「ええ、ええ。黄金の雌鹿の紋章ですよね。ゴールデン・ハインド号の名前の由来になった」

涼ももちろん覚えている。地球にもあったから。

数百年後でも知られている紋章……確かに、それはロマンだ。

「リョウも、好きな紋章を作るといい。一目でロンド公爵だと分かるような」

「楽しそうですね、考えてみます！」

禁書庫の錬金術、ロンド公爵の紋章……貴族になって開かれる新たな世界。涼の顔が自然とほころぶ。

こうして、王国は平和を取り戻したのであった。

第一部　中央諸国編　完

第二部　西方諸国編へつづく

あとがき

お久しぶりです。久宝　忠です。

「水属性の魔法使い　第一部　中央諸国編Ⅶ」をお手に取っていただき、ありがとうございます。

この第七巻で、「第一部　中央諸国編」が完結いたしました。

まるごと一冊、「最終章　ナイトレイ王国解放戦」として、この巻を発行できたのはとてもありがたいことです。当初から、「最終章の王国解放戦だけで一冊出したいのですが」と筆者は担当編集さんにお願いしていました。あ、もちろん、途中で打ち切りになったら、そんなことは不可能だったのですが……。

読者の皆様の応援があって、第七巻まで辿り着けました。この場を借りて、御礼申し上げます。ほんとうにありがとうございます。

とにかく、この最終章は大量に加筆したい、というより全面改稿したい……それくらいの気持ちでしたので、一冊丸々最終章にできたのは、本当に嬉しくてですね。ＷＥＢに公開したものと比べると、原形をとどめていない気もします。それだけ気合いを入れて、ほぼ全面改稿することができました。

「第一部　中央諸国編」は、「水属性の魔法使い」という作品における序章です。アベルがあんなことになり、涼もあんなことになり……ええ、本編の前に、このあとがきから読んでいらっしゃる方のために伏字的な記述をしていますが。この第一部は、起承転結で言ったら「起」にあたりますね。第二部が「承」、第三部が「転」……いえ、先の事はここでは書かないでおきましょう。未来の事は、誰も保証できませんから。まあ、つまり、物語は始まったばかりですということを言いたいだけです。

さて、この第七巻で「第一部　中央諸国編」は終了しますが、次の第八巻から「第二部　西方諸国編」が始まります。舞台が一部、西方諸国に移ります。ですが、安心してください。「第二部　西方諸国編」以降も、主役：涼、準主役：アベルという配役に変わりはありません。今まで通り、楽しく読み続けていただけることを、筆者が保証いたします。

もちろん、二人以外のキャラクターも引き続き出てきますし、新たなキャラクターも出てきます。そんなキャラクターたちがどう絡み合い、どんな物語を紡いでいってくれるのか……筆者も正確には分かりません。ですので、書いている本人としても楽しみです。

これからも涼の物語は続いていきます。読者の皆様も一緒に、楽しく読んでいただけると嬉しいなと思っております。

ではまた、「第二部　西方諸国編」でお会いしましょう。

昨日の敵は
帝国の皇帝と共に
仲良くしようじゃないか
心配だ…
続報は公式HPをチェック!!!

今日の友!?
西方諸国に外交の旅へ!
外交だって僕におまかせです!
水属性の魔法使い
第二部　西方諸国編 I
著:久宝 忠
イラスト:天野 英
2023年秋発売決定!!!

アクセスはこちら!
https://to-corona-ex.com/
魔法使い』の最新話が
早く読める!!

アベルさんの服は
そこに干してあります
たぶん
もう乾いているとは
思いますよ
……
……だが
イメージとして
描くことは可能だ
その知識さえあれば！
内容は割愛するが
いわゆる
水素結合と呼ばれる現象を
イメージする
原作：久宝 忠
漫画：墨天業
CORONA EX
コロナEX
TObooks
なら「水属性の
どこよりも

京に迫る戦乱を
［著］イスラーフィール
［絵］碧風羽《みどりふう》
最新第四巻
2023年8月10日発売！

回避せよ!
六角・畠山陣営と三好は
一触即発の事態へ!
京を戦乱から
守り抜けるのか!?
異伝 淡海乃海
羽林、乱世を翔る
いてん あふみのうみ
うりん、らんせをかける

ティアムーン帝国物語
小説
第14巻
2023年 秋
発売!
シリーズ累計
120万部
突破!
(紙+電子)
TVアニメ放送開始!
帝国物語
餅月望——著
Gilse——イラスト
式HPへ!
原作HP
TVアニメHP

Comics
ティアムーン帝国物語
ティアムーン帝国物語
ティアムーン帝国物語
ティアムーン帝国物語
ティアムーン帝国物語
コミックス
第7巻
2023年 秋
発売!
漫画：杜乃ミズ
2023年10月より
MBS・TOKYO MX・BS11にて
ティアムーン
断頭台から始まる、
姫の転生逆転ストーリー
詳しくは公

水属性の魔法使い　第一部　中央諸国編Ⅷ

2023年8月1日　第1刷発行

著　者　久宝 忠

発行者　本田武市

発行所　TOブックス
〒150-0002
東京都渋谷区渋谷三丁目1番1号　PMO渋谷Ⅱ　11階
TEL 0120-933-772(営業フリーダイヤル)
FAX 050-3156-0508

印刷・製本　中央精版印刷株式会社

ISBN978-4-86699-900-5